從秋瑾到蔡珠兒
——近現代知識女性的文學表現

羅秀美 著

臺灣 學生書局 印行

序

　　相對於漫長的古代社會，近代以降的知識女性逐漸翻轉她們的命運。那無疑是社會條件的改變，致使她們擁有接受時潮啟迪，乃至新式教育的機會。知識所形成的正向力量，讓她們覺醒，進一步勇於追尋自我。

　　考察這百餘年間的知識女性之發展，是一件極有意義的事。羅秀美博士這本專書標舉「從秋瑾到蔡珠兒」，具體將幾位典型人物置放於世代遷移的歷史框架中去定位討論，可以看出一條漸變的發展史脈：女性走出閨房、廚房，轉進到書房、學堂，追求知識，從事寫作，甚而參與公共事務之論辯等。從必須變裝革命到自然擁有自主權利，三代知識女性經由人文踐履，特別是文學表現，完成前輩女性不曾有過的夢想。

　　就是這文學表現令人感動，且永恆載諸典冊，以至我們在多年之後，猶能披文入情。我們都知道，書寫的當下，筆尖所及是錯綜複雜的萬象，是心靈深處的躍躍欲動，豈只是抒情詩文如此，即便是論辯公共議題，亦依著熱情與正義來驅動文字，從晚清到民初，歷經五四、抗戰等大時代之錘鍊，乃在跨海來台之後，成就其一甲子女性文學之輝煌，合當是文學史之超級課題。

　　秀美完成於 2003 年的博士論文，研究的是「近代白話書寫現

象」，直探書寫行為的核心，上下之間看出了歷史的侷限與書寫行
為的可能開展，她之所以進一步選擇近現代知識女性的文學表現為
研究主題，針對秋瑾以降知識女性亦雄亦秀的人格與文風，挖深織
廣，主要是她作為一位以文學教研為業的現代女性學者，必得開闢
一處可供自我身心安頓的人文園圃，而這裡面自有豐饒的土壤，以
及千姿百態的奇花異卉。

中央大學中文系教授　李瑞騰

【代序】
「百年一覺」或「百年思索」：
百年來的女作家

撰寫《從秋瑾到蔡珠兒——近現代知識女性的文學表現》這部論著，行將付梓之際，腦中迴蕩著幾個書名／篇名，它們是晚清翻譯小說《百年一覺》、龍應台〈百年思索〉（龍應台、朱維錚編注《未完成的革命——戊戌百年紀》之序）與胡適〈三百年中的女作家——《清閨秀藝文略》序〉（《三百年中的女作家》，胡適文存第三卷）等三個與「百年」相關的書名／篇名。有意無意地，這三個名稱竟暗合了本書的旨趣——「百年」與「女作家」這兩個重要關鍵字。是以，擬藉此稍加說明本書撰著之相關背景與旨趣。

回顧：晚清翻譯小說《百年一覺》

《百年一覺》（*Looking Backward: 2000-1887*）（又名《回頭看紀略》、《回頭看》、《回顧》）是一部政治烏托邦小說，作者是美國愛德華·貝拉米（Edward Bellamy, 1850-1898），初版於 1888 年。小說以倒敘手法開篇，小說主人翁患失眠症，請醫生為他實施催眠術。等他一覺

醒來,已是 113 年之後,即 2000 年 9 月 10 日。奇特的是,韋斯特醒來後發現,照料他的女士也叫伊狄絲,正是他未婚妻伊狄絲‧巴特萊特的曾外孫女。當他正沉浸於過去和現在的甜蜜愛情中時,卻突然醒來,發現自己仍生活在 1887 年 5 月 31 日,周圍的一切還是入睡前的樣子。但小說第 28 章結尾處,敘事者又突然說:「我發現,我重新回到十九世紀只是一場夢,而此刻身處二十世紀卻是事實。」至此,讀者也迷惑了,頗具「莊生夢蝶」的趣味。

《百年一覺》出版後引起巨大迴響,百年後的今天仍然廣受歡迎,並已成為美國文學經典。這部影響巨大的烏托邦小說,在出版後的 40 餘年裡,激發了 50 多部烏托邦小說的產生,成為一部世界性的暢銷書,並產生中譯本在內的各國譯本。梁啟超在《讀西學書法》中評論《百年一覺》,指出「本書亦是西方說部,論及百年後情事」、「頗有與禮運大同之義相合者,可謂奇文矣。」其後,梁啟超的政治烏托邦小說《新中國未來記》似即受其影響而創作。

就《百年一覺》的英文書名「*Looking Backward: 2000-1887*」而言,其義為「在 2000 年回顧 1887 年」,頗有「回頭看」之意,正與本書之精神——站在 2009 年回頭觀看百年前以迄現在的女作家之文學表現,題名恰有暗合之處。

思索:龍應台〈百年思索〉

而龍應台〈百年思索〉則是為她與朱維錚編注的《未完成的革命——戊戌百年紀》(1998 年初版)所作之序。其後,亦收入龍應台之同名散文集《百年思索》(1999 年)中。

《未完成的革命——戊戌百年紀》是一部十九世紀末晚清中國

的時論選集。特別以戊戌政變（1898 年）百年紀念的視角，揀選百年前知識份子的菁英論述，以呈現當時要求清帝國實行「自改革」的呼聲，以及晚清變法維新思潮的形成和運動的曲折歷程。因此，書中所收論著，自 1815 年龔自珍的〈乙丙之際箸議第七〉開始，止於戊戌百日維新前康有為所寫的〈呈請代奏皇帝第七疏〉為止。而〈百年思索〉則是編注者之一的龍應台為此書所寫的序言。

　　在〈百年思索〉這篇序言裏面，龍應台向歷史縱深處發掘，以思索戊戌政變百年來，中國知識份子在大歷史的衝激下所發生的思想革命。百年來的中國究竟如何走過來的？龍應台企圖帶領讀者穿越這道時光長廊，一窺十九世紀的世界究竟面貌如何。龍應台說道：「不是說，所有針砭時事的文章在事過境遷之後都要失去它的魅力？那麼為什麼梁啟超的文章在一百年之後仍舊讓四十歲的我覺得震動？」龍應台為梁啟超而震動。然而，不只如此，「在二十世紀還年輕的時候，十九世紀的文章也曾感動過另一個四十歲的人；胡適在一九三〇年說梁啟超的文字：『我在二十五年後重讀，還感覺到他的魔力，何況在我十幾歲最容易受感動的時期呢』。」龍應台也從胡適有感於梁啟超的言論力量中，看到梁啟超的魔力。因此，閱讀百年前梁啟超豐沛的文字作品後，龍應台只能嘆道：「一百年之後我仍受梁啟超的文章感動，難道不是因為，儘管時光荏苒、百年浮沈，我所感受的痛苦仍是梁啟超的痛苦，我所不得不做的呼喊仍是梁啟超的呼喊？我自以為最鋒利的筆刀，自以為最真誠的反抗，哪一樣不是前人的重複？」正是這種覺知自己不足的趨動力，促使龍應台以編輯一部百年前時論選集的方式，誠懇地面對百年來的時代大局。

　　因此，閱讀百年前的時論，為的是提醒自己不必要的自以為是，以及不要重覆前人已犯的不必要的錯誤。在這部以百年為思索單位的編著以及它的序言〈百年思索〉中，可以發現以上可貴的質素。就本書以百年為單位以討論近現代知識女性的系譜而言，具備同樣的百年精神。

追溯：胡適
〈三百年中的女作家──《清閨秀藝文略》序〉

　　胡適〈三百年中的女作家──《清閨秀藝文略》序〉為一篇書序，顧名思義，對象即為單士釐編著的《清閨秀藝文略》。

　　1927 年，單士釐的《清閨秀藝文略》在總結前人著述的基礎上，全面梳理了明末殉難忠臣祁彪佳夫人商景蘭迄於清末三百年間，約 2300 多位女作家及其作品。在這龐大的數目背後，展現的是驚人的女作家群不容忽視的存在事實。胡適即在此序中嘆道：「三百年之中，有二千三百多個女作家見於記載，這是很可以注意的事實。在一個向來輕視女子，不肯教育女子的國家裡，這種統計是很可驚異的了。」另一方面胡適也認為：「這三百年中女作家的人數雖多，但她們的成績都實在可憐的很。她們的作品絕大多數是毫無價值的。這是我們分析錢夫人的目錄所得的最痛苦的印象。」姑不論胡適此言對古代女性文學的評價公允與否，至少他在這篇〈三百年中的女作家──《清閨秀藝文略》序〉仍舊提出了幾點值得注意的現象。

　　胡適對單士釐《清閨秀藝文略》的閱讀，認為可注意的第一點是：「三百年中有這麼多的女作家見於記載，並不是環境適宜於產

生女作家，只是女作家偶然出於不適宜的環境之中。如果有更好的
家庭境地和教育制度，這三百年的女子不應該只有這一點點的成
績。」他以崔東壁夫人成靜蘭為例，說明女作家的環境，大致而言
出身於書香世家的女子即使未受正規教育，也能在耳濡目染之下成
為女詩人。第二點是，為數龐大的女作家作品絕大多數是詩詞之
作，且大多為「繡餘」、「爨餘」、「紡餘」、「黹餘」之作，其
它文類所佔份量甚少。如算學僅王貞儀《算術簡存》等六部；醫學
僅曾懿《古歡室醫學篇》一部；史學則有阮元之妻劉文如《四史疑
年錄》等六部；經學及音韻訓詁之學有陳衍之妻蕭道管《說文重文
管見》等十三部。此外，也有評選詩文的，如汪端《明三十家
詩》。而真正有文學價值的詩詞，如紀映淮、王采薇之流，只佔得
絕少數而已。總之，胡適認為「學術的作品不上千分之五；而詩詞
之中，絕大多數都是不痛不癢的作品，很少是本身有文學價值的。
這是多麼可憐的事實！」第三點是，胡適認為這部目錄，至少應該
可以考慮將小說、彈詞也列入。如心如女史《筆生花》及勞邵振華
《俠義佳人》也都是近三百年優秀的閨秀作品。

　　由上述胡適對《清閨秀藝文略》的閱讀而言，單士釐積十年功
力為女作家敘列系譜，諸般未盡之處，恐非單士釐一人的問題而
已。整個社會文化結構中對於女性文學的不夠重視，使得有心研究
者終因資料匱乏而扼腕不已，恐怕才是最根本的問題所在。僅管胡
適曾指出女性文學的幾個根本問題，但他認為仍終有可觀之處。

百年中的女作家系譜：從秋瑾到蔡珠兒

　　考察以上三個以「百年」為共同關鍵字的書名／篇名之後，再

回扣至本書的主題之上。可以發現，自近代以來至現當代的文學發展史中，知識女性及其文學表現所佔之篇幅逐漸擴大，乃終至成為現當代文學發展之必然現象。

職此，本書乃有此發想，以「百年」做為一個大單位，以便爬梳近代以來至今約百年間的知識女性及其文學表現，以做為近現代文學史觀察的一個重點切面，並且能夠清楚的建立起一道清晰的知識女性之文學系譜。這是本書的立意，也是它所企求的目標。

由秋瑾寫到蔡珠兒，看似不大相關的兩位知識女性，便在此思考脈絡之下，成為本書思考「百年」以來女性文學發展首尾兩端的抽樣範例。以秋瑾而言，本書致力於剝除其革命烈士的政治符碼，以還原她做為一位女詩人的身分，以文學表現論其生命歷程與身分認同。進而言之，秋瑾在本書中的身分是傳統女詩人，更是女性跨界至新式報刊做為啟蒙者的範型人物。是以，秋瑾以其多樣且立體的文學表現——詩、詞、彈詞小說、報刊（白話）論說文、譯作等，成為本書之所以關注她的重要原因。其後所述及之單士釐、琦君、孟瑤、施叔青與蔡珠兒等諸位知識女性及其文學表現，雖各具典型，大體言之仍是具備豐厚且多樣化的文學表現，因之也成為本書之關注焦點。因此，本書乃試圖致力於梳理以上諸位知識女性之文學表現，以做為近現代文學研究之參考。

致　謝

本書得以脫稿成書，暫且完結了一樁心願。但此議題之相關研究並未因此停滯，它還能持續走下去，也仍在繼續中。

最末，本書能夠順利脫稿，乃至出版，需感謝的人實在太多。

首先是家人的諒解與包容，其次是中興大學文學院暨中文系可親的
主任與同事們的鼓勵。博士論文指導教授李瑞騰先生不僅大力支
持、給予寶貴意見，更慷慨賜序。以及默默於背後支持我的諸位親
朋好友們。而學生書局及編輯陳蕙文小姐的親力親為，更值得記上
一筆。是為序。

羅秀美　謹識於中興湖畔
2009.12.31.

從秋瑾到蔡珠兒
——近現代知識女性的文學表現

目　次

第一章　緒論
——女性的閱讀、寫作與生命史

第一節　研究動機與目的

斯提凡・博爾曼（Stefan Bollman）《閱讀的女人危險》（*Frauen, die lesen, sind gefahrlich*）❶與《寫作的女人生活危險》（*Frauen, die schreiben, leben gefahrlich*）❷兩書分別觸及女人的「閱讀」與「寫作」生命的現象與問題。兩書標題共同出現了「危險」（gefahrlich）一字，藉以標示博爾曼對於投身閱讀與寫作的女人，所抱持的理解與同情。簡言之，閱讀與寫作能使女人擁有自信，進而獨立思考，並且女人多半因此得以享受獨處的樂趣。但其「危險」之處亦在此，一旦過度投入閱讀與寫作，女性便往往忽略了她對男人與孩子的關注，甚至周遭世界的存在（如走路看書可能造成的生命危險）。因此，閱

---

❶ 斯提凡・博爾曼（Stefan Bollman）；周全譯：《閱讀的女人危險》（*Frauen, die lesen, sind gefahrlich*）（臺北：左岸文化公司，2006 年 1 月）。

❷ 斯提凡・博爾曼（Stefan Bollmann）；張蓓瑜譯：《寫作的女人生活危險》（*Frauen, die schreiben, leben gefahrlich*）（臺北：博雅書屋，2009 年 10 月）。

讀與寫作使女性找到自我的價值,更同時具有致命的吸引力。

無論閱讀與寫作,都是女性得以彰顯自我的最佳途徑,它往往與女性個人的生命史劃上等號。傳統女性的生活空間多圍於家居之內,並以「閨房」與「廚房」為主要活動空間,一旦逾越此一空間界域,便得承受來自男性大家長與社會觀念的另眼相看。英籍女作家維吉妮亞·吳爾芙《自己的房間》即鄭重提示:「一個女性假如要想寫小說,她一定得有點錢,並有屬於她自己的房間」❸,此房間尤指書房,她認為每個女人都該有個完全屬於自己的房間,在這裡她可以自由地沈思、冥想與創作。經由吳爾芙的提示,女性應擁有自己的房間——書房——的意義,使得女性得以更加順利的走出閨房與廚房,進而邁開大步向家居以外的空間飛馳而去。

緣此,晚近以來,對於女性於文學史上晦暗不彰的身影,大多能夠予以正視,並進行質量豐厚的研究。尤其是世紀變局的近代以來(晚清),一群出身良好、受過一定教育的閨閣女子,逐漸走出傳統閨閣所加諸的視野侷限,開始積極的閱讀、寫作與編輯(參與新式報刊媒體的實務工作),不再圍於傳統的詩詞創作。就此意義而言,傳統的閨閣女子逐漸蛻變成新時代的知識女性,已是勢所必然。這群近代以來的知識女性,其文學表現及因此呈露的各方才華,不僅改造了她們自身的運命,也改寫了近代以來的女性文學史,令人驚豔。

職是,本書擬在此背景之下,著眼於近代以來至今的諸位知識

---

❸ 維金妮亞·吳爾芙;張秀亞譯:《自己的房間》(臺北:天培出版社,2008年4月),頁19。

女性及其文學表現成績，加以探討。在本書中被抽樣提出加以探討的知識女性（女作家），皆擁有相當程度的閱讀與寫作能力，並且大多以書寫做為她們彰顯自己生命史的方式。她們大多無需再為自己擁有文才而感到不安，或者害怕他人知曉自己留存書寫成果進而自毀作品。當女性的閱讀與寫作，不再成為傷敗其女德的禍首時，其生命史方有獨立的意義。

因此，本書擬爬梳近現代以來文學史上的知識女性，針對她們獨立完成的文學表現，進行考察，以發掘知識女性的文學生命史及其意義。進而言之，知識女性的文學表現，不僅彰顯自我的生命價值，同時也豐富了近現代以來的文學史內涵。簡言之，本書擬藉此重塑並豁顯知識女性的閱讀、寫作與生命史。

第二節　研究範圍的界定與旨趣

本書所謂「近代」，指的是 1840 年中英鴉片戰爭以後至 1918 年五四新文化運動之前。這一階段是中國文學史上很關鍵的一段時期，尤其應自 1868 年談起。是年，黃遵憲作〈雜感〉詩，批判沉溺於故紙堆中以剽盜為創作的俗儒，並提出「我手寫我口」❹的呼聲。1891 年，他更在《人境廬詩草·序》中揭示創作者應創造「古人未有之物，未闢之境」❺。1896 年，黃遵憲更直稱自己的

---

❹　黃遵憲《人境廬詩草·雜感》（上海：上海古籍出版社，1999 年 12 月），頁 42。

❺　黃遵憲《人境廬詩草·自序》，頁 3。

詩作為「新派詩」。其後，因維新運動失敗而逃亡海外的梁啟超，開始推行文學改良運動，「詩界革命」即由此展開。他在《清議報》、《新民叢報》與《新小說》等刊物上闢專欄，以發表譚嗣同、康有為、黃遵憲、蔣智由、丘逢甲、夏曾佑等詩人的作品。並撰著《飲冰室詩話》，闡發詩界革命的理念，表彰黃遵憲等新派詩人詩作。詩界革命的主要訴求是詩歌必需「能以舊風格含新意境」❻，頓時欣起一股詩歌改良風潮，影響頗大。

至 1902 年，梁啟超發表〈論小說與群治之關係〉又提出「新小說」的概念，進而掀開「小說界革命」的開端。梁啟超認為「今日欲改良群治，必自小說界革命始；欲新民，必自新小說始」❼。自此，長久以來被鄙薄為小道的小說與改良社會的實用功能劃上等號，瞬間抬高了小說的價值。

至於「現代」，一般指的是 1919 年五四新文化運動至今。❽之所以「近現代」合稱，係專指晚清以來文學界的巨大轉變，對於往後這一百多年間知識女性及其文學表現的影響乃一脈相承，因此「近現代」合稱，以便察查其文學系譜之建立。

所謂「知識女性」，指的是接受良好教育與教養、並且得以獨立創作的文學女性，依本書脈絡論之，知識女性誼屬三個大世代。首先，「第一代知識女性」指的是晚清／近代以來一群出身良好且

---

❻ 梁啟超《飲冰室詩話·六三》（北京：人民文學出版社，1998 年 5 月），頁 51。

❼ 梁啟超〈論小說與群治之關係〉，《新小說》1902:1，後收入《飲冰室合集》第二冊，《飲冰室文集》之十（北京：中華書局，1989 年 3 月），頁 10。

❽ 大陸地區學界亦將 1949 年以後至今另劃為「當代」。

接受相當閨閣教養的女子，由於家學淵源之故，她們大多接受過根柢深厚的國學或詩詞涵養，不但能夠自在閱讀，並且力行創作，且有一定的創作成果者。她們置身於傳統閨閣與新時代的文學風潮之間，既能寫作傳統詩詞韻文，又能搖動新式筆桿，寫下介乎文言與白話之間的淺俗文字，展現各方文學才華（如：遊記寫作、報刊編輯），甚至參與最時髦的公共事務（如：辦女學、搞革命等）；更重要的是，她們多數已有程度不一的遠遊經驗，或出國留學／遊學，或隨男性家屬旅居異國他鄉，或單身旅行世界。總言之，她們多半已較更早期的女性，走出了更廣大的天空。諸如秋瑾、呂碧城、徐自華、徐蘊華、單士釐、康同薇、張昭漢、燕斌、陳擷芬、何震等知識女性，她們是本書所稱之「第一代知識女性」。本書第二章所述之知識女性大致包含以上諸位，第三至五章則以秋瑾與單士釐及其文學創作為主要討論對象。值得一提的是，秋瑾之母來自浙江蕭山單氏，恐與單士釐誼屬同鄉同宗，是為巧妙的聯結，為本書之意外收獲。

依此脈絡向下探尋，本書所稱之「第二代知識女性」，指的是早期的現代文學女性。她們大多是接受五四之後新式學院教育的「女學生」，與她們的前行者一樣擁有良好的國學根柢，傳統詩詞也是她們的涵養源頭，但是她們大多已接受新式文化的洗禮，能以流暢的白話文進行文學創作。更重要的是，她們展現文學才華的場域更加寬廣，除各種文類的創作之外，她們大多於 1949 後渡海來臺，擔任記者、參與報刊編輯，更有許多成為大專院校的國文教席。因此，培育大專學子進而撰著學術專著，成為她們另一種文學表現的場域。遠行的經驗於她們不僅是異國旅行而已，更早已是生

命歷程中的一部分，尤其是五四之後至國共戰爭兩岸分治這段大歷史時期，因就學或逃難而來的遷徙與流離，是她們共同的生命經驗，思鄉與懷舊自然也成為創作的重要內容。其後，赴臺暫居多半成為定居，乃至終老於斯。諸如琦君、孟瑤、蘇雪林、張秀亞、潘人木、徐鍾珮、林海音、郭良蕙、華嚴等女性作家。本書第六章即同時討論琦君與孟瑤兩位重要的學院女作家，前者畢業於浙江之江大學畢業，來臺後從事文書工作，並曾任教於中興與中央大學中文系；後者畢業於重慶中央大學歷史系，來臺後長期任教於中興大學中文系至退休為止。以上是本書所謂「第二代知識女性」的系譜。

　　至於本書所稱之「第三代知識女性」指的是戰後出生成長並發跡的一代。她們大多與前行者一般擁有學院裡的高學歷，甚至多有正式留洋的學歷，以及相關工作經歷。職場於她們，更加寬泛，記者、編輯、教職之外，更有許多女作家歷練了文化行政、藝術表演等更多元的職場生涯。她們遠較前一代女作家更能貼近當代讀者，異國遊走是一種平常，品味美食更是生活美學的重要成分。更加豐富的生活經驗，也因此豐沛了她們的創作內容。她們的思鄉與懷舊大多與臺灣這一海島有關，不大與神州大地牽連。她們的創作不僅能夠觀照自己立足的土地，更能放眼世界，在家與國之間悠遊自在。諸如施叔青、李昂、朱天文、朱天心、平路、蘇偉貞、簡媜、蔡珠兒、鍾怡雯等女作家。本書第七、八章論及施叔青與蔡珠兒兩位知識女性，前者為紐約的戲劇碩士，研究歌仔戲與京劇，曾任教於大學，也曾赴香港擔任藝術中心亞洲節目部策劃主任一職；後者中文系畢業，獲有英國的文化研究碩士學位，曾任記者。以上是本書所稱之「第三代知識女性」。

　　簡言之，以上三個大世代的知識女性，看似身為不同時空中的三個群體，其實她們的共同性極為明朗，意即她們是近現代以來一群最為「知書」且寫書的女性。因此，她們的「文學表現」正是本書所要考察的對象。所謂「文學表現」，指的是所有文類的創作，或是由此延伸而與文學相關的文字產業。前者如詩詞、小說、散文與劇本創作，後者指的是記者、編輯、教員、戲劇導演、藝文工作等文字相關產業。在此本書採取較為寬廣的定義，以呈顯近現代知識女性的「文學表現」之多元而豐富的意義。

　　以第一代知識女性而言，秋瑾的創作便已具備多元特質，她不僅有傳統詩詞與彈詞小說的創作，更有不少新式的白話散文以及翻譯之作（翻譯日人的《看護學教程》）。單士釐不僅有《受茲室詩稿》的流布，也編有《國朝閨秀正始再續集》，追緒清中葉完顏惲珠的偉業（編輯《國朝閨秀正始集》），更是近代以來女性旅行文學正式發行單行本的第一人，其《癸卯旅行記》與《歸潛記》宜乎成為追溯百年來女性異國旅行文學的先河。

　　第二代知識女性的文學表現更加豐富而多采，她們的創作以白話文為主要表現形式，但同樣也具備多元表現的特質，跨度依然不減她們的前行者。以琦君為例，散文創作是她的最佳文學表現，自第一本散文小說合集《琴心》開始，即已成就斐然。這本集子也同時說明她在散文與小說創作方面的才華一樣不容忽視。琦君知名的散文集，如《桂花雨》、《紅紗燈》、《水是故鄉甜》等；小說集有《菁姐》、《橘子紅了》、《百合羹》等知名作品。此外，還有《詞人之舟》與《琦君讀書》兩部論述。另有兒童文學／繪本集，如《琦君說童年》、《琦君寄小讀者》等，以及若干翻譯作品。可

見其豐沛的創作質量。其次，孟瑤的文學表現，無論質量皆極為驚人，總計百萬餘言。其中，孟瑤以小說為主要創作文類，知名作品如《黎明前》、《亂離人》、《磨劍》、《驚蟄》、《滿城風絮》、《一心大廈》等皆有可觀；其散文《給女孩子的信》則是孟瑤知名於文壇的開始。此外，其論述方面有「孟瑤三史」——《中國文學史》、《中國小說史》與《中國戲曲史》等三種。另有傳統劇本與兒童文學創作，其餘雜文論著更是所在多有。總計孟瑤創作文類之廣、質量之深，令人驚異。由此可見，第二代知識女性的文學表現，無論質量皆極為可觀，值得關注。

至於第三代知識女性的文學表現，又遠較其前行一代更加瑰麗多采。文學表現的內容與形式有了更多的變異與可能性，不僅散文與小說的跨界結合成為常態，旅行與飲食等生活散文或小說成為時髦，關懷本土與放眼世界更是取材的重點。尤其要緊的是，小女子面向大歷史、大時代的氣魄不曾稍減，但更添一份雅致之美。以施叔青為例，從《壁虎》開始斬露頭角，至今已有相當質量的文學表現，其中她所關心的生活空間與旅居之地，也化為她的小說「香港三部曲」與「臺灣三部曲」（第三部撰寫中），開啟新一代女性作家書寫大河式小說的典範，也揭示了小女人面向大歷史的無限可塑性。不只如此，施叔青更有能力呼應當代社會的時髦美學——飲食與旅行。其《微醺彩妝》寫當代臺灣人的品酒文化，《驅魔》則是一部義大利美食兼藝術之旅的遊記散文／小說，遊走於記實與虛構之間的跨文類創作。本書所著眼的《兩個芙烈達·卡蘿》也是一部介乎遊記散文／小說的作品，藉由墨籍女畫家芙烈達·卡蘿的創作故事，為自己的創作找到活水源頭；其中所關注的重心不僅是小我

的，甚且大至家國之文化身分認同之上，因此頗值得探討。此外，施叔青尚有傳記與藝術評論集若干，可見其龐沛的創作質量。其次，蔡珠兒前期的文學表現多為記者生涯中的新聞寫作，其後則以散文創作為主要表現文類，自《花叢腹語》開始「拈花惹草」，便已揭示了她往後在生活美學層面上的深度挖掘。尤其是她著力於食物書寫一道所呈現的亮眼成績，更值得關注。無論是《南方絳雪》、《紅燜廚娘》乃至《饕餮書》，在在呈露她對飲食的精緻觀察與記錄。特別的是，蔡珠兒採取她出身的文化研究系所的精神，為庶民生活中的食物搜尋其文化史背景與意義。這種以考證精神著手的飲食散文非但不致於味同嚼蠟，反因其出神入化的絕妙文字而顯得生鮮靈動。若將其食物書寫的文字置於知性散文脈絡視之可也，但它們絕對是一篇篇知感交融的優美散文，因此值得關注。

　　綜合言之，本書的研究範圍與旨趣，以上述近現代知識女性的文學表現為主要討論對象。值得關注的知識女性及其文學表現不乏其人其事，然本書篇幅有限，無法一一納入。然以上所抽樣討論的幾位知識女性及其文學表現，其實已具有各個不同階段的代表性，庶幾可以上述諸位知識女性的文學表現進行全面的觀照。

第三節　相關文獻的回顧與述評

　　晚近以來，專注於近現代知識女性的文學表現的相關學術論著不在少數，頗值得參酌。以下擇取較重要的相關文獻進行回顧與述評，以說明本書與前行研究者之間相承的脈絡。

　　以下將相關文獻概分為三大類：㈠近現代女性報刊研究；㈡近

現代女性文學研究──綜論；㈢近現代女性文學研究──分論： 1.
秋瑾研究； 2.單士釐研究； 3.琦君研究； 4.孟瑤研究； 5.施叔青研
究； 6.蔡珠兒研究。據此，可大致明瞭學界的相關研究情形。

㈠近現代女性報刊研究

　　關於近現代報刊研究的相關文獻，逐漸蔚為一股風潮。重要的
相關論著有以下三個小類： 1.史料部分：如丁守和主編《辛亥革命
時期期刊介紹》❾；上海圖書館編《中國近代期刊篇目彙錄》❿；
戈公振《中國報學史》⓫等重要文獻。透過以上史料庶幾可對近現
代報刊進行較全面的觀照。 2.綜論部分：如陳平原〈現代中國文學
的的生產機制與傳播方式〉⓬與〈晚清：報刊研究的視野及策略〉
⓭；方平〈清末上海民間報刊與公眾輿論的表達模式〉⓮；李楠
《晚清民國時期上海小報》⓯等。陳平原的兩篇論文，著重於強調
近代文學是一個以報章為中心的年代，以及提倡報刊研究做為近代
文學研究的重心以及方法。方平與李楠的研究對象都是晚清上海的
報刊，藉由報刊做為視角，以觀察晚清社會百態。 3.分論部分：如

---

❾　　北京：北京人民出版社，1982 年 7 月。

❿　　上海：上海人民出版社，1979 年 10 月。

⓫　　臺北：臺灣學生書局，1982 年 3 月。

⓬　　收入《文學的周邊》，北京：新世界出版社，2004 年 7 月。

⓭　　收入《文學的周邊》，北京：新世界出版社，2004 年 7 月；亦收入陳平原主
　　　講、梅家玲編訂：《晚清文學教室──從北大到臺大》，臺北：麥田出版
　　　社，2005 年 5 月。

⓮　　《二十一世紀》雙月刊第 63 期，2001 年 2 月。

⓯　　北京：人民文學出版社，2006 年 9 月。

董麗敏《想像現代性——革新時期的《小說月報》研究》❶等；胡曉真〈知識消費、教化娛樂與微物崇拜——論《小說月報》與王蘊章的雜誌編輯事業〉❶。兩者皆以《小說月報》為主要討論對象，但前者為全覽式的研究，後者則針對王蘊章主編時期做為討論焦點。

　　由於新式傳播機制之誕生，促使晚清文學的生產機制有了全新的模式，尤其是報刊這一新式的傳播媒體，不僅改變了文學作品的傳播模式（先刊載於報刊再出版單行本），也使得職業作家成為時尚。而報刊本身所刊載的時事與新聞，亦頗值得研究，報刊研究也成為當今的顯學。此外，陳平原《晚清文學教室》一書中的其他篇章亦頗值得參考。

　　由此出發，學界對於近現代女性報刊的相關研究也逐漸在此基礎上，成就可觀。

1. 女性報刊史料

　　女性報刊史料部分，如《女子世界》所進行的〈女報界新調查〉❶；田景昆、鄭曉燕編《中國近現代婦女報刊通覽》❶；線裝書局編委會編《中國近現代女性期刊匯編》❷；北京市婦女聯合會

---

❶　桂林：廣西師範大學出版社，2006 年 8 月。

❶　收入梅家玲主編：《文化啟蒙與知識生產：跨領域的視野》，臺北：麥田出版社，2006 年 8 月。

❶　上海《女子世界》2 年 6 期，1907 年，收錄於李又寧、張玉法編《近代中國女權運動史料》，臺北：傳記文學出版社，1975 年 10 月。

❶　北京：海洋出版社，1992 年 12 月。

❷　北京：線裝書局，2008 年 9 月。

編《北京婦女報刊考（1905-1949）》❷等文獻。

以上幾部文獻，大多已將女性報刊搜羅完備。第一篇由《女子世界》所進行的〈女報界新調查〉，大約可確實呈現晚清（至 1907年為止）的女性報刊概況，具有相當參考價值。田景昆、鄭曉燕編《中國近現代婦女報刊通覽》與北京線裝書局編委會《中國近現代女性期刊匯編》為當代學界進行近現代女性報刊研究提供了相當完備的史料全覽，頗便參酌。北京市婦女聯合會編《北京婦女報刊考（1905-1949）》所搜羅的範圍，更由晚清至四九年為止，完整呈現了近半世紀間，北京地區發行的女性報刊概況。

2.女性報刊綜論

女性報刊研究──綜論部分，如陳平原〈流動的風景與凝視的歷史──晚清北京畫報中的女學〉❷；謝蕙風〈清末上海的婦女報刊（1898-1911）〉❷；葉雅玲〈文學史料的研究運用──以「從清末至五四前期（1898-1919）女性報刊探討女性新角色的開展」為例〉❷等。

以上三篇以女性報刊論述為主軸的論文，第一篇〈流動的風景與凝視的歷史──晚清北京畫報中的女學〉，陳平原以晚清時期北京地區的畫報中所呈現的女學為文本，以探討女性的身體、空間與歷史、認同等各層面的問題，極具啟發性。第二篇〈清末上海的婦

---

❷　北京：光明日報出版社，1992 年 12 月。

❷　收入梅家玲主編：《文化啟蒙與知識生產──跨領域的視野》，臺北：麥田出版社，2006 年 8 月。

❷　《興大人文學報》第 37 期，2006 年 9 月。

❷　《漢學論壇》（雲林科技大學漢學所）第 3 輯，2003 年 12 月。

女報刊（1898-1911）〉則以晚清的上海女性報刊為討論對象，進行
全面的觀照。此文可與前述《北京婦女報刊考（1905-1949）》與陳
平原〈流動的風景與凝視的歷史——晚清北京畫報中的女學〉，恰
形成上海／北京女報的南北對照，可互相參酌。第三篇〈文學史料
的研究運用——以「從清末至五四前期（1898-1919）女性報刊探討
女性新角色的開展」為例〉，則以文學史料的研究運用為視角，以
探究晚清至五四約二十年左右間的女性報刊，及其所呈現的女性新
角色。以上論文皆具一定之參考價值。

3.女性報刊分論

　　分論部分較聚焦於單一報刊文本為探討對象。如周敘琪〈閱讀
與生活——惲代英的家庭生活與《婦女雜誌》之關係〉㉕；胡曉真
〈文苑、多羅與華鬘——王蘊章主編時期（1915-1920）《婦女雜
誌》中「女性文學」的觀念與實踐〉㉖；楊錦郁《《中國新女界雜
誌》研究》㉗等。

　　第一篇〈閱讀與生活——惲代英的家庭生活與《婦女雜誌》之
關係〉與第二篇〈文苑、多羅與華鬘——王蘊章主編時期（1915-
1920）《婦女雜誌》中「女性文學」的觀念與實踐〉，皆聚焦於
《婦女雜誌》，前者以惲代英為主要討論對象，後者則是以王蘊章
為主。兩文皆以女性立場為出發點，對於近現代女報的研究，極具
啟發意義。楊錦郁《《中國新女界雜誌》研究》則專門研究燕斌主

㉕　《思與言》第 43 卷第 3 期，2005 年 9 月。

㉖　《近代中國婦女史研究》第 12 期，2004 年 12 月。

㉗　桃園：銘傳大學應用中文系碩專班碩士論文，2005 年。

編的《中國新女界雜誌》，是少數專門研究女性報刊的學位論文，對於該報刊其人其事進行全覽式的論述，亦具一定之參考價值。

㈡近現代女性文學研究——綜論

近現代女性文學研究的綜論部分，大致略分為以下三小類：1.女性文學史料；2.女性與國族歷史；3.女性文學史。以上分類為便於進行論述而設，每一小分類之間容或有些許疊合之處，勢所難免。

1.女性文學史料

女性文學史料的整理早已有相當可觀的成績，如胡文楷編《歷代婦女著作考》❷⑧；李又寧編《近代中華婦女自敘詩文選》❷⑨；李又寧、張玉法編《中國婦女史論文集》❸⓪與《近代中國女權運動史料》❸①等。

胡文楷編《歷代婦女著作考》可說是此領域之重要代表作，他將歷代以來所有女性的著作，製成一部詳盡的目錄，並以提要說明著作內容，或進行相關考證。《歷代婦女著作考》文後附錄中，將女性「期刊」列入「現代」的女性著作之林，對於後學研究近現代女性文學有啟發之功，可見其慧見。李又寧編《近代中華婦女自敘詩文選》則是彙編晚清知識女性自我表述的文本，做為進入女性的文學世界的一扇視窗，極具參考價值。李又寧、張玉法編《中國婦

---

❷⑧　臺北：鼎文書局，1973 年 5 月。又，《歷代婦女著作考》增訂本，張宏生等增訂，上海：世紀出版公司，2008 年 8 月。

❷⑨　臺北：聯經出版公司，1980 年 6 月。

❸⓪　臺北：臺灣商務印書館，1992 年 10 月。

❸①　臺北：傳記文學出版社，1975 年 12 月。

女史論文集》與《近代中國女權運動史料》兩套專書雖為編著，但幾已將婦女史與女權運動史的重要史料網羅殆盡。晚清許多知識女性皆有跨入公共空間、參與報刊編寫的經歷，如秋瑾即是。《近代中國女權運動史料》便收錄了眾多晚清報刊的相關女權史料，分類彙編相關報刊資料，如外國女權運動、提倡女子教育、呼籲組織女子團體等，頗便參酌。

2.女性與國族歷史

女性與國族歷史的研究，可先由論述近代以來的歷史、身體和國家相關的論著談起。如黃金麟《歷史、身體、國家──近代中國的身體形成 1895-1937》❷；楊瑞松〈身體、國家與俠──淺論近代中國民族主義的身體觀和英雄崇拜〉❸。以上兩部論著，皆著眼於「身體」在國族歷史中的發展概況與觀念，前者《歷史、身體、國家──近代中國的身體形成 1895-1937》討論的是身體的存在和意義如何在近代中國的歷史演變中，隨著國族命運的更動而被積澱並型塑出來？並以四個議題證示身體在近代中國的變化：身體的國家化、法權化、時間化與空間化發展。後者〈身體、國家與俠──淺論近代中國民族主義的身體觀和英雄崇拜〉則由身體出發以探討俠與英雄崇拜在近代的國族歷史中的意義。以上兩家論著，對於本書進行身體與國族歷史的相關論述時，極富意義。

接著，關於女性與國族歷史的研究論著，除直接關注於女性的身體自主權（如：不纏足）外，也關心女性的受教權（受教育）與參政

---

❷　臺北：聯經出版公司，2005 年 4 月。

❸　《中國文哲研究通訊》第 10 卷第 3 期，2000 年 9 月。

權等議題。如林維紅〈清季的婦女不纏足運動（1894-1911）〉❸；喬素玲《教育與女性——近代中國與女子教育與知識女性覺醒（1840-1921）》❸；張玉法〈二十世紀前半期中國婦女參政權的演變〉❸等。〈清季的婦女不纏足運動（1894-1911）〉論及女性身體的最根本問題——不纏足運動在晚清之際的發展，極具參考價值。《教育與女性——近代中國女子教育與知識女性覺醒（1840-1921）》，則論及受教育對女性的意義，尤其是受教育與知識女性的覺醒之間的關聯，並以跨越八十年的時間幅度探討晚清婦女教育，以說明她們如何走出居家空間（閨閣）邁向公共空間（學校）的歷程及意義。張玉法〈二十世紀前半期中國婦女參政權的演變〉則以民初以來的女性參政情形為討論對象，擁有參政權也是知識女性得以覺醒的重要表徵之一，其影響效力不下於解放天足與接受教育。以上三家論著皆為該領域的重要論著，極具代表性。

此外，劉人鵬《近代中國女權論述——國族、翻譯與性別政治》❸與劉慧英主編《遭遇解放——1890～1930 年代的中國女性》❸也是重要論著。前者以女性主義理論為視角，聚焦國族、翻譯與性別政治上，深入探討晚清至五四有關中國國族現代化的幾個

---

❸ 收入李貞德、梁其姿主編：《婦女與社會》，北京：中國大百科全書出版社，2005 年 4 月。

❸ 天津：古籍出版社，2005 年 5 月。

❸ 收入呂芳上主編：《無聲之聲（Ｉ）：近代中國的婦女與國家（1600-1950）》，臺北：中央研究院近代史研究所，2003 年 7 月。

❸ 臺北：臺灣學生書局，2000 年 2 月。

❸ 北京：中央編譯出版社，2005 年 1 月。

重大問題，論證詳密，值得參酌。後者則論述晚清至三十年代約四十年間的女性解放議題，如廢纏足、興女學、開花榜、淑女教育、文明婚姻、女權運動等。以反思的態度思考女性的啟蒙問題，考察她們如何在傳統的制約下尋找生命的出路。

3.女性文學史

　　直接聚焦於女性文學史研究的論著相當精采。

　　在進入近現代女性文學研究之前，先論及幾部中國女性文學史概論的專著，如譚正璧《中國女性文學史》❸；黃嫣梨《妝臺與妝臺以外──中國婦女史研究論集》❹等。

　　譚正璧《中國女性文學史》大約為瞭解中國女性文學史最重要的一部專著，以貫時性的時間軸線，考察女性的文學表現，並兼及女性生活的概況。全書共計七章：漢晉詩賦、六朝樂府、隋唐五代詩人、兩宋詞人、明清曲家、通俗小說與彈詞等。但年代僅至清代中葉為止，並未觸及近代以後的女性文學，但仍具參考價值。黃嫣梨《妝臺與妝臺以外──中國婦女史研究論集》，由婦女文學直接入手，以闡釋中國婦女史的面貌。全書十二篇，每篇獨立成文，從班昭與《女誡》開始，依次論及王昭君、徐淑、韓蘭英、金城公主、朱淑真、顧太清、徐燦、呂碧城、張若名等文學史上的知名女性，另有兩篇論及傳統社會的法律與婦女地位、婦女教育典範的轉換等。其中三篇論及徐燦、呂碧城、張若名等三位近現代知識女性

---

❸　　天津：百花文藝出版社，1991 年 7 月。原名《中國女性的文學生活》，曾易
　　名為《中國女性文學史話》。

❹　　香港：牛津大學出版社，1999 年 5 月。

的篇章，與本書之旨趣十分切合，頗具參考價值。

此外，聚焦於近代（1840 年）之前的女性文學史的論著，較重要的有曼素恩（Susan Mann）《蘭閨寶錄：晚明至盛清時的中國婦女》（*Precious Records: Women in China's Long Eighteenth Century*）❹與胡曉真〈藝文生命與身體政治──清代婦女文學史研究趨勢與展望〉❷兩部。前者，曼素恩《蘭閨寶錄：晚明至盛清時的中國婦女》企圖改寫五四以來所認定的「婦女受封建制度壓迫史」，重新解讀晚明至盛清時期的婦女文學史。「Precious Records」直接譯自清代完顏惲珠《蘭閨寶錄》這本最早由婦女編寫的婦女史之書名。該書被視為盛清時期婦女典範意識的代表作，它以全覽式的視野，掃描十八世紀女性生活的所有面相，並大量運用婦女自身的文學作品──尤其是詩作，做為論述的直接文本證據。可見晚明至盛清時期的中國女性並非全然為被壓迫者，此書為近年來挑戰傳統婦女史觀念的重要論著。後者，胡曉真〈藝文生命與身體政治──清代婦女文學史研究趨勢與展望〉與前述曼素恩的論著觀點略有相同之處，即中國傳統女性並非全然處於被壓迫的狀態而無法閱讀與寫作。胡曉真此文由此出發，觀察女性的藝文生命與身體政治之間的關聯，以重啟清代女性文學史研究的新趨勢與展望。以上兩家論著對於本書的論述，具有相當程度的影響與意義。

關於近現代以來的女性文學史研究，大致可再細分為以下三個小分類，以便進行討論：(1)中國女性文學史概論；(2)近代女性彈詞

---

❹　楊雅婷譯，臺北：左岸文化公司，2005 年 11 月。
❷　《近代中國婦女史研究》第 13 期，2005 年 12 月。

小說；⑶近代小說中的性別議題。

首先，⑴近現代女性文學史概論，如夏曉虹《晚清女性與近代中國》❸；薛海燕《近代女性文學研究》❹；王緋《空前之跡——1851-1930：中國婦女思想與文學發展史論》❺等。

夏曉紅《晚清社會與中國女性》以文化全面觀照晚清文學的重要議題，分為上、中、下三篇，共計十章。上篇「女性社會」四章討論的議題，包括上海中國女學堂、文明結婚、晚清女報《女子世界》的性別觀照、晚清「男降女不降」釋義等；中篇「女性典範」三章討論的議題，包括以班昭《女誡》談晚清的古典新義問題、以《五月花》與《批茶女士傳》談晚清的翻譯問題、羅蘭夫人在中國被接受的過程等；下篇「女性之死」三章討論的議題，包括以惠興自殺事件談晚清女學中的滿漢矛盾、以胡仿蘭一案探析新聞與小說、晚清人眼中的秋瑾之死等。夏曉虹所關照的面相極為廣泛，企圖重構一幅豐富多姿的晚清女性文學（社會、生活、生命）圖景。

薛海燕《近代女性文學研究》則以七個章節全面考察近代女性文學的種種議題，包括「女性社會身分的近代變遷」、「女作家寫作面貌的近代化」、「近代女性詩」、「近代女性詞」、「近代女性文」、「近代女性戲曲」及「近代女性小說」等七個章節。此論著既有全覽式的觀察，復有文類分論之探討，對於近代女性文學研究確有提點之功，可做為史料參考之用。

---

❸　北京：北京大學出版社，2004 年 8 月。

❹　北京：中國社會科學出版社，2004 年 9 月。

❺　北京：商務印書館，2004 年 7 月。

　　王緋《空前之跡──1851～1930：中國婦女思想與文學發展史論》為通論性質的專著，全面觀照晚清女性文學發展史，全書五章，分別觀察太平天國革命、維新革命時期、辛亥革命時期、五四時期與大革命時期等五個階段中婦女解放的思想與文學。

　　其次，(2)近代女性彈詞小說，如胡曉真《才女徹夜未眠──近代中國女性敘事文學的興起》❻；胡曉真〈秩序追求與末世恐懼──由彈詞小說《四雲亭》看晚清上海婦女的時代意識〉❼；鮑震培《清代女作家彈詞小說論稿》❽；鮑震培〈中國女性文學敘事傳統的建立──清代女作家彈詞小說創作回眸〉❾；鮑震培〈清代「女中丈夫」風尚與彈詞小說女豪傑形象〉❿等。

　　胡曉真《才女徹夜未眠──近代中國女性敘事文學的興起》與〈秩序追求與末世恐懼──由彈詞小說《四雲亭》看晚清上海婦女的時代意識〉，是當代臺灣學者研究女性彈詞小說最重要的論著。前者共七章，分為兩篇：㈠書寫、出版與自我；㈡世代、變局與超越。前篇包括四章，分別為「女性小說傳統的建立──閱讀與創作的交知」、「傳心欲望──女性彈詞小說的自傳性」、「女性的小說出版事業──由彈詞編訂家侯芝談起」、「秘密花園──女作家的幽閉空間與心靈活動」等四章。後篇則分別為「父與女──女性文學想像中的晚明變局與世代傳承」、「晚清前期的女性彈詞小說

---

❻　臺北：麥田出版社，2003 年 10 月。

❼　《近代中國婦女史研究》第 8 期，2000 年 6 月。

❽　天津：天津社會科學院出版社，2004 年 10 月。

❾　《天津大學學報》，第 4 卷第 4 期，2002 年 12 月。

❿　《山西師大學報》第 1 期，2003 年 1 月。

——非政治文本的政治解讀」、「凝滯與分裂——女性的仙山世界」等。此專著將女性彈詞小說視為「敘事文學」，給予較鄭重的理解，對於提升女性彈詞小說的價值具體可徵。

鮑震培《清代女作家彈詞小說論稿》與兩篇彈詞小說的相關論文，皆為彈詞小說建立了它在敘事文學上的意義與地位。全書五章，依次為「明清婦女觀的漸變與才女文化的繁榮」、「彈詞小說的形式與女作家的創作成就」、「女性文學敘事傳統的建立」、「大敘事：與主流意識型態的融匯與衝突」、「彈詞女作家及其作品考辨」等。與前述胡曉真的論著，恰成兩岸最重要的兩位彈詞小說的專家研究；也是現今上溯女性敘事文學傳統的重要參考著作。

最後則是⑶近代小說中的性別議題，如劉人鵬《近代中國女權論述——國族、翻譯與性別政治》；黃錦珠《晚清小說中的新女性研究》❺等。

劉人鵬《近代中國女權論述——國族、翻譯與性別政治》，已於前述㈡2.「女性與國族歷史」中討論過。全書五章，依次為「傳統階序格局與晚清『男女平等』論」、「『中國的』女權、翻譯的慾望與馬君武女權說譯介」、「『西方美人』慾望裡的『中國』與『二萬萬女子』——晚清以迄五四的國族與婦女」、「『罔兩問景』——『男女平等』之外的性／別主體」等篇章，對晚清小說之性別議題亦有著墨。

黃錦珠《晚清小說中的新女性研究》，以性別為論述視角，其探討之近代女性文學文本多以敘事文體（小說）為主，以掘發其中

---

❺　臺北：文津出版社，2005 年 1 月。

所呈現的女性自我。全書除緒論外，依次探討「晚清小說中新女性的體貌與行動能力」、「晚清小說中新女性的知識與自立能力」、「晚清小說中新女性的婚戀與道德情操」、「晚清小說中新女性的美惡典型及其矛盾」等，全書爬梳晚清小說中的新女性形象，極具參考價值。

(三)近現代女性文學研究──分論

分論部分則以幾位重要知識女性的相關研究為主，包括秋瑾、單士釐、琦君、孟瑤、施叔青、蔡珠兒研究等六部分。

1.秋瑾

秋謹研究的相關論著所在多有，本書僅以其中較有直接關聯者為討論對象。如夏曉紅〈紛紜身後事──晚清人眼中的秋瑾之死〉（收錄於前述《晚清女性與近代中國》），此文收錄於書中第三篇「女性之死」，以文學接受史的角度重讀晚清人對秋瑾之死的接受情形。陳素貞〈性別、變裝與英雄夢──從明清女詩人的寫作傳統看秋瑾詩詞中的自我表述〉❺❷，此文論及秋謹詩詞中的自我表述，尤其著重於其變裝與英雄夢這一視域上，有別於以往研究中多以秋瑾的革命史蹟觀看其英雄夢。此文以秋瑾詩詞做為主要的觀察對象，深入文本內涵，「重寫」秋瑾的文學成就。就此而言，極具參考價值。

郭延禮諸多秋瑾研究的學術成果，較重要的有《秋瑾年譜》❺❸、《秋瑾選集·秋瑾年譜簡編》❺❹、《秋瑾研究資料》❺❺、《秋

---

❺❷ 《東海中文學報》第 14 期，2002 年 7 月。

❺❸ 濟南：齊魯書社，1983 年 9 月。

瑾文學論稿》❺❻等幾部。前兩部極詳盡的年譜，附帶部分作品選；第三部是翔實可靠的研究資料集；第四部是秋瑾文學的研究集。以上諸專著，對於研究秋瑾的文學甚有助益。

2.單士釐

與秋瑾之母同為浙江蕭山人的單士釐，學界之相關研究成果相對較少。較早的應為美國衛斯里大學（Wesleyan University）東亞系教授魏愛蓮（Ellen Widmer）〈Shan Shili's Guimao luxing ji of 1903 in Local and Global Perspective〉（女子眼中的異國之旅──單士釐之癸卯旅行記）❺❼，該文率先以女性旅行文學的視角，考察單士釐《癸卯旅行記》，對於這部近代中國的第一部女性旅行文學有所界定。

其後，姚振黎〈單士釐走向世界之經歷──兼論女性創作考察〉❺❽則較全面的討論單士釐的三部傳世文本：《癸卯旅行記》、《歸潛記》與《受茲室詩稿》，除考察其旅行文本之外，也論及其倡女學、重教育、啟導神學……等所有文本中所呈現的思想內容。其後，姚振黎指導了一部以單士釐旅行文本為主題的碩士論文，即顏麗珠《單士釐及其旅遊文學──兼論女性遊歷書寫》❺❾，此論文為目前所見單士釐研究中最完整的成果。

---

❺❹　北京：人民文學出版社，2004 年 1 月。

❺❺　濟南：山東教育出版社，1987 年 2 月。

❺❻　西安：陝西人民出版社，1987 年 8 月。

❺❼　收入胡曉真編：《世變與維新──晚明與晚清的文學藝術》，臺北：中研院文哲所籌備處，2001 年 6 月。

❺❽　收入范銘如主編：《挑撥新趨勢──第二屆中國女性書寫國際學術研討會論文集》，臺北：臺灣學生書局，2003 年 2 月。

❺❾　中壢：中央大學中文所碩士論文，2004 年 6 月。

此外，更早之前，胡適曾寫過〈三百年中的女作家——《清閨秀藝文略》序〉⑥，此文是為單士釐編著的《清閨秀藝文略》所作之序文，或可算是最早之單氏研究。

3.琦君研究

琦君的相關研究頗具規模，茲舉其中較直接相關的幾部略作述評。如鄒桂苑〈琦君研究資料彙編〉⑥；隱地編《琦君的世界》⑥；章方松《琦君的文學世界》⑥；楊牧〈留予他年說夢痕·序〉⑥；張瑞芬〈琦君散文及五〇、六〇年代女性創作位置〉⑥等。

鄒桂苑〈琦君研究資料彙編〉，幾已完整彙編一九九五年之前的琦君研究概況，是頗具實用價值的入門參考資料。隱地編《琦君的世界》一書應是較早結集琦君研究的一本專書，其中搜羅諸多文友對琦君的印象式批評，較少長篇巨論式的論文。章方松《琦君的文學世界》則是以琦君的童年生活為主軸，以探討琦君文學形成的歷程，並突顯琦君文學的特點。可說是近年來研究琦君文學世界的

---

⑥　《三百年中的女作家》，《胡適作品集 14》，臺北：遠流出版公司，1994 年 1 月。

⑥　《文訊》第 115 期，1995 年 5 月。

⑥　臺北：爾雅出版社，1985 年 6 月。

⑥　臺北：三民書局，2004 年 9 月。

⑥　琦君：《留予他年說夢痕》，臺北：洪範書店，1983 年 8 月。

⑥　收入張瑞芬：《臺灣當代女性散文史論》，臺北：麥田出版社，2007 年 4 月。原題〈琴心夢痕——琦君散文及其文學史意義〉，發表於「琦君作品研討會」，中央大學中文系、圖書館主辦，2004 年 12 月 1 日。修改後，以〈琦君散文及五〇、六〇年代女性創作位置〉為題刊於《臺灣文學學報》第 6 期，2005 年 2 月，頁 121-157。

重要專書。楊牧〈留予他年說夢痕・序〉則是為琦君所寫的序文，深刻析論了琦君的散文藝術神髓及其技巧，可參考體會之。此文雖為書序，亦具學術參考價值。

張瑞芬〈琦君散文及五○、六○年代女性創作位置〉則為琦君的散文尋找適當的當代文學史地位，尤其是五○與六○年代間的文壇，可說是女性創作者的天下，琦君亦成名於此期。因此，透過琦君，更能清楚說明當時女性創作者的創作情形。

此外，張瑞芬〈鞦韆外的天空──學院閨秀散文的特質與演變〉⑥全面性的討論現代臺灣的閨秀散文，琦君的散文也是論述重點之一。雖非琦君散文的專門研究之作，仍極具啟發性。⑥

4.孟瑤研究

相較於琦君，孟瑤研究顯然較少受到矚目。如吉廣輿《孟瑤評傳》⑥；吉廣輿〈味吾味處尋吾樂──淺析孟瑤的心象世界〉⑥；吉廣輿〈孟瑤研究資料目錄〉⑦；陳瓊婷〈論孟瑤五十年代（1950-1959）的愛情小說〉⑦；左德成〈孟瑤小說中人物的情慾意識〉⑦等幾篇，是目前所見較具學術性的幾部論著。

投入最深的應屬孟瑤弟子吉廣輿的系列研究。吉廣輿的碩士論

---

⑥　《逢甲大學人文社會學報》第 2 期，2001 年 5 月。

⑥　其他更多的琦君研究相關成果，請詳參本書第六章及其附錄。

⑥　香港新亞研究所碩士論文，1997 年 5 月；高雄市立文化中心，1998 年 8 月。

⑥　收入吉廣輿編選：《孟瑤讀本》，臺北：幼獅文化公司，1994 年 7 月。

⑦　《全國新書資訊月刊》，2001 年 3 月號。

⑦　《弘光學報》36 期，2000 年 10 月。

⑦　《建中學報》第 1 期，1995 年 12 月。

文即為《孟瑤評傳》，其後亦編撰《孟瑤讀本》（並撰寫〈味吾味處尋吾樂——淺析孟瑤的心象世界〉置於書前介紹孟瑤的文學世界），以及撰著〈孟瑤研究資料目錄〉等。吉氏的孟瑤研究，可謂一枝獨秀。

陳瓊婷〈論孟瑤五十年代（1950-1959）的愛情小說〉與左德成〈孟瑤小說中人物的情欲意識〉皆針對孟瑤小說進行專論。前者論述其五十年代的愛情小說，後者則探討其小說人物的情欲，兩文不約而同的以小說中的情愛做為觀察孟瑤文學的起點。相較之下，其他類型的作品較乏人論述。

此外，由於孟瑤在五十年代的臺灣小說界裡極為知名，一般論及該年代的女性小說家多會將孟瑤列入討論，如范銘如〈臺灣新故鄉——五十年代女性小說〉❼❸；梅家玲〈五十年代臺灣小說中的性別與家國——以《文藝創作》與文獎會得獎小說為例〉❼❹。以上兩文皆論述反共文藝政策之下的五十年代小說發展，其中雖非以孟瑤為論述重心，但亦值得參酌。同時，可由兩文論述中對孟瑤的評述，一窺當代學界對孟瑤的接受情形。

整體言之，孟瑤研究仍有極大的可供揮灑的空間。

5.施叔青研究

近年來關於施叔青的研究愈來愈豐厚，然所論多集中於其「香港三部曲」與「臺灣三部曲」的前二部❼❺。至於其他不在此二系列

---

❼❸　收入《眾裡尋她——臺灣女性小說縱論》，臺北：麥田出版社，2002 年 3 月。

❼❹　收入《性別，還是家國？——五〇與八、九〇年代臺灣小說論》，臺北：麥田出版社，2004 年 9 月。

❼❺　施叔青「香港三部曲」被討論的最多。「香港三部曲」前二部為《行過洛津》與《風前塵埃》；截至 2009 年 12 月為止，第三部尚未推出。

中的文本，被討論者相對較少；以本書所討論的文本《兩個芙烈達·卡蘿》而言，即屬較少被研究的文本。目前所見之相關論述，如潘秀宜〈迷路的導遊——論施叔青「兩個芙烈達·卡蘿」〉❼；南方朔〈序：一個永恆的對話〉❼；張瑞芬〈遷徙到他方——施叔青《兩個芙烈達、卡蘿》、張瓀言《窄門之外》、林玉玲《月白的臉》三書評論〉❼等。

其中，潘秀宜〈迷路的導遊——論施叔青「兩個芙烈達·卡蘿」〉恐為唯一以此書為研究對象的論述，論者以「迷路的導遊」說明施叔青這部既像遊記又像小說的文本的特質，敘述者穿梭在不同的時間與空間裡，與不同的文學藝術靈魂或自我進行對話。南方朔〈序：一個永恆的對話〉則是《兩個芙烈達·卡蘿》的書序，但也可視為一篇言之有物的論文。張瑞芬〈遷徙到他方——施叔青《兩個芙烈達、卡蘿》、張瓀言《窄門之外》、林玉玲《月白的臉》三書評論〉一文，較接近書評性質，但對該文也對《兩個芙烈達·卡蘿》的文本內涵進行了扼要的評述。

此外，由簡瑛瑛主持的一場「女性心靈的圖像」的座談裡，有一篇〈女性心靈的圖像：與施叔青對談文學／藝術與宗教〉❼，以對談形式，讓施叔青說明自己的文學、藝術與宗教等心靈世界議題。張小虹〈導讀：魔在心中坐〉❽雖為施叔青另一部作品《驅

---

❼　《中國女性文學研究室學刊》第 6 期，2003 年 5 月。

❼　《兩個芙烈達·卡蘿》，臺北：時報文化公司，2001 年 7 月。

❼　《明道文藝》308 期，2001 年 11 月。

❼　《中外文學》27：11＝323 期，1999 年 4 月。

❽　《驅魔》，臺北：聯合文學出版社，2005 年 8 月。

魔》的導讀，但《驅魔》與《兩個芙烈達·卡蘿》與其雷同之處，
皆為兼具遊記與小說特質的跨界書寫，從前面看像真實的遊記，看
到後面卻又有小說般的虛幻之感。尤其是書中穿插的真實旅行照
片，讓讀者對其文體的認知產生錯亂與混淆。因此，張小虹的導
讀，亦可借用以觀察《兩個芙烈達·卡蘿》中虛實相參的特質。

6.蔡珠兒研究

　　近年來由於散文文類逐漸朝向主題式的發展，飲食一道也成為
散文創作的重要類型。蔡珠兒的飲食散文趁勢而起，其相關研究也
逐漸開始累積。學術論文如何寄澎〈試論林文月、蔡珠兒的「飲食
散文」——兼述臺灣當代散文體式與格調的轉變〉**❽**；張瑞芬〈食
神，花語——論蔡珠兒散文〉**❽**等。書評部分則有張瑞芬〈南方城
市的腹語——讀蔡珠兒《雲吞城市》〉**❽**與〈慾望味蕾——讀蔡珠
兒《紅燜廚娘》〉**❽**等。

　　何寄澎〈試論林文月、蔡珠兒的「飲食散文」——兼述臺灣當
代散文體式與格調的轉變〉一文，以當代飲食散文發展的角度論述
蔡珠兒的作品，並將之與文壇前輩林文月相提並論，以說明飲食散
文書寫的兩種方向，一是林文月式的懷舊散文，一是蔡珠兒式的文
化研究式散文。此文無疑是為蔡珠兒的飲食散文進行文學史定位的
一篇重要論文。張瑞芬〈食神，花語——論蔡珠兒散文〉一文則全
面論述蔡珠兒的散文作品，自她首部以拈花惹草為主題的《花叢腹

---

❽　《臺灣文學研究集刊》第 1 期，2006 年 2 月。

❽　《五十年來臺灣女性散文——評論篇》，臺北：麥田出版社，2006 年 2 月。

❽　《文訊》221 期，2004 年 3 月。

❽　《文訊》242 期，2005 年 12 月。

語》開始，乃至於專寫飲食的《南方絳雪》、《紅燜廚娘》、《饕餮書》等飲食散文，以及書寫定居香港的生活散文《雲吞城市》等作品。因此，就其作品內涵而言，概括其特色為「食神，花語」，十分貼切。尤其是她以知性與感性交融的寫作手法，為食物考察其身世，既有百科全書式的知感，也有鮮活靈動的妙文字，自闢飲食散文的新型態，有別於以往以「懷舊」為主題的飲食散文，這便是蔡珠兒得以受到學界矚目之因。

此外，南方朔〈從「仙女圈」一路走來！〉❽❺；李歐梵〈文化的香港導遊〉❽❻；陳浩〈信不過喬治·歐威爾〉❽❼；貝淡寧（Daniel A. Bell）〈香格里拉廚房〉❽❽等四篇書序，皆為名家名作，不僅皆為評述文字，且多為文采可觀的美文。亦值得參酌。

綜合以上，近現代知識女性的文學表現，已有相當可觀的研究成果。本書將在這些已有文獻的基礎上，開發新的研究視角與議題，以充實近現代知識女性的文學表現的相關研究。

第四節　議題的展開與論述次第

近現代知識女性的文學表現，其創作主體包含晚清以來至今的所有知識女性，以及她們跌宕多姿的文學表現。以下依次說明本書的開展與論述次第。

---

❽❺　收入蔡珠兒：《南方絳雪》，臺北：聯合文學出版社，2002 年 9 月。
❽❻　收入蔡珠兒：《雲吞城市》，臺北：聯合文學出版社，2003 年 12 月。
❽❼　收入蔡珠兒：《紅燜廚娘》，臺北：聯合文學出版社，2005 年 9 月。
❽❽　收入蔡珠兒：《饕餮書》，臺北：聯合文學出版社，2006 年 3 月。

　　除第一章〈緒論〉與第九章〈結論〉之外，餘第二至八章為本書的主要內文。

　　第二章〈閨閣女詩人・公共啟蒙者——以近代女性報刊中的論說文為視域〉，此章旨在說明傳統閨閣女詩人如何逐漸走向具現代意義的公共啟蒙者角色——即知識女性。研究視域以近代女性報刊中的論說文為主，經由一群參與報刊編輯與寫作的知識女性的文字，以明瞭她們所發出的聲音（voice）如何的啟蒙自己的女同胞，以及寫作此類論說式的散文與她們原先的詩詞創作之間的對照，進而考察她們這樣的創作主體之轉型與裂變的問題。原題為〈從閨閣到公共領域／從女詩人到女散文家的轉型與裂變——以近代女性報刊中的論說文為主要視域〉，發表於「浮世新繪——近代報刊學術研討會」（2007 年 5 月 5 日，南投：暨南國際大學中文系歷史系主辦）。後經修改，發表於《興大中文學報》22 期（2007 年 12 月，頁 1-46）。

　　第三章〈游移的身體・重層的鏡像——由秋瑾的藝文生命觀看其身分認同〉，以秋瑾的創作文集做為討論對象，爬梳其文本所呈露的身分認同問題；並由此說明其身體表現及其所透顯的重層鏡像，其實具備豐富多姿的形貌。發表於《興大中文學報》26 期（2009 年 12 月），原題為〈身體・空間與認同——近現代知識女性秋瑾的跨界書寫〉，發表於「中興大學文學院 96 年燎原專案暨人文中心研究計畫成果發表會」（2008 年 12 月 5 日，中興大學文學院暨人文研究中心主辦。具審察制度）。又，曾以〈游移的身體・凝視的文本——由女詩人秋瑾的變裝觀看其身分認同〉為題，發表於「跨學科視野下的文化身分認同國際學術研討會」（2007 年 10 月 20-21 日，南京：南京大學人文社會科學高等研究院主辦），然此文內容已經大幅度修

改，與後來所發表者已有極大不同，故亦可視為兩文。

第四章〈理想的革命·自強的女子——秋瑾《精衛石》的現代性意義〉，本章以秋瑾唯一的彈詞小說《精衛石》做為論述的主要文本，以說明其現代性精神。本章將秋瑾《精衛石》與同時期的彈詞小說——尤其是以女英雄論述為主的置於並時的橫軸上，以觀看它所透顯的現代性意義。簡言之，秋瑾《精衛石》以彈詞小說這一「舊瓶」盛裝用世的時代「新酒」，借用女子所熟習的彈詞小說，論述新時代裡女子應當自強的呼聲，極富現代性。原題〈秋瑾《精衛石》的現代性——以晚清白話彈詞小說的女英雄論述系譜為視域〉，發表於「中興大學文學院 97 年燎原專案暨人文中心研究計畫成果發表會」（2009 年 9 月 25 日，中興大學文學院暨人文研究中心主辦。具審察制度）。

第五章〈流動的風景·凝視的文本——單士釐（1856-1943）的旅行散文與她對女性文學的傳播與接受〉，本章旨在說明單士釐的旅行散文與她在女性文學上的成就，前者指的是單士釐做為近代以來第一部女子旅行文學的作家，後者指的是單士釐不僅有機會以外交官家眷身分成就旅行文學的書寫，對於女性文學的整理與研究也有一定的貢獻。值得一提的是，單士釐所編輯的《國朝閨秀正始再續集》與完顏惲珠《國朝閨秀正始集》與《國朝閨秀正始續集》可謂一脈相承，於發揚歷代閨秀文學而言極具意義。原題〈流動的風景與凝視的文本——談單士釐（1856-1943）的旅行散文以及她對女性文學的傳播與接受〉發表於《淡江中文學報》第 15 期（2006 年 12 月，頁 41-94）。又，曾以〈走出傳統閨閣的摩登旅行者——單士釐（1856-1943）的行旅書寫〉為題，發表於「行旅的書寫——第四屆

主題文學研討會」（2005 年 11 月 26 日，元培科技學院國文組主辦）。

第六章〈女學生‧女教師‧女作家──琦君與孟瑤的學院生涯考察與文學接受情形〉，以琦君與孟瑤兩位「第二代知識女性」為討論對象，旨在闡揚她們與新式學院教育的深刻關聯，她們先是五四之後的時髦女學生，然後是中學或大學的女教師／女教授，同時也是女作家。以琦君與孟瑤的學院生涯做為考察對象，得以由另一角度探知她們不同的文學表現，進而述及當代學界對她們的文學表現所給予的接受情形與評價。原題為〈學院女作家琦君與孟瑤的教學／學術生涯考察──兼論其文學接受情形〉，收錄於中央大學中文系琦君研究中心主編《永恆的溫柔──琦君及其同輩女作家學術研討會論文集》（2006 年 7 月，中壢：中央大學中文系琦君研究中心主編）一書中。又，曾以〈學院女作家琦君與孟瑤的教／學生涯與其文學創作的互動考察──兼論其接受史〉為題，發表於「琦君及其同輩女作家文學研討會」（2005 年 12 月 16 日，中央大學中文系琦君研究中心主辦）。

第七章〈國族的離散‧自我的招魂──施叔青遊記／小說《兩個芙烈達‧卡蘿》的身分認同〉，本章以施叔青的遊記／小說《兩個芙烈達‧卡蘿》做為考察對象，以發掘其中所展現的國族與身分認同問題。施叔青以藝術行旅為名，走訪西歐的西、葡兩國，卻不斷觸及西班牙的殖民國墨西哥的身世，並由此聯想至己身所來自的臺灣與它的發展史。看似不相干的兩個國族命運，在施叔青的巧手妙寫之下竟有千絲萬縷的牽連。不僅如此，藉由旅行釋放自己的創作疲勞以便重新找回靈感的施叔青，不可避免地在旅途中與墨國女性藝術家──芙烈達‧卡蘿的生命交會，也向同樣敏銳易感的捷克

作家卡夫卡藉取創作的心聲。簡言之，一部看似輕薄的遊記／小說，竟有如斯深厚的能量，令人驚豔。原題〈在離散漂泊的藝術行旅中招魂——談施叔青的遊記／小說《兩個芙烈達‧卡蘿》的身分認同〉收錄於蔡振念編《臺灣近五十年現代小說論文集》（2007 年8 月，高雄：中山大學文學院／人文社會科學中心印行）。

　　第八章〈以知性烹調食物‧以感性釀造文字——蔡珠兒的食物書寫〉，本章以蔡珠兒的食物書寫做為考察對象，說明其知性與感性交融的寫作模式，並以文化研究的精神為食物考察身世。雖然引經據典，卻也是極酣文字的美饌書寫，為當代飲食文學的書寫，開闢了一種新的可能。簡言之，即以感性文字寫知性散文，使飲食文學在「懷舊」之外，還能以百科全書式的知性內容兼顧優美而感性的文字。原題〈蔡珠兒的食物書寫——兼論女性食物書寫在知性散文脈絡中的可能性〉，發表於《臺灣文學研究學報》（國家臺灣文學館）第 4 期（2007 年 4 月，頁 139-165）。

　　綜合以上，近現代知識女性的各種文學表現，次第展開如上。無論第一代、第二代，乃至第三代知識女性，雖然生年有殊，時代不同，但閱讀與寫作皆為她們的生命史重心。正因為能閱讀能寫作，生命能量得以豐沛。這是本書擬彰顯的價值所在。

第二章
閨閣女詩人·公共啟蒙者
——以近代女性報刊中的論說文為視域

第一節　前　言

　　近代文學現象的發展中，值得注意的是女性散文家及小說家（本文暫不討論小說部分）的誕生。此一現象的發生與近代蓬勃發展的女性報刊有相當密切的關聯。

　　傳統才女大多為專擅詩詞的「女詩人」，女散文家及小說家鮮少出現❶；而現當代卻是女散文家及小說家當道的時代。此一現象的轉變與近代女性報刊在文學史上所扮演的地位有相當關聯。換言之，當我們回顧近代女性報刊中的文本時，便發現近代女性透過報

---

❶　女小說家或已有之，以韻文為主體的彈詞小說，清代便有超過 30 種。而白話小說家則幾微（明末汪端《元明遺事》（本人燒燬不傳的白話小說）、晚清顧太清《紅樓夢影》（第一部流傳下來的女性白話小說）），但散文家則幾無。參考胡曉真：〈藝文生命與身體政治——清代婦女文學史研究趨勢與展望〉，《近代中國婦女史研究》第 13 期（2005 年 12 月），頁 43-45。

刊發聲的現象早已有之。由女性創辦與編寫的報刊，往往也扮演了鼓勵女性書寫散文及小說的功能。其中，最能呼應時事的論說文，其創作主體不再僅限於男性文人，女性（女詩人）的參與成為頗值得注意的現象。

本文即由此脈絡出發，探究近代女性文學與女性報刊研究結合的可能性。所謂女性報刊，指的是由女性創辦、編輯與主筆的刊物，自 1898 年由譚嗣同夫人李閏及康廣仁夫人黃謹娛創辦的《女學報》（梁啟超夫人李蕙仙、康有為長女康同薇與裴廷梁姪女裴毓芬等人為主筆）開始，諸多女性報刊登載由女性所創作的散文，她們不只發出自己的聲音，也逐漸形塑出女性創作詩詞以外文類的可能性。此外，我們也以「公共空間」（public sphere）及「文學場域」（literary field）的概念，以鉤沉近代女性如何走出私密空間進入報刊這樣的公共空間／文學場域中發聲的面貌，以突顯知識女性「切身」的空間轉換之意義。

此外，我們也將以「認同」（identity）為視角探究近代女作家如何以論說文這樣的文本進入公共空間，以展現自我認同。里柯認為認同有兩個類型，一是「固定認同」（idemidentity），也就是自我在某一個既定的傳統與地理環境下被賦予認定之身分（given），進而藉由鏡映式的心理投射賦予自我定位，這種認同基本上是一種固定不變的身分和屬性。另一種認同是「敘述認同」（ipseidentity），透過文化建構、敘事體和時間的積累，產生時空脈絡中對應關係下的敘述認同。敘述認同經常必須透過主體的敘述以再現自我，並在不斷流動的建構與斡旋（mediation）過程中方能形成。敘述認同是隨時而移的，它不但具備多元且獨特的節奏和韻律，也經常會在文化

的規範與預期形塑下，產生種種不同的形變❷。循此，近代女性藉由報刊此一公共空間／文學場域的參與，並以「敘述認同」所形成的視域，形塑姐姐妹妹們的想像共同體；進而以此理解她們由明清才女轉型至現代（modern）女性的脈絡，這也是本文極欲關注的焦點。

　　綜合言之，本文擬觀察近代女性報刊中的女性論說文，如何展示女詩人參與公共論述，並在此敘述中找到對女性自我的認同。同時，由此探究近代女詩人轉型至女散文家的可能脈絡。而本文所示現的文本以《女學報》（1899-1903，陳擷芬）❸、《中國女報》（1907，秋瑾）、《中國新女界雜誌》（1907，燕斌）、《天義》（1907-1908，何震）、《神州女報》（1912-1913，張默君）等五部重要女性報刊做為主要的論述文本，時間斷限大致以 1898 至 1913 年為止約十五年間的女性報刊為主要討論視域。

　　此外，兩部知名的女報——丁初我《女子世界》及王蘊章《婦女雜誌》之所以未列入討論，乃因前者為男性所主導的女子啟蒙報刊，後者雖曾由胡彬夏（女士）主導過一卷十二期編務，但主要撰稿人仍大多以男性為主；而討論此雜誌之相關論著亦有一定的規模

---

❷　引自廖炳惠：〈identity 認同〉，《關鍵詞——文學與批評研究的通用辭彙編》（臺北：麥田出版，2003 年 9 月），頁 135-136。

❸　近代女性報刊中曾出現有二份《女學報》，一是 1898 年 7 月 24 日由李蕙仙、李閏及黃謹娛等人創辦的《女學報》，一是陳擷芬於 1903 年由《女報》（1899 年創刊）改名的《女學報》。詳細資料亦請參考文後附錄「近代女性報刊一覽」。本論文所引用的《女學報》文本皆為陳擷芬所主辦者，以下皆同。

存在❹，因此未予列入。

第二節　「女性報刊」釋名
──女性編輯與創作者所建構的文學場域

　　「女性報刊」，顧名思義以女性為擬想讀者而編撰之刊物。初期目標皆以啟蒙女性的智識、爭取沉睡的女權為主要標的。然而，目前可見的女性報刊中除了純粹由女性擔任發行、編輯及撰稿者之外，其實許多女性報刊仍是由男性所編撰的。❺可能的原因是，女性參與公共空間／文學場域者仍屬相對少數，因此仍需大量的男性文人／報人參與此一盛會。其中最值得玩味的是，許多文本的男性作者經常扮演女性的角色，托名女性以表文字，這由眾多極女性化的筆名即可得知。因此某些文本的作者性別很難判定，而這也是研究近代女性報刊的女性散文首先要面臨的困難。可見，近代女性的啟蒙仍有賴男性的開發，而純由女性所編輯與撰稿的女報則顯得彌足珍貴。

　　在此，純由女性所編輯與撰稿的女報是本文首要探究的客體。

---

❹　《婦女雜誌》的研究大約為近代女報中最熱烈的。如日本東京大學村田雄二郎主持的「《婦女雜誌》研究會」（2000 年），中央研究院近代史研究所《近代中國婦女史研究》第 12 期（2004 年 12 月）「《婦女雜誌》專號」。同時，日本「《婦女雜誌》研究會」與中央研究院近代史研究所合作成立之「《婦女雜誌》資料庫」http://archwebs.mh.sinica.edu.tw/fnzz/agreement.htm（2009 年 12 月 20 日再確認）。
❺　參考文後附表。

這群近世女子以報刊這類新興傳播媒體參與公共事務，其本身即饒富意義。她們由明清才女文化的教養之下出發，一腳跨進近代的新浪潮中，由私密的家庭空間出走，以新女性的形象——職業報人、革命家、政論家或職業婦女的身分——參與大時代的變遷。但是，由「才女」到「新女性」的身分轉換究竟意義為何，這是值得細究的。誠如胡曉真所言：

> 近年來，明清婦女史與婦女文學史的學者早已成功重塑了17 到 19 世紀的中國女性形象；簡單地說，「受害者」或者「受壓迫者」並不能完整描述中國婦女的生命經驗，因為此一時期的許多女性曾藉由文藝的追求，建立了自我，發抒了情志，甚至在某些層面上實現了理想。不過，當我們將眼光轉向 20 世紀初，也就是清末民初這段時間的時候，我們突然面臨新的問題：「才女」傳統與「新女性」之間，究竟是接軌，還是斷裂？當時代的趨勢出現重大轉折時，作為個人的「才女」們發生了什麼事？她們是在一夕間銷聲匿跡？還是突變為新女性？或者，她們仍以另一種形式繼續活躍著？而這又可以引發進一步的思考，例如受過教育的女性在19、20 世紀之交中國對現代的狂熱追求中扮演什麼角色？她們只是被啟蒙者，或者還有其他可能性？她們與男性知識份子如何互動？她們在自身的教養背景與時代的潮流趨勢之間，如何做出個人的選擇？在這些女性個體身上，傳統與現

代的關係，是否只能以衝撞或者取代的模式來解釋？❻

胡曉真認為明清才女藉由書寫而在某種層面上實現了自我，並不能完全化約為「受害者」或「被壓迫者」的角色。由此脈絡繼續思考，近代才女由傳統過渡到新潮的途中，是否一直以「被啟蒙者」的角色自數，或者還有其他可能？本文即認為近代才女在此轉型與裂變期當中，也曾經扮演「啟蒙者」的角色──以女性啟蒙女性。換言之，傳統才女由詩人到散文家（甚至小說家）的發展歷程，可由近代女性報刊的文本中找到一些線索，以說明傳統才女在進入新式公共領域後，也有實現自我的可能。部分女性更是與男性知識份子一樣，扮演了「啟蒙者」的角色。因此，她們當中的一部分人與新時代的對應是相融的，甚至走在時代前端。

　　循此，面臨時代的劇變，傳統才女們紛紛走出閨閣，以報刊這樣的公共空間為新的文學場域。所謂公共領域是指介於個人與政治國家之間的自主性社會生活領域，而這一領域的功能具體表現在報刊這種公眾輿論工具❼。在哈伯瑪斯的論述中，文學公共領域包括「俱樂部」與「新聞界」❽，前者所指的是城市裡最為突出的文學

---

❻　胡曉真：〈文苑、多羅與華鬘──王蘊章主編時期（1915-1920）《婦女雜誌》中「女性文學」的觀念與實踐〉，《近代中國婦女史研究》第 12 期（2004 年 12 月），頁 170。

❼　方平：〈清末上海民間報刊與公眾輿論的表達模式〉，《二十一世紀》雙月刊第 63 期（2001 年 2 月），頁 67。

❽　哈伯瑪斯著，曹衛東等譯：《公共領域的結構轉型》（臺北：聯經出版公司，2002 年 4 月），〈第二章公共領域的社會結構〉，頁 39。

公共領域：咖啡館、沙龍與宴會等❾，以傳統才女文化而言指的就是詩社一類的文學社群或經由詩賦酬贈往來所建構的想像共同體。後者指的就是報刊這類公眾的傳播媒體及其輿論。因此，傳統才女以新式報刊做為她們嶄新的文學場域，其意義值得深究。

　　特別是報刊這樣的文學公共領域，其政治公共領域的意義原是大於文學性的。同時，原本從屬於家庭這一私有領域的「婦女以及不能獨立的人都被排除在政治公共領域之外」❿，換言之，歷史上參與公共領域的事務並發表議論者，婦女是「缺席」的，「與此同時，女性讀者群以及學徒和僕人在文學公共領域當中佔據的比例通常比私人物主和家長要高得多。」⓫就此而言，婦女被排除在公共領域的事務之外，即使能夠「參與」公共領域，也是以「無聲」的讀者姿態呈現，而非發出聲音、高聲疾呼的吶喊者。換言之，大部分婦女以「被啟蒙」的姿態閱讀男性主導的女報，而只有極少數的婦女是以「啟蒙者」的角色啟蒙同為女性的讀者。由此可見，近代女報的一群女性編輯與創作者之可貴也在這個意義上。

　　因此，傳統才女進入新式報刊這樣的文學場域，發出自己的聲音，不僅不再宥於閨閣（詩詞）侷限，也不願只是沉默的讀者群，她們以積極的姿態、從容的身影走入近代劇變的時代洪流中，一手

---

❾　哈伯瑪斯著，曹衛東等譯：《公共領域的結構轉型》，〈第二章公共領域的社會結構〉，頁38。

❿　哈伯瑪斯著，曹衛東等譯：《公共領域的結構轉型》，〈第二章公共領域的社會結構〉，頁72。

⓫　哈伯瑪斯著，曹衛東等譯：《公共領域的結構轉型》，〈第二章公共領域的社會結構〉，頁72。

包辦籌備、發行、編輯與撰稿等報刊所需的各項事務，自己為自己
創造發聲的文學場域。而在這新型態的文學場域中，她們不只在
「文苑」／「文藝」欄呈現傳統才女的韻文創作才華，更突出的是
——她們寫作石破天驚的論說文——為千古以來的女權發聲，也為
自己的生命找尋認同的對象／理想。

第三節　女性報刊發聲的主體
——做為啓蒙者的女性文人

　　近代女報的創作主體即女性編輯與創作者，其身世與身分值得
考察。以下擬由㈠「承父蔭」（以父之名）、㈡「以夫貴」（以夫之
名）、㈢「以自己為名」等三種類型，觀察她們藝文生命的轉型
——從傳統國學／詩詞出發轉而投入新式報刊——的歷程，其轉型
是由於父輩或夫婿的名望抑或以自己為名號，而完成她們做為女性
「啟蒙者」的角色。此三種分類僅為論述（女性報刊發聲主體）之
便，無意涉及價值判斷。所謂承父蔭、以夫貴或以自己為名，僅為
說明近代知識女性進入報刊發聲所呈現的不同類型，非謂等同於其
女性「自覺」程度之差異。換言之，承父蔭與以夫貴者，恰可說明
近代知識女性在自覺過程中必然受到父執及夫婿的影響這一事實，
而不必然認定她們一定較後者（以自己為名）的自覺性弱。同時，以
自己為名者的自覺性是否必定較前二者為強，亦未必見得，僅能說
明她們崛起於報刊的契機，來自大環境的影響多過於家族與親友的
支持。因此，分類僅為論述之便，不擬特別強調每一類型的自覺性

程度。❷

　　因此，面對近代知識女性進入報刊做為發聲主體的現象，將她們分為三種類型，以方便觀察近代知識女性在世紀交替之際的藝文生態及其意義。

㈠承父蔭（以父之名）

　　承父蔭的女報人，其辦報背景與父輩的支持有明確關聯。在此以裘毓芳、康同薇、陳擷芬及陳翠娜為討論對象。其中，裘毓芳與裘廷梁是叔姪關係；康同薇為康有為之女、康廣仁之姪女，餘二者皆為父女關係。很顯然地，由於近代早期的啟蒙者以男性為主，擁有知識優勢的男性往往佔得機先，成為近代邁向現代化的先進推手，而他們的女兒／姪女也在耳濡目染下，一同參與了報刊傳播這項現代化工程，並進而將閨閣文藝轉型至公共領域上發表論說文。

　　裘毓芳（1871-1904），字梅侶，筆名梅侶女史，為晚清提倡「廢文言而崇白話」的裘廷梁之姪女。裘廷梁與梁啟超等人甚為熟稔，在劇變的近代極力主張書寫白話文，辦白話報；並把白話報作為開啟民智的一種有力的輿論工具❸。這是五四之前早已有之的白

---

❷　關於此三項分類的「強烈價值判斷」與「落入父權思惟的窠臼」，感謝匿名審察者之一提供寶貴的修改意見，使筆者受益良多，謹此致謝。同時，本節末段（「綜觀以上」一段）亦有相關說明與呼應。

❸　1898 年，裘廷梁發表〈白話為維新之本〉名篇，提出「廢文言而崇白話」的主張，標誌著近代白話書寫的正確性。參看拙著《近代白話書寫現象研究》（臺北：萬卷樓圖書公司，2005 年 3 月），〈第四章近代白話書寫的理論（上）〉。

話書寫論述及現象，可見其思想的前瞻性。

　　在叔父裘廷梁的影響下，裘毓芳不僅國學底子深厚且文筆優美，有才女之稱。同時，她也熟知中外歷史與現狀，立志創辦通俗報刊，運用質樸的白話文傳播新知識新思想，開通民智。1898 年 5 月，她與叔父裘廷梁創辦了近代以來最早的白話報刊《無錫白話報》（後名《中國官音白話報》），她本人也因此成為近代史上第一位辦報的婦女❶。雖為二人合辦，實際主持編務工作的卻是裘毓芳，而每一期也都有她的撰述文字，如宣揚新學的〈日本變法記〉、〈印度記〉、〈化學新知〉；翻譯李提摩太〈俄皇彼得變法記〉等。「海外拾遺」、「海國叢談」專欄則有許多域外新聞與科學知識。她也以章回體寫了一系列生動活潑、群眾喜聞樂見的通俗寓言小品〈海國妙喻〉。除此之外，裘毓芳也以白話書寫〈孟子年譜〉及〈《女誡》注釋〉，一方面實踐叔父「廢文言而崇白話」的理想，以淺白文字整理國故以擴大其影響力；另一方面也很能展現她深受傳統閨閣教養下的國故涵養。而這種返本以開新的古典新詮正好也是近代回眸國故的一種典型❶。通過對班昭《女誡》的重新詮

---

❶　戈公振：《中國報學史》：「我國報界之有女子，當以裘女士為第一人。」（臺北：臺灣學生書局，1982 年 3 月），頁 171。

❶　夏曉虹：「對班昭與《女誡》的重新闡釋，肇端於女子教育開始在中國創興之時。1897 年 11 月，上海的維新人士正式集議籌備女學堂。次年 5 月底，國人自辦的第一所影響廣遠的女子學校——中國女學堂在上海誕生。同年 7 月 24 日，由中國女學堂的女教員與女董事創辦的《女學報》第一期出刊。該報的特異處，在『主筆人等皆以女士為之』，故興論界稱其『實開古今風氣之先焉』。而《女學報》登報公聘的主筆中，高踞榜首的乃是『晉安薛紹徽女史』與『金匱裘梅侶女史』。薛氏為女學堂發起人陳季同之弟婦，裘毓芳

釋，近代女學／女權找到一條依循的道路，這也是相當值得探究
的。1897 年 7 月，裘毓芳擔任李閨、康同薇、李蕙仙等創辦的
《女學報》的主筆。該刊為中國女學會和女學堂私塾的會刊和校
刊，也是近代以來最早以婦女為發刊對象的報紙。《女學報》不僅
是最早的白話報刊之一，而且也是最早提倡使用白話文的報刊之
一。裘毓芳發表〈話女學堂與洋學堂〉、〈論女學堂與男學堂並
重〉等文章，以興女學為強國保種之道，而這也是維新人士普遍之
呼聲。

　　綜觀裘毓芳的報人生涯，叔父裘廷梁「以白話為維新之本」、
「廢文言而崇白話」的維新思想可謂影響深遠。

　　康同薇（1878-1974），字文僩，號薇君，康有為之女、康廣仁
之姪女。康同薇在家學淵源及父親之栽培下，少女時期不纏足也不
穿耳，為女界先鋒。自幼飽讀詩書，15 歲即根據二十四史編纂
《風俗制度考》；精通國學與英、日文，並為其父翻譯並編纂《日

其時正裏助叔父裘廷梁開辦《無錫白話報》（後更名《中國官音白話報》）。
二人對班昭與《女誡》不約而同的關注均出現於此時，當非偶然。……1898
年 5 月，乘維新思潮在全國蓬勃發展之勢，裘廷梁率先於家鄉創辦了《無錫
白話報》，以白話為利器『開通民智』。而自第 3 期起，裘毓芳的《〈女
誡〉注釋》便以連載的方式面世。《無錫白話報》現存 24 期，《〈女誡〉注
釋》刊至 17、18 期合冊，儼然為該編最重要的一部分。1901 年，裘廷梁編
輯《白話叢書》第一集時，又將《無錫白話報》中的核心文章輯錄在內，列
於首位的恰是《〈女誡〉注釋》，足見其在裘氏叔姪心目中的分量之重。」
夏曉虹：〈古典新義：晚清人對經典的解說──以班昭《女誡》為中心〉，
《中國學術》第 2 期（2000 年），www.cp.com.cn:8246/b5/www.cp.com.cn；
後收錄於《晚清女性與近代中國》（北京：北京大學出版社，2004 年 8 月），
頁 151。

本政變考》及《日本書志》等日文書籍，康有為曾經表達過他對同
薇的喜愛：「同薇博群學，尤熟蟹行書。孝謹從無過，聰明最愛
渠。」⓰可見她不僅是父親事業上的得力助手，更是孝順而聰明的
好女兒。

　　1897 年，康同薇叔父康廣仁在澳門創辦《知新報》，康廣
仁、何廷光為總理，徐勤、何樹齡、韓文舉、梁啟超、劉楨麟等人
為撰述，康同薇任翻譯。該報設有「論說」、「諭折」、「京外近
事」、「各國情況」等欄目，載有農事、工事、商事、礦事、中外
交涉新聞、各省新聞等。與上海《時務報》遙相響應，宣傳變法維
新、救亡圖存。康同薇也在此發表了著名的論說文〈論中國之衰由
於士氣不振〉及〈女學利弊說〉。前者對於自強變法之道的觀點，
顯然深受其父影響。後者介紹歐美國家的女子教育現況，並論述女
學與國家的關係，無非是希望女子有才有德以強國保種之類見解，
此為維新時期的普遍立論。

　　也是由於康有為在維新運動中的名望甚高之故，1898 年 7
月，康同薇亦承其志氣，與譚嗣同之妻李閏、叔父康廣仁之妻黃謹
娛、梁啟超之妻李蕙仙、裘廷梁姪女裘毓芳合辦了《女學報》，開
創了近代以來第一份專以婦女為閱讀對象的報紙。康同薇擔任主
筆，與一群維新人士之妻女一同為中國現代化而努力，透過報刊這
一新興的傳播媒體，建構她們的想像共同體。

⓰　明夷（康有為）：〈送女同璧往美歐演說國事兼還港省親召女同薇來并示諸
　　同門〉，陳擷芬：《女學報》2 年 2 期，1903 年 4 月 12 日，引自李又寧、張
　　玉法編：《近代中國女權運動史料》（臺北：傳記文學出版社，1975 年 10
　　月），頁 390。

對康同薇而言，父親康有為及叔父康廣仁，無疑是她女權思想及論說的重要推手。

陳擷芬（1883-1923），筆名楚南女子，《蘇報》陳範之女。1899 年，陳範自知縣搖身一變為報館主人，接手《蘇報》。1899 年冬，陳擷芬在上海創辦《女報》，並擔任主筆。該報不久即告停刊。1902 年續出《女報》月刊，仍由她擔任主編。次年改名《女學報》繼續出版，由蘇報館發行。同時她還擔任上海愛國女校的校長，參加了中國教育會及愛國學社的革命活動。1903 年「《蘇報》案」發生，由於《女學報》是隨父親的《蘇報》附送的，「《蘇報》案」後也難逃休刊之痛。後與父陳範逃亡日本，這位楚南女子在東京恢復《女學報》，續出第四期❶，並參加反清秘密組織「三合會」，同留日女學生組織「共愛會」，被推選為會長；後與秋瑾合作，將共愛會改組為「實行共愛會」。1907 年，秋瑾創辦《中國女報》時，主張該報是繼承《女學報》而辦的。

1899 年，17 歲的陳擷芬已經主編《女報》，雖因種種原因而報紙中斷，但這已經讓她嘗到了參與公共領域、傳播信息的滋味。1902 年她又在上海續出《女報》，時常以主筆兼記者身份撰寫論說、演說及新聞報導，為婦女運動大聲疾呼。她擅長寫論說文，最具代表性的當屬〈獨立篇〉、〈女界之可危〉、〈盡力〉等，筆鋒銳利，勢如破竹。同時在新聞編排上注重讀者來信和附加編者按語，以營造論說的氛圍，充分展現報刊這類公共的文學場域的傳播

---

❶　《女學報》因出刊地點之變遷，李又寧、張玉法所編之《近代中國女權運動史料》即特別標明「上海《女學報》」與「東京《女學報》」之別。

性質。尤為特別的是，在政論風氣佔主導的大環境下，陳擷芬反其
道而行，讓新聞中立的呈現，在「新聞」及「最新眉語」專欄中刊
登鼓吹女權、提倡女學的政治新聞，也編寫無數鼓吹平等自由獨立
的新聞，如〈婦人政黨〉、〈女子從軍〉、〈女子經商〉等文章，
而鼓吹女子教育的更是可觀。此外，她也翻譯西方女子教育理論與
實踐的文章。其後，陳擷芬並將鼓吹女權付諸行動。1912 年 3 月，
陳擷芬和湯國梨、吳芝瑛等各界婦女發起成立「神州女界共和協濟
社」，提出婦女參政的要求。

綜觀陳擷芬的報人生涯，其父親陳範開創之功影響深遠，使得
她較諸其他近代女性有著更先進的目光與超群的風格。

陳翠娜（1902-1967），字小翠，鴛鴦蝴蝶派著名作家陳栩園（蝶
仙，筆名天虛我生）之女，曾任教無錫國學專修館及上海中國畫院
等，成就不凡。天資奇慧，幼從其母讀書，十歲已能屬對，十三、
四歲時為詩，父親改竄數字，往往不甚滿意而自存原稿。出嫁前其
父陳栩園為其印行《翠樓吟草》，詩詞曲各體俱備，出色當行，且
工駢文、繪事，可謂絕代才女。另有《翠樓文草》、《翠吟樓詞曲
稿》以及劇本、小說多種，在女性文學史上佔有重要地位。此外，
陳翠娜曾譯法國丁納而夫人（Maacelle Tinayre）《法蘭西之魂》，刊
載於《小說海》（2 卷 9 號，1916 年 9 月 1 日），可見其才華洋溢。

其父陳栩園（1879-1940）早年從事豔情小說的創作，為鴛蝴派
代表人物，著有詩詞曲匯集《栩園叢稿》，長篇寫情小說《淚珠
緣》、《玉田恨史》及《井底鴛鴦》等。陳栩園在近代報刊史也佔
有一席之地，曾出版文藝雜誌《著作林》，並曾擔任《游戲雜

誌》、《女子世界》❸和《申報》副刊《自由談》的主編。1930
年創辦並主編《上海機制國貨聯合會會刊》，提倡國貨。其中
1914 年 12 月創刊的《女子世界》是專以女子為發行對象的鴛蝴派
期刊，專門刊行閨秀著作及關於女子的文字。陳栩園將《女子世
界》定位為一份「不獨供才子佳人繡口錦心之談助」、「不欲與尋
常雜誌同日語」的可作為「良友」的雜誌。刊物中除了文藝方面的
內容，如「文選」、「詩詞」、「曲選」、「譯著」、「譚叢」、
「筆記」、「詩話」、「說部」、「傳奇」、「彈詞」、「音樂」
等傳統閨秀教養下的詩詞韻文等欄目之外，還開闢了實用常識類欄
目，如「圖畫」、「工藝」、「家庭衛生」欄，兼及食品製作保
存、衣服裁剪、婦女化妝、幼兒教育、婦女衛生等家庭生活的資
訊。綜觀《女子世界》的內容，跳脫消閒小報的侷限，頗具實用和
生活指導的價值，這也是它的獨特所在。

　　由此可見，1934 年陳翠娜之創辦《中國女子書畫會刊》，顯
然是報人世家耳濡目染之下的結果。其報刊風格不難想像，除了刊
載女性的書畫詩詞之外，也附書畫家小傳及照片，這與陳翠娜自身
兼擅詩詞韻文與繪事的特長頗為吻合。綜合言之，由陳栩園《女子
世界》到陳翠娜《中國女子書畫會刊》，父女兩代對於女報的編輯
方向及內涵，仍舊相當關注傳統閨秀的文化教養，由該類欄目仍佔
有相當篇幅，顯示近代女性由傳統才女過渡到新女性的轉型，是漸

---

❸　近代女性報刊史上先後出現過兩種完全不同的《女子世界》。一是 1904 年 1
　　月，丁初我創刊的《女子世界》月刊。一為 1914 年 12 月，天虛我生陳栩園
　　（蝶仙）創刊的《女子世界》月刊。

進而舒緩的逐步裂變。

(二)以夫貴（以夫之名）

　　走進公共領域的女性編輯與創作者，另一類型是其身旁有位知名的夫婿做為撐持，如梁啟超之妻李蕙仙、譚嗣同之妻李閏、康廣仁之妻黃謹娛、劉師培之妻何震、許嘯天之妻高劍華等。由於夫婿從事維新或革命事業之故，幾乎皆採用報刊這項新式的公共場域做為論述的工具，影響所及的是女眷們也參與了提倡女權與女學的相關事務，並與男性一樣辦起報刊——專屬於女性自己的公共領域。

　　李蕙仙（1869-1924），梁啟超之妻。梁啟超辦過無數份在近代史上著名的報刊自不待言，而其妻李蕙仙也是位著名的女報人，與李閏及黃謹娛等辦過影響較大的《女學報》（1898 年 7 月 24 日創刊）。因此，最早的報人伉儷應該是梁啟超和李蕙仙夫婦。

　　梁啟超是維新時期著名的報刊宣傳活動家，他以《時務報》為宣傳陣地，發表《變法通義》等數十篇文章，鼓吹變法救亡。他的文筆暢達，感情充沛，使該報歷久不衰，自言「筆鋒常帶感情」，梁啟超也因此轟動朝野，成為一代知名報人。梁啟超夫人李蕙仙是禮部尚書李端棻的堂妹，出身名門，自幼飽讀詩書，有一定的文化修養。李蕙仙能講一口北京官話，也使梁啟超受益甚多，所以他說：「我因蕙仙得諳習官話，遂以馳騁全國。」她也受到當時康有為、梁啟超等人所鼓吹的維新變法思潮的影響，主張婦女解放，並參與辦報，戊戌變法時期在上海創辦女學堂，並出任提調，落實梁啟超提倡女權與女學的呼聲。

　　1898 年，近代以來第一份婦女報刊《女學報》在上海創刊，

該報宣傳變法，也提倡女學、女權和婦女參政。其主編與撰稿人全是女性，李蕙仙即是主筆之一。因此，夫婿的維新事業與報人生涯與她能夠參與公共論述有絕對的相關。

李閏（？-1897），譚嗣同之妻。進士李篁仙之女，生長於詩書家庭，知書達禮。夫婿譚嗣同曾著文反對納妾，且嚴以律己，伉儷情深。1897 年，李閏與黃謹娛、李蕙仙等人，為討論女學與女權等問題，在上海倡辦成立中國女學會。該會成立後，為謀求婦女自身的解放進行活動，在維新派梁啟超、鄭觀應以及經元善等人的協助與官方的支持下，創辦中國女學堂（女學會書塾），校內所有教職員工全由婦女擔任。同時創辦《女學報》，宣傳變法維新，提倡女學，爭取女權與男女平等等。該報主筆 30 餘人亦全由婦女擔任，其中較知名的有李蕙仙、康同薇以及裘毓芳等。她們發表了不少提倡女學、女子參政，以及介紹異域婦女受教育情況和傳播生產知識的文章。而百日維新失敗後，中國女學會解體，女學堂亦宣布停辦，《女學報》也跟著停刊。

黃謹娛，康廣仁之妻。1897 年中國女學會在上海成立，黃謹娛即與李閏同為倡辦董事，並一同參與《女學報》的創辦與編撰事務。是年，黃謹娛之夫康廣仁與梁啟超、譚嗣同、汪康年等維新人士發起不纏足會，設總會於上海。梁啟超在〈戊戌六君子傳·康廣仁傳〉中曾經如此談道康廣仁：「其所辦之事，則在澳門創立《知新報》，發明民政公理；在上海設譯書局，譯日本書，以開民智；在西樵鄉設一學校，以泰西政學教授鄉之子弟；先生惡婦女纏足，壬午年創不纏足會而未成，君卒成之，粵風大移，粵會成，則與超推之於滬，集士夫開不纏足大會，君實為總持；又與同志創女學

堂，以救婦女之患，行太平之義。於君纔未盡十一，亦可以觀其志矣。」（1899 年）可見康廣仁除了以報人姿態處世，也極為關注女權與女學的議題，因此其妻黃謹娛深受其影響也就不難推測了，「妻黃謹娛，為中國女學會倡辦董事。」⑲梁啟超如是介紹黃謹娛參與公共領域的歷程。

何震（1885-1919），劉師培之妻。劉師培（1884-1919），字申叔，乃清代揚州研究《左傳》的著名學者劉文淇的後代，1902 年中舉。1904 年，他到上海與章太炎、蔡元培等參加反清革命，參與《俄事警聞》、《警鐘日報》和《國粹學報》等的編輯工作，積極為《中國白話報》撰稿，並用通俗的語言向民眾宣傳革命主張，作《中國民族志》、《攘書》、《中國民約精義》等，並加入中國教育學會、光復會、同盟會、國學保存會等進步組織。他與何震結婚後，夫婦二人都參加革命活動。

1907 年，應章太炎等邀請，劉師培夫婦東渡日本，結識孫中山、黃興等革命黨人，參加同盟會東京本部的工作。受日本無政府主義思潮的影響，劉師培夫婦發起成立「女子復權會」和「社會主義講習會」，並創辦《天義》和《衡報》。《天義》這份報刊也是清末最早宣傳無政府主義的刊物，最初是女子復權會的機關刊物，後來又成為社會主義講習會的機關刊物。該報編輯兼發行署名劉師培之妻何震，實際由夫婦二人共同編輯。

《天義》最初聲稱以「女界革命」和「破壞固有之社會，實行

---

⑲　梁啟超：〈戊戌六君子傳·康廣仁傳〉，《飲冰室合集·專集》（北京：中華書局，1989 年 3 月），頁 98-99。

人類之平等」為宗旨，實際是宣傳無政府主義和社會主義理論，提倡廢除等級制度，實現人權平等；並組織翻譯《共產黨宣言》等。也對無政府主義代表人物蒲魯東、巴枯寧、克魯泡特金等人的思想作了介紹。同時也介紹馬克思、恩格斯著作的某些章節。其中所載恩格斯〈共產黨宣言〉（1888 年英文版序言）也是迄今所見恩格斯著作最早的中譯本。而其中與「女界革命」有關的篇章，多署名「何殷震述」或「震述」，如〈女子宣布書〉、〈女子復仇論〉、〈女子解放問題〉、〈論女子當知共產主義〉、〈女子革命與經濟革命〉、〈論中國女子所受之慘毒〉等，部分則署名「志達」者，如〈偉哉女傑〉、〈女界籲天錄〉、〈女子教育問題〉、〈女子問題研究〉、〈秋瑾死後之冤〉等篇章。可見，《天義》的女界色彩亦極為濃厚。

高劍華，許嘯天之妻。許嘯天（1886-1946），近現代作家，17歲剪去髮辮，追隨徐錫麟與秋瑾投身革命事業，並著《越恨》一書記其始末。早年熱心於戲劇，參加春柳社、春陽社，後組織人本戲社、文藝動員劇社。除粉墨登場外，還撰寫劇本《拿破崙》、《明末遺恨》及《黑籍冤奴》等。許嘯天在小說創作方面以歷史演義為主，著有《清宮十三朝演義》、《明宮十六朝演義》、《唐宮二十朝演義》和《民國春秋演義》等。

其後與夫人高劍華創辦《眉語》月刊，躋身鴛鴦蝴蝶派報刊之列。《眉語》在 1914 年出刊，由夫人高劍華主編，撰稿者以女性為多。顧明道（1897 年生，二十年代知名的言情與武俠小說家）曾以「梅倩女史」筆名，在該刊連載長篇言情小說。封面為出自名畫家鄭曼陀及胡伯翔等之手的仕女畫。可見，由於夫婿曾經參與革命事業，

也是作家之故，高劍華自然較諸其他女性有更多濡染的機會，加入創辦報刊的行列。

㈢以自己為名

以自己為名的女報人，大多無特別知名的父輩或夫婿的的名望為支持，其地位較多由自己創發而來的價值。若就傳統才女的轉型意義而言，她們大致屬於較為接近新女性者。如秋瑾、燕斌、張默君、唐群英及胡彬夏等，積極參與女性報刊的編撰工作，以發出女性自己的聲音，取代以往由男性代為立說的局面，以彰顯知識女性自主的真諦，皆有值得稱道之處。

秋瑾（1875-1907），字璿卿，號競雄，筆名鑑湖女俠、漢俠女兒。出身官宦之家，自幼領受傳統閨閣才女的教養，十八歲出嫁予富紳之子，育有一雙兒女。她的少女少婦時期，全然一派傳統閨秀／才女的生命典型。然而，終究家庭無法束縛她出走的步履，1904年她毅然拋夫棄子東渡日本，以女留學生的姿態，創辦《白話報》宣導女權與女學，其中所刊載之〈敬告中國兩萬萬女同胞〉即提倡女子應放足以走出家門／國門自立。

1907 年，秋瑾回到上海創辦《中國女報》，發行與總務由秋瑾負責，編輯和校對分別由陳伯平和徐雙韻（好友徐自華之妹）負責。以開通「女」智為宗旨。如「社說」欄的〈發刊詞〉，「演說」欄的〈敬告姊妹們〉，「唱歌」欄的〈勉女權〉等，都是秋瑾對女權與女學的吶喊之作。「譯編」欄的〈看護學教程〉，則是秋瑾為女性開闢職業類型的用心。「女學文叢」欄中另有呂碧城〈女子宜急結團體論〉，亦為女權名篇。至於「新聞」及「調查」欄中

則有許多女界記事，如〈女士好學〉、〈幼女子之游學〉、〈天足開會〉等動態訊息的介紹。同時並以「小說」及「傳記」欄刊載女英雄的故事，如〈中國女界義勇家緹縈傳〉、〈女英雄獨立傳〉等。在著名的〈敬告姊妹們〉裡訴說的是纏足之害與傳統婚姻對女子的綑縛；〈勉女權〉則有「男女平權天賦就，豈甘居牛後？」之語，無疑地這是一首勉勵女同胞爭取平等、參加革命與爭取解放的戰歌。這些作品與她的彈詞小說《精衛石》中的吶喊，其精神是相通的。

綜觀秋瑾的生命際遇，在個人與家國之間，選擇以報刊這樣的公共領域以呈現自我，並以 33 歲之青春獻祭於政治國家。她的作為成就的是「她自己」這個典範，較少依恃父兄或夫婿之名。

唐群英（1871-1937），字希陶，號恭懿。唐群英和秋瑾可說是辛亥革命的「孿生女兒」、「創立民國的巾幗英雄」。唐群英在家做姑娘時，學騎、學劍也學詩，「常以不能易髻而冠為恨」。1891年遵母命嫁曾傳綱（曾國藩堂弟），並結識葛蘭英與秋瑾等人，常邀約她們至其姐唐希範家裡聚會，或飲酒賦詩，或月下撫琴，抒發對外面世界的嚮往和巾幗不讓鬚眉的壯志情懷，頗有女性沙龍或結社的味道。三位都是不平常的女性，皆出身於官宦之家，受過良好教育，且心志高遠。

但 1895 年之後的二年，唐群英先後失去女兒與夫婿，年方 27 的唐群英在親人朋友的開導下，從詩書裡遣愁解憂，尋求新生活，決計「不再嫁人，但要重新做人」。重回娘家的她，幸有娘家人接納了她，空餘待在書屋裡博覽群書，尤其受到康有為《大同書》的啟發，決心為婦女爭權利、爭自由與幸福。1904 年，在秋瑾的感

召下，毅然東渡扶桑，考入東京青山實踐女校，與秋瑾同窗。後加入同盟會。1910 年再次赴日，發起成立「留日女學生會」，被推選為書記，後改任會長。並創辦《留日女學生雜誌》及《留日女學會雜誌》，喚醒女界同胞。次年又加入南社，成為南社最早的女詩人。

　　1912 年，唐群英奔走呼呼，倡導男女平權，女子參政同盟會正式成立，被選為會長。同年 9 月，唐群英在北京創辦《女子白話報》（原名《女子白話旬報》），聲稱「本報專為普及女界知識起見，故以至淺之言，引伸至真之理，務求達到男女平權的目的為宗旨。」11 月又創辦《亞東叢報》（原名《亞東新報》），其宗旨為「本報以提倡女權，發揮民生主義，促進個人自治」。並積極恢復出版停辦二年多的《神州女報》，總經理張昭漢（默君），女中才子，亦為南社女詩人。1913 年 2 月 16 日，唐群英與張漢英、丁步蘭等等留日女學生共同創辦女盟湖南支部的機關報《女權日報》，這是湖南有史以來第一張婦女報紙，宣傳「男女平權，並參國政」的主張。

　　很顯然地，唐群英開辦諸多報刊，大多是為女界爭權利，提供公共領域做為輿論陣地的。

　　燕斌（1870-？），筆名煉石，清末留日女學生。1907 年 2 月，河南籍女同盟會員燕斌與劉青霞一同在東京創辦《中國新女界雜誌》。二人均熱心於婦女解放事業，燕斌在〈社章錄要〉中明確宣布本雜誌主義五條：「發明關於女界最新學說；輸入各國女界新文明；提倡道德，鼓吹教育；破舊沉迷，開新社會；結合感情，表彰幽遭」等（《中國新女界雜誌》第 2 期，1907 年），其目的就在於建設一

個「新女界」。

燕斌在自任主編的《中國新女界雜誌》創刊號上，發表了〈女權平議〉一文，開篇即針對《女誡》第一篇〈卑弱〉提出駁論：「自人道主義之說興，女權之論，日以昌熾。淺見者必驚其奇辟，目為邪說，從而力駁之，以為乾剛坤柔，男尊女卑，乃不易之定理。女子以卑弱為主，何權之有？噫！為此說者，所謂『夏蟲不可語冰』，井蛙之見，不足以知天之大。」❷其《中國新女界雜誌》因而以「發明關於女界最新學說」為首要宗旨，盡力鼓吹女權，對《女誡》的質疑也至此才得以公佈天下。

若與秋瑾的女權思想相較，秋瑾提倡女權革命與民族革命的結合，她較以男性為革命對象，主張武力革命。燕斌則屬於溫和派，她批判性地看待西方的女權學說，提出發明中國女權學說的觀點，致力於女性新道德的重建。

張昭漢（1884-1965），字默君。她是南社女詩人，著有《默君詩草》、《玉尺樓詩》。張昭漢也通英文，譯有英國沈威廉著的科學小說《屍光記》（1909 年上海廣智書局出版），並與陳鴻璧合譯了美國白乃傑的奇情小說《盜面》（1911 年 7 月上海廣智書局出版）。可見她的多才多藝。

辛亥革命時，她曾在蘇州和陳鴻璧等人創辦《大漢報》，宣傳革命。而《神州女報》是由張昭漢等人於 1912 年 11 月在上海創刊的，為神州女界協濟社的機關刊物。她同時也創辦神州女校，任校

---

❷　煉石（燕斌）：〈女權平議〉，《中國新女界雜誌》（第壹號）（臺北：幼
　　獅文化公司，1977 年 12 月），頁 1。

長。身為民初女權運動的一份子，張默君也為提倡男女平等、婦女解放以及民主革命運動而努力。因此，上海神州女校實際上也成為女子民主革命的搖籃，對當時婦女界產生重要影響。

可見在她的生命歷程中，致力於開辦報刊顯然也是為伸張女權所提供的一個公共領域。

胡彬夏（1888-1931），近代最早一批赴日留學的女學生。1903年4月她在日本發起成立愛國婦女團體「共愛會」，該會以「振興女學，恢復女權」，使二萬萬女子得以「盡國民之天職」為宗旨。參加這個組織的有十餘位留日女學生，胡彬夏作為共愛會的實際負責人，除每月定期召集會議討論婦女教育及其他有關婦女利益的問題外，還撰寫有關婦女解放的文章發表在種種報刊上。1904年，秋瑾到日本後重組共愛社時，胡彬夏已離日回國。1907年，她通過留美考試，是首批官費赴美留學的三名女學生之一。畢業於威爾斯利女子大學（Wellesley College）的胡彬夏，顯然擁有與其他傳統才女或新女性不大一樣的知識背景。

1915年1月創刊的《婦女雜誌》自1916年第二卷起改由胡彬夏任主編❷，風格亦有所改變，注重文藝作品，並提倡家庭生活情

---

❷　關於胡彬夏是否為掛名主編的問題，胡曉真認為第 2 卷由胡彬夏擔任主編，而王蘊章仍為雜誌的主要推手。雖有論者（周敘琪：《一九一○～一九二○年代都會新婦女生活面貌──以《婦女雜誌》為分析實例》，臺北：臺灣大學出版中心，1996 年 6 月）認為胡彬夏乃掛名主編，但胡彬夏在第 2 卷中幾乎每期都發表主要論文，而第 2 卷起，雜誌的風格也的確有所改變，因此胡彬夏的角色是否真的完全沒有作用，胡曉真自認難以判斷。參看胡曉真：〈文苑、多羅與華鬘──王蘊章主編時期（1915-1920）《婦女雜誌》中「女性文學」的觀念與實踐〉，頁 171，註 1。

趣。胡彬夏在主編任期內所發表的文章多為「社說」，內容多為呼籲中國婦女按照科學新知來主持家政，或以西方婦女為楷模，以建設好自己的小家庭而為國家富強和民族振興貢獻一份力量，如〈二十世紀之新女子〉、〈美國家庭〉、〈蒙得梭利教育法〉、〈何者為吾婦女今後五十年內之職務〉、〈二十世紀之新精神〉、〈基礎之基礎〉、〈美國少年〉等。胡彬夏在主編《婦女雜誌》期間所倡導的婦女改造家庭的主張，直接來自於 19 世紀末 20 世紀初美國的婦女教育理論。

　　誠然，胡彬夏在當時是極少數接受過西方大學教育的新式知識婦女，更是女權啟蒙話語哺育下的女先鋒，在提倡女子要有學問的前提下，胡彬夏更傾向於女子主動地把智慧和才能運用在家庭的改造，在她看來女子有學問才能心思靈巧，有學問才有立身之基礎。胡彬夏強調家庭對於社會的重要性，家庭是與社會平行的場所，女性是能夠主動發揮聰明才智建設家庭的的秀異分子，與男性在社會中實現自己的價值一樣，女性也可以在家庭中建構自己的主體價值。其後不知何故，第二卷之後，胡彬夏即不再出現於該刊。

　　綜觀以上，無論是承父蔭、以夫貴或是以自己為名，近代知識女性由傳統才女轉型至新女性，其文藝發表的場域由閨閣自留存稿到投書於報刊這類公共的輿論場域，可以發現一項可貴的事實是：她們是一群極幸運的擁有男性主體支持的女性，不但可以飽讀詩書、嫻於文史，更能擁有珍貴的女性／姐妹情誼，也能夠如傳統文人般建構屬於自己的社群／沙龍，而新式報刊這個載體正是她們共同的想像社群。也因此她們能夠經由男界的啟蒙，進而擔任女界的啟蒙者。由女性啟蒙女性，正是她們在近代文藝發展上最為特出的

一個面向——論說文也被女性使用——以啟蒙女性自己。

第四節　女性報刊的論說文說了什麼？
——女性如何啓蒙女性

　　近代女報成為知識女性走出私密閨閣後的新式展演空間，在這樣的公共領域中，她們發出自己的聲音，以論說文與時代變局對話，以啟蒙者的姿態啟蒙女性自己。因此，透過這項新式的文學場域，女性找到與自己同聲相氣者，紛紛開言提倡女權與女學，企圖一掃千古以來女性在公共領域中的失語／無語狀態。對照之下，當時大部分的報刊仍舊掌握在男性文人之手，這些女性啟蒙者及其報刊的啟蒙功能便顯得更加重要。

　　在這些提倡女權與女學的報刊中，由其欄目即可看出女性參與公共領域的意義：

陳擷芬《女學報》	論說、白話演說、演說
秋瑾《中國女報》	社說、演壇、譯編、論說、女學文叢
燕斌《中國新女界》	論著、演說、譯述、時評、文論
何震《天義》	社說、時評、學理、論說
張默君《神州女報》	言論、評林、社論、譯論、選論

這些欄目顯示的意義是，以論說文為主的文本，展演了相當多與女性自身處境相關的論文，呈現近代女性文學的現代性。此外，更重要的意義是，如胡曉真研究《婦女雜誌》所見的現象亦可引證：

前幾期的文苑便收有當代女性（多為教員與學生）的散文，後
來論說文才轉移到雜誌的「論說」欄。明清時期的女性文學
的確以各種韻文為主流，如詩詞、彈詞、戲曲等，19、20
世紀之交的女性開始大量以散文寫作，並徹底改變了女性的
語文教育的本質，這本身就是個值得探討的現象。㉒

據此而言，大量散文——尤其是論說文的出現，確實改變了女性語
文教育的本質，也促使女性創作主體產生裂變——從女詩人到女散
文家的轉型。進而言之，散文——論說文的出現，使得傳統女性的
閱讀與書寫教養發生變化。她們接受報刊散文，進而書寫報刊散
文，這顯示報刊散文的影響力，促使近代女性思想發生質變的一
面。

　　然而，如第二節「女性報刊釋名」所述，觀察近代女性報刊的
散文創作——論說文，所遭遇的問題是作者的性別不易判別，主要
來自於筆名問題。除男性文人托名女性外，部份較為中性的筆名亦
難以判定性別，如「巾俠」、「媧魂」（《中國新女界雜誌》）、「純
夫」（《中國女報》）、「佛群」（《中國新女界雜誌》）……等，難以
判定文本與作者性別之關係。究竟為男性對女性的啟蒙、抑或女性
自身的醒覺？這是研究此議題較為困難的部分。因此，在使用這些
女報的文本時，儘可能以確定為女性創作者的文本為準。至於無法
判定性別者若列入討論，則可能為以下幾種狀況：(1)其觀點與其他

㉒　胡曉真：〈文苑、多羅與華鬘——王蘊章主編時期（1915-1920）《婦女雜
　　誌》中「女性文學」的觀念與實踐〉，頁178。

文本特別不同者，列為參照文本❷；⑵無法判定文本性別者，以其確由女性編輯者所編纂並刊載於女性報刊者，亦可列為參照文本❷，以符合拙論第二節「女性報刊釋名：女性編輯與創作者所建構的文學場域」的題旨。❷

以下即就女性如何啟蒙女性的內涵，分類說明之。

㈠回首向來處──對傳統婦女地位的省思

近代女報上的論說文，首先回眸傳統女子的地位。以本文所選定的幾部報刊而言，較為重要的有震述（何震）〈女子復仇論其一〉、〈女子復仇論其二〉、〈論中國女子所受之慘毒〉（《天義》）；〈石破天驚談〉（《天義》）；煉石（燕斌）〈中國婚俗五大弊說〉（《中國新女界雜誌》）等幾篇。

以〈論中國女子所受之慘毒〉為例，何震在這篇署名「震述」的論說文中提及中國傳統婦女的遭際與地位：

---

❷ 如㈣「做自己身體的主人──不纏足」，論及未署名〈論杭州不纏足會〉一文，即無法判定性別與文本之間的關係，但仍以其觀點之特出，具有參照意義，而予以引述並說明。

❷ 如㈤「成為讀書明理女子之必要──興女學」，引述刊於《中國女報》署名「純夫」與《中國新女界雜誌》署名「佛群」的文本，雖未能判別性別仍加以引述，其原因為：該類型的論說文較少較不易取材，此其一；其刊載的報刊具有代表性，秋瑾《中國女報》與燕斌《中國新女界雜誌》皆為知名的女報。

❷ 本章第二節「『女性報刊』釋名」首段末說明：「因此某些文本的作者性別很難判定，而這也是研究近代女性報刊的女性散文首先要面臨的困難。可見，近代女性的啟蒙仍有賴男性的開發，而純由女性所編輯與撰稿的女報則顯得彌足珍貴。」

> 吾輩之所主張者，擴張女權也，惡男子以強權加之女子者。
> 夫女子為男子強權所加，固為可閔；若夫己為女子，不能抵
> 抗男權，而徒以橫暴之強權加於服屬己身之女子，則其慘毒
> 之罪，尤屬可誅。故吾輩之旨，不惟排斥男子對於女子所施
> 之強權，並反抗女子對於女子所施之強權。㉖

何震此文在為傳統婦女伸張正義，但有意思的是，何震「不惟排斥
男子對於女子所施之強權，並反抗女子對於女子所施之強權。」她
認為對婦女施暴者，男女皆有。所以她繼續論及此慘狀之現實：

> 夫今日中國一般之婦女，所受慘毒為五洲萬國所未聞，則以
> 女子之中，有富、有貧、有尊、有卑，貧者受制於富，卑者
> 受制於尊，而富者之於貧，尊者之於卑，待遇之酷遂暗無天
> 日，使顛連無告之女子，不惟受制於男，亦且受制於女，則
> 謂此境為世界最慘之社會可也，則謂此苦為中國女子特殊之
> 苦亦可也。㉗

因此，女子所遭受的毒害，不只來自男子，更苦的是來自於同性本
身的施暴。何震以「最毒婦人心」為起點，論述女子為難女子之毒

㉖　震述：〈論中國女子所受之慘毒〉，《天義》第 15 卷，1908 年 1 月 15 日。
　　引自李又寧、張玉法編：《近代中國女權運動史料》，頁 39。

㉗　震述：〈論中國女子所受之慘毒〉，《天義》第 15 卷，1908 年 1 月 15 日。
　　引自李又寧、張玉法編：《近代中國女權運動史料》，頁 39。

害，一是「女主之於婢女」，二是「君姑之於童養媳」❷，這兩種在上位者對下者所施加之諸般酷刑，才是中國婦女地位之所以卑下及悲慘的重要原因，遠甚於男子所為。身為女子的何震發出如此深中肯綮的言論，可見其識卓。

此外，煉石（燕斌）〈中國婚俗五大弊說〉也有精闢的論點：

> 夫中國婚俗之積弊亦多矣！南方與北方不同，此省與彼省有異，此其大較也，推厥細微，則府而異，縣而異，城與鄉而異，此族與彼姓而異，光怪離奇，紛繁複雜。其鄙俚也，莫測理由；其難堪也，莫窮究竟。中人以下之社會，行之而不覺，固無足怪，不謂縉紳大族亦公然行之，且較普通社會更加甚焉。噫，是之不除，中國之患豈有已耶？❷

燕斌所言婚俗之弊，即中上階層所施行之積弊，較諸「行之而不覺」的中下階層更加嚴重。此位尊者所行之弊約有五端，一是「媒妁之弊」，二是「早聘早婚之弊」，三是「迷信術數之弊」，四是「聘儀奩贈之弊」，第五項闕❸。燕斌所關注的婚俗流弊，大多為

---

❷ 震述：〈論中國女子所受之慘毒〉，《天義》第 15 卷。引自李又寧、張玉法編：《近代中國女權運動史料》，頁 40-43。

❷ 煉石（燕斌）：〈中國婚俗五大弊說〉，《中國新女界雜誌》第 3 期，光緒 33 年 2 月 23 日（臺北：幼獅文化事業公司，1977 年），頁 2-3；李又寧、張玉法編：《近代中國女權運動史料》，頁 60。

❸ 煉石（燕斌）：〈中國婚俗五大弊說〉，《中國新女界雜誌》第 3 期，頁 3-10；李又寧、張玉法編：《近代中國女權運動史料》，頁 60-65。

不利於傳統中國婦女之習俗，而此一不公平之對待，在縉紳大族之家顯得更加嚴重。對於讀書識字率較高的中上層讀者而言，此論文的反省深中要害。

　　無論何震或是燕斌，傳統婦女的苦痛，皆與威權的中上階層之施暴有關。眾所周知，何震與劉師培合辦之《天義》走的是社會主義路線，自然相當關注階級問題。而燕斌則以女留學生姿態，闡述她心目中的傳統婚俗之弊與婦女地位，無獨有偶地，也提出中上階層的威權與壓迫，恐怕才是造成傳統婦女地位壓抑的重要因素。

　　因此，回到何震與燕斌自身，我們發現，她們是以女性自身以啟蒙其他女性、或者男性。就此而言，女性不僅是被啟蒙者，在近代亦可能也是啟蒙她／他者的人物。

㈡他山之石──對外國婦女地位及女權運動的認識

　　在此類論述中，借鏡許多異域的女權知識及現狀做為參考。比較重要的有日本·石川半山〈論女權漸盛〉（陳擷芬《女學報》）、懺碧〈婦人問題之古來觀念及最近學說〉（《中國新女界雜誌》）、〈英國婦人爭選舉權〉（《中國新女界雜誌》）、震述（何震）〈婦人解放問題〉（《天義》）、震述（何震）〈女界近事記〉（《天義》）、乾慧譯述；智度筆受〈英國女傑涅幾柯兒傳〉（陳擷芬《女學報》）等名篇。

　　以懺碧〈婦人問題之古來觀念及最近學說〉為例，文中指出研究婦女問題的重點，應以進化論觀察女性與男性在生理心理上的差異，及其優劣貴賤：

夫婦人問題之多且難，既如是矣！而吾輩之所欲致力者，
**則婦人之心理生理果與男子有無異同、有無優劣之一事而
已**。蓋有異同，則男女所執之業，不能不殊而已，固無害於
男女平權之理。有優劣，則男主女奴，男貴女賤，則天成之
定律，吾輩所莫可如何者也。故古今關於**男女貴賤之爭，
所持標的，不外此點**，學說異同，此為主源，**吾輩欲覘學
說之異同，不能不舉其所論此事一研究之矣**。

且社會思潮變遷，即其社會制度變遷之反影也，二者相為因
果，如影隨形，故知社會思潮之變遷至於某點，即知社會之
變遷已達於某級，知社會既由某級進化至於某級，思潮既由
某點至於某點，則知吾儕今日所處之社會，為適與不適，吾
儕所持之觀念，已當屏棄否也，故思潮變遷之沿革尚焉。

故作者於此篇，首述東西古來之觀念，而因述最近歐洲學者
之論女子之生理及心理者，讀者覽其前者，可以知吾國之未
脫蠻習；覽其後者，可以見最近思潮之一斑。統而論之，以
可見關於婦人問題之思想進化之級，及其所據理由之強弱
矣！**㉛**

懺碧此文，特以清末流行的西學——進化論，以解說中國婦女問
題。以進化論為探索問題之根基，可知中國婦女問題之落伍，也能

㉛ 懺碧：〈婦人問題之古來觀念及最近學說〉，《中國新女界雜誌》第 5 期，
光緒 33 年 4 月 25 日，頁 1-20；李又寧、張玉法編：《近代中國女權運動史
料》，頁 60-65。案：原版即特別標黑並放大字體一倍餘；此處為排版之便，
僅標黑而未特別放大字體。特此說明。

對最新的婦女思潮有所認識。因此，他從時代與社會變遷的觀點，一路由古代述及現在（近代），並以西方學說為證，旁徵博引，得出結論：

蓋舉男女二性之心理之大較言之，則男性剛而粗疏，女性柔而精細，故男好殺伐，女性平和，男主斷制，女精思慮，男通論理，故節義禮樂之說勝，女主直覺，故喜怒哀樂之情多，天下萬事，固不可盡以剛決殺伐盛也，則必有和平之聲，優美清明之樂以和之，循斯以往，安知女子不於數世以後，為平和世界之共主乎？至於萬物萬變之待於思慮深遠，天下事之可哀可哭，可喜可樂者，又必待於真有眼淚、真有情性之人，固不待言。近今公法學家，多謂國家任官，若會計之吏，郵遞之司，審圖立按之工，凡須思慮能不苦煩之人任之者，宜以女子為之，教育家謂教訓兒童，宜以女子皆謂此也。舉男女二性生理之大較言之，言身體之差，則女子較男子早熟，發達先止，故女子身體之比例，近於小兒。言體格之異，則男子全身平直，宜於運動，女子上輕下重則否。言構造之異，則女子四肢富於脂肪，故其狀優美，二性外狀之異，多即以此。言生機之異，則女子娈變及姙娠生產之事，為男子所無，學者常舉此以為男女當殊業異能之故焉！蓋其事之可言者，大要如此，今世論男女二性者以作者所見，未見有舉男女全體構造及作用之異，以證其所論結者也，大概舉一二端而言之，或懸虛揣擬而稱之而已，然而近

代思潮，固有睹記矣！❷

證諸中西女學發展及學說而言，男女由於心理生理之構造大不相同
之故，是以提倡女權的同時，應明瞭先天的兩性差異，才能平衡而
公允的面對問題，故男女二性各有優劣，以職業選擇而言，「近今
公法學家，多謂國家任官，若會計之吏，郵遞之司，審圖立按之
工，凡須思慮能不苦煩之人任之者」，男性顯然較適於此。而「宜
以女子為之，教育家謂教訓兒童，宜以女子皆謂此也。」女子思慮
細密，宜於教育兒童之事。因此，懺碧說道一般世人論及此，往往
沒有全面瞭解男女先天之異，常以偏蓋全或憑空揣想。因此，理性
的理解女權問題正是此文所強調的重點。

　　此外，震述（何震）〈婦人解放問題〉，也有受到異域觀點啟
發之處。她觀察近世芬蘭、那（挪）威、英國及義大利諸國之婦女
爭取選舉權之事，認為「女子而欲謀幸福，在於求根本之改革，而
根本之改革，不在爭獲選舉權」❸，其原因如下：

> 如那威諸國，既裁制婦女選舉權限以年歲及稅額，限以年
> 歲，猶可言也，若夫限以稅額，則納稅及額者，必其豐於財
> 產者也，凡豐於財產之人，不為貴族即為富室，否則亦中人
> 以上之家，豈非選舉之權，均操於少數貴婦人之手乎？夫吾

---

❷　懺碧：〈婦人問題之古來觀念及最近學說〉，《中國新女界雜誌》第 5 期，
　　頁 18-19；李又寧、張玉法編：《近代中國女權運動史料》，頁 246-247。
❸　震述（何震）：〈婦人解放問題〉，《天義》第 8、9、10 卷合刊，1907 年
　　10 月 30 日。引自李又寧、張玉法編：《近代中國女權運動史料》，頁 300。

等所謂男女平等者，非惟使男子不壓抑女子已也，欲使男子
不受制於男，女子不受制於女，斯為人人平等，若謂以少數
女子握政權，與少數握政權之男子勢均力敵，即為男女平
等，則試即男界觀之，今之世界，被治者為男子，主治者亦
為男子，何以多數被治之男子，猶欲進謀革命？若昌男女分
權之說，謂男界既有握權之男，即女界應有握權之女，則英
帝維多利亞，中國之呂雉、武則天，均為女主，曾有絲毫利
益及於女子者乎？以是知少數女子握權，決不足以救多數女
子。若如那威之制，以少數貴女參政，非惟無益於民已也，
且使紳士閨閣之中，為女子者，挾議政之權，以助上級男子
之惡，至立法一端，亦僅上流婦女受其益，若下級女子，則
必懼害亦深，此非獨那威為然，即澳洲婦女，亦多參政，曾
有為女工謀幸福者乎？而女工階級之中，亦鮮克入場投票，
此其所以不平等也。㉞

何震此文指出那（挪）威與澳洲婦女參政為例證，說明參政的貴婦
人無法為中下階層女性謀福利，此與男性統治階級被同為男性者反
抗是一樣的道理。換言之，男女平權的根本之道不在女性爭得參政
或選舉權，而在於人人平等：

　　故為多數女子計，苟非行根本改革，使人人平等，寧舍選舉

㉞　震述（何震）：〈婦人解放問題〉，《天義》第 8、9、10 卷合刊，1907 年
　　10 月 30 日。引自李又寧、張玉法編：《近代中國女權運動史料》，頁 303。

> 權而勿爭，慎勿助少數女子，俾之爭獲參政權。蓋昔日壓制
> 多數婦女者，一為政府，一為男子，今則政府及男子而外，
> 另受制於上級之婦人，則是於己身之上，別增一重之壓抑
> 也，即使壓抑不增，亦僅供少數婦人所利用，夫何幸福之有
> 哉！夫何解放之有哉！**㉟**

何震認為的婦女解放，除了解除來自於政府與男子之壓迫之外，更
有一最要緊的是來自於同為女性的貴婦人階級對同性的壓迫。而後
者所造成的嚴重性遠超過前二者。

　　透過他山之石的借鏡，近世女性報刊的論說文找到了爭取女權
的根源性問題，不僅在於男女平權而已，更重要的是將視角置於男
女性別之上，以階級之不平等看待女權問題，更能找出真正深入的
要害。

(三)姐姐妹妹站起來——近世女子的吶喊

　　除了回眸傳統及借鏡他山之石，近世女子也對當下的婦女同胞
發出吶喊，那是一種呼籲姐姐妹妹一同站起來的聲音。其中較重要
的文本有〈節錄華陽曾韻蘭女士來函〉、楚南女子（陳擷芬）〈中
國女子之前途〉、〈女權將伸〉，〈胡彬夏女士演說〉等刊於陳擷
芬《女學報》的論說文。煉石（燕斌）〈女權平議〉、〈女界與國
家之關係〉、〈中國新女界雜誌發刊詞〉及〈本報五大主義演

㉟　震述（何震）：〈婦人解放問題〉，《天義》第8、9、10卷合刊，1907年10月
　　30日。引自李又寧、張玉法編：《近代中國女權運動史料》，頁301-302。

說〉，〈金匱許玉成女士對於女界的第一次演說稿〉等刊於燕斌《中國新女界雜誌》的論說文。秋瑾〈敬告姊妹們〉及〈中國女報發刊辭〉，黃公〈大魂篇〉及呂碧城〈女子宜急結團體論〉等刊於秋瑾《中國女報》的論說文。署名「沖」來稿〈女權與國家之關係〉、汪洋投稿〈女界公權別論〉及鶴望〈女子參政權之平議〉等刊於張默君《神州女報》的論說文。以上諸文本大致可展現近代女子吶喊的重要聲音。

以陳擷芬《女學報》為例，陳擷芬署名「楚南女子」的〈中國女子之前途〉一文，展現極慷慨激昂之女界氣勢：

> 美！！美！！美！！吾敢斷言曰，吾中國二十世紀後之女界，為超越歐美，龍飛鳳舞一絕大異彩之時代，其故何？曰，中國女子有三特色，請舉以質於吾同胞。一曰吾女子有堅執心，請試觀自古至今，為孝女烈婦者，可為車載斗量，雖為家族思想所限制，然非愛情堅執者能致此乎？吾中國人心散亂，皆因無愛情耳！苟女子一旦幡然而明，知國為至寶，彼豈不以其愛父母，與夫從一而終之愛情，移愛於國，移愛於同胞乎？其結團體也，必至永久不散，死生相共也。一曰吾女子有慈愛心，一身雖安享，而若見貧苦人，則覺惻然，必設法而施給之，……，吾女子倘成就學業，得參預政治外務，必有平等、公和、自愛種族之心。一曰吾女子有報復心，中國向有謗女子之言曰，最毒婦人心。吾知此毒性，亦為吾女子之特美性也。中國人之無恨心也，日受外人之荼毒，而不知恨，尚有趨奉之者，即今之滿洲異族，食吾之

　　毛，踐吾之土，二百六十年矣。……我女子若能一旦明白滿
　　洲之為我異族也，殘酷我同胞，斷送我土地，則其仇恨心必
　　堅決，不顧一身之利害，必輾轉設計而對敵之，所謂最毒婦
　　人心，既知其非，必與其始終反對，無忽而仇敵，忽而和好
　　之病矣！吾女子有此三特性，苟能人人讀書，知大體，愛國
　　愛種，辦事之手段，必勝於彼男子也，必優於彼歐美女子
　　也。㊱

陳擷芬認為中國女子若能善用「堅執心」、「慈愛心」以及「報復
心」這三項特質，加以讀書識字，不僅能夠勝過男子，也能勝過歐
美女子。因此，她認為今日女界大有前途：

　　中國女子既具此三特性，又處於最大改革之時代，苟無知甘
　　為人奴則已，有絲毫知識者合群而爭之，發其愛力慈悲狠毒
　　之心，破敗之、組織之，流血者成業者必與男子相等，改革
　　時之盡義務既與男子等，他日之權利亦必與男子平。故吾又
　　敢斷言曰，歐美女界之興惟文學，吾中國他日之女界，誠珠
　　光劍氣交聚之女界也，此可為吾中國女界歡欣鼓舞而預賀者
　　也。㊲

㊱　楚南女子（陳擷芬）：〈中國女子之前途〉，東京《女學報》第 4 期，1903
　　年。引自李又寧、張玉法編：《近代中國女權運動史料》，頁 394-395。
㊲　楚南女子（陳擷芬）：〈中國女子之前途〉，東京《女學報》第 4 期，1903
　　年。引自李又寧、張玉法編：《近代中國女權運動史料》，頁 395。

在此，陳擷芬認為「中國他日之女界，誠珠光劍氣交聚之女界也」，顯然她期許當世女子都能在此大改革時代中與男子相埒，以巾幗英雄之姿呈顯女界之英氣。對照其次年所寫〈女界之可危〉❸所呈顯之悲感及焦慮，其風格大不相同。陳擷芬憂心於國之淪亡，發文泣告我女同胞。謂近年女界除薛錦琴曾為爭俄約一事而努力之外，再無預聞者❸。因此頓感女界之可危：「國既為公共，寧能讓彼男子獨盡義務，而我女界漠不問耶？非但彼男子欲始終鄙我，不能平等，即彼男子以平等與我，我輩自由，問能無愧乎？雖然，彼男子向自謂尊貴，一切有益之事，為彼專有，分毫絲釐不讓與吾女界。至今日而國已淪亡，全種人岌岌為各國公用之奴隸，彼向自謂專貴之人，亦可愧已矣！我輩數千年為彼奴隸，豈至今日時尚昏然不知，再欲隨男子之後，而作異族奴隸之奴隸耶？抑至此日而欲與男子爭前忿耶？」❹顯然，陳擷芬認為女界之努力不夠，面對家國之事，大多數女子仍處於退縮狀態，仍拱手讓男子掌理全局，而甘為人後。以是，她以泣告姿態展現其憂懷。

此外，秋瑾發表於《中國女報》的白話名篇〈中國女報發刊辭〉及〈敬告姊妹們〉。其中〈中國女報發刊辭〉裡頭有著秋瑾最為沉痛的呼聲：

---

❸　《中國日報》，清光緒 30 月（甲辰）3 月 11、12 日，1904 年。引自李又寧、張玉法編：《近代中國女權運動史料》，頁 416-418。

❸　《中國日報》，清光緒 30 年（甲辰）3 月 11、12 日，1904 年。引自李又寧、張玉法編：《近代中國女權運動史料》，頁 417。

❹　《中國日報》，清光緒 30 年（甲辰）3 月 11、12 日，1904 年。引自李又寧、張玉法編：《近代中國女權運動史料》，頁 417。

世間有最悽慘最危險之二字，曰黑闇。……然則曷一念我中
國之黑闇何如？我中國前途之危險何如？我中國女界之黑闇
更何如？我女界前途之危險更何如？予念及此，予悄然悲，
予憮然起，予乃奔走呼號於我同胞諸姊妹，於是而有《中國
女報》之設。夫今日女界之現象，固於四千年來黑闇世界中
稍稍放一線光矣！然而茫茫長路，行將何之？……然則具左
右輿論之勢力，擔監督國民之責任者，非報紙而何？吾今欲
結二萬萬大團體於一致，通全國女界聲息於朝夕，為女界之
總機關，使我女子生機活潑，精神奮飛，絕塵而奔，以速進
於大光明世界，為醒獅之前驅，為文明之先導，為迷津筏，
為闇室燈，使我中國女界中放一光明燦爛之異彩，使全球人
種，驚心奪目，拍手而歡呼，無量願力請以此報創，吾願與
同胞共勉之。**④**

秋瑾謂「黑闇」二字為女界之寫照，雖然近世女界已發展出四千年
來的第一線曙光，但前途仍堪慮。試以學生界之情狀為例，科舉雖
廢，但仍競相「以東瀛為終南捷徑，以學堂為改良之科舉矣」，秋
瑾對於留日學生逐日增多的現況，不敢確知為進步或退步？無論如
何，創設《中國女報》為的就是喚醒女子的智識，左右輿論的勢
力，以擔當監督國民的責任。

---

④ 秋瑾：〈中國女報發刊辭〉，《中國女報》第 1 期，光緒 32 年 12 月 1 日，
1907 年 1 月。《秋瑾集》（上海：上海古籍出版社，1979 年 9 月），頁 12-
13。又見於李又寧、張玉法編：《近代中國女權運動史料》，頁 771-772。

　　此外，其〈敬告姊妹們〉更是她對天下千萬姐姐妹妹們最為深情的呼喊：

> 我的最親愛的諸位姊姊妹妹呀！……所以人說書報是最容易開通人的智識的呢！唉！二萬萬的男子是入了文明新世界，我的二萬萬女同胞，還依然黑闇沉淪在十八層地獄，一層也不想爬上來。足兒纏得小小的，頭兒梳得光光的，花兒、朵兒，札的、鑲的戴著，綢兒、緞兒，滾的、盤的穿著，粉兒白白、脂兒紅紅的擦抹著，一生祇曉得依傍男子，穿的、喫的全靠著男子，身兒是柔柔順順的媚著，氣虐兒是悶悶的受著，淚珠兒是常常的滴著，生活兒是巴巴結結的做著，一世的囚徒，半生的牛馬，試問諸位姊妹，為人一世，可曾受著些自由自在的幸福未曾呢？❷

秋瑾透過呼喊以凝聚女同胞的志氣，主要以讀書識字為訴求，這也是秋瑾開辦《中國女報》的主因：

> 唉！但凡一個人，只怕自己沒有志氣，如有志氣，何嘗不可求一個自立的基礎，自活的藝業呢？如今女學堂也多了，女工藝也興了，但學得科學工藝，做教習，開工廠，何嘗不可

---

❷　秋瑾：〈敬告姊妹們〉，《中國女報》第 1 期，光緒 32 年 12 月 1 日，1907 年 1 月。《秋瑾集》，頁 13-14。又見於李又寧、張玉法編：《近代中國女權運動史料》，頁 433-434。

> 自己養活自己嗎？……如再志趣高的，思想好的，或受高等
> 的名譽，或為偉大的功業，中外稱揚，通國敬慕，這樣美麗
> 文明的世界，你說好不好？難道我諸姊妹真個安於牛馬奴隸
> 的生涯不思自拔麼？無非僻處深閨，不能知道外事，又沒有
> 書報，足以開化知識思想的，就是有個《女學報》，只出了
> 三、四期，就因事停止了，如今雖然有個《女子世界》，然
> 而文法又太深了，我姊妹不懂文字又十居八九，若是粗淺的
> 報，尚可同白話的念念，若太深了，簡直不能明白呢！所以我
> 辦這個《中國女報》，就是有鑑於此。內中文字都是文俗并
> 用的，以便姐妹的瀏覽，卻也就算為同胞的一片苦心了。❹

使天下眾姊妹皆能讀懂報紙，便能夠開化知識思想，做個有志氣的
女子。對照其〈勉女權歌〉一詩，亦可見其用心良苦：「吾輩愛自
由，勉勵自由一杯酒。男女平權天賦就，豈甘居牛後？願奮然自
拔，一洗從前羞恥垢。若安作同儔，恢復江山勞素手。舊習最堪
羞，女子竟同牛馬偶。曙光新放文明候，獨立占頭籌。願奴隸根
除，智識學問歷練就，責任上肩頭，國民女傑期無負。」❹由此更
能見出秋瑾的識見，用心勉勵女子練就知識學問，擔當國民女傑的

---

❹ 秋瑾：〈敬告姊妹們〉，《中國女報》第 1 期，光緒 32 年 12 月 1 日，1907
　年 1 月。《秋瑾集》，頁 15。又見於李又寧、張玉法編：《近代中國女權運
　動史料》，頁 434-435。
❹ 秋瑾：〈勉女權〉，《中國女報》第 2 期，光緒 33 年 1 月 20 日，1907 年。
　《秋瑾集》，頁 117。又見於李又寧、張玉法編：《近代中國女權運動史
　料》，頁 441。

重責大任。

　　因此，無疑地，秋瑾對於自己的期許是以女俠之姿報國的，所以有「鑑湖女俠」之稱號，所以有「漢俠女兒」之筆名，在其《精衛石·序》❹，秋瑾仍論及女子未受足夠學問知識之故，因此女界之進步有限。因此：「余惑不解，沉思久之，恍然大悟，曰：吾女子中何地無女英雄及慈善家及特別之人物乎？學界中，余不具論，因彼已受文明之薰陶也，僅就黑暗界中言之，豈遂無英傑乎？苦於智識毫無，見聞未廣，雖有各種書籍，苦文字不能索解者多。故余也譜以彈詞，寫以俗語，欲使人人能解，由黑闇而登文明；逐層演出，并盡寫女子社會之惡習及痛苦恥辱，欲使讀者觸目驚心，爽然自失，奮然自振，以為我女界之普放光明也。」❹可見為助天下姐妹脫離黑闇界，讀書識字為惟一利器；秋瑾為使無法索解文字者瞭解其用心，乃特以韻文體的彈詞小說書寫《精衛石》故事，以擴大其影響力。

　　同樣刊於《中國女報》的重要論文——呂碧城〈女子宜急結團體論〉，則是被譽為「三百年來最後一位女詞人」的呂碧城一系列推動女權的論文之一。呂碧城與秋瑾、吳芝瑛交好，一說〈中國女報發刊詞〉即出自她手，可見其開闊的才識。呂碧城在這篇〈女子宜急結團體論〉中說道女子應當合群的重要性：

---

❹　初意於《中國女報》刊布，後收錄於《秋瑾集》。

❹　秋瑾：《精衛石·序》，《秋瑾集》，頁 122。又見於李又寧、張玉法編：《近代中國女權運動史料》，頁 440。案：原括弧中的文字暫且不錄，以利行文流暢。

若於男女間論之，則不結團體，女權必不能興，女權不興，終必復受家庭壓制。諸君以為今日已脫男子之羈軛，登自由之新世界乎？蓋猶未也，不過纔見影響，纔苗根芽，若不合力培植，設或一旦傾覆，彼時壓力，必益加重，非我女子所能任受，擬其禍害之止境，必匪僅今日之自由之樂，名譽之榮，滅如泡影，且恐貽為將來之口實焉！語云「同舟遇風，則吳越人相救如左右手」，況我同胞既同在學界，又同一宗旨？吾輩而不能合群，更何望他輩之能合？此時而不能合群，更何望他時之能合？故吾深望同胞，急結成一完備堅固之大團體，一人倡而千百人附，如栽花然，一粒種發為千丈樹果，其根抵深厚，生機活潑，則同根之樹，必無此枝榮彼枝悴之理。吾女同胞，特患狃於故態，不能結大團體耳！何患不收花簇文明之效果哉！而非然者，子矛子盾，自相抵觸，吾竊有所不取矣！**❹⑦**

女子理應合群結團體，女權方興。若以為女權已興，便不思團結，實屬大謬不然。只有更加團結，女權之興方有可能。呂碧城有鑑於傳統女性宥於家庭之故，較少拋頭露面，不易結成團體乃特別提倡女子合群的重要性。

　　綜合以上，近代知識女性藉由自身的啟蒙經驗，以報刊這類公供領域為女權呼聲的發表空間，書寫論說文以饗眾多猶待被啟蒙的

---

❹⑦　呂碧城：〈女子宜急結團體論〉，《中國女報》第 2 期，光緒 33 年 1 月 20 日，1907 年。引自李又寧、張玉法編：《近代中國女權運動史料》，頁 682。

女性,其用心良苦自不待言。無疑地,她們希望更多的姊姊妹妹一同站起來,為女界的前途一齊奮鬥。

㈣做自己身體的主人──不纏足

近代女權的主要解放議題,直指女性的身體性感部位──小腳。解放小腳是提倡女權中最為重要的一環,當時諸多報刊中充斥著相關論述及新聞采風;相關的不纏足組織在各地風起雲湧❹。在此以陳擷芬《女學報》為例,除了〈論杭州不纏足會〉這類論說文性質的文章之外,也有〈潮州婦女纏足陋習漸革〉、陳超來稿〈纏足之害〉這類接近新聞采風性質的文章,更有以歌行體書寫纏足之害的長詩,如無名氏〈女界進步之前導〉及會稽金國書稿〈戒纏足詩〉等。此外,〈天足開會〉(《中國女報》)及〈直隸創辦天足會演說〉(《中國新女界雜誌》)也有是重要的文獻。無論如何,皆指向纏足為不健康與落後的國恥象徵,更是女權不彰的重要原因。

近代女子能夠由自身處境出發,發出不纏足呼聲的究屬少數;大多數論說皆由男性所書寫❹。無論如何,以刊登於陳擷芬《女學報》的〈論杭州不纏足會〉為例,在這篇未署名的論文中卻展現了另一種對纏足的看法,即天足並不一定等於「進步」,也不一定能夠強國保種。這與部分以進化論觀點強調天足之益與纏足之害的見

---

❹ 可參考林維紅:〈清季的婦女不纏足運動(1894-1911)〉,李貞德、梁其姿主編:《婦女與社會》(北京:中國大百科全書出版社,2005 年 4 月),頁 375-420。

❹ 林維紅:〈清季的婦女不纏足運動(1894-1911)〉,李貞德、梁其姿主編:《婦女與社會》,頁 392。

解有些不同：

> 夫不纏足之說，行於中國也久。顧自戊戌上海之會中輟後，
> 其他繼起者寥寥無聞，杭州紳衿知急急於此，是誠知天足
> 之於今為要務矣！雖然，遠考印度、安南，其婦女非天足
> 乎？而淪於英矣！而隸於法矣！近觀西藏，其婦女非天足
> 乎？而汲汲處於兩大之間矣！即以中國論，自浙西嘉湖以迄
> 江南北流域，凡下等社會婦女，類多天足之人，而闇陋輒以
> 終古矣！諸紳衿之設此會，其將效法於印安乎？抑將觀感於
> 西藏乎？抑將儕置於下等社會而止乎？夫有一於此，執筆人
> 固無容其贅言，苟必不爾，則徒設不纏足會，吾知其必無濟
> 也。❺⓪

文中直陳，其他諸國或地方也有許多天足婦女，卻仍是無法強國反
被他國奴隸；天足雖為當時要務，卻不必將其高論無限上綱。此
外，文中也直指革除纏足僅為今日興女學的一部分，並非獨立之
事：

> 曰創會之始，即當以興女學為先，女學之興，如演說也，會
> 社也，學校也，其中尤以學校為實行之根本。今上海設女學
> 者踵接而起，如愛國、務本等學校，諸紳盍詢而求之？女學

---

❺⓪ 〈論杭州不纏足會〉，「上海」《女學報》2 年 2 期，1903 年。引自李又
寧、張玉法編：《近代中國女權運動史料》，頁 860。

之基礎既立，則不纏足一事，不必注其精神，自聯屬而及之。蓋不纏足者，乃今日中國女學之一部分，非可以獨立為全部也。獨立為全部，則即為印度、安南之豫備，為西藏之豫備，為下等社會之豫備，雖通國婦女不纏足，亦仍歸於盡而已矣。……不纏足者，去其舊也，非謀其新也。欲謀其新，舍學無與矣。或又曰，興學為今日急務，諸紳奚嘗不知之，特以是會為起點耳！雖然，苟本此宗旨，則創設不纏足會之始，即當以此意演說於先，使會中人群知不纏足之根本，而不致滋惑焉！❺

由此可知，文中認為「女學之基礎既立，則不纏足一事，不必注其精神，自聯屬而及之。蓋不纏足者，乃今日中國女學之一部分，非可以獨立為全部也。」，因此「不纏足者，去其舊也，非謀其新也。欲謀其新，舍學無與矣。」，換言之，不纏足之議為女學之一部分，女學既立，纏與不纏的問題，自然迎刃而解，不必特為提倡。因此，創設不纏足會應視為興女學之起點，女學才是不纏足運動的積極意義所在。

此外，另一篇刊於《中國新女界雜誌》的〈直隸創辦天足會演說〉，則是典型看法，即纏足禍害萬千，而天足則是「益處多了！總而言之一句話，連一毫的損處也沒有。」❺通篇長文中絮論不纏

---

❺　〈論杭州不纏足會〉，「上海」《女學報》2 年 2 期，1903 年。引自李又寧、張玉法編：《近代中國女權運動史料》，頁 860-861。

❺　〈直隸創辦天足會演說〉，《中國新女界雜誌》第 4 期，頁 36；李又寧、張玉法編：《近代中國女權運動史料》，頁 903。

足之好處與必要性：

> 他們西洋人們，也有一種極醜極陋的風俗，婦人們誰的腰
> 細，誰便是美色。……眼看著這纏腰的風俗，一天就減少一
> 天的了。咱們中國人的聰明，比外國人，一點也不含糊，所
> 以這幾十年的工夫，南方人們，立會不纏足的，已經有了十
> 餘省，糾是北方京城天津地方，那些作官為宦的講究主兒，
> 立這會的也多了。勸不纏足的上諭，早已下了，有點學問的
> 人，大概都知道天足的好處了。女學堂一天多似一天，不纏
> 足的也一天多似一天，眼見得這不纏足的事，是狠時興的
> 了。[53]

文中以西洋之纏腰與中國之纏足相提並論，可見解放女性身體的論
述及相關運動，中外皆然。尤其當時全國各地如雨後春筍般競相設
立的不纏足會，使得放天足開始成為時髦之事，與女學堂的興起呈
齊頭並進之態勢。

　　綜合以上，近代女性開始以不纏足做自己身體的主人，邁開天
足大步朝新時代走去。

(五)成為讀書明理女子之必要——興女學

　　興女學的倡議也是當時女性報刊論說文中相當重要的部分。較

---

[53] 〈直隸創辦天足會演說〉，《中國新女界雜誌》第 4 期，頁 33-34；李又寧、
　　張玉法編：《近代中國女權運動史料》，頁 902。

重要的，如《中國新女界雜誌》刊載的佛群〈興女學議〉，煉石（燕斌）〈留日女學生會〉及〈中國留日女學生會成立通告書〉，蘭馨〈江西派遣官費女留學生〉，清如（孫清如）〈論女學其二〉等知名論文。登載於《女學報》的則有陳擷芬〈論女子宜講體育〉及〈盡力〉，〈舒仙女史致陳班仙女士書〉等文。刊載於《中國女報》的則有純夫〈女子教育其一〉。刊登於《神州女報》的則有季威（楊季威）〈告讀書明理之女子〉及〈普及教育與女子教育〉，社英（談社英）〈女子宜注重國文論〉，李芬〈論女學與國家之關係〉，黎斌士（黎女士）〈女子教育感言〉等重要論說文。

其中，以刊載於《中國女報》的署名「純夫」〈女子教育其一〉為例，該文即為典型的興女學之議的論述：

國民教育者，進化之母也。女子教育者，國民教育之母也。能齊家然後能治國，有賢母，然後有佳兒。今世界各文明國，首重女學，故其國強如此也，故其種強如此也。然則世界所以有此突飛之進步者，端在鄭重女子教育，大彰明較著矣！女子生此世界中，其視此教育何如也？男子生此世界中，其視此女子教育又何如也？嘗考我國上古，亦重女學。黃帝時玄女發明指南車，所為世界共知。其他制度之可考者，若《周官》九嬪掌婦學，即今女子大學之制。《禮記・內則》篇曰，嫺姆教，習姆訓，即今女子師範學校之制。春秋之世，大夫內子，稱詩習禮，濟濟多才，學射善樂者，又屢見不一見。故我國在上古時代亦最強，逮晚古而教育漸失傳，及近古而教育以淪喪。近世以來，男子視女子為玩物，

> 女子亦自居於玩物，纏其足，洞其耳，塗其面，錮其身，無智識，無學問，無權利，無義務，昏天黑地，夢死醉生。嗚呼！優勝劣敗，不進則退，女學淪亡，國勢衰頹，堂堂中國帝國，退化至今，乃為半開化國。悲夫！悲夫！天地生人，男女無二，同胞四萬萬，皆屬有用之材，今而自棄其半，欲其國之強，而不先求其種之強，緣木求魚，豈可得乎？言念及此，為吾二萬萬女同胞髮指眥裂，吾為中國前途心驚膽顫。❺❹

文中由世界各國興女學，以致能夠強國保種，並回眸古典社會女學已興的事實，務求說明女學之興與國家富強之關聯。因此，該文認為女子教育應由德、智、體育三方面入手，方為強國之道。若對照康同薇〈女學利弊說〉❺❺及上海女報〈興女學議〉❺❻等專論，皆不難看出當時對於興女學的看重。

此外，《中國新女界雜誌》刊載的署名「佛群」的〈興女學議〉，亦有如是追溯上古，著眼當下並展望未來的味道：

> 女學之有關於國家的盛衰，自古已然。周有太姒而周治，商

---

❺❹ 〈女子教育其一〉，《中國女報》第 2 期，光緒 33 年 1 月 20 日。引自李又寧、張玉法編：《近代中國女權運動史料》，頁 641。

❺❺ 《知新報》52 冊，光緒 24 年閏 3 月 21 日，引自李又寧、張玉法編：《近代中國女權運動史料》，頁 562-566。

❺❻ 《清議報》全編卷 26，附錄 2「群報擷華」專論，引自李又寧、張玉法編：《近代中國女權運動史料》，頁 569-571。

有妲己而商亡。由是以言，女子與國家，實有密切之關係，
欲強國家，焉得不興女學？故日本清浦氏有言曰，女子有教
育，實為社會上德義風俗之第一主動力。❺❼

此文將女子與家國興衰視為一體，女子教育有助於賢妻良母的養
成，對於重視女教的日本社會而言更是如此。因此，近代許多知識
份子引用或借用日本的家庭教育與女子教育觀念，做為改革的參
考。

　　刊登於《神州女報》署名「季威」（楊季威）〈告讀書明理之
女子〉也很能做為參考：

　　　我讀書明理之女子，既負先覺之責，當得其致疾之原因，然
　　後從根本而一一改革之。教育為莫急之務，必使全國女子得
　　普通知識，急與女子以平等之教育，而社會之改良又不可不
　　與平等教育並重，注意種種社會之舊制及惡習，凡有損於女
　　權者，設法以轉移之，蓋習俗之於人，實具一種絕大之魔
　　力，故習俗惡者，大為社會進化之阻。且我國今日普及教育
　　未行，普通社會之年長者，均未嘗學問。若不絕其惡習慣，
　　一般年幼者，日在其薰陶之中，雖稍受教育，其定力未堅，
　　仍不足與萬惡社會重男輕女之魔障戰也。是故，我學者今日
　　於一方面當精究學業，為行平等教育提倡女子真實能力之

---

❺❼　〈興女學議〉，《中國新女界雜誌》第 3 期。引自李又寧、張玉法編：《近
　　代中國女權運動史料》，頁 655。

地，一方面則靜察社會之情形。凡人自初生以來所歷之種種
不良習俗，無論小大，得其改良著手之處而實力勵行之。❺

擔任《神州女報》主編的楊季威，在這篇寫給讀書明理之女子的言
論裡，特別強調女子受教育可以改革舊有的不良風俗，進而能與傳
統重男輕女的觀念對戰。移風易俗，改良社會，皆有賴於讀書明理
之女子的努力。

綜合以上，興女學使女子皆有讀書明理之可能，也是女子得以
與男子平起平坐的利器。透過女學堂之創設與女學生的入學讀書，
使近代女界得以展露更大的可能性。

㈥愛情、婚姻與家庭——女性私密空間的改良

關於女性私密空間的議題，如愛情、婚姻與家庭等，皆有提倡
改革或改良之呼聲。相關論文，如刊載於陳擷芬《女學報》的〈鮑
蘊華女士由神戶來函〉；高亞賓〈廢綱篇〉、〈家庭與教育〉、志
達〈因格爾斯學說〉及畏公〈女子勞働問題〉等刊於《天義》報的
論說文；景蘇（姚景蘇）〈改良家庭之商榷〉、季威（楊季威）〈論
人母對於子女之希望與責任〉及社英（談社英）〈女子承襲遺產問
題之商榷〉等刊於《神州女報》的論說文，都是相當重要的文獻。

以刊登於《女學報》的〈鮑蘊華女士由神戶來函〉一文來看，

---

❺ 季威（楊季威）〈告讀書明理之女子〉，《神州女報》第 1 期（1912 年），
《近代中國史料叢刊·三編·第 38 輯》（臺北：文海出版社，1988 年 3
月），頁 3。

其主要意旨在說明愛情與婚姻的自由乃女學進步的根基：

> 往者海內志士欲興女學，乃創不纏足會以為之先，束縛既
> 除，精神斯振，二三君子，知所先務矣！今者女學興，不纏
> 足之風亦漸盛。然足為女學前途最大障礙，更有甚於裹足
> 者，則妄配人，與早適人是也。比年以來，非無一二聰明有
> 志之女子，當其求學伊始，勇猛堅銳，以開闢女子學界自
> 期。無如不數年間，所學未成，而已身為人婦，房中巾櫛，
> 廚下羹湯，種種拮据，更僕難數。當此之時，俗務糾紛，遑
> 論修學？遑論辦事？嗚呼，紅絲一繫，生平志事，從此付之
> 東流矣！幸而藁砧解事，可以共語，尚有生機，萬一夫也不
> 良，配非其偶，文明公敵，即在閨房几席之間，遭際如斯，有
> 不心灰而氣短乎？妹以為自由婚姻之風不倡，則女學永無興
> 盛之日，雖多設女學，僅能栽培稍識字、稍明理之女子耳！
> 欲使其有獨立之資格，則非此區區三五年所能成就也。❺⁹

文中認為「足為女學前途最大障礙，更有甚於裹足者，則妄配人，
與早適人是也。」經過安排的婚配與早婚，常使讀書明理的女子不
得不遁入家庭俗務，再多的理想抱負皆付之東流。因此，「自由婚
姻之風不倡，則女學永無興盛之日，雖多設女學，僅能栽培稍識
字、稍明理之女子耳！」，更重要的是培養女子獨立的人格。這篇

---

❺⁹　〈鮑蘊華女士由神戶來函〉，「上海」《女學報》2 年 2 期，1903 年。引自
　　李又寧、張玉法編：《近代中國女權運動史料》，頁 691。

文章原為一封信函,陳擷芬對鮑蘊華的觀點甚為贊同,特於其後附誌數言,以為推薦之意:「按婚姻之自由,為女學進步之初基。誠如吾姊蘊華言,此風不倡,則女學永無興盛之日也。此函寥寥數百字,然言簡意賅,已足極一篇婚嫁自由論矣!」⑩可見,陳擷芬對此文之認同。

此外,刊於《天義》的〈家庭與教育〉一文,則直指女性因經濟不獨立而必需仰賴家庭、受制於男子供養一事,應加以改革:

> 今家庭組織,非本於人類生理之自然而成,乃本於私產強權而成也。初因女子不能自立自養,男子從而保護之,遂失自由平等之誼,故家庭為專制政體之胚胎。……必經濟自立,使女子無復仰食於男,則女子自不受男子之壓制,男女和則聚,不和則離,固無所用於今之家庭矣!本於進化之公例,女子聰明才力日增,則事業亦漸廣,必有與男子平等之一日。故家庭革命實社會革命之要端,而人道進化之表證也。⑪

文中引用進化論認為女子之聰明才力日增,也可以擁有自己的事業;經濟一旦獨立,即可與男子平起平坐。因此,家庭必需進行革命,使過去仰食於男子的女性,可以不受男性的壓制,進而促進愛情自由與婚姻自主,和則聚、不和則散。這樣的論點,對於傳統女

---

⑩ 〈鮑蘊華女士由神戶來函〉,「上海」《女學報》2 年 2 期,1903 年。引自李又寧、張玉法編:《近代中國女權運動史料》,頁 691。

⑪ 〈家庭與教育〉,《天義》第 11、12 卷合刊,李又寧、張玉法編:《近代中國女權運動史料》,頁 697。

子而言，不啻一記醒鐘。在家庭這樣的私密空間裡，女子原本受制於男子的角色與地位，被迫必需有所反省，而這自然也是女子教育逐漸興起之後必然的結果。

　　綜合以上，女性報刊中的散文——尤其是論說文的表現，令人激賞。這些論說文的「性別特徵、政治色彩以及實用性能都明顯增強」 ⑫，其中份量最重的就是關於女權與女學等女性身份認同的議題，刻意擺脫男性書寫的範疇，強調女子參與公共領域為自己發聲的意義，其實用性高於文學價值。若挪用梁啟超「文界革命」的觀念來討論當時女報的女性散文，亦可謂之為「女性的文界革命」（筆者自擬）——詩詞韻文漸隱、散文小說漸興；散文以實用的論說文為主要類型。

　　若再由上述文本細加分析之，這些報刊論說文的特點有三：「以女界革命文思入文」、「打破古舊陳規、隨心開放文體」、「與婦眾相親合的語言表達方式」 ⑬。第一點，文章內容跳脫披風抹月的閨閣文體，改以針砭時弊的女界革命為主軸；第二點，這些論說文的文體亦呈現多種樣貌，文白夾雜、半文半白者最多，淺近文言次之，純白話語體的較少。其面貌大致與當時文體變革的趨勢雷同 ⑭。第三點，親合的呼告式語法，使天下眾多姐姐妹妹都能站

---

⑫　王緋：《空前之跡——1851-1930：中國婦女思想與文學發展史論》（北京：商務印書館，2004 年 7 月），〈第三章獨立性：辛亥革命時期的婦女解放思想與文學〉，頁 298。

⑬　參考王緋：《空前之跡——1851-1930：中國婦女思想與文學發展史論》說法，頁 308-328。

⑭　可參考拙著：《近代白話書寫現象研究》所論。

起來為自身權益而努力，訴諸姐妹情誼（sisterhood），以同性相親的話語拉近彼此的距離，發話者本身具備啟蒙者與宣傳家的雙重身分。這是諸論說文中常見的話語模式。

循此，就以上六大項內容分析可知，在近代社會的衝擊之下，知識女性的文藝身分也有明顯的改變，原來接受傳統詞章之學養成的女詩人改以菁英立場與啟蒙者姿態，寫起了振聾發聵的論說文，為自己也為眾多姐姐妹妹們發出聲音（不再失語／無聲）。因此，女性創作主體亦呈現多聲複義的裂變，轉型至近代以後，開始向女散文家的道路邁進。

第五節　閨閣主體的裂變與自我認同
──從女詩人到女散文家

由女詩人走向女散文家的路途，其主體的裂變與自我認同，有一個值得注意的重點是，其身份之分野並非截然斷裂的。換言之，女詩人與女散文家是多聲複義的存在。如南社女詩人呂碧城、張默君，或是秋瑾，皆有傳統詩詞韻文的學養與創作才華，但也同時能寫作論說文，並擔任編輯人。這顯示傳統才女與新式女性創作者身處斷裂的年代，一樣也在斷裂中摸索自身的文藝出路。此外，近代這些接受新思潮的傳統才女，其實也逐漸偏離了傳統閨秀的生命軌道──走出閨閣、走入公共領域，這是她們生命的新變。

然而，我們也在諸女性報刊的欄目中發現，傳統文苑欄目與新式論說文同時並存的現象。如以下報刊的情形：

陳擷芬《女學報》	同聲集、詞翰
秋瑾《中國女報》	文苑、小說
燕斌《中國新女界雜誌》	文藝、小說
張默君《神州女報》	文藝、小說、雜組
何震《天義》	無文藝類專欄（散見「來稿」、「附錄」、「雜記」等欄）

除了何震《天義》報沒有明確的文苑欄之外，其他四部報刊仍有以舊體詩詞韻文為主的文藝／文苑欄出現，也開始有新式的小說欄。其中「小說」欄大致以新式小說創作與翻譯為主，其餘「同聲集」、「詞翰」、「文藝」、「文苑」、「雜組」等欄目則大致以詩詞韻文為主要內容。

　　循此，本文主論的散文——論說文，在當時的文學概念下，似乎為新女性的天地；而傳統才女則似仍舊以文藝／文苑欄為文藝生命的展演空間。但不能忽略的一點是，近代新女性與明清傳統才女的身分轉換並非斷裂的，常是兩種甚至多重面貌並置的。但「晚清以來，基於當代現實需求而建構出的歷史敘述中，女性往往被賦予重重的象徵意義，亦即以萎弱的舊女性標誌傳統，而以解放的新女性象徵未來。」⑥但這樣的觀點顯然無法完全概括近代女性文藝生命的轉型問題。換言之，證諸史實，「詩詞歌賦等舊體材文學在民初依舊是多數讀書女性寄託情志的載體，不論其立場是否傾向改

---

⑥　胡曉真：〈文苑、多羅與華鬘——王蘊章主編時期（1915-1920）《婦女雜誌》中「女性文學」的觀念與實踐〉，頁 175。

革。」⑥以秋瑾為例,其論說文與詩詞韻文即呈現於同一期報刊中。大致而言,她以論說文面向大時代與大環境,而以詩詞韻文回歸自我私密的小天地小世界。然而這樣的分野乃就大體而言,難以遽然劃分為「散文——大我/韻文——小我」這樣的二分法,仍有錯置或互用的情形出現,適足以展現其身份與書寫的多重複義。

如,秋瑾在《中國女報》第一期中,同時有「社說」欄的〈發刊詞〉,「演壇」欄的〈敬告姊妹們〉,「譯編」的〈看護學教程〉;「文苑——屑玉集」的〈黃海舟中感懷〉;第二期則同時有「譯編」欄的〈看護學教程〉,「唱歌」欄的〈勉女權〉;「文苑——屑玉集」欄的〈感時〉、〈日人石井君索和即用原韻〉、〈感憤〉、〈劍歌〉(呂碧城〈女子宜結團體論〉亦收錄於此期「女學文叢」欄中)。其中,〈黃海舟中感懷〉、〈感時〉、〈感憤〉、〈劍歌〉等韻文,其呼告的對象即是大時代大環境,而非自我私密的小天地小世界。換言之,秋瑾的詩詞韻文創作中,前期(未涉入公共領域)多半呈露小兒女的閨閣情懷;後期以英雄姿態現身時,其韻文中的大我情懷與散文大致雷同。⑥⑦在時代轉換中,女詩人們暫以熟習的舊詩詞韻文為瓶,盛裝新時代的酒釀,以抒發滿腔情懷。

另以燕斌為例亦可見一斑,《中國新女界雜誌》第一期中有「論著」的〈女權平議〉,「演說」的〈本報對於女子國民捐之演說(白話體)〉;「文藝」的〈遣懷四首〉、〈輯新女界雜誌夜深

---

⑥　胡曉真:〈文苑、多羅與華鬘——王蘊章主編時期(1915-1920)《婦女雜誌》中「女性文學」的觀念與實踐〉,頁176。

⑦　如〈寶劍歌〉、〈寶刀歌〉、〈黃海舟中日人索句並見日俄戰爭地圖〉、〈劍歌〉、〈寶劍詩〉、〈日本鈴木文學士寶刀歌〉、〈紅毛刀歌〉等。

口占二絕〉、〈哀思（楚辭體）〉。第二期有「論著」的〈女界與
國家之關係〉，「演說」的〈本報五大主義演說（白話體）〉、
〈本報對於女子國民捐之演說（白話體）〉。第三期有「論著」的
〈中國婚俗五大弊說〉，「演說」的〈本報五大主義演說（白話
體）〉、〈本報對於女子國民捐之演說（白話體）〉，「譯述」的
〈黴菌學原論〉；「文藝——詩賦之部」的〈大舞臺歌〉、〈東瀛
攬勝賦〉。第四期有「演說」的〈本報五大主義演說〉（知名女詞人
吳采蘋〈王昭君〉刊登於此期「文藝」欄中）。第五期則有「演說」的
〈名譽心與責任心之關係〉。同樣地，燕斌的〈輯新女界雜誌夜深
口占二絕〉、〈大舞臺歌〉、〈東瀛攬勝賦〉等詩詞韻文，也透露
了她的大時代關懷，同樣以舊瓶（詩詞韻文）裝新酒（散文）。

　　由此可知，知識女性在同一期報刊中同時展演著不同的藝文生
命，且轉換得俐落自在。然而，處在這樣世紀之交的女性創作者，
無一不在尋找主體的生命出路，因此在創作類型上展演著多聲複義
的面貌，每一種面相或許都是一種新的可能性的探索。

　　而她們在世紀之交，一面將傳統詩詞韻文的展演空間拓展至新
式報刊，另一方面也以散文（及小說）創作探尋新的方向。時代趨
勢使然，文藝生命亦面臨必然的轉向。傳統詩詞韻文，已無法完全
規範／滿足女性文學的表達形式，即使少數詩歌仍表達了女界思
想，如秋瑾〈勉女權歌〉（《中國女報》第二期），但是傳統詩詞顯然
已無法承擔太多新時代的女性聲音，在這些女性報刊所細分的論說
類欄目中，即可見出端倪。於是，呈現在讀者面前的是，新式的論
說類的散文與傳統詩詞韻文融於一爐的報刊——既開新又返本。這
樣新舊夾雜／新散文（論說文）與傳統詩詞合流的女性報刊，正好

也展演了近代知識女性既時髦前進又回眸傳統的雙重定位。這是正在搜尋新時代路徑的女詩人所展演的藝文生命群像。

　　循此，散文——尤其論說文逐漸浮出地表，其代表的深層意涵正是女散文家誕生的可能性。由於近代女性文藝生命面臨時代的衝擊，清末女詩人處在明清才女文學／文化的末端，過去所能依循的文藝典範愈見稀有，必然要有所體悟：「明清是女性文學的極盛時期，著述者何止數千人，而新文學興起之後，現代文學史上也不乏女性經典，反倒是夾在兩者之間的民初時期，雖然女性必然仍繼續從事文藝活動，但文學界卻似乎找不到著力點來解釋這個時期女性文學的狀況。」❻❽若從民初再上溯清末這個轉型時期，夾在其中的女性文藝生命，顯然相當值得探究。

　　因此，我們找到了女性報刊上的論說文做為範本，以進行世紀之交的女性散文面貌的拼圖工程，試圖拼貼與描繪出一個可能的輪廓，以補足該時期的女性文學面貌。因此，就這個意涵而言，研究此時期的女性論說文的同時，也是探究當代女性散文發源的重要線索。自此以後，女詩人逐漸轉型至女散文家，並成為當代女性文學的主流身分，因此女散文家找到自我形象的認同，實應自近代這一轉型期講起。

---

❻❽　胡曉真：〈文苑、多羅與華鬘——王蘊章主編時期（1915-1920）《婦女雜誌》中「女性文學」的觀念與實踐〉，頁183。

第六節　結　語

在清代女詩人轉型至現當代女散文家的身分認同上，我們需要理解的是，自閨閣出走的女詩人一旦進入報刊這樣的公共領域之後，她們是在為自己重寫歷史。閨閣才女的吟風弄月，一變而為新女性對國族政治與自身權益的實際關懷，顯然是另一項文藝舞臺的開新。開新使她們得以與聞時事、高聲吶喊，得以進行女性的文界革命，以論說文的剛性替代詩詞韻文的婉轉，以白話語體呈顯女性啟蒙者最樸素的宣傳姿態。中國女性文藝生命的轉型，在此具備劃時代的意義。

特別是透過這樣的論述之後，報刊這一文學公共領域的建構對於閨閣女子的意義，得以被突顯。她們由私密閨閣的傳抄（少數得以印刷出版）文藝創作，到進入公共領域發表自己的女性政治訴求，女性文藝的展演空間變成公開且大量流傳的報刊，建立了一個專屬於女性自己的想像共同體——虛擬的女性文藝沙龍，隔空對話並交換意見。此一現象，亦不免令人生發俠女文化再現的聯想，處於世紀之交的女作家們，相當程度的涉入國族與女性政治當中，以論說文為匕首，揮砍傳統女性文化中的陋習加以反省。這群以報刊為社群的菁英女性們便如是啟蒙著所有姐姐妹妹們，邀請她們一同站起來，站在時代前端，與時代、與世界，也與自己對話。

因此，傳統才女進入新式報刊這樣的文學場域，發出自己的聲音，不僅不再宥於閨閣（詩詞）侷限，也不願只是沉默的讀者群，她們以積極的姿態、從容的身影走入近代劇變的時代洪流中，一手包辦籌備、發行、編輯與撰稿等報刊所需的各項事務，自己為自己

創造發聲的文學場域。而在這新型態的文學場域中，她們不只在「文苑」／「文藝」欄呈現傳統才女的韻文創作才華，更突出的是──她們寫作石破天驚的論說文──為千古以來的女權發聲，也為自己的生命找尋認同的對象／理想。

最後，姐姐妹妹站起來，除了以論說文面向時代之外，她們也逐漸形塑了現代女散文家的最初面貌，原來竟是以石破天驚的論說文展演自己，原來竟恍然有古代俠女的豪情壯志灌注其中。至此乃知，現代女散文家的最初竟是以經世致用的實用功能為創作目標的，隱然暗合著傳統古文的發展脈絡。搜尋現代女性散文家群體的源頭，我們如是找到近代女性報刊做為考察的對象，以其論說文為線索，抽絲剝繭。

然而，本文遭遇的困難有二，其一是文本的不易掌握，眾多女性報刊因年代遐遠，若文本散亂，或未見單行本，以致於引述困難，需仰賴史料彙編，誠為不足。其二，誠如第二節「女性報刊釋名」所述，觀察近代女性報刊的散文創作──論說文，所遭遇的問題是作者的性別不易判別，主要來自於筆名問題。除男性文人托名女性，較為中性的筆名亦難以判定作者性別。因此，究竟是男性對女性的啟蒙抑或是女性自身的醒覺？這是研究此議題較為困難的部分。因此，在使用這些女報的文本時，雖儘可能以確定為女性創作者的文本為準，但在第四節分類討論文本時，仍不免受制於文本與性別不易判別的問題，以致於若干無法判定性別者亦列為參照文本，僅能以其確由女性編輯者所編纂並刊載於女性報刊者此一事實，認定其有列為參照文本的意義，以符合第二節「女性報刊釋名：女性編輯與創作者所建構的文學場域」的題旨。以上二點，誠

為本論文不足之處，亦有待今後另文處理之。

　　最後，以女報的散文——論說文為文本，以論證從女詩人到女散文家主體的裂變，這只是個開始。仍待關注此議題者持續加入論述。

附表：近代女性報刊一覽[69]

	報刊名稱	時間／地點	編輯／主筆	報刊宗旨	報刊特質及重要歷史
1	《官話女學報》，後改名《女學報》（旬刊）	1898 年 7 月 24 日 -1899 年（12期） 上海	主編：裘毓芬（裘廷梁之姪女、《無錫白話報》主編）、李蕙仙（梁啟超之妻）、康同薇（康有為之女）等人。撰稿人亦幾乎全為女性。	該報的宗旨是宣傳變法維新，提倡女學、爭取女權。	*該刊為中國女學會和女學堂私塾的會刊和校刊。 *中國最早以婦女為發刊對象的報紙。 *《女學報》不僅是我國最早的白話報刊之一，而且也是最早提倡使用白話文的報刊之一。

---

[69]　參考胡文楷：《歷代婦女著作考·附錄三期刊》、〈女報界新調查〉（上海《女子世界》2 年 6 期，1907 年），初國卿：〈中國近現代女性期刊述略〉（《中國近現代女性期刊匯編》），丁守和主編：《辛亥革命時期期刊介紹》，蔡樂蘇：〈清末民初的一百七十餘種白話報刊〉（丁守和主編《辛亥革命時期期刊介紹》），上海圖書館編：《中國近代期刊篇目彙錄》，田景昆、鄭曉燕編：《中國近現代婦女報刊通覽》，北京市婦女聯合會編：《北京婦女報刊考（1905-1949）》等整理而成。此外，胡文楷：《歷代婦女著作考·附錄三期刊》原列入金一《女界鐘》，應為專書論文，故在此略去不表。

2	《女報》（月刊）	1899 年 - 創刊不久即停刊。（4期） 上海 1903年改名《女學報》。又稱《女蘇報》。	陳擷芬（楚南女史）創辦兼主筆（《蘇報》主編陳範之女）。 主要撰稿人：杜清池、蔣逐生、王荷卿、陳超、福田英子等。	提倡女學、尊重女權為主旨。	*與1898年創刊《女學報》同名。 *在父親陳範支持下創辦，初隨《蘇報》發行，故有《女蘇報》之稱。1903年《蘇報》案發生，與《蘇報》一同被查封。 *1903年在東京續出第4期《女學報》。
		1902 年 5 月復刊 -12月（續出 1-9期）；1903年 2 月 -11月（第2第1-4期）。 上海			
3	《女子世界》（月刊）	1904年1月-1907年7月（17期）。1907 年 2 月秋瑾續辦一期，共18期。 上海	丁初我創辦兼主編。第2卷第6期起由陳志群（以益）❼主編。 主要撰稿人：柳亞子（亞廬、安如、人權）、徐念慈（覺我）、沈同午、蔣維喬（竹庄）、丁慕廬等。	主張男女平權、抨擊封建禮教、宣傳愛國救亡、鼓勵婦女投身革命。	*為辛亥革命前出版時間最長的一份婦女刊物。 *續辦《女子世界》與秋瑾關係密切。 *內容分社說、演壇、科學、實業、教育、史傳、譯林、專件、記事、文藝等欄。除「社說」專欄用文言外，其餘多用白話體。

❼ 夏曉虹認為該刊第 2 年第 6 期卷末廣告：「本志現由陳如瑾女士（名勤）編輯」，同期〈女報界新調查〉也將續辦的編輯人署為「南潯陳勤」。此名假名不是實際編輯人陳志群與秋瑾合作編造的共用化名，則其性別便是假託。夏曉虹：〈晚清女報的性別觀照──《女子世界》研究〉，《晚清女性與近代中國》，頁 102。

4	《婦孺報》（月刊）	1904年4月-1908年4月 廣州	陳誠		
5	《女子魂》	1904年 東京	抱真女士		
6	《婦孺易知白話報》	1905年4月-？ 山東	袁書鼎主辦。		
7	《女鏡》（月刊）	1905年4月 桂林	黃女士主辦。		
8	《女學講義》（半月刊）	1905年4月-？（6期） 成都	？		
9	《女界燈學報》（月刊）	1905年4月-？ 廣東佛山	總理人何志新，總撰述李穎圓。	以新學理開婦女之智，撰述詞語，文白兼用。除社說、時論、科學，實業外，兼著小說、白話、歌謠等，不限門類。	
10	《北京女報》	1905年6月28日-？ 北京	張筠卿（展雲）創辦、總編輯。	以開女智為宗旨。	＊全部使用白話。 ＊體裁有上諭、宮門鈔、論說、電報、新聞、小說。
11	《女報》（日報）	1905年9月 東京	張筠薌		
12	《不纏足畫報》	1905年11月-？ 武昌	武昌不纏足會編。		
13	《時事畫報》	1905年12月-？ 廣州			

14	《中國女報》（月刊）	1907 年 1-3 月（2期）上海	秋瑾創辦、主編兼發行人。編輯：陳伯年。撰稿人：黃公、純夫、燕斌、陳志群（以益）、徐寄塵（自華）、呂碧城等。	〈創辦中國女報之草章及意旨廣告〉：「以開通風氣、提倡女學、聯感情、結團體，並為他日創設中國婦人協會之基礎為宗旨。」	＊1907年同年創刊停刊。僅出2期，已編好之第3期因秋瑾犧牲而中輟。＊曾刊登〈中國女界義勇家緹縈傳〉、〈女英雄獨立傳〉等傳記。
15	《中國新女界雜誌》（月刊）	1907年2月5日-7月5日（6期）日本東京	燕斌（煉石）創辦、總編輯、發行人、主要撰稿人	以宣傳男女解放、男女平等為宗旨。	＊非有宜於女界文字不錄。＊論著專取文言、演說專取白話。
16	《天義》（半月刊）	1907年6月-1908年1月（19期）日本東京	何震編（實際創辦人劉師培之妻）。	以破壞固有之社會、實行人類之平等為宗旨，於提倡女界革命外，兼提倡種族、政治、經濟諸革命，故曰天義。	
17	《女界月刊》	1907年7月上海	曾孟樸等。	？	
18	《星期女報》（週刊）	1907 年 9 月？北京	王淑媛	？	
19	《天足會報》	1907 年 11 月-？（2期）	中國天足會編。	？	

		上海			
20	《女學報》（週刊）	1907 年 11 月-？			
		北京			
21	《神州女報》（月刊）	1907 年 12 月-1908年2 月（3期）	陳志群（以益）主編（原《女子世界》記者）。主要撰稿人：柳亞子、陳伯平、吳芝瑛、徐寄塵（自華）等。	以提倡中國女學、扶植東亞女權、開通風氣為宗旨。	*《中國女報》於1907年停刊後，與《女子世界》合併，創刊《神州女報》。*對「秋案」及秋瑾事蹟做了重點報導。發行量高達5000份。
		上海			
22	《廿世紀之中國女子》（月刊）	1907年	恨海		
		東京			
23	《婦孺日報》（日報）	1908年	陳誠等創辦。	以開通風氣、維持世道為宗旨。於新聞外，兼演繹列女傳及古今革言。	
		廣東番禺			
24	《女報》（月刊）	1909 年 1-9 月（6期）	陳志群（以益）、金能	*以提倡中國女學、	*《神州女報》停刊後，會同友人創辦《女報》。

		上海	之、葉似香等人創辦。	扶植東亞女權為宗旨。 *以破除迷信，注重道德與職業，期改良婦女社會，為惟一之目的。	*設有論著、教育、家庭、社會、文藝等欄目。 *每期都有插圖，文字雅俗並行。
25	《女學生》（年刊）	1910年2月-1912年3月（3期）上海	？		
26	《婦女星期錄》（週刊）	1910年-？香港	洪舜英		
27	《留日女學生雜誌》（月刊）	1911年4月-？日本	唐群英		
28	《留日女會雜誌》（季刊）	1911年5月-？日本東京	編輯兼發行人唐群英（中國留日女學會）。	以注重道德、普及教育、提倡實業、尊重人權為宗旨。	內容有論著、評述、科學、文苑等。
29	《婦女時報》（月刊）	1911年6月-1917年4月（21期）	狄平子（葆賢）創辦。編輯：包天	*辛亥革命前出3期，以「提	為民國成立前後存在時間最長的婦女刊物。

		上海	笑、陳冷血。	倡女子學問，增進女界知識」為宗旨。 ＊武昌起義至民國2年共出8期，主要內容：「號召女界參軍募捐，推翻清王朝；支持女子參政；呼籲男女教育平等；提倡婦女從事實業。」	
30	《女鐸》（月刊）	1912年4月-1952年2月 上海、成都	上海廣學會編。		
31	《女子國學報》（半月刊）	1912年4月-? 天津	?		
32	《女權》（月刊）	1912年5月-? 上海	編輯者張亞昭，發行者姜幗英（同盟會女會員）。	爭取女權。	＊同盟會女會員發起女子參政運動中出現的刊物。 ＊刊載有關女子參政的文章與女英雄的事跡。
32	《女權日報》（日報）	1912年8月-? 長沙	?		

33	《中華女報》（週刊）	1912年9月-？（2期）上海	？		
34	《女子白話旬報》（旬刊）。第8期起改名《女子白話報》（半月刊）	1912年10月-？北京	唐群英經理兼編輯人。第4期，總理人唐群英、總編輯沈南雅。第8期起總編輯改陳聖任。	專為普及女界知識起見，故以至淺之言引申至真之理，務求達到男女平權目的為宗旨。	*為了二萬萬女同胞「總不能在報紙上發表」意見的現狀，唐群英發起創辦此刊，作為女子參政同盟會的宣傳陣地。*內容分政治、教育、實業、時事、叢錄等。後又添設諧談、小說、時評等。
35	《亞東叢報》（原名《亞東新報》）	1912年11月	唐群英創辦。	其宗旨為「本報以提倡女權，發揮民生主義，促進個人自治。」	
36	《神州女報》❼（旬刊）	1912年11月-1913年1月（4期）上海	經理張昭漢（默君）、主編與主筆湯國黎（章太炎之妻）、楊季威。	以普及教育、提倡實業、研究政法、鼓吹女子政治思想、養成完全高尚純潔之女國民、以促進共和之進行為宗旨。	
	（月刊）	1913年3月-？（卷期另起）	楊季威主編。		

❼　謝俊美：〈神州女報〉謂 1912 年出刊《神州女報》為 1907 年的《神州女報》（陳以益編）復刊（丁守和編：《辛亥革命時期期刊介紹Ⅲ》，頁407。上海圖書館編：《中國近代期刊篇目彙錄》第 2 卷（中）列有 1907 年出刊之《神州女報》，頁 2313；第 3 卷（上），亦列有 1912 年出刊的《神州乃報》，頁 315。編者謂兩者為不同之刊物。此說與前者明顯不同。本文採後者說法。

37	《女權月報》（月刊）	1912 年 12 月-？	？		
		上海			
38	《民國女報》（半月刊）	1912 年 12 月-？	？		
		上海			
39	《女權日報》	1913 年 2 月 16日	唐群英、張漢英、丁步蘭等留日女學生共同創辦	堅持宣傳「男女平權」並參國政」的主張。	女盟湖南支部的機關報，也是湖南有史以來第一張婦女報紙。
40	《萬國子女參政會旬報》（旬刊）；第4期起更名《萬國子女參政會月刊》（月刊）	1913年3月-？（7期）上海	張漢英、陳德暉（萬國子女參政會中國部會員）發起，由張漢英、任麗瑤任經理兼編輯主任。	宗旨為「增進女子常識，闡明天賦人權，為將來婦女參政之預備。」	內容著重介紹西方婦女參政情況，第一期刊登秋瑾照片以及萬國女子參政會會長嘉德的圖像。
41	《眉語小說雜誌》（月刊）	1914-1916 年3月（18期）？	高劍華主編（許嘯天之妻）。撰稿人以女性居多。		*封面為出自名畫家鄭曼陀、胡伯翔等之手的仕女畫。*顧明道以「梅倩女史」筆名在該刊連載長篇言情小說。*鴛鴦蝴蝶派報刊。
42	《婦女鑑》（月刊）	1914 年 10 月 -1915 年 10月 成都	畏塵		
43	《女子世界》（中華圖書館發行）	1914 年 12 月-1915年7月（6期）	天虛我生（陳蝶仙、陳栩園）編輯。	強調婦女實用知識的傳播。著力推	*有「音樂」、「工藝」、「家庭美術」、「衛生」等欄目。並大量刊登女詩

				。第五期起由天虛我生、醉蝶同編。	動女子文學藝術的發展。	人、女畫家照片及女子所作書畫。 ＊與丁初我《女子世界》同名。 ＊鴛鴦蝴蝶派報刊。
44	《香豔雜誌》	1915年1月-？	上海	王文濡編。	？	
45	《婦女雜誌》（月刊）	1915年1月5日-1931年12月（共17卷12期） 上海		【改革前】⑫1卷1號到5卷12號，王蘊章主編；其中第2卷1號到12號，由胡彬夏女士主編。⑬前期（5卷）主要撰稿人：王蘊章、梅夢、惲	提倡女學及實用，以女學培養具科學文化知識的賢妻良母。（文言居多）	＊綜合性大型婦女雜誌。 ＊2002年，日本東京大學村田雄二郎成立「《婦女雜誌》研究會」。

---

⑫ 《婦女雜誌》改革前後編輯及作者群之變化，參考周敘琪：〈閱讀與生活──惲代英的家庭生活與《婦女雜誌》之關係〉，《思與言》第43卷第3期（2005年9月），表7，頁133-134。

⑬ 關於胡彬夏是否為掛名主編的問題，胡曉真認為第2卷由胡彬夏擔任主編，而王蘊章仍為雜誌的主要推手。雖有論者（周敘琪：《一九一〇～一九二〇年代都會新婦女生活面貌──以《婦女雜誌》為分析實例》，臺北：臺灣大學出版社，1996年）認為胡彬夏乃掛名主編，但胡彬夏在第2卷中幾乎每期都發表主要論文，而第2卷起，雜誌的風格也的確有所改變，因此胡彬夏的角色是否真的完全沒有作用，胡曉真自認難以判斷。胡曉真：〈文苑、多羅與華鬘──王蘊章主編時期（1915-1920）《婦女雜誌》中「女性文學」的觀念與實踐〉，《近代中國婦女史研究》第12期，頁171，註1。

			代英、胡愈 之、胡寄塵 、瑟廬、沈 芳、蔣維喬 、瞿宣穎、 魏壽鏞、飄 萍女史等， 幾乎皆為男 性。		
			（6卷1號至 12號為過渡 期） 【改革後】 7卷1號到11 卷8號，章 錫琛、周建 人主編（卷 末掛章錫琛 名字）。 主要撰稿人 ：以婦女問 題研究會的 成員為主。	塑造理想中 完美新型的 女性。（白 話文）	
46	《女子雜誌 》（月刊）	1915年1月 （1期） 上海	女子雜誌社 編，廣益書 局發行。	？	
47	《中華婦女 界》（月刊 ）	1915年1月- 1916年6月 （18期） 上海	中國婦女界 社編輯。		
48	《女鐸》（ 月刊）	1917年4月- 1942 年 ； 1944年7月- 1951年2月 。	基督教會主 辦。 主編樂亮月 （美國傳教 士），繼任	提倡女子教 育、女子子 經濟獨立、 實行嚴格的 一夫一妻制	*刊行40餘年，行銷100餘 　萬份，為中國婦女刊物中 　存在時間最長、總銷數創 　記錄的一份。 *每期以較多篇幅介紹科學

		上海、成都	主編為李冠芳、劉美麗。	、發展婦女手工業生產。	的生活、育兒知識。並設「婦女信箱」回答讀者問題。
49	《婦女旬刊》（先旬刊、後改月刊）	1917年6月-1948年11月（749期）杭州	杭州中華婦女學社編。		
50	《直隸第一女子師範學校校友會報》（月刊）	1917年7月（4期）天津	直隸第一女子師範學校校友會編。		
51	《真光學報》（年刊）	1918年6月（1期）廣州	廣州真光女子學校編。		
52	《北京女子高等師範學校學生會報》（年刊）	1919年4月-1924月（6期）北京	北京女子高等師範學校文藝會編。		
53	《北京女子高等師範文藝會刊》（年刊）	1919年4月-1924年北京	北京女子高等師範文藝會編。		
54	《新生活》（週刊）	1919年8月-？北京			
55	《廣州省立女子師範學校學生會報》	1919年8月（1期）廣州	廣州省立女子師範學校學生自治會編。		
56	《上海女界聯合會旬報》（旬刊）	1919年10月-？（7期）上海	上海女界聯合會編。		

57	《平民》（半月刊）	1919 年 11 月-？（2期） 天津	天津女界愛國同志會天津學生聯合會編。		
58	《女界鐘》（週刊）	1919年 長沙	湖南長沙周南女校學生自治會編。		
59	《邁進會旬刊》（旬刊）	1919年 長沙	湖南長沙湖南省立第一女子師範學校編。		
60	《玲瓏》（原名《玲瓏圖畫雜誌》），後期易名為《玲瓏婦女雜誌》	1931年？	？	鼓勵婦女通過社會的高尚娛樂來追求美好生活。	＊主要刊登時裝、室內裝飾、大眾心理學等文章，也有關於愛情、性與婚姻的專欄和時裝美容術等內容。 ＊為30年代上海摩登女性展現其公共空間的理想園地。
61	《中國女子書畫會刊》（年刊）	1934年 ？	陳翠娜編（陳栩園（蝶仙）之女）。		書畫詩詞外，附書畫家小傳及照片。
62	《中國婦人小雜誌》（半月刊）	？ 北京	撰人不詳。北京中國婦人會編。	？	

第三章
游移的身體·重層的鏡像
——由秋瑾的藝文生命觀看其身分認同

不無互相毀滅可能的華爾滋／如你的革命

我發現我以男裝出現／如你

舞至極低／極低的無限

即將傾倒／一個潰爛的王朝

但我只不過是雌雄同體／在幽黯的沙龍裡

釋放著華美／高亢的男性

註：秋瑾奔走革命／偶以男裝出現

　　　　——夏宇〈頹廢末帝國Ⅱ　給秋瑾〉（《腹語術》）

第一節　前　言

百年前的中國天津，呂碧城（1883-1947）在《大公報》積極的

為興女權而發表大量詩詞文章。1904 年 5 月，秋瑾（1877-1907）❶
由北京來到天津慕名拜訪呂碧城。兩人此番相會一見如故，情同姊
妹，當即訂為文字之交。秋瑾曾以「碧城」為號，自此以後秋瑾乃
「慨然取消其號」，原因是呂碧城已名聲大著，「碧城」一號應當
為呂碧城專用。秋瑾勸呂碧城同去日本投身革命運動。呂碧城答應
用「文字之役」與秋瑾遙相呼應。此後不久呂碧城在《大公報》上
發表的〈興女權貴有堅韌之志〉、〈教育為立國之本〉兩篇文章，
都在不同程度上表現出秋瑾的影響。1907 年春，秋瑾主編的《中
國女報》在上海創刊，其發刊詞即出於呂碧城之手。1907 年 7 月
15 日秋瑾在紹興遇難，呂碧城以英文寫《革命女俠秋瑾傳》，發
表在美國紐約、芝加哥等地報紙上，引起頗大迴響。

　　這一段文字相交的姐妹情誼，看似偶然卻牽動近現代中國文學
史的重要一頁。與秋瑾義結金蘭的女子不在少數，尚包括徐自華
（寄塵）、徐蘊華（小淑）姐妹與吳芝瑛等人在內。在這之前的 1903
年，身著男裝的秋瑾即與吳芝瑛一同到戲院看戲，轟動一時；吳芝
瑛可說是秋瑾男性裝束的第一位見證者，然其未受秋瑾明顯的影
響。而秋瑾與徐自華、徐蘊華姐妹的關係相對較為緊密，徐自華不
僅隨秋瑾參與革命也參加南社，對秋瑾的後事與相關活動的投入甚
多，徐氏姐妹與秋瑾之間更有許多姐妹情誼間的詩文往來。

---

❶　秋瑾生年有不同說法，此處採用郭延禮的說法，以 1877 年為秋瑾生年。見郭
　　延禮：《秋瑾年譜》（濟南：齊魯書社，1983 年 9 月）、郭延禮：《秋瑾年
　　譜簡編》（同時收錄於郭延禮《秋瑾選集》（北京：人民文學出版社，2004
　　年 1 月）與郭延禮：《秋瑾研究資料》（濟南：山東教育出版社，1987 年 2
　　月））。

　　然而，相較之下，秋瑾與呂碧城的文字之交更別具意義，主要原因乃聚焦於秋瑾與呂碧城的同質性——跨越閨閣女詩人與公共領域啟蒙者兩個邊界，都有可觀的文言與白話文本可供觀察，也都曾以「奇裝異服」展演自己的身分（雖然呂碧城並未著男裝，而是以孔雀羽毛裝飾之西服引人矚目）。因此，本文以 1904 年發生於北京城的一個小切片——秋瑾與呂碧城的文字之交與秋瑾東渡日本留學的這一年，做為近代閨閣女詩人邁向公共領域啟蒙者的觀察視點。因此，呂碧城在此的意義是，除了對照秋瑾的身體政治與藝文生命之外，也有開啟此一系譜的深層涵義。❷在百年前的世紀文壇裡，即曾有一批閨閣女詩人紛紛展現其文學生命的極大可能性——成為公共啟蒙者。諸如第二章所提及之陳擷芬、燕斌、何震、張昭漢⋯⋯等知識女性。

　　循此，本文擬就此現象，以探討近代以來知識女性的藝文生命與身分認同問題，並以秋瑾為例，說明此議題的內涵。首先，置身於十九世紀末新舊交替的年代裡，秋瑾的藝文生命呈顯了游移於文言與白話邊界的特色，時而文言時而白話，交替書寫使用文言與白話表現不同的心境。由此可進而探討她出入於閨閣與公共領域（新式報刊）之間的跨界意義。換言之，文言與白話、閨閣詩詞與報刊論述這兩組詞語或表現，並非截然對立，而是游移迴轉的，充滿值得探討的「空間」，也體現了當時文人普遍存在的藝文表現。其

---

❷　在本論文的系列研究中，原擬將秋瑾與呂碧城的「奇裝異服」做為重要的切入點，以探究此二位近代知識女性如何以身體／裝扮展演各種不同的可能性，包括新舊文學的書寫，創辦、編輯並書寫白話報刊等等，種種不讓鬚眉的女英雄表現。礙於篇幅所限，僅以秋瑾做為本文之論述重心。

次,由秋瑾的各式名字:「碧城」、「競雄」、「璿卿」、「漢俠女兒」、「鑑湖女俠」等符號,以此做為進入秋瑾身分認同問題的重要入口,進而藉由她的作品探究她對於身體與身分認同的思考。簡言之,秋瑾以她的「身體」(body)「體現」(embodiment)了遠較一般近代知識女性特別的生命史,女裝與男裝(或中性裝扮)於她,並非截然切割的兩個對立面,而是她偶於切換的兩種不同風格的裝扮。因此,秋瑾從容游移於雙重的性別展演當中,時而女裝、時而男裝,以身體體現自己獨特的生命史。最後,秋瑾由一介宜其室家的閨閣女子,毅然拋卻傳統而成為女子有行的一員,出走異域、獻「身」革命,終至為國捐「軀」。因此,與一般近代知識女性不同之處便是,藝文創作之於秋瑾,不必然只有小兒女的私語,亦有女英雄的豪情壯志。因此,最後以「以身相許」/「適得其所」兩組詞語,做為秋瑾「體現」了近現代知識女性的藝文生命與身分認同之間互證的按語。

　　綜合言之,本文擬藉由近代閨閣女子向知識女性轉型的角度,以秋瑾為例,爬梳其最「貼身」的自我展演方式——藝文創作,以觀看她的身分認同問題,以及她與世界所展開的對話。

第二節　凝視的文本
——出入文言與白話的邊界

　　秋瑾的跨界書寫的第一種表現,在於她游移於文言與白話書寫之間的交替變換。選擇使用文言或白話書寫,與她置身閨閣或公共

領域與否，或有直接相關，但不盡然全是。換言之，使用文言書寫，除了自敘小兒女心曲外，也能讚英雄或論國事，更能自勉勉人，風格取向所在多有。當她選擇以白話吶喊時事時，則大多基於面向大眾宣講的實用目的而發的，這也是因為白話書寫風潮正好是當時流行的啟蒙工具，秋瑾亦不能免俗於此。

　　秋瑾凝視自我的文本，是本節所要討論的重點。一方面，秋瑾絕命之前的身影，是以俠女姿態參與公共空間與相關論述的陽剛姿態，深植人心。她並以「碧城」、「璿卿」、「競雄」、「鑑湖女俠」及「漢俠女兒」等陽剛的筆名，「化身」男子參與革命事務，並以烈士之姿為國捐「軀」，以「死亡」寫下女英雄「身體」的出路。然而，秋瑾的書寫活動並不比她的身體活動來得遜色。文字書寫可說是創造了另一個「身體」文本，她在詩詞文本中抒發個人的幽幽心曲，尤其是絕命前所留下的文詞，更是將「女體」與「文體」合而為一的極致表現。藉由文字的可傳世特質，便能使女性的生命免於被徹底遺忘的命運。❸因此，敘事文本可說是另一種身體，而「絕命」正是女英雄的出路。此一帶有悲壯色彩的自我認同，正是透過「身體」「體現」而來的。

(一)以文言凝視自我的多重鏡像，也面向家國

　　在秋瑾的自我凝視中，書寫自傳的欲望呈露了她內心世界的幽幽心曲。此處所謂「幽幽心曲」所包含的文章風格不必然僅有小兒

---

❸　參考胡曉真〈藝文生命與身體政治──清代婦女文學史研究趨勢與展望〉，《近代中國婦女史研究》第 13 期，2005 年 12 月。

女的私語,當然也有憂國事、頌英雄的,甚或自勉勉人的。換言之,文言書寫是秋瑾熟悉的表達方式,無論任何主題都有精采的作品。相對言之,當其採用白話書寫時,所欲表達的主題便較為有限,主要是針對普羅大眾宣講或呼告時使用白話。因此,秋瑾以文言書寫的篇章之涵蓋面遠較白話的更為廣泛。

　　然而,本節所欲處理的文本較為偏向秋瑾描述內心世界的私語部分,即其自傳欲望較為強烈的部分文本。❹做為一名字號充滿陽剛氣息的女俠,秋瑾的內在世界也有「性難諧俗」、「苦乏媚容」的慨嘆。如〈致琴文書〉(1903 年),她是這樣描述自己的:

> ……瑾生不逢時,性難諧俗,身無傲骨,而苦乏媚容,於時世而行古道,處冷地而舉熱腸,必知音之難遇,更同調而無人。況三言訛虎,眾口鑠金,因積毀銷骨,致他方糊口;幸賤軀粗適,豪興猶存,諸事強自排遣,不將憎愛得失縈懷。古云:「且將冷眼觀螃蟹,看汝橫行到幾時!」瑾曾有味於茲言,故萬事作退一步想也。❺

秋瑾在此的自我表述,與〈梅〉十章之六:「自憐風骨難諧俗,到處逢迎百不售。」❻類似,自認性情孤僻、不合時宜,兼無一般女子之嬌媚,身處險惡時地中,使她備感艱辛。因此,逐漸磨練出可

---

❹　其餘的述國事、頌英雄與自勉勉人等主題,將於後文(第三、四小節)述之,此處不贅述。

❺　秋瑾〈致琴文書〉,《秋瑾集》,頁31。

❻　秋瑾〈梅〉,《秋瑾集》,頁72。

自我排遣不縈於心的胸懷。正如〈失題〉所言：「濁流縱處身仍潔。」 ❼秋瑾對於自己的心志其實相當自豪的。

秋瑾在〈思親兼柬大兄〉詞中她也有這樣的自我表述：

> 一樣簾前月，如何今照愁？闌干深院靜，花影夜庭幽。看雁縈歸思，題箋寫早秋。閨中無解侶，誰伴數更籌？
>
> 久繞閨中步，徘徊意若何？敲棋徒自譜，得句索誰和？坐月無青眼，臨風惜翠蛾。卻憐同調少，感此淚痕多。 ❽

由「閨中無解侶」、「卻憐同調少」可見詞中盡是知音少有的自傷自憐。其〈有懷 遊日本時作〉也有類似情懷：

> 日月無光天地昏，沉沉女界有誰援？釵環典質浮滄海，骨肉分離出玉門。
>
> 放足湔除千載毒，熱心喚起百花魂。可憐一幅鮫綃帕，半是血痕半淚痕。 ❾

「沉沉女界」是秋瑾念茲在茲的事業，但詩中亦充滿無奈感。對此，「釵環典質浮滄海」的秋瑾，自是感慨萬千。其〈贈徐小淑〉（1907 年）一詩也有如是心情：

---

❼　秋瑾〈失題〉，《秋瑾集》，頁 94。

❽　秋瑾〈思親兼柬大兄〉，《秋瑾集》，頁 70。

❾　秋瑾〈有懷 遊日本時作〉，《秋瑾集》，頁 87。

> 況復平生富感情？《驪歌》唱徹不堪聞。重來敢爽臨歧約？
> 此別愁心半為君！
> 此身拼為同胞死，壯志猶虛與願違。但得有心能自奮，何愁
> 他日不雄飛？❿

由此詩可知，秋瑾對於自己「壯志猶虛與願違」頗為介懷，但她仍
舊有雄飛之心可以自奮。而〈失題〉（1907 年）一詩亦有她對自己
的期許：

> 大好時光一剎過，雄心未遂恨如何？投鞭滄海橫流斷，倚劍
> 重霄對月磨。
> 函谷無泥累鐵馬，洛陽有淚泣銅駝。粉身碎骨尋常事，但願
> 犧牲保國家。⓫

詩中所言「雄心未遂恨如何」，即可見她的幽幽心事於一斑。這種
為國犧牲，於她是「粉身碎骨尋常事」。因此，如前引〈鷓鴣天
祖國沉淪感不禁〉（1904 年）也如是說道：「祖國沉淪感不禁，閑來
海外覓知音。金甌已缺總須補，為國犧牲敢惜身。嗟險阻，嘆飄
零，關山萬里作雄行。休言女子非英物，夜夜龍泉壁上鳴！」⓬文
本中盡是深刻為國的自我表述。

---

❿ 秋瑾〈贈徐小淑〉，《秋瑾集》，頁 90。
⓫ 秋瑾〈失題〉，《秋瑾集》，頁 92。
⓬ 秋瑾〈鷓鴣天 祖國沉淪感不禁〉，《秋瑾集》，頁 112。

　　最後，秋瑾兩首「絕命詞」，展現女英雄的出路──死亡之必要性。在〈致徐小淑絕命詞〉（1907 年）中，她是這樣傳達她的心聲：

> 痛同胞之醉夢猶昏，悲祖國之陸沉誰挽。日暮窮途，徒下新亭之淚；殘山剩水，誰招志士之魂？不須三尺孤墳，中國已無乾淨土；好持一杯魯酒，他年共唱擺崙歌。雖死猶生，犧牲盡我責任；即此永別，風潮取彼頭顱。
>
> 壯志猶虛，雄心未渝，中原回首腸堪斷！⓭

「壯志猶虛，雄心未渝」的秋瑾，在這首「絕命」詞中，抒發她對家國淪亡的款款情深，「雖死猶生，犧牲盡我責任」兩句更能呈露她對於己身捐軀的慷慨大度。而另一首〈絕命詞〉則是秋瑾傳世的絕命輓歌：「秋雨秋風愁煞人。」⓮短短一句道盡多少幽幽心曲，若與其〈秋風曲〉一首對照更見其心事：「昨夜風風雨雨秋，秋霜秋露盡含愁。」⓯可見，秋瑾以絕命詞終絕此生／身，有其深刻的自覺與愁苦。

　　綜合以上，可見文本是女性藉由書寫活動創造的另一「身體」，在秋瑾這些自傳欲望極為強烈的文本中，可以看到她如是處置自己的身體──亂離中的身體，而死亡正是女英雄的唯一出路。

⓭　秋瑾〈致徐小淑絕命詞〉，《秋瑾集》，頁 26-27。
⓮　秋瑾〈絕命詞〉，《秋瑾集》，頁 94。
⓯　秋瑾〈秋風曲〉，《秋瑾集》，頁 81。

原來，如此絕決的為國「捐軀」，正是她的必然付出；只有徹底的犧牲已有的身體，才能向真正的英雄看齊，甚至超越他們。因此，如絕命詞這樣歷代才女曾經於亂世中使用過的身體表現方式，對秋瑾來說不僅適用，而且饒富意義。

㈡以白話啓蒙普羅大眾，不能免俗的選擇

秋瑾以其不算「柔順的身體」⓰，實踐其俠女事業：參與革命事業、辦報與書寫宣告性質的白話文等，皆是其與男子「競雄」之表現，並以此回眸男子的凝視。秋瑾知名的革命事業眾所周知，在某些論述中甚至被「神話」視之，本文不擬贅述，僅就其以白話書寫面向普羅大眾這部分的表現加以檢視。

秋瑾親身參與的革命事業雖然並非十分成功，但她的熱誠與決心仍使她留名青史。更重要的是，為宣揚革命而開辦的《中國女報》、以及具備宣講性質的一系列白話雜文都是隨之而來的介入公眾事務的表現。也可以說，秋瑾必得選擇以白話書寫做為啟蒙大眾的書寫工具，以當時的社會現實與文學發展而言，這是一項不能免俗的選擇。惟有白話，方能啟蒙廣大百姓，這是當時流行的看法。

《中國女報》自發刊至結束僅短短四期，然而秋瑾在報端留下了許多重要的白話文本，如〈創辦中國女報之草章及意旨廣告〉（1907 年）⓱、〈中國女報發刊辭〉（1907 年）⓲、〈敬告姊妹們〉

⓰　「柔順的身體」是傅柯的用語。傅柯著、劉北成譯：《規訓與懲戒：監獄的誕生》（臺北：桂冠圖書公司，1992 年 12 月）第三章。

⓱　確切發表年代不詳，僅知先登於上海《中外日報》，後於《中國女報》第二期（1907 年 4 月）補登。今暫以 1907 年為其發表年代。參見《秋瑾集》，頁 11。

（1907 年）❶等幾篇知名的雜文，皆高聲喊出姐姐妹妹們的心聲。為凝聚女子的志氣，提倡女權，乃有創辦報刊的必要，藉由此一婦女報刊形塑眾姐妹們的想像共同體。其〈敬告姐妹們〉（1907 年）便提及辦女報的緣由：

> 這樣美麗文明的世界，你說好不好？難道我諸姊妹，真個安於牛馬奴隸的生涯，不思自拔麼？無非僻處深閨，不能知道外事，又沒有書報，足以開化智識思想的。就是有個《女學報》，只出了三、四期，就因事停止了。如今雖然有個《女子世界》，然而文法又太深了。我姊妹不懂文字又十居八九，若是粗淺的報，尚可同白話的念念；若太深了，簡直不能明白呢。所以我辦這個《中國女報》，就是有鑑於此。內中文字都是文俗並用的，以便姊妹的瀏覽，卻也就算為同胞的一片苦心了。❷

由此可知，秋瑾深知女同胞皆頗有志氣，亟思接觸文明世界的種種，只是因為深處閨中，並無適當的書報得以閱覽天下事罷。所以，秋瑾乃特別開辦《中國女報》，以淺俗的白話，使眾姊妹們便於閱覽，可謂用心良苦。

　　在同一篇〈敬告姐妹們〉，秋瑾高呼姐姐妹妹站起來，宜獨立

---

❶　《中國女報》第一期，1907 年 1 月。

❷　《中國女報》第一期，1907 年 1 月。

❷　秋瑾〈敬告姐妹們〉，《秋瑾集》，頁 14。

自主,無需等待男子給予幸福:

> 唉!二萬萬的男子,是入了文明新世界,我的二萬萬女同
> 胞,還依然黑暗沉淪在十八層地獄,一層也不想爬上來。足
> 兒纏得小小的,頭兒梳得光光的;花兒、朵兒,扎的、鑲
> 的,戴著;綢兒、緞兒,滾的、盤的,穿著;粉兒白白、脂
> 兒紅紅的搽抹著。一生只曉得依傍男子,穿的、吃的全靠著
> 男子。身兒是柔柔順順的媚著,氣癟兒是悶悶的受著,淚珠
> 是常常的滴著,生活是巴巴結結的做著:一世的囚徒,半生
> 的牛馬。試問諸位姐妹,為人一世,曾受著些自由自在的幸
> 福未曾呢?還有那安富尊榮、家資廣有的女同胞,一呼百
> 諾,奴僕成群,一出門,真個是前呼後擁,榮耀得了不得;
> 在家時,頤指氣使,威閫得了不得。自己以為我的命好,前
> 生修到,竟靠著好丈夫,有此尊享的日子。……試問這些富
> 貴的太太奶奶們,雖然安享,也有沒有一毫自主的權柄咧?
> 總是男的占主人的位子,女的處了奴隸的地位。為著要依靠
> 別人,自己沒有一毫獨立的性質。這個幽禁閨中的囚犯,也
> 就自己都不覺得苦了。❹

由此可見,秋瑾苦口婆心的告訴同胞姊妹們,一味倚靠男子給予幸福
生活,便得仰人鼻息。即使是富貴人家的太太們,僅管人前光
鮮,未嘗不於人後哀怨受氣。此因她們的好日子完全是倚賴男子而

---

❹ 秋瑾〈敬告姐妹們〉,《秋瑾集》,頁 13。

得的，無一毫獨立的性質。因此，秋瑾以極澎湃的情感，向眾姊妹
們呼告。而秋瑾極具駕馭語言文字的才能，亦由此可見。通篇文字
明白曉暢，極富生氣，可說是近代白話散文的代表作。❷

　　此外，梁啟超對散文創作的覺世觀念，也直接影響秋瑾的白話
散文創作。留日期間，秋瑾也走上創辦報刊的道路，1904 年在日
本東京創辦《白話》雜誌❷。她認為：「欲圖光復，非普及知識不
可」、乃「仿歐美新聞紙之例，以俚俗語為文，……以為婦人孺子
之先導」❷，故創辦此雜誌。內容以鼓吹民主革命為主，兼及婦女
解放。由此可見，秋瑾創辦白話報刊與白話書寫皆直接呼應當時流
行的思潮而來。

　　她一系列充滿警世色彩的散文，均曾刊載於《白話》雜誌上。
重要篇章包括〈演說的好處〉（1904 年）❷、〈敬告中國二萬萬女
同胞〉（1904 年）❷、〈警告我同胞〉（未完，1904 年）❷等，此外尚

---

❷　郭沫若為紀念秋瑾而寫的〈《娜拉》的答案〉（1942 年）一文中，極力稱讚
　　這篇散文，讚他文字「相當巧妙」，並說「這在三四十年前不用說是很新鮮
　　的文章，然而就在目前似乎也還是沒有失掉它的新鮮味」。見郭沫若《沫若
　　文集》第十二卷（北京：人民出版社，1959 年 6 月），頁 198。

❷　《白話》雜誌，月刊，上海小說林社總經售。停刊時間未詳。上海圖書館編
　　《中國近代期刊篇目彙編》（上海：上海人民出版社，1979 年），頁 1414-
　　1415 收錄《白話》第一至三期篇目。

❷　轉引自郭延禮《秋瑾年譜簡編》（《秋瑾選集》附錄），頁 270。

❷　最初發表於《白話》雜誌第一期（1904 年 9 月）、後載錄於《神州女報》第
　　一期（1907 年 12 月）。

❷　發表於《白話》雜誌第二期（1904 年 10 月）。

❷　最初發表於《白話》雜誌第三、四期（1904 年 10、11 月），第四期未見，
　　下半篇暫缺。

有〈實踐女學校附屬清國女子師範工藝速成科略章啟事〉❷這樣的白話散文。此皆為她親筆撰寫的白話雜文，除高聲呼告女同胞之外，也向全體同胞發言。就此而言，她的白話雜文確乎振聾發聵。

在《白話》這本明顯以白話書寫為標的的刊物上，秋瑾為她與留日同志組成的「演說練習會」，撰〈演說的好處〉（1904 年）一文，以鼓舞人心：

> 所以開化人的知識，非演說不可；並且演說有種種利益。第一樣好處是隨便什麼地方，都可隨時演說。第二樣好處：不要錢，聽的人必多。第三樣好處：人人都能聽得懂，雖是不識字的婦女、小孩子，都可聽的。第四樣好處：祇須三寸不爛的舌頭，又不要興師動眾，捐什麼錢。第五樣好處：天下的事情，都可以曉得。❷

由此可知秋瑾對於公共領域事務的參與，如設立這樣對大眾宣講的演說會，都能看到她的用心良苦，尤其是啟蒙不識字的婦孺大眾。不僅如此，秋瑾也以她純熟的白話筆觸書寫自身的感受，如〈敬告中國二萬萬女同胞〉（1904 年）一文：

> 唉！世上最不平的事，就是我們二萬萬女同胞了。從小生下來，遇著好老子，還說得過；遇著脾氣雜冒、不講情理的，

---

❷ 原件為一鉛印學校章程單（1905 年夏秋之間）。
❷ 秋瑾〈演說的好處〉，《秋瑾集》，頁 4。

滿嘴連說：「晦氣，又是一個沒用的。」恨不得拿起來摔死。總抱著「將來是別人家的人」這句話，冷一眼、白一眼的看待；沒到幾歲，也不問好歹，就把一雙雪白粉嫩的天足腳，用白布纏著，連睡覺的時候，也不許放鬆一點，到了後來肉也爛盡了，骨也折斷了，不過討親戚、朋友、鄰居們一聲「某人家姑娘腳小」罷了。❸

對於自幼纏足的切膚之痛，同為女兒身的秋瑾實有椎心之感；而她明白曉暢的書寫風格，正是那個階段最精彩的散文創作。

　　而秋瑾的彈詞名作《精衛石》（1905 年）也是文辭極通俗易懂的白話文，間或夾雜一些淺近的文言用語。茲舉其中一段文字為例：

　　聽見喜歡小腳，就連自己性命都不顧，去緊緊的裹起來。纏了近丈的裹腳布，還要加扎帶子，再加上緊箍箍的尖襪套，窄窄的鞋，弄到扶牆摸壁，一步三扭，一足挪不了半寸。唯有終日如殘廢的瘸子、泥塑來的美人，坐在房間。就搽了滿臉脂粉，穿了周身的綾羅，能夠使丈夫愛你，亦無非將你做玩具、花鳥般看待，何曾有點自主的權柄？況且亦未必丈夫就因你腳小，會打扮，真的始終愛你。如日久生厭了，男子就另娶他人，把妻子丟在一邊，不瞅不睬，坐冷宮，閉長

---

❸　秋瑾〈敬告中國二萬萬女同胞〉，《秋瑾集》，頁 4-6。

　　門，那就淒涼哭嘆，捱日如年了。❸

文中仍清晰可見文言書寫的痕跡，半文言半白話的文字風格是當時相當常見的一種模式。

　　此外，秋瑾尚有諸篇「檄稿」形式的文本，多為其革命起義時所使用的。如〈普告同胞檄稿〉、〈光復軍起義檄稿〉、〈光復軍軍制稿〉等，諸篇皆於 1907 年秋案發生時被搜去做為罪狀之用。

　　是以，上述這些文本，皆為秋瑾「以身許國」的重要證據，自然也種下她後來「以身殉國」的前因。秋瑾的傳奇之所以必需死亡以終，或許也是大時代的必然，當代學者高嘉謙對秋瑾的表現，如此詮釋：

　　　　戲劇性的發展，以及文學的聚焦處理，秋瑾的女俠傳奇於焉展開。披上俠的外衣，卻也同時聚集了目光和掌聲。在以俠為單位的革命氛圍中，群眾的期待視野將俠推向了殘酷的命運。內化的流血崇拜不自覺的成了利群、英勇的情操表現。秋瑾的遇難，形構了另一個俠之典範，另一個革命的巔峰。❸

---

❸　秋瑾《精衛石》，《秋瑾集》，頁 127。《精衛石》是秋瑾未完成的一部彈詞之作，原計劃寫二十回，現存前五回與第六回殘稿，約寫於 1905 至 1907年間。篇名出於《山海經》，秋瑾引用精衛填海的故事，說明要爭取婦女解放，必需有精衛填還的那種堅韌不拔、百折不回的毅力和勇氣；婦女們若都能成為一塊精衛石，迫害婦女的恨海就能填平。

❸　高嘉謙〈武俠：近代中國的精神史側面〉，《中極學刊》第一輯（暨南國際大學中國語文學系，2001 年 12 月），頁 194。

可知，秋瑾身處革命氛圍濃厚的俠文化之下，其命運不可避免的必需走向流血，以完成眾人期待視野下的英雄出路──死亡。以其死亡，形構了一種典範，成為一則傳奇。

　　綜合以上，秋瑾出入文言與白話書寫之間，不斷游移、時常變換，視其所需而決定其文學語言的使用。當她凝視自我的心靈鏡像時（包含她對國族的關懷與英雄的認同等主題），很自然的選擇自幼早已熟習的文言，做為諸種幽幽心曲的代言工具。當她站上世界的舞臺，成為國族革命的急先鋒時，很實際的選擇當時流行的大眾能夠一目瞭然的白話，做為召喚普羅大眾的發聲利器。因此，秋瑾游移於文言與白話書寫當中，涵納極為豐富的面相，並非單一而截然對立的畫分文言與白話的使用。換言之，此一書寫工具的使用，其認同是複雜而多重的。

第三節　游移的身體
──變裝與身分認同

　　秋瑾原名「閨瑾」，乳名「玉姑」，皆為極女性化之名字。早年雖認同於傳統閨閣之生命歷程而走入婚姻，但其後毅然離異，以單身之姿投入革命。其後，為方便活動，留日時期易為單名「瑾」。此後，她時而女裝、時而男裝或中性裝扮現身，並陸續以「璿卿」、「旦吾」、「碧城」、「競雄」、「秋千」、「漢俠女兒」、「鑑湖女俠」等中性／男性化的名號行走於世。這些充滿中性／陽性氣質的符碼，充分呈露秋瑾恨不身為女兒身的移情作用。

做為一名別有抱負的俠女,秋瑾首先要揮別傳統的女性世界。在傳統世界裡,服裝／裝扮與情愛／婚姻正是最女性的符碼。前者屬於「婦容」的範疇,女子天生具有修容的義務;後者是女子下半生得以依存的唯一可靠的力量。此二者形塑傳統世界裡所有女子的生存價值,秋瑾卻一一掙脫它,不僅揮別我夫我子,更在「恢復單身」後,偶以變換男裝向男性世界尋求認同。誠然,即使身著女裝,她一樣英氣煥發;但無疑地,藉由男裝的展演更能達到內外兼修的最大可能。因此,她的詩詞中出現不少對於身為女性的遺憾,以及女性不應被排除成為英雄的可能性,諸如此類的遺憾。

然而,僅管曾經偶變男裝,留下令人印象深刻的男裝影像,但這並不代表她全然厭棄女生／身、貶抑自我,或者完全向男性世界認同。很顯然地,她也有不少作品表達了她對古代才女的孺慕,以及對同時代姊妹情誼的表述,可見她對於女性世界的認同度仍是相當明確的。因此,曾經變裝與她的身分認同問題,其間關係十分複雜且多重展演著深刻的內涵。

㈠身不由己之嘆:「恨不生為男兒」

秋瑾之所以變裝,主要來自於她對女兒之身的直接體驗——無法安於傳統宿命所加諸於己身的一切規範,使得秋瑾一生空有懷抱而徒呼負負。因此,身不由己——「恨不生為男兒」的慨嘆不斷出現於文本中。

如〈滿江紅 小住京華〉(1903 年作)下闋所言:

> 身不得,男兒列,心卻比,男兒烈。算平生肝膽,因人常

熟。俗子胸襟誰識我？英雄末路當磨折。莽紅塵何處覓知
音？青衫濕。**㉝**

秋瑾自言「身不得，男兒列，心卻比，男兒烈」，生為女兒身，卻
有著比男子更強烈的報國志節，由文中的悲緒可知其身不由己之
慨。亟思報國有所作為的秋瑾，在她的文本中不斷地透露著性別認
同的矛盾與感懷。這年（1903 年）中秋，隨夫旅居京華的秋瑾公開
與丈夫衝突，對於這椿性情不諧的婚姻，秋瑾已於詞中寄託她無限
的痛苦與感慨。

　　身為一介女子的秋瑾，並不滿意於相夫教子的傳統宿命。眾所
周知，秋瑾僅有的幾張傳世照片中，最知名的一幀是她穿著男性服
飾的正面半身照，英氣煥發（見本章文後附圖）。她在〈自題小照 男
裝〉（1906 年）中這樣自我表述：

　　儼然在望此何人？俠骨前生悔寄身。過世形骸原是幻，未來
　　景界卻疑真。
　　相逢恨晚情應集，仰屋嗟時氣益振。他日見余舊時友，為言
　　今已掃浮塵。**㉞**

自日歸國後的秋瑾特地至照相館拍此男裝照，望向自己的男裝照
片，亦不免發出「儼然在望此何人？俠骨前生悔寄身。」的慨嘆。

㉝　秋瑾〈滿江紅 小住京華〉，《秋瑾集》，頁 101。
㉞　秋瑾〈自題小照 男裝〉，《秋瑾集》，頁 78。

眼前這一英氣颯然的奇女子正要展翅翱翔，這樣的俠骨竟然生就女兒身？一個「悔」字道盡她胸中無盡的感慨。她不僅自己換裝，也如是勸諭好友徐自華：「時局如斯危已甚，閨裝願爾換吳鉤」**㉟**，要好友也將閨裝卸下，一同以男裝現身，以便報國。在秋瑾的文集中，諸如此類悔寄女兒身的嗟嘆、變男裝的英雄崇拜，不時呈露。

而秋瑾也在〈某宮人傳〉**㊱**（1907 年作）中藉由宮人對王承恩所言，藉以表達「恨我身為婦人」的心緒：

> 恨我身為婦人，又乏尺寸權利，不克效死疆場，為民請命；然矢志彌堅，誓不作異族僕妾，貽祖宗羞，卻非彼氣燄赫赫，身膺重任，天生一副奴隸根性，不知忠孝廉恥為何物者所得相比擬。設一旦事急，我必以身殉國，不使負七尺軀。王公，王公，牢記我言，竚看我伏劍之日。**㊲**

秋瑾對於如此一位「恨我身為婦人」的奇女子，甚至於文末為之贊曰：「同胞姊妹，連袂而起，勿使宮人專美於前焉可也。竟宮人志，責在後死，我輩青年，其可放棄厥責耶？」**㊳**敦促所有女子亦以宮人為榜樣，可見秋瑾對於「恨我身為婦人」的遺恨甚深。

㉟　秋瑾〈東徐寄塵〉，《秋瑾集》，頁 90。

㊱　秋瑾〈某宮人傳〉原係以紅墨水繕寫於舊書頁背面，秋案發生時（1907 年）為清紹興府搜去作「罪狀」公布。

㊲　秋瑾〈某宮人傳〉，《秋瑾集》，頁 17。秋案發生時（1907 年），為清紹興府搜去做「罪狀」公布。

㊳　秋瑾〈某宮人傳〉，《秋瑾集》，頁 18。

由此觀之，她對於身為女兒身的慨嘆甚為強烈。這些不同時期自我表述的心聲，或許正好是她自幼對於讀書擊劍的愛好與嚮往的心境反射，以及她成年後遷居北京所敏銳覺知到的時代大風潮所致，也難怪她對於女子報國之想法特別強烈。

(二)女子無法報國之嘆：「休言女子非英物」

秋瑾對於女子無法報國之慨嘆，其實早於她對於恨不生為男兒身的感嘆。早在少女時代的創作〈題芝龕記〉（1895 年之前）八章之前三章裡，即已呈露如斯情懷：

> 今古爭傳女狀頭，紅顏誰說不封侯。馬家婦共沈家女，曾有威名震九州。
>
> 耆掌乾坤女土司，將軍才調絕塵姿。靴刀帕首桃花馬，不愧名稱娘子師。
>
> 莫重男兒薄女兒，平臺詩句賜蛾眉。吾儕得此添生色，始信英雄亦有雌。❸❾

秋瑾所謂「紅顏誰說不封侯」、「莫重男兒薄女兒」、「始信英雄亦有雌」等句子，正說明她對於天下女子的期許。在她看來，女子亦有不讓鬚眉者，歷史上亦有不少女狀元、女將軍的出現，因此無需只重男兒薄女兒，而所謂英雄當然也包含女性在內啊。

在〈杞人憂〉（1900 年）中，她也有身為女子空有憂懷而無法

---

❸❾　秋瑾〈題芝龕記〉，《秋瑾集》，頁 55。

報國的遺恨:

> 幽燕烽火幾時收,聞道中洋戰未休,漆室空懷憂國恨,難將巾幗易兜鍪。❹

由此可見,她對於女兒之身無法報國的憂懷何如之深。在〈日人石井君索和即用原韻〉(1904 年)中,她再度表達對於傳統女性認同的不滿意:

> 漫云女子不英雄,萬里乘風獨向東。詩思一帆海空闊,夢魂三島月玲瓏。
>
> 銅駝已陷悲回首,汗馬終慚未有功,如許傷心家國恨,那堪客裡度春風?❹

詩中「漫云女子不英雄」,即一語道盡她對傳統／刻板的價值觀的無奈。因為這種無奈,所以詩裡充塞著「獨」、「悲」、「傷心」、「恨」等字眼,可見感受之深。

而〈鷓鴣天 祖國沉淪感不禁〉(1904 年)乃秋瑾第一次留日之作,此時她已掙脫傳統性別觀念加諸於己的限制,成為近代少數的留日女學生:

---

❹ 秋瑾〈杞人憂〉,《秋瑾集》,頁 60。
❹ 秋瑾〈日人石井君索和即用原韻〉,《秋瑾集》,頁 83。

祖國沉淪感不禁，閑來海外覓知音。金甌已缺總須補，為國
犧牲敢惜身。

嗟險阻，嘆飄零，關山萬里作雄行。休言女子非英物，夜夜
龍泉壁上鳴！❷

在此，她說的是「休言女子非英物」，刻板價值觀下的性別概念，
於她而言似已非枷鎖。然而詩裡的慨嘆依然深刻，對祖國沉淪的傷
痛，使她「關山萬里作雄行」，至少就她而言，女子確實也有成就
英物之可能。

　　同時，她在〈致湖南第一女學堂書〉（1904 年）中以日本女學
之興盛，說明女性若能自立必能強國的道理：

欲脫男子之範圍，非自立不可；欲自立，非求學藝不可，非
合群不可。東洋女學之興，日見其盛，人人皆執一藝以謀
身，上可以扶助父母，下可以助夫教子，使男女無坐食之
人，其國焉能不強也？❸

由此可見，秋瑾認為女子若能自立，學得一技之長，不止能自助助
人，也能與男子平起平坐，可見女子非自立不可。換言之，秋瑾在
文本中展演了身不由己的性別認同問題，也進而思索如何改善性別

---

❷　秋瑾〈鷓鴣天　祖國沉淪感不禁〉，《秋瑾集》，頁 112。
❸　秋瑾〈致湖南第一女學堂書〉，《秋瑾集》，頁 32。原刊於《女子世界》第
　　二年第一期（1904 年 6 月）。

與生涯上的不平等狀況，至少女子絕對也有出人頭地的可能。

在她的彈詞名作《精衛石・序》（1905 年）中也呈露了相似的概念：

> 余日頂香拜祝女子之脫奴隸之範圍，作自由舞臺之女傑、女英雄、女豪傑，（脫離奴隸範圍，作自由舞臺之女英雄、女豪傑）其速繼羅蘭（繼羅蘭）、馬尼他、蘇菲亞、批茶、如安而興起焉。余願嘔心滴血以拜求之，祈余二萬萬女同胞無負此國民責任也。速振！速振！女界其速振！❹

秋瑾認為我女同胞皆應「作自由舞臺之女傑、女英雄、女豪傑」，學習歐西國家的女英雄們，一起擔負國族興亡之任。凡此不僅呈露她恨不身為男子的心聲，也突顯她對女子應自強的期許。

類此女子可作英雄、不應袖手於國事之外的想法，在她的〈贈語溪女士徐寄塵和原韻〉（1906 年）中也如斯表露：

> 仙辭飛下五雲端，如此清才得接歡。盛譽妄加真愧煞，《陽春》欲和也知難。
> 英雄事業憑身造，天職寧容袖手觀？廿紀風雲爭競烈，喚回閨夢說平權。
> 客中何幸得逢君，互向窗前訴見聞。不櫛何愁關進士，清新尤勝鮑參軍。

---

❹ 秋瑾《精衛石・序》，《秋瑾集》，頁 122。

欲從大地拯危局，先向同胞說愛群。今日舞臺新世界，國民
責任總應分。**⑤**

秋瑾以「英雄事業憑身造，天職寧容袖手觀？」寄語好友徐自華，
這一年也是她已投身革命事業正如火如荼的階段，可見她對國事的
憂心完全表露無遺，進而擬邀約好姊妹們一同貢獻心力於國族。

此外，〈勉女權歌〉裡，也有她對男女平權的想法，可供參
考：

> 吾輩愛自由，勉勵自由一杯酒。男女平權天賦就，豈甘居牛
> 後？願奮然自拔，一洗從前羞恥垢。若安作同儔，恢復江山
> 勞素手。
> 舊習最堪羞，女子竟同牛馬偶。曙光新放文明候，獨立占頭
> 籌。願奴隸根除，智識學問歷練就。責任上肩頭，國民女傑
> 期無負。**⑥**

她不僅認為「男女平權天賦就」，女子既與男子平等，便無需甘居
男子之後，反而一樣可以「智識學問歷練就」，並將國族「責任上
肩頭」，這些都是身為「國民女傑」者應該自我期許的。

簡言之，秋瑾的女子當為英雄的念頭甚為明確，審諸以上諸多
文本所示，詩文中所呈露的男女平權觀念，以及女子不應被排除於

---

⑤　秋瑾〈贈語溪女士徐寄塵和原韻〉，《秋瑾集》，頁 87-88。

⑥　秋瑾〈勉女權歌〉，《秋瑾集》，頁 117。

國族大事之外的想法，皆可看出身處世紀之交的她所承接的新思潮與新知識，對她的生命史所造成的衝激。

㈢對才女文化的孺慕：「麗句天生謝道韞」

秋瑾不時於文本中呈露她對於性別認同的不同看法，並非表示她極端厭棄女生／身這種角色或身分，這由她對於才女文化的孺慕可見一斑。在秋瑾的文本裡，一方面表述了她對於古代才女的敬意；另一方面，她也與同時代的才女——結拜好姊妹們發展出良好的交誼。凡此種種，皆顯示她對於女生／身的身分仍表現了高度的認同。可見其變裝這一偶然展演的身體映像，不必然能夠完全取代她的女生／身形象。

1.「詠絮辭何敏，清才掃俗氛」：向歷史上的才女致敬

秋瑾對於古代才女的孺慕，首先出現在她少女時期對左芬的嚮慕上。在〈舊遊重過不勝今昔之感口號〉（1896 年）中她這樣說道：

> 去年曾此踏青來，聯袂堤邊印碧苔。並語卻憐花樣異，同心正好別情催。
> 題愁壁上詩猶昔，留約閨中人未回。獨自沉吟欲求友，林間愧乏左芬才。❹

身為西晉才子左思之妹的左芬，以才情過人被納入後宮，惹得眾佳

---

❹ 秋瑾〈舊遊重過不勝今昔之感口號〉，《秋瑾集》，頁 65。

麗忌妒不已。司馬炎封左芬為貴妃，無非為的是為博得惜才的聲
名。無論如何，左芬確實與眾不同，不以麗姿躋攀高位，而是過才
的才學。因此，秋瑾以左芬做為個人心事的投射對象。

　　其次是謝道韞。她在〈謝道韞〉（1902 年）一詩中如是說道：

　　　詠絮辭何敏，清才掃俗氛。可憐謝道韞，不嫁鮑參軍。❹

謝道韞的文采眾人皆知，秋瑾在詩中感嘆謝道韞要是嫁給能賞識其
才的俊爽文學之士，或許可在婚姻中得遇知音。據《世說新語·賢
媛》記載，極富文才的謝道韞對於父母為自己選定的夫婿王凝之極
為失望，韞意大不悅。秋瑾反觀自身也有類似的際遇（未能嫁得才學
之士）有感而發，寫作此詩，應該也是秋瑾己身不諧婚姻的投射作
用罷。

　　另一首〈偶有所感用魚玄機步光威裒三女子韻〉（1903 年）
中，則以素有文采的謝道韞與代父從軍的花木蘭作為己身情感投射
的對象：

　　　粧臺喜見仙才兩，客路飄蓬月又三。明鏡蕭疎青翼鬢，閑窗
　　　寬褪碧羅衫。
　　　十聯佳句撫膺折，一卷新詩信手銜。道韞清芬憐作女，木蘭
　　　豪俠未終男。❹

❹　秋瑾〈謝道韞〉，《秋瑾集》，頁 74。
❹　秋瑾〈偶有所感用魚玄機步光威裒三女子韻〉，《秋瑾集》，頁 73。

秋瑾於此可惜謝道韞雖極富文采，但畢竟身為女子，成就有限；花
木蘭雖有機會女扮男裝，終究也回歸女裝嫁為人婦。這首詩兩句話
即已道盡秋瑾同樣身為女子的幽幽心事，在古代才女身上找到惺惺
相惜的對象。

　　謝道韞之外，班昭也是秋瑾歌詠的對象，在〈贈女弟子徐小淑
和韻〉（1906 年）中，她如是說道：

　　　素箋一幅忽相遺，字字簪花見俊姿。麗句天生謝道韞，史才
　　　人目漢班姬。
　　　愧無泰轟英雄骨，有負《陽春》絕妙辭。我欲期君為女傑，
　　　莫拋心力苦吟詩。❺⓿

在此，已投入革命事業的秋瑾，以謝道韞的文采與班昭的史才做為
歌詠對象，也以此期勉潯溪女校的學生徐小淑（即徐蘊華，徐自華之
妹）努力做個女英雄，而非僅只是女詩人而已。

　　2.「文字之交管鮑誼」：與當代才女的姊妹情誼（sisterhood）
　　此外，與秋瑾同時代的幾位姐姐妹妹也是頗具文采的才女，交
誼較深的吳芝瑛、徐自華與徐蘊華等人的姐妹情誼，經常出現於她
的文本中，可見她們也是她極欲認同的女生／身。

　　在這些文本中，可以發現她們的姐妹情誼相當深厚，並且多以
「管鮑之誼」、「知音」、「金石同盟」等加以比附。如〈贈盟姊
吳芝瑛〉（1904 年）一詩：

---

❺⓿　秋瑾〈贈女弟子徐小淑和韻〉，《秋瑾集》，頁 88。

曾因同調訪天涯，知己相逢樂自偕。不結死生盟總泛，和吹
塤篪韻應佳。

芝蘭氣味心心印，金石襟懷默默諧。文字之交管鮑誼，願今
相愛莫相乖。❺

詩中以「知己」、「芝蘭氣味」、「金石襟懷」、「文字之交管鮑
誼」等詞句，贈予吳芝瑛，可見她們的惺惺相惜中，尚隱含一股有
別於一般閨怨的相知與默契，值得敬重。此外，〈病起謝徐寄塵小
淑姊妹〉（1906 年）一詩也是如此：

朋友天涯勝兄弟，多君姊妹更深情。知音契洽心先慰，身世
飄零感又生。

勸藥每勞親執盞，加餐常代我調羹。病中忘卻身為客，相對
芝蘭味自清。❺

秋瑾在詩中以「朋友天涯勝兄弟」、「知音契洽」來說明徐自華、
徐蘊華姐妹與自己的深厚情誼。

此外，在〈遲春偕寄塵聯句〉（1906 年）中也有這樣的對話：

二月春遲柳未芽，（璿）東風何苦負韶華？輕綿乍卸寒猶怯，
（寄）好景希逢願轉奢。恍似女權初過渡，（璿）既耽天職忍

---

❺　秋瑾〈贈盟姊吳芝瑛〉，《秋瑾集》，頁 76。

❺　秋瑾〈病起謝徐寄塵小淑姊妹〉，《秋瑾集》，頁 88。

參差？青皇底事無憑準？（寄）幾度思將羯鼓過。（璿）❺❸

這是一對女性知己的對話，用的傳統詩詞的聯句方式。題為「璿」
的是秋瑾（璿卿），「寄」是徐自華（寄塵）。兩位姊妹交換的是對
女權與國事的憂懷，是傳統才女之間較少出現的對話內容。可知，
秋瑾與她的姐姐妹妹們的情誼當中，往往也包含了她們共同對國是
的憂心，並非侷限於一般小兒女的私語。

再者，如寫給徐自華、徐蘊華姊妹倆的〈臨行留別寄塵小淑五
章〉（1907年），也表述了極深刻的姊妹情誼：

> 臨行贈我有新詩，更為君家進一辭。不唱陽關非忍者，實因
> 無益漫含悲。
> 莽莽河山破碎時，天涯回首豈堪思？填胸萬斛汪洋淚，不到
> 傷心總不垂。
> 此別深愁再見難，臨歧握手囑加餐。從今莫把羅衣浣，留取
> 行行別淚看！
> 惺惺相惜二心知，得一知音死不辭。欲為同胞添臂助，只言
> 良友莫言師。
> 珍重香閨莫太癡，留君小影慰君思。不為無定河邊骨，吹聚
> 萍蹤總有時。❺❹

---

❺❸　秋瑾〈遲春偕寄塵聯句〉，《秋瑾集》，頁88。
❺❹　秋瑾〈臨行留別寄塵小淑五章〉，《秋瑾集》，頁89-90。

沉痛的別情中，不僅關懷國事，也關注對方的身體，更對彼此「惺
惺相惜二心知，得一知音死不辭」這樣的情感，做了深刻的表達。

又，〈別徐小淑女弟〉（1907年）中也表述了如此情懷：

此別不須憂黨禍，千年金石證同盟。❺

詩中的「千年金石證同盟」正可以說明秋瑾對於女性知己的看重。
原本適用於男性之間的金石之盟、管鮑之誼，也一樣存在於這些才
女之間。她們視彼此為知音，有著與男性世界一樣的盟友關係，一
樣為國族效命的雄心。

　綜合言之，以秋瑾的變裝做為一個進入她生命史的入口，可知
她對於自己身為女兒身的諸般憤慨，以及恨不生為男兒的憾恨，進
而對於女子往往不被視為奔赴國難的英雄之列，感到悲憤。由此觀
之，其身分認同似乎趨向於貶抑女生／身而向男生／身靠近的，其
實不盡然。秋瑾偶一為之的變男裝，並非表示她已全然揚棄女生／
身的裝扮與認同，大多數時候，她仍以女裝現身，無論參與革命、
興女學或與女性友人往還，甚至她還是一位擁有二名子女的母親。
同時，在她的文本中，也可以看到她對於同為女生的才女文化所表
達的敬意，以及她與同時代才女們的往還，盡皆見諸文本中。因
此，秋瑾的變裝與其身分認同之間呈現的是多重且複雜的面貌，並
非可以輕易的單一解讀之。

---

❺　秋瑾〈別徐小淑女弟〉，《秋瑾集》，頁93。

第四節　重層的身體鏡像
——她對英雄／女英雄的崇拜

　　就秋瑾的變裝與身分認同之間的關係而言，並非單一的僅認同男性或女性世界，而是呈現重層的身體鏡像。這可由其筆名「鑑湖女俠」與「競雄」等深具陽剛氣息的符號一窺究竟，但又標明這是「女俠」的心聲或是說明「女子與男子競雄」的心態。由此可知，其身分認同同時包含男性與女性兩個世界，因此她對於英雄的崇拜當中便自然也包含了對女英雄的崇拜。

　　秋瑾曾經女扮男裝，可能是偶一為之的時髦行為，也可能是方便奔走革命的展示，或者也包含個人身分認同上的意義。無論如何，當她以變裝的身體展演策略現身時，呈現了「女生」除了「女身」之外，另有「男身」或中性的多重可能。換言之，變裝若與身分認同相關，則秋瑾的面貌是多重而非單一的。

　　簡言之，秋瑾這種恨不生為男兒身的慨嘆，其實也和她當時身處的大環境——俠義文化的興盛有明顯關聯。近代許多知識份子對家國的關懷，常展現在身體觀與英雄崇拜中，而「以俠自許者，如譚嗣同、柳亞子、秋瑾等多名志士不僅在其詩文中歌詠俠士之氣節行誼，更以具體的行動從事激烈的政治活動，來重現俠尚義輕生和勇於任事的精神。」❺❻是以，秋瑾對於俠義文化的崇仰，不只書

---

❺❻　楊瑞松：〈身體、國家與俠——淺論近代中國民族主義的身體觀和英雄崇拜〉，《中國文哲研究通訊》第十卷第三期（2000 年 9 月），頁 97。

寫，也有實際行動。某種程度上，透過對英雄人物的崇拜，也適度的展現了她豐富而多重的身分認同面貌。

在秋瑾的文本中，藉由歌詠刀劍表達了她對於俠義文化的傾慕。如歌詠干將莫邪雙劍的〈寶劍歌〉、〈寶劍詩〉，以及歌詠廣東流行的荷蘭人刀的〈紅毛刀歌〉等。以秋瑾對干將與莫邪這對名劍的歌詠而言，〈寶劍歌〉（1903 年）如是說道：

> 除卻干將與莫邪，世界伊誰開暗黑？斬盡妖魔百鬼藏，澄清
> 天下本天職。❺❼

詩中說道「除卻干將與莫邪，世界伊誰開暗黑？」，說明干將與莫邪雙劍的職責即為「澄清天下」，字裡行間充滿她對於俠義文化的敬意，惟有藉由寶劍才能斬盡奸邪、澄清天下。而〈寶劍詩〉（1905 年）中也是歌詠干將與莫邪的：

> 寶劍復寶劍，羞將報私憾。斬取□人頭，寫入英雄傳。女辱
> 成自殺，男甘作順民。斬馬劍如售，云何惜此身。干將羞莫
> 邪，頑鈍保無恙。咄嗟雌伏儔，休冒英雄狀。神劍雖掛壁，
> 鋒芒世已驚，中夜發長嘯，烈烈如梟鳴。❺❽

---

❺❼　秋瑾〈寶劍歌〉，《秋瑾集》，頁 83。

❺❽　秋瑾〈寶劍詩〉，《秋瑾集》，頁 91。案：引文第一行缺字，以□表示原文脫落之意。

此詩與前述〈寶劍歌〉同樣表述了秋瑾對於俠義文化的傾慕,而寶劍尤其是尚義任俠之士不可或缺的寶物。

對秋瑾而言,如此深具俠風的詩歌並不在少數,由此可知,她對於歷史上的英雄/女英雄必然具有相當程度的推崇。

㈠與男子「競雄」:對英雄的崇拜

秋瑾的文本中不時可見到她對英雄的讚嘆,如〈日本服部夫人屬作日本海軍凱歌〉、〈日本鈴木文學士寶刀歌〉、〈黃海舟中日人索句並見日俄戰爭地圖〉、〈劍歌〉、〈寶刀歌〉等,這些文本中出現了許多她所崇拜的的古代英雄們。

如秋瑾以〈劍歌〉(1904 年)詠俠士馮諼:

> 若耶之水赤鏖鐵,鑄出霜鋒凜冰雪。歐冶爐中造化工,應與世間凡劍別。夜夜靈光射斗牛,英風豪氣動諸侯。也曾渴飲樓蘭血,幾度功銘上將樓?何期一旦落君手?右手把劍左把酒。酒酣耳熱起舞時,夭矯如見龍蛇走。肯因乞米向胡奴?誰識英雄困道途?名刺懷中半磨滅,長歌居處食無魚。熱腸古道宜多毀,英雄末路徒爾爾。走遍天涯知者稀,手持長劍為知己。歸來寂寞閉重軒,燈下摩挲認血痕。君不見孟嘗門下三千客?彈鋏由來解報恩!❺❾

在《戰國策》中,客於孟嘗君的馮諼也有一把寶劍,他是「手持長

---

❺❾　秋瑾〈劍歌〉,《秋瑾集》,頁 76。

劍為知己」，困頓多年後，終於有機會報孟嘗君一飯之恩。在秋瑾筆下，涵納於古代劍俠文化下的英雄是她所企慕不已的典範。

此外，秋瑾也藉〈寶刀歌〉（1904 年）歌詠荊軻的悲壯：

> 不觀荊軻作秦客，圖窮匕首見盈尺。殿前一擊雖不中，已奪專制魔王魄。⑥

荊軻的刺殺行動終究在「圖窮匕首見盈尺」的一刻功虧一簣，雖然如此，此一行動仍已對專制政權有了警示之意。荊軻一往無悔的精神，正是秋瑾所取法之處。

漢代知名俠者郭解，也是秋瑾所崇拜的英雄，她在〈柬徐寄塵〉（1906 年）中如是說道：

> 祖國淪亡已若斯，家庭苦戀太情癡。只愁轉眼瓜分慘，百首空成花蕊辭。
> 何人慷慨說同仇？誰識當年郭解流？時局如斯危已甚，閨裝願爾換吳鉤。⑥

秋瑾眼見國勢衰頹，想起郭解的慷慨大度。對於如斯艱危的時局，秋瑾寄語好友徐自華，但願她也能夠換下「閨裝」，一同以英雄姿態共赴國家之危難。

---

⑥　秋瑾〈寶刀歌〉，《秋瑾集》，頁 82。
⑥　秋瑾〈柬徐寄塵〉，《秋瑾集》，頁 90。

　　此外，法國英雄拿破崙也在秋瑾的崇拜名單之列，在〈贈蔣鹿珊先生言志且為他日成功之鴻爪也〉（1907年）一詩中如是讚嘆：

> 畫工須畫雲中龍，為人須為人中雄。豪傑羞伍草木腐，懷抱豈與常人同？……我欲為君進一箸，時機已熟君休慮。成功最後十五分，拿破崙語殊足取。⑫

秋瑾認為「為人須為人中雄」，豪傑的懷抱畢竟與常人不同，特別要懂得堅持最後十五分鐘者，才能成大事業。她引用的正是拿破崙的名言，藉此激勵同志的士氣。

　　同時，秋瑾對於秦末英雄項羽與劉秀也有相關歌詠，在〈失題〉中她這樣寫道：

> 登天騎白龍，走山跨猛虎。叱咤風雲生，精神四飛舞。大人處世當與神物游，顧彼豚豕諸兒安足伍！不見項羽酣呼鉅鹿戰，劉秀雷震昆陽鼓，年約二十餘，而能興漢楚；殺人莫敢當，萬世欽英武。愧我年廿七，於世尚無補。空負時局憂，無策驅胡虜。所幸在風塵，志氣終不腐。每聞鼓鼙聲，新思輒震怒。其奈勢力孤，群材不為助？因之泛東海，冀得壯士輔。⑬

---

⑫　秋瑾〈贈蔣鹿珊先生言志且為他日成功之鴻爪也〉，《秋瑾集》，頁 79-80。

⑬　秋瑾〈失題〉，《秋瑾集》，頁 84-85。秋案發生時（1907年）為清紹興府搜去作「罪狀」公布。

在此可見一位女英雄的氣慨：「殺人莫敢當，萬世欽英武。愧我年
廿七，於世尚無補。」秋瑾一面欽佩項羽和劉秀的英武，同時也觀
照自我。年齡與之相當，卻至今未有能報效家國。由此可見，秋瑾
如何自負英才，竟時常忘卻自身非男兒，不時流露對古代英雄的仰
慕。

在另一首〈失題〉中，秋瑾如是表述她對英雄的崇拜：

> 中流砥柱，力挽狂瀾，具大才，立大業，拯斯民於衽席，奠
> 國運如磐石，非大英雄無以任之。大英雄者何？非他，即年
> 方二二（單數）貌如冠玉，有鐵石腸、山斗名，具兒女情、
> 慈悲志，且視功名如塵土，重教育以普及之黃姓華名者是！
> 奇！大英雄！大英雄出於氣血未定之少年！大英雄成於癡鍾
> 愛情之美子！世無忠愛兩全之事業，而今竟全。吾不信！吾
> 不信有此快事！⑭

由此可見秋瑾對於英雄出少年的讚嘆。她不斷以「大英雄」表達她
的崇拜與認同，並且對此忠愛兩全的大英雄事績，引為「快事」一
椿。職是，秋瑾的英雄崇拜情結可見一斑。

此外如〈弔吳烈士樾〉也有類似對於英雄崇拜的情懷。而〈感
懷〉、〈感時〉、〈柬某君〉等詩更有濃厚的憂國襟抱。凡此皆可

---

⑭　秋瑾〈失題〉，《秋瑾集》，頁 19-20。秋案發生時（1907 年），為清紹興
　　府搜去做「罪狀」公布。案：原引文「二二」旁即標有「單數」二字，不知
　　其意為何。

見秋瑾如何向男性的英雄世界表達認同之意。

㈡「鑑湖女俠」的前代知己：向女英雄致敬

秋瑾除了表達她對男性英雄的認同之外，也向歷史上的女英雄致敬。這與她個人對於俠女的認同直接相關，其筆名「鑑湖女俠」，即展現了既陽剛又陰柔的雙重特質。做為一名女俠，其具體表現在於讀書擊劍、參與革命、興辦女學與報刊等事務上。其實，柔順的女體實有不斷游移的可能性，女俠／俠女也是才女的另一種演示。

在此，自我標榜為「鑑湖女俠」的秋瑾，其所認同的前代知己──即女英雄們，如花木蘭、梁紅玉、秦良玉與沈雲英等人，俱為有所作為的女子。秋瑾透過文字表達對她們的崇敬，也充分認同自己的女英雄事業。就此而言，秋瑾認同的是同時也具備陽剛氣質的女子，她們既是女子，卻也擁有男子的英氣。

1.對古代俠女典範的追求

代父從軍的花木蘭，是秋瑾心目中相當鮮明的俠女典範之一。前已述及〈偶有所感用魚玄機步光威裒三女子韻〉中即以花木蘭做為投射的對象：「道韞清芬憐作女，木蘭豪俠未終男。」除了感嘆其變換男裝未能有始有終之外，在其少女時作品〈題芝龕記〉八章（1895 年前）也提及花木蘭所代表的俠女典範：

> 今古爭傳女狀頭，紅顏誰說不封侯。馬家婦共沈家女，曾有威名震九州。
> 者掌乾坤女土司，將軍才調絕塵姿。靴刀帕首桃花馬，不愧

名稱娘子師。

莫重男兒薄女兒，平臺詩句賜蛾眉。吾儕得此添生色，始信英雄亦有雌。

百萬軍中救父回，千群胡馬一時灰。而今浙水名猶在，想見將軍昔日才。

謫來塵世恥為男，翠鬢荷戈上將壇。忠孝而今歸女子，千秋羞說左寧南。

忠孝聲名播帝都，將軍報國有良妹。可憐不倩丹青筆，繪出娉婷兩女圖。

結束戎妝貌出奇，個人如玉錦駝騎。同心兩女肩朝事，多少男兒首自低。

肉食朝臣盡素餐，精忠報國賴紅顏。壯哉奇女談軍事，鼎足當年花木蘭。㊻

前已引述此詩前六章的「紅顏誰說不封侯」、「莫重男兒薄女兒」、「始信英雄亦有雌」等名句。在此，秋瑾所謂「始信英雄亦有雌」一句頗能振奮人心，「謫來塵世恥為男」、「多少男兒首自低」諸語，更能見出秋瑾的憂懷。其實，秋瑾在此提及花木蘭為的是歌詠兩位「女土司」——秦良玉、沈雲英，這由「壯哉奇女談軍事，鼎足當年花木蘭」兩句可見一斑。是以，花木蘭之外，秦良玉與沈雲英也是她少女時代頗為傾慕的女英雄。

　　此外，《精衛石·序》（1905 年）末之〈改造漢宮春〉，秋瑾

㊻　秋瑾〈題芝龕記〉，《秋瑾集》，頁 55。

不僅提及她歆慕花木蘭，更有梁紅玉：

> 極目傷心，嘆中華祖國，黑闇沉淪。大好江山，忍歸異族鯨
> 吞？空有四萬萬後裔，奴隸根深。甘屈伏他人胯下，靦顏獻
> 媚爭榮。幸得重生忠義士，從頭收拾舊乾坤。　　可憐女界
> 無光彩，祇懨懨待斃，恨海愁城。湮沒木蘭壯膽，紅玉雄
> 心。驀地馳來，歐風美雨返精魂。脫範圍奮然自拔，都成女
> 傑雌英。飛上舞臺新世界，天教紅粉定神京。**❻❻**

秋瑾的家國憂懷躍然紙上，她不禁感嘆「可憐女界無光彩」，也鼓
舞女界「都成女傑雌英」，十分具有宣揚的效果。而花木蘭與梁紅
玉兩位傑出的女英雄／英雌，正是她心目中的女傑典範。

　　而〈憤時疊前韻二章〉（1906 年）也提到梁紅玉的事蹟：

> 文明種子已萌芽，好振精神愛歲華。奴隸心腸男子憤，英雄
> 資格女兒奢。
> 劇憐今世文才擅，莫使他年志願差。呼嘯登高悲祖國，《漁
> 陽》金石鼓三撾。
> 一線光明放異芽，欲同青帝鬥春華。填胸塊壘消杯酒，愛國
> 精神戒侈奢。
> 虎視列強爭饞食，鵬飛大地與心差。當年紅玉真英傑，破虜

親將戰鼓摃。**⑥⑦**

在這首風格極豪邁的詩歌中，秋瑾除了振臂高呼愛國精神之外，總能不時迴向自身的身分與處境，並且以古代女英雄做為參照的對象，而梁紅玉的英勇事跡，即使男子亦不遑多讓。

因此，秋瑾在留日之後所作的〈滿江紅 肮髒塵寰〉一詞中，也同時歌詠了秦良玉與沈雲英這兩位她心目中的女英雄：

> 肮髒塵寰，問幾個男兒英哲？算只有蛾眉隊裡，時聞傑出。良玉勛名襟上淚，雲英事業心頭血。醉摩挲長劍作龍吟，聲悲咽。　　自由香，常思爇。家國恨，何時雪？勸吾儕今日，各宜努力。振拔須思安種類，繁華莫但誇衣玦。算弓鞋三寸太無為，宜改革。**⑥⑧**

秋瑾在詩中嘆問塵世間「幾個男兒英哲？」，反而「蛾眉隊裡，時聞傑出」，因此她認為「良玉勛名襟上淚，雲英事業心頭血」。秦良玉與沈雲英兩位女傑，是標準的女中豪傑，蛾眉不讓鬚眉的典範。

秋瑾不僅歌詠中國古代的女英雄，西方女英雄也是她津津樂道的。她在《精衛石・序》（1905 年）中便說道：

---

⑥⑦　秋瑾〈憤時疊前韻二章〉，《秋瑾集》，頁89。

⑥⑧　秋瑾〈滿江紅 肮髒塵寰〉，《秋瑾集》，頁110。

> 余日頂香拜祝女子之脫奴隸之範圍，作自由舞臺之女傑、女
> 英雄、女豪傑，其速繼羅蘭、馬尼他、蘇菲亞、批茶、如安
> 而興起焉。余願嘔心滴血以拜求之，祈余二萬萬女同胞無負
> 此國民責任也。速振！速振！女界其速振！⑲

秋瑾稱頌的幾位西方女英雄，包括獻身法國大革命並走上斷頭臺的
羅蘭夫人、致力於俄國革命的蘇菲亞、法國的如安（聖女貞德）等女
英雄⑳，可見她的志趣與關懷所在。即使他人將她比做中國的羅蘭
夫人和蘇菲亞，她也並不加以否認。對這些西方女英雄的讚揚，也
可見她對於當時新思潮的接受程度。

2.歌詠神話傳說中的女英雄

　　除了前述信而有徵的女英雄之外，秋瑾也對神話傳說中的女英
雄有所歌詠。如〈題動石夫人廟〉（1907 年）中即有如斯讚嘆：

> 如斯巾幗女兒，有志復仇能動石；多少鬚眉男子？無人倡議
> 敢排金！㉑

詩裡將巾幗女兒的勇武與鬚眉男子兩相對照，突顯有志女子的可
貴，不見得輸於男子。秋瑾屢屢不忘提醒並振奮眾姐妹們的心志，
於此可見一斑。

---

⑲　秋瑾《精衛石·序》，《秋瑾集》，頁 122。
⑳　批茶夫人即寫作《五月花》的斯托夫人，此處所論之女英雄，較偏向「武」
　　的表現，因此暫不論之。
㉑　秋瑾〈題動石夫人廟〉，《秋瑾集》，頁 94-95。

　　《山海經》中的精衛與女媧兩位半人半動物的女神，也是秋瑾歌詠的對象❼。如其知名彈詞《精衛石》即是，內容本事雖未直接著墨於精衛❼，但以精衛為題名，已能充分說明秋瑾的用心，旨在藉由精衛填海的大無畏精神，譬喻己身爭取女權的決心與報國的雄心皆矢志不悔。

　　秋瑾也在詩歌〈季芝姊以詩相慰次韻答之〉詩中以精衛與女媧自況：

　　　雲箋一紙忽還飛，相慰空勞尖筆揮；已拼此身填恨海，愁城
　　　何日破重圍？
　　　連床夜雨思當日，回首誰憐異昔時？煉石空勞天不補，江南
　　　紅豆子離離。❼

在「已拼此身填恨海」與「煉石空勞天不補」中，說明的正是精衛填海與女媧煉石補天的英雄行為。

　　同樣地，秋瑾也在〈見月〉一詩中如是說道：

　　　愁見簾頭月影圓，思親空剩淚潸潸。啣泥有願誓填海，煉石
　　　無才是補天。
　　　湘水燕雲縈舊夢，碧山紅樹噪新蟬。十分惆悵三分恨，往事

---

❼　精衛或女媧雖非真實的女英雄，但此處論之，正取材於其所具備的英雄氣概。

❼　因《精衛石》內容僅存六回，且第六回為殘篇，故目前所見如此。

❼　秋瑾〈季芝姊以詩相慰次韻答之〉，《秋瑾集》，頁59。

思量祇自憐。⑦

詩中「唧泥有願誓填海，煉石無才是補天」所說的自然也是精衛與女媧的故事了。〈乍別憶家〉也是如此：

> 遠隔慈幃會面難，分飛湘水雁行單。補天有術將誰倩？縮地無方使我嘆。
> 拼卻疏慵愁裡度，那禁消瘦鏡中看！簾前勻樣昏黃月，料得深閨也倚欄。⑦

詩中的「補天有術將誰倩？」也是用女媧補天之典。〈感時〉之二亦出現女媧的身影：

> 煉石無方乞女媧，白駒過隙感韶華。瓜分慘禍依眉睫，呼告徒勞費齒牙。
> 祖國陸沉人有責，天涯飄泊我無家。一腔熱血愁回首，腸斷難為五月花。⑦

留日時期的秋瑾，將報國無方、屢戰屢敗的感懷，以「煉石無方乞女媧」譬況，可見她的憂心滿懷、一腔熱血，乃需頻頻呼告。

---

⑦ 秋瑾〈見月〉，《秋瑾集》，頁 63-64。
⑦ 秋瑾〈乍別憶家〉，《秋瑾集》，頁 66。
⑦ 秋瑾〈感時〉，《秋瑾集》，頁 83。

　　綜合以上，可見秋瑾不斷的在文本中透露她對俠女文化的仰慕，並且不斷表述她對女英雄的認同。無論歷時的或並時的追慕，諸位俠女一一成為她身分認同的重要典範。就此而言，秋瑾認同的是具備英武氣質或作為的女英雄，她們是出入於女性與男性世界的一群特別的女子，而後來出走家園、獻身革命的秋瑾，與她們同樣具有如此殊異的生命史——在女性世界的認同中，又同時擁有對陽剛氣質的崇仰。

　　簡言之，秋瑾既仰慕才女文化的風姿，同時也歆羨俠女文化的風範。對於才女與俠女兩種文化的追慕，即為觀看秋瑾的身分認同的重要入口。透過這樣的觀看，秋瑾的身分認同圖景再次浮出一個更多重而複雜的形貌，她既認同男性英雄的世界，也對於女性英雄抱持一定程度的歆慕。因此，秋瑾的身分認同裡，既女性也男性，既陽剛也陰柔，對她而言，身分認同可以是游移迴旋的，呈現重層的鏡像。

第五節　結　語

　　近代這頁革命傳奇中，最饒富意味的便是秋瑾以俠女之姿殉國的故事。從身體政治的角度而言，身為女性的秋瑾不甘如此了卻餘生，轉以男裝改變其身體外觀，進而以中性／男性的豪傑裝扮，親身參與國事，並以最終極的方式流血，乃至捐軀，完成一名英雄該有的末路悲歌。這樣一則以身體演繹的俠女傳奇，確乎值得低吟。

　　是以，本文以藝文生命與身分認同做為思考角度，進行了以上討論。由此得知，經由秋瑾的藝文生命得以觀看她的身分認同問

題。書寫為了存在,當她親身參與公共事務時為的是啟蒙大眾,此時大多選擇以白話宣講。然而,以文言呈顯的幽幽心曲,不僅是小兒女的私語,也憂國是、頌英雄,或自勉勉人。顯然,文言書寫所能呈現的文章風格更具包容性,女俠的深刻心事由此得以充分展示。由此可知,白話雖為當時的時髦文章,然而文言的涵容性更加寬廣,由此亦可理解她後來之書寫絕命詞所采用的文體與心境之間的縮結了。

此外,秋瑾的身體也是另一種空間,在此空間裡,她盡情揮灑女身的另一種可能性──男裝,以便演繹她先天即有的豪俠尚義精神。透過換裝,她得以自由地出入於不同的性別裝扮之間,其展現的意義是,女生也有以「女身」展演「男身」的可能性。由此,進而透過其藝文創作,以觀看她對英雄及女英雄╱英雌典範的孺慕與追尋,並迴向自身的認同問題。然而,秋瑾並非僅以男裝示人,其穿著女裝的時間更加久遠;不只對女俠╱俠女有所認同,也對於才女抱持高度的崇敬之情。因此,透過秋瑾的藝文創作,可知其身分認同是複雜的,至少可說是雙重面相皆具,看似不認同女性文化,其實她認同的是才女與俠女文化;看似極認同男性文化,其實她認同的是英雄文化與俠義精神。簡言之,秋瑾不必然全是以男裝定義自己,反而大多數時候她是以純然女裝現身的,在她興辦女學、投奔革命之際,男裝或者僅為偶一為之的時髦作為,只是她的男裝形象因了一幀小照而深植人心。

綜合言之,本文試圖以秋瑾的藝文創作,以觀看她的生命文本中的「身份認同」問題,期望藉此爬梳,以呈露她身為閨閣女詩人向知識女性跨界的意義脈絡。如是我聞,如是我看。這是一個觀察

傳統閨閣女子轉型為近現代知識女性的起點，期諸來者更深入的探賾。

附圖：翻攝自上海古籍出版社編：《秋瑾史跡》，上海：上海古籍出版社，

1991 年 8 月

女裝　　　　　　女裝　　　　　　變裝（中性）

男裝　　　　　　男裝　　　　　「讀書擊劍」章

白話《中國女報》第一、二期

競雄女校

第四章
理想的革命·自強的女子
——秋瑾《精衛石》的現代性意義

說到我國之社會，由來男女未平權。說到女人諸苦處，作書
人那禁痛淚一潺湲。

但祈看者須細味，莫作尋常小說看，其中血淚多多少，無非
要警醒我同胞出火坎。

但願我姊妹人人圖自立，勿再倚男兒作靠山。

——秋瑾《精衛石·第五回》

第一節　前　言

　　在想像秩序與混沌邊緣前進的晚清白話小說，不僅呈現複雜與
艱難的面貌，更重要的是它大膽的文學實驗，淆亂主流話語的表
現，在在企圖建構屬於自己的位置。以白話小說與女性文學的匯流
為視域，晚清的彈詞小說正是以韻散合體的「舊瓶」，盛裝白話議

論式內容的「新酒」，形成一種既古舊又新穎的敘事文體。這種新的敘事文體，如同它的前身一般仍屬女子專用。只是它的白話議論式內容，所講述的已不再是小兒女的閨怨，而是女體如何對應／反映國體的問題，亦即描繪古今中外女英雄的故事、或者宣揚女子應自覺的新思想，尤其是太平天國之亂與八國聯軍等重大國族災難發生之後特別明顯。❶因此，晚清的白話彈詞小說大都呈顯了歷史、空間與身體對話的多重意涵。

　　本文視《精衛石》為晚清後期的彈詞小說。所謂晚清後期，指的是梁啟超發表〈論小說與群治之關係〉與《新小說》創刊的1902 年，此後至 1911 年為止，可說是新小說蓬勃發展的階段，即一般定義下的晚清後期。❷由此可知，秋瑾創作《精衛石》時，由梁啟超所帶動的新小說風潮已然影響大半中國文壇，而深受時代新思維洗禮的秋瑾亦不可能置身於外。

　　晚清後期的白話彈詞小說以彭靚娟《四雲亭》為先聲。❸其後，《精衛石》、《法國女英雄彈詞》與《二十世紀女界文明燈彈詞》等女英雄論述的彈詞小說陸續誕生。進而言之，在晚清白話彈詞小說裡，除秋瑾《精衛石》書寫自己的女俠救國心聲之外，挽瀾

---

❶　胡曉真：〈秩序追求與末世恐懼──由彈詞小說《四雲亭》看晚清上海婦女的時代意識〉（《近代中國婦女史研究》第 8 期，2000 年 6 月，頁 95）第一節對於彈詞小說與時代動亂的關係有所說明，可參考之。

❷　參考胡曉真：〈晚情前期的女性彈詞小說──非政治文本的政治解讀〉對「晚清分期的問題」的討論，《才女徹夜未眠──近代中國女性敘事文學的興起》（臺北：麥田出版社，2003 年 10 月），頁 269-273。

❸　晚清後期。關於《四雲亭》的研究，可參考胡曉真：〈秩序追求與末世恐懼──由彈詞小說《四雲亭》看晚清上海婦女的時代意識〉，頁 89-128。

詞人《法國女英雄彈詞》（1904）則敷演羅蘭夫人事，希望「燒香吃素念觀音」的中國女性覺醒，共赴國難。而鍾心青《二十世紀女界文明燈彈詞》（1901）則專為改良女子社會起見，如提倡天足、創辦女校、反對童養媳等，將每位婦女的問題寫成一章，合成一冊。凡此皆為著眼當下現實感的彈詞小說，其內涵已大異於清中葉之前的傳統彈詞小說。換言之，晚清後期的彈詞小說雖仍具有傳統女性彈詞小說的舊貌，但其內涵卻與當時知識份子急於救國用世之心完全合拍。

　　不只如此，與晚清後期彈詞小說的發展有關的女性小說，其中也有類似的英雄敘事，如《六月霜》、《東歐女豪傑》、《女獄花》、《女媧石》等作品裡亦不乏女英雄論述。❹因此，秋瑾《精衛石》與《法國女英雄彈詞》、《二十世紀女界文明燈彈詞》等彈

---

❹　靜觀子《六月霜》（1911）（由嬴宗季女氏《六月霜傳奇》改編）寫秋瑾受難故事，標示「女界小說」。嶺南羽衣女士《東歐女豪傑》寫蘇菲亞的故事，貫串一在瑞士讀書的中國女性。該中國女性因聽聞蘇菲亞的故事，而寫成這部小說。意在反專制政體。王妙如《女獄花》，女主角不再如傳統女性般隱忍，而是採取激烈的方法。女主角在獄中經由讀書會的方式團結所有受虐的婦女，更進而組了秘密黨採武力手段除去惡劣的男性，另一女主角則採取教育的方式，來重新定義女人空間的可能性。可見在監獄這種壓抑的空間裡，「監獄」除了社會的壓抑，更有教育的意涵。在《女獄花》中關於知識的正義及女性話語之間如何協調，及在辯證過程中探尋到的女性價值在什麼情況下能做出最有利／力的抉擇，是小說關注的焦點。秋瑾的女俠心聲尚有海天獨嘯子《女媧石》是男性以女性筆調寫作的烏托邦式女兒國。該書標示「閨秀救國小說」。敷演愛國女子的救亡活動，倡言女性救國乃屬天降大任。小說作者據說為一留學生，其熾熱的愛國情感洋溢於字裡行間。小說亦具有科幻色彩。

詞小說可說是標準的「舊瓶裝新酒」的新時代產物，這是它們與前此彈詞小說很不一樣的特色。

綜合以上，晚清白話彈詞小說多不再閨怨，反而以女英雄論述為主軸。這些極富「現代性」意義的作品，以其淆亂主流話語（彈詞原多敷演小兒女的閨怨敘事）的姿態，展現了晚清白話彈詞小說蘊藏的現代性意義。正是這些看似淆亂而新舊雜陳的實驗性作品，才使得晚清白話彈詞小說活力無窮，並且十足現代性。本文所謂「現代性」強調它是「一種態度」，亦即面對當下現實的一種「賤古貴今」的態度。

因此，本文擬以秋瑾《精衛石》為例，探究這部晚清後期的彈詞小說的現代性精神。主要聚焦在它展現了語言形式上的新變──在韻散綜合的舊形式上，開出以宣講與呼告式的白語俗語為主體的新語言；以及它以舊有的女性專用的敘事文體所展示的新意──著眼當下現實感，宣揚女子救國用世之可能。簡言之，前者強調彈詞小說向來予人的陳腐守舊之感；後者強調突破彈詞小說向來予人的閨閣才女書之感，而能面向時代。秋瑾《精衛石》即兼有語言形式與內容這兩方面的新意，乃值得探討。

第二節　精衛故事的荒謬與理想性
──《精衛石》想像革命的依歸

《精衛石》是秋瑾唯一一部彈詞小說，原計劃寫二十回，現僅存二十回目錄與前五回、第六回殘稿，大約寫於 1905 至 1907 年

間。據知，第一回至第三回係留日時所寫，第四、五兩回係歸國後1906 年所寫。❺但未知第六回何時所寫。

　　做為晚清後期彈詞小說代表的《精衛石》與它的前行者，稍有不同。晚清前期的彈詞小說，與更早之前的清中葉甚至盛清之前的彈詞小說，大約多圍繞在小兒女的閨閣敘事中，以「才女書」的形式做為女性幽閨自憐的書寫成品。晚清前期的彈詞小說如《榴花夢》、《鳳雙飛》；清中葉之前的彈詞小說如《天雨花》、《筆生花》與《再生緣》三大彈詞小說經典等，大多談不上具備改革精神或成就女性完整的人格。而晚清後期的彈詞小說，如《精衛石》與它的「姐妹作」《法國女英雄彈詞》、《二十世紀女界文明燈彈詞》，皆不免與力圖改革的時代氛圍搭上了線，直接在文本裡反映作家急於救國用世之心。就此而言，《精衛石》作為晚清後期的彈詞小說，其面向時代的「現代性」是它與前此彈詞小說最不相同之處。

　　然而，「彈詞小說」何以能夠置於「晚清小說」脈絡裡，成為一值得探討的敘事文類？這兩個看似不同的文類概念，在晚清小說界很奇妙的佔上一必要的位置上。主因是知識份子對於「開民智」的渴求，尤其是蒙昧的廣大婦女群體，更是啟蒙的主要對象。而秋瑾之所以選用彈詞小說做為向婦女同胞啟蒙的文類，便是基於這個背景因素的考量。特別是彈詞小說特有的「女性化」特徵，向有「婦女教科書」之美稱。晚清知名的狄平子（葆賢）即曾說道：

---

❺　此著作年份資料，係根據秋瑾：《精衛石‧序》後之註解(一)所示，《秋瑾集》，頁 123。

> 今日通行婦女社會之小說書籍，如《天雨花》、《筆生
> 花》、《再生緣》、《安邦志》、《定國志》等，作者未必
> 無迎合社會風俗之意，以求取悅於人。然人之讀之者，目濡
> 耳染，日累月積，醞釀組織而成今日婦女如此如此之思想
> 者，皆此等書之力也，故實可謂之婦女教科書。❻

由此可知，彈詞小說既有「婦女教科書」之稱，在當時必然成為一
批愛國志士們以此做為揭露新觀念新知識、以推動女界革命的最佳
文學範式。此外，晚清重要小說（理論）家吳趼人、李伯元、徐念
慈都認為彈詞小說是教育婦女最佳的文學敘事形式❼。特別是在當
時講究啟蒙為政治正確的社會氛圍裡，彈詞小說雖被視為具有舊小
說之惡的陳腐文體，但熱衷於救國救民的晚清知識份子們仍舊無法
輕忽它的存在與重要性。因此，晚清彈詞小說於振興女權之實效上

---

❻ 引自陳平原、夏曉虹編：《二十世紀中國小說理論資料》第一卷（北京：北
  京大學出版社，1997 年 2 月），頁 75-77。
❼ 如吳趼人雖不曾以彈詞形式創作，但公開承認此類文學對女性的重大影響，
  見〈小說叢話〉（《新小說》第二年第七號（原第十九號，1905 年），趙毓
  林編《新小說》第五冊，上海：上海書店，1980 年）。李伯元本人則創作了
  《庚子國變彈詞》（1902）與《醒世緣》（1903）兩部彈詞作品。徐念慈不
  諱言自己輕視流行的彈詞小說，但也鼓勵作家多創作專供女子觀覽的小說，
  使女子漸赴於文明之域，見〈余之小說觀〉（《小說林》第十期（1908
  年），收入陳平原、夏曉虹編：《二十世紀中國小說理論資料（第一卷 1897-
  1916）》，頁 316）。胡曉真對晚清彈詞小說與晚清小說理論的相關發展進
  行過精譬的論述，可參考其《才女徹夜未眠——近代中國女性敘事文學的興
  起》之「第六章　晚清前期的女性彈詞小說——非政治文本的政治解讀」，
  頁 273-275。

廣為人知，也就不難明白秋瑾創作《精衛石》的動機實有極明確的政教目的。由此可知，彈詞小說這一性別標誌特別顯著的文類，便如斯權宜成為晚清婦女之最佳讀物了。

彈詞小說由來已久，大多用於案頭閱讀與採用此文體以進行文學創作。特別是讀書識字的閨秀們對這種文體情有獨鍾，經常利用女紅之餘傳抄閱讀和寫作。清代以後的彈詞小說這一新興文體至少有以下三項特點：一、彈詞小說是書面化的個體性的創作。彈詞小說並不考慮演唱的需要，純粹出於消遣筆墨所作，作品中經常出現創作者的自白文字。二、彈詞小說多長篇巨製且工於描寫，適於案頭閱讀，一部作品至少三四十萬字，通常七八十萬字，一百萬字以上的並不罕見，其氣魄之偉大雄厚遠非散文語體小說所能追及的。三、彈詞小說作者所期待的預設「知音」是菁英讀者而非一般閱聽大眾。創作者在寫作彈詞小說時，心中自有「閱者」、「看書人」、「閨閣」、「淑媛」等知音的存在，創作者也對預設讀者充滿想像和期待。❽由此可知，這些女性小說創作者的預設知音讀者，正是與她們同屬一階層的知識女性──即閨中知音。因此，清代閨秀才女的創作大多屬於此類，它是一種新型的小說文體。就此而言，《精衛石》也是一部有意識創作的新型小說，自然誼屬案頭

---

❽ 彈詞於清代以後分流為二類，另一類則是仍然活躍於民間藝人口頭上、演唱於茶寮書館的講唱文學。它大多接近於實際演唱，即腳本性質的文本，如《珍珠塔》、《三笑姻緣》等市井傳奇、才子佳人的愛情故事，表現性強。關於彈詞在清代以後分流的發展，參考鮑震培：《清代女作家彈詞小說論稿》（天津：天津社會科學院出版社，2004 年 10 月）第二章「彈詞小說的形式與女作家的創作成就」，頁 70-71。

讀物。雖僅存不足六回,但就其規畫二十回而言,若真能完成,其
字數必然甚為可觀;且其預設讀者很可能也是以菁英婦女為主的,
這由小說中人物多半為名門閨秀可見一斑。

　　透過以上對於彈詞小說作為一種敘事文體的說明,大約可理解
秋瑾何以採用彈詞小說這一文體做為她向婦女同胞啟蒙宣講的文
類。畢竟採用的是婦女熟知的彈詞小說體,頗便於她宣講新思想與
新知識。秋瑾透過彈詞小說這種親切的女性專屬文體,不難發現,
她所預設的讀者自然也是菁英讀者,即至少是粗識文墨以上的婦
女。但秋瑾顯然不以此為滿足,刻意使用較淺俗的散文俗語行文,
企圖吸引更多纏縛小腳、以夫為貴、佞佛念經、熱衷資助神佛之事
的傳統婦女們。

　　《精衛石》小說篇名明顯出自於《山海經・北山經》:「精衛
填海」的故事:「是炎帝之少女名曰女娃。女娃游於東海,溺而不
返,故為精衛,常銜西山之木石,以堙於東海。」❾秋瑾引用精衛
填海的故事,以說明爭取婦女解放,必需要有精衛填海一般堅韌不
拔、百折不回的毅力和勇氣;婦女們若都能成為一塊精衛石,迫害
婦女的恨海也就能填平。《精衛石・序》雖未明指小說題名之用
典,但第四回中,故事女主角黃鞠瑞的結拜姊妹梁小玉,為了黃鞠
瑞即將被迫許配予財主苟百萬之子而為之慨嘆,可略見小說題名之
用心:

　　　若是黃家鞠瑞妹,他日收場也這般,令人想起身驚戰。埋沒

---

❾　袁珂校注:《山海經校注》(臺北:里仁書局,1995 年 4 月),頁 92。

了如此人才欲問天，空教結義多相愛，愧無力能為妹助焉。
真可嘆，實堪憐，不平最是這蒼天。何苦生了人才又作賤？
祇落得名花落溷鳥呼冤。唧泥有願難填海，煉石無才莫補
天。若都是這般來結果，不如不生反安然。**❿**

在結義姊妹梁小玉這番「愁人兼愁己」的文字裡，可以看到她對黃
鞠瑞的疼惜，並借用了「精衛填海」與「女媧煉石補天」的神話做
為隱喻：「唧泥有願難填海，煉石無才莫補天」，言下之意，即使
擁有精衛為理想奔波的精神，也難以完成填海的雄心壯志；「若煉
石無才莫補天」則有本來即無本事可補這缺損嚴重的社會之「天」
的意義。由於《精衛石》斷簡殘編僅存六回，這段文字是目前所見
文本中唯一與「精衛填海」神故直接相關的文字。此外，王德威即
曾論及秋瑾借用「精衛填海」故事寫彈詞小說的意義所在：

> 秋瑾《精衛石》，用彈詞來表現這種荒謬主義式、存在主
> 義，為理想來回奔波的形象，成為秋瑾想像革命的重要依
> 歸。在秋瑾作品中，寫作者的書寫和生命是相連的。**⓫**

就此而言，秋瑾以彈詞體寫《精衛石》，最重大的意義在於寄託了
秋瑾這一寫作者自身的生命價值在內。此一生命價值不僅關乎自己

---

❿　秋瑾：《精衛石·第四回》，《秋瑾集》，頁 149。
⓫　王德威：「五四想像、女性論述、欲望空間」系列講座之一摘錄。（按：未
　　標明年份）10 月 2 日。淡江大學「中國女性文學研究室」：「學術講座」
　　http://studentclub.tku.edu.tw/~tkuwl/news-1.htm（2009 年 7 月 21 日確認）。

的存在，也是對千千萬萬廣大婦女的共同關懷，換言之，秋瑾想像
革命的依歸，即為「精衛填海」這種既存在又荒謬的、來回奔波的
辛勞形象。證諸史實，秋瑾短促人生的最後幾年，確實如此。難怪
秋瑾曾對讀者說道，《精衛石》「莫作尋常小說看」❷，足見《精
衛石》以其「虛構」外衣，暗渡了秋瑾的自傳式生命寫照在內，因
此絕非尋常之虛構小說。

　　目前所見之《精衛石》，前有「序」，後有「目錄」二十回存
目、僅存之前五回與第六回殘稿。其體例大致與傳統彈詞小說相
倖，有詩詞作為開場、中間停頓或穿插，也有「篇子」（全書主幹，
一段稱一篇，每回包括若干篇）。全文以七字句為主，加三言襯字（或有
三、三、七言而成的十三字句），句尾押韻，以「通俗易解，活潑雅
韻」為上選。因此韻散夾雜，並穿插成語、俗語與諧語以構成彈詞
小說這一敘事文體。然而，秋瑾的文字遠較傳統彈詞小說更加淺
俗，最大的差異即在於運用當時流行的白話宣講式語言，極盡渲染
之功，以求振聾發聵。

　　「序」裡對於當時傳統婦女甘於「呻吟蹐伏於專制男子之下」
❸，鮮少進入「女學堂」求知的現況，感到憂心與不解。更有甚
者，一般婦女遇有興設女學工藝者，不但不願入學，反而以丈夫的
意見為主橫加摧折，有同類相殘之嫌；富家婦女更是寧願將金銀珠
寶付諸神佛，而不願為自己的女同胞伸出援手，不知何故。因此，
秋瑾乃發想撰寫此一彈詞小說，以傳統知識女性熟習的文體，撰寫

---

❷　秋瑾：《精衛石·第五回》，《秋瑾集》，頁 154。
❸　秋瑾：《精衛石·序》，《秋瑾集》，頁 121。

女界「黑幕」,以啟發女子:

> 余惑不解,沉思久之,恍然大悟,曰:吾女子中(曰:人類最
> 靈,女流最慧,吾女界中)何地無女英雄及慈善家及特別之人物
> 手?學界中,余不具論,因彼已受文明之薰陶也,僅就黑闇
> 界中言之,豈遂無英傑乎?苦於智識毫無,(亦豈遂無英傑
> 乎?苦於智識未開)見聞未廣,雖有各種書籍,苦文字不能索
> 解者多。(雖有各種書籍、各種權利、各種幸福,苦文字不能索解,未
> 由得門而入,虧女界無盡之藏,相與享受完全之功果也)故余也譜以
> 彈詞,(余乃譜以彈詞)寫以俗語,欲使人人能解,由黑闇而
> 登文明;逐層演出,并寫盡女子社會之惡習及痛苦恥辱,欲
> 使讀者觸目驚心,爽然自失,奮然自振,以為我女界之普放
> 光明也。(寫以俗語,逐層演出女子社會之惡習及一切痛苦恥辱,欲使
> 讀者觸目驚心,爽然自失,奮然自振,使各由黑闇而登文明,為我女界放
> 大光明)❶

由此可見,秋瑾寫作彈詞小說《精衛石》,目的在於揭露千百年來
中國女界的陰暗面與不堪之處,使女性讀者因此發憤自立,共同為
女界之進步而努力。秋瑾特別強調「寫以俗語」,表明以淺俗易懂
的文詞,使廣大婦女得以開啟智識。因此,《精衛石·序》可說是
晚清以來極為知名而重要的女權主義宣言了。

其實,近六回的小說正文裡,仍然可以看到類似以上這種「寫

---

❶ 秋瑾:《精衛石·序》,《秋瑾集》,頁 122。

作動機」式的敘述,如第一回「睡國昏昏婦女痛埋黑暗獄,覺天炯炯英雌齊下白雲鄉」的第一段韻文:

> 愛國情深意欲痴,偶從燈下譜彈詞。已教時局如斯急,無奈同胞夢不知。……。算吾身,亦是國民一分子,豈堪坐視責難辭。無奈是志量徒雄生趣窄;然而亦壯懷未肯讓鬚眉。博浪有椎懷勇士,搏沙無計哭男兒。又苦是我國素來稱黑暗,俠女兒有志力難為。無可奈,且待時,執筆填成《精衛石》,以供有心諸姐妹,茶餘燈下一評之。❶

可見,秋瑾對於國族命運的感受,遠較一般女子為甚;做為一力圖救國救民的俠女,秋瑾不只面向一般大眾,她其實更希望獲取自己女同胞的認同。

其實,《精衛石》中不時可見此類「後設」式的敘事手法,作者秋瑾不時地以敘事者姿態進入小說的文脈裡「說話」,突顯秋瑾滿腔救國熱情之不得不發,乃不斷干擾小說的情節發展。其實,晚清此類具有「進步意識」的小說大多較重思想之發揚,情節與藝術性較被忽略,乃普遍情形。此外,第二回至第六回的首段韻文部分,皆有秋瑾以作者／敘事者身分所發出的聲音(voice),或敘明寫作動機、或因義憤填膺而突發議論與慨嘆。總之,《精衛石》做為秋瑾想像革命的依歸,可由其寫作緣由一再重覆呈露,見出端倪。

---

❶　秋瑾:《精衛石·第一回》,《秋瑾集》,頁 125。

　　就小說內容而言，僅存的六回回目如下：第一回「睡國昏昏婦女痛埋黑暗獄，覺天炯炯英雌齊下白雲鄉」、第二回「恨海迷津黃鞠瑞出世，香閨繡閣梁小玉含悲」、第三回「施壓制婚姻由父母，削平權兄妹起萋菲」、第四回「怨煞女兒身通宵不寐」、第五回「美雨歐風頓起沉疴宿疾，發聾振聵造成兒女英雄」、第六回「擺脫範圍雄心遊海島，忿諸暴虐志士倡壯謀」（未完）等。由現存回目可想見其內容之大概，大抵以反映傳統婦女的處境為主，並佐以當時流行的美雨歐風，針砭傳統婦女地位問題，以加強《精衛石》對婦女自立問題的相關論述。

　　其實，這篇彈詞小說的故事背景，假託在一名為「華胥國」的國度裡。第一回裡，國王姓「黃」，尊為「漢皇」；後代國王常昏睡不醒，民間稱之為「睡王」，外國稱為「睡國」。秋瑾在此頗以說書人或說故事人的姿態，敘寫這個略帶神話味道的故事。秋瑾筆下的華胥國，最大的特色是經常處於昏睡狀態：

　　從前的漢皇都是很英明的，誰知後來的子孫，生性好睡，弄到一代重一代，竟有常常睡著不曉得醒的；并且會不知不覺的一睡死了的時候都有，龍位往往為外人偷去坐了，他國人尚不知道的。這是甚麼緣故呢？卻不知這朝內外的臣子都有個糊塗病，并且生一對極近的近視眼……，說也奇怪，明明的好好一個人，一入了宦途，不知如何，就會生出糊塗病及近視眼來，曾有人批評過的：實因利慾薰心，污臭入目，大概就生這兩種毛病了。外人見他們自己這樣糊塗，就人人來想他這個土地，這個這裡割一塊，那個那裡分一處，各各霸

佔了去。……這就是華胥近日政府的情狀了。**⑯**

秋瑾所謂的華胥國／睡國，朝中上下不僅常處昏睡中，且皆有糊塗病與近視眼；大片土地亦多為外人所割據，景況極類當時的晚清政府。很明顯地，秋瑾以神話託寓現實，以針砭國族發展，頗一針見血。

故事便由以昏睡著稱的華胥國開始，繼而闡述該國的惡俗——重男輕女，令人可恨。**⑰**文中所稱華胥國的惡俗，顯然也是指向傳統中國。秋瑾這篇彈詞小說的現代性意義，往往便在於它能夠直陳當時社會之惡俗，並非完全如清代中期以前以表白個人心事為主題的作品。

正因華胥國具有重男輕女的惡習，秋瑾乃藉此鋪陳傳統婦女的悲慘處境。面對千百年來廣大婦女所遭遇的苦痛，秋瑾不斷地讓敘事者的聲音出現在文脈中，甚至直接以作者／敘事者二合一的語態發聲：

> 我的同胞姐妹呀！不能自立的，快些立志圖自立；能自立的，須發個救天下苦海中姊妹的心，不可再因循了。我們女子，受那萬重壓制，實在苦噓！待我慢慢再講來與諸位聽

---

⑯ 秋瑾：《精衛石·第一回》，《秋瑾集》，頁125-126。
⑰ 秋瑾：《精衛石·第一回》，《秋瑾集》，頁125-126。

聽，那壓制女子的苛法，猶如：……❶

秋瑾不僅以「現身說法」的姿態發聲，更藉由「瑤池王母」的心寒，以說明華胥國婦女的慘況。秋瑾寫道，話說天界的瑤池王母俯觀人間，但見下界怨氣沖天，諸婦女承受二千年來的苦楚，便詔傳「下界作過英雄事業及有名者」的男女一同進宮領旨。其中，女性部分包括花木蘭、秦良玉、沈雲英、梁紅玉、黃崇嘏、謝道韞、左芬、班姬等史籍中的著名女子。王母開口訓勉道，保家衛國之事，男女平權乃天賦人權使然；男女應當齊心協力，共同為整頓江山而努力云云。秋瑾插入這段怪力亂神的瑤池王母神話，自道「做書人并非故意談神怪，明知道神仙佛鬼盡虛云」❶，主因是投人所好——傳統婦女大多普遍「佞佛」，關注念經修廟之事大於婦女教育問題，因此行文若此，也有嘲諷婦女之意。

　　秋瑾以華胥國（睡國）與瑤池王母的神話故事為開場白，以開啟說書人對小說主題的議論——或者說是牢騷，直到第一回末才帶出真正要講的故事：「言歸正傳無担擱，如今卻說一家門」❷，第二回以後的故事便由浙江黃府姑娘黃鞠瑞展開，並述及梁小玉、鮑愛群、左醒華、江振華等幾位閨中密友的往還，五名女子對於傳統加諸於己的被限定的命運咸感不平，閨中所談所感皆與一般女子不同，多有自覺自立的言談出現，即連鮑愛群之婢女秀蓉也與一般下

---

❶　秋瑾：《精衛石・第一回》，《秋瑾集》，頁 129。
❶　秋瑾：《精衛石・第一回》，《秋瑾集》，頁 131。
❷　秋瑾：《精衛石・第一回》，《秋瑾集》，頁 132。

女的見解有所不同。最後，五女終於成功的離家出走，東渡扶桑，完成留學之夢。黃鞠瑞甚至改名「黃漢雄」，以昭顯其俠膽雄心，並與當時留日男子陸本秀、史競歐一同切磋國事云云。故事至此戛然中止，未知第六回後半部乃至終卷之第二十回內容為何，目前僅見其故事梗概如此而已。

綜合言之，秋瑾寫作《精衛石》這一彈詞小說，非常明確地是要寄託她的革命理想。《精衛石》做為其想像革命的依歸，正好也暗合精衛填海的荒謬與理想性，藉此神話故事做為小說的題名，特別彰顯秋瑾欲師法精衛的大無畏精神。此外，小說第一回即以華胥國神話開場以敷演故事的手法，將小說欲表達的理念託寓於神話傳說中，看似無稽，或可規避「指桑罵槐」的危險。但看似虛構的開場白，其實更能暗渡（現實的）陳倉，反而彰顯了大清王朝已然頹敗的氣勢，以及廣大婦女千百年來所遭受的不平待遇有多麼不堪而已。做為世紀之交的時代新女性，秋瑾無法坐視不顧，不僅「發憤著書」，她也對傾頹的王朝「以身相許」了。

因此，《精衛石》的寫作剛好便是投身革命階段的秋瑾，最為直接而坦誠的告白了。是以，《精衛石》的黃鞠瑞便可說是秋瑾的化身或者代言人，她與四名閨中友人共謀女子出路，也與現實雷同；繼而東渡扶桑留學一事更是與秋瑾的真實人生不謀而合。尤其是安排黃鞠瑞化名為「黃漢雄」（炎黃子孫、漢族英雄）一段，更見秋瑾一貫的豪俠作風，真實人生裡的她不也同樣使用各種化名與筆名？由此，真實與虛構交相映照，饒富興味。

第三節　以彈詞舊瓶盛裝用世的新酒
——《精衛石》宣講與呼告式的白話俗語

　　《精衛石》做為晚清一部以女英雄論述為主軸的彈詞小說，如前所述，彈詞小說向有「婦女教科書」之美稱，因此它成為晚清知識份子心目中最佳的婦女教育的範式。

　　因此，秋瑾獨排「詩」、「詞」一類常用的創作文體，而選擇「彈詞小說」做為她唯一一部「女性小說」的表現形式，便饒富意義。秋瑾《精衛石》正是企圖以「彈詞」舊瓶盛裝「用世」的新酒，即以傳統的韻散結合方式，盛裝她面對當下現實所激發的積極用世之心，並儘量以白話俗語表達她極強烈的思想，企圖啟蒙更廣大的婦女同胞。是以，《精衛石》的語言特色便是本節極欲探討的對象。

　　一般而言，彈詞小說多為韻散結合模式❹，一部分通篇使用七言韻文形式，即使人物、場景、動作、事件、心理活動，甚至議論部分都不用散文；另一類是以七言韻文為主，但間以通行的語體白話文（散文），一般用來敘述人物對話與提示事件，大部分作品即如此——以韻散夾雜形式為主。秋瑾《精衛石》即屬於後者，如《精衛石・序》：

---

❹　關於彈詞小說的韻散結合形式，參考鮑震培：《清代女作家彈詞小說論稿》第二章「彈詞小說的形式與女作家的創作成就」，頁72。

……余日頂香拜祝女子之脫奴隸之範圍，作自由舞臺之女
傑、女英雄、女豪傑，（脫離奴隸範圍，作自由舞臺之女英雄、女
豪傑）其速繼羅蘭（繼羅蘭）、馬尼他、蘇菲亞、批茶、如安
而興起焉。余願嘔心滴血以拜求之，祈余二萬萬女同胞無負
此國民責任也。速振！速振！女界其速振！㉒

以及序末之〈改造漢宮春〉：

極目傷心，嘆中華祖國，黑闇沉淪。大好江山，忍歸異族鯨
吞？空有四萬萬後裔，奴隸根深。甘屈伏他人胯下，靦顏獻
媚爭榮。幸得重生忠義士，從頭收拾舊乾坤。
可憐女界無光彩，祇慘慘待斃，恨海愁城。湮沒木蘭壯膽，
紅玉雄心。驀地馳來，歐風美雨返精魂。脫範圍奮然自拔，
都成女傑雌英。飛上舞臺新世界，天教紅粉定神京。㉓

《精衛石‧序》先以散文敘事，再結合韻文體作結。前者為宣講呼
告式的散文體，後者為韻文體的詞曲。此處所使用的〈改造漢宮
春〉，與傳統彈詞小說使用詩詞做為韻文體的表現形式，有所不
同。可見，秋瑾《精衛石》的表現手法既與傳統的彈詞小說相侔，
但也有她推陳出新、不盡相同的一面。此處或可視為秋瑾的創意。
　　至於第一回以後的內文表現方式，仍是韻文與散文交替出現的

㉒　秋瑾：《精衛石‧序》，《秋瑾集》，頁122。
㉓　秋瑾：《精衛石‧序》，《秋瑾集》，頁122。

模式。如第一回，先以韻文體陳述此故事的主旨：

造言設法把人欺，卻說道天賦男尊女本卑，外事女兒何可
道。家庭中，又須夫唱婦方隨，閨門不出方為美，內言出聞
眾人譏。女子無才便是德，讀書識字不相宜。……女子已成
奴隸性，一身榮辱靠夫君。一聞喜小皆爭裹，纖纖束縛日求
新。縱然是母親愛惜如珍寶，纏足時，那管嬌兒痛與疼；淚
淋淋，哀告求饒全不聽，宛然仇敵對頭人。戕殘骨肉何其
忍，一似犴庭受剮刑。痛女子，自小何辜受此罪，模糊血肉
步伶仃。❷❹

其後，再以散文體進一步提示並呈現故事的深刻內涵：

唉！可憐自從纏了雙足，……聽見喜歡小腳，就連自己性命
都不顧，去緊緊的裹起來。纏了近丈的裹腳布，還要加扎帶
子，再加上緊箍箍的尖襪套，窄窄的鞋，弄到扶牆摸壁，一
步三扭，一足挪不了半寸。唯有終日如殘廢的瘸子、泥塑來
的美人，坐在房間。就搽了滿臉脂粉，穿了周身的綾羅，能
夠使丈夫愛你，亦無非將你做玩具、花鳥般看待，何曾有點
自主的權柄？況且亦未必丈夫就因你腳小，會打扮，真的始
終愛你。如日久生厭了，男子就另娶他人，把妻子丟在一
邊，不瞅不睬，坐冷宮，閉長門，那就淒涼哭嘆，挨日如年

---

❷❹　秋瑾：《精衛石 · 第一回》，《秋瑾集》，頁 126-127。

了。㉕

由此可見，小說內文的韻散結合方式，也是韻文、散文夾雜的模式，仍遺有傳統彈詞小說的寫作習慣。值得注意的是，秋瑾所寫的韻文部分，許多處看似並非齊整的七言形式，其實，所謂七言指的是不含「襯字」的計算方式，此處十字一句的形式，其前三字多為襯字，實則仍是以七言韻文為主的形式。即使如此，秋瑾《精衛石》的用韻，遠較傳統的彈詞小說寬鬆許多，這也是它與前此著作較為不同之處。

此外，這篇彈詞小說裡所使用的韻文體，其文詞亦遠較傳統的更加明白易曉，與文中的散文部分，其實差異已不大明顯。如韻文部分的「縱然是母親愛惜如珍寶，纏足時，那管嬌兒痛與疼；淚淋淋，哀告求饒全不聽，宛然仇敵對頭人」，即與其後散文體部分的表述語言頗為接近。是以，《精衛石》無論韻、散，皆具有晚清白話文的特色——由淺近文言、較口語的白話文，逐漸過渡至成熟的白話文。

再者，殘存的第六回中也有穿插使用「俚句巴言」之處：「踏破範圍去，女子志何雄？千里開礎界，萬里快乘風。引領人皆望，文明學必隆。他時扶祖國，身作自由鐘。」㉖如前所述，傳統彈詞小說裡多適當穿插俗語、諧語，以達通俗易解、活潑雅韻的效果。然此處所使用的俚句巴言「舊瓶」，卻盛裝秋瑾深具時代性的用世

㉕　秋瑾：《精衛石·第一回》，《秋瑾集》，頁 127。
㉖　秋瑾：《精衛石·第六回》，《秋瑾集》，頁 162。

「新酒」，呈露迥異傳統的新風格。

最後，更值得注意的是，秋瑾所使用的白話俗語多是近乎宣講與呼告式的表述模式。《精衛石》除了沿襲傳統彈詞小說的「自我表述」之外，加入更多極富渲染力的時髦（modern）語言，這是它與前此傳統彈詞小說較為不同之處。如前述《精衛石・序》大部分皆是，序文第一段散文即充滿渲染力量：

> 余也處此過渡時代（余處此過渡之時代）趁文明之一線曙光，
> （吸一線之文明）擺脫範圍。（擺脫牢籠）稍具智識，（擴充知
> 識）每痛我女同胞處此黑闇之世界，（墜落黑暗地獄）如醉如
> 夢，不識不知，雖有學堂（雖有女學堂）而能來入校者、求學
> 者，寥寥無幾。（而解來入校者、求學者、研究自由以擴張女權者，
> 尚寥寥無幾）試問二萬萬之女子，（噫嘻乎怨哉！二萬萬姊妹）呻
> 吟蜷伏於專制男子之下者（無「者」字）不知凡幾。（奄奄無復
> 人氣，不知凡幾）嗚呼！尚日以搽脂抹粉，評頭束足，飾滿鬢
> 之金珠，衣週身之錦繡，脅肩諂笑，獻媚於男子之前，（獻
> 媚買歡）呼牛亦應，呼馬亦應，作男子之玩物、奴隸而不知
> 恥，（作玩物而不知羞，為奴隸而不知恥）受萬重之壓制而不知
> 痛，受凌虐折辱而不知羞，（受萬鈞之壓制，受百般之凌虐折辱，
> 而不知銜恨憤激，脫離苦海）盲其雙目，不識一个，夢夢然，恬
> 恬然，安之曰：命也。奴顏婢膝，靦顏不以為恥辱。（安之
> 曰：命也，分也，無可奈何也。積此痴頑，旁生孽障）遇有興設女學
> 工藝者，（遇有設女學興工藝者）不思助我同胞，反從旁聽其夫
> 子而摧折之。（反從旁聽痴男而摧折之，同類相殘，害人還自害，女

界不知如何了局矣）亦有富室嬌姿、貴家玉女，量珠盈斗，貯
金滿籯，甘事無知之偶像，齋僧施尼以祈福，見同樣之女子
陷於泥棃之地獄，而未聞一援手。（見同胞之女子淪陷於泥棃之
地獄而視若無睹，初未聞一援手）嗚呼！是何心哉？❷⑦

由文中可見「試問二萬萬之女子」、「嗚呼！尚日以搽脂抹
粉……」、「嗚呼！是何心哉？」等語氣強烈、情緒激動的呼告式
文字，這些語詞的使用，使得本文中的宣講姿態更加明顯。秋瑾在
此欲呼告／宣講的是女同胞們的心態，如秋瑾認為進入女學堂的女
子不夠多：「雖有學堂（雖有女學堂）而能來入校者、求學者，寥寥
無幾」、「遇有興設女學工藝者，（遇有設女學興工藝者）不思助我同
胞，反從旁聽其夫子而摧折之」，女子大多無心於哉培自己，多以
其夫的意見為意見，往往無助於女學之興設。又如秋瑾認為許多女
子「獻媚於男子之前，（獻媚買歡）呼牛亦應，呼馬亦應，作男子之
玩物、奴隸而不知恥，（作玩物而不知羞，為奴隸而不知恥）受萬重之壓
制而不知痛，受凌虐折辱而不知羞」、「奴顏婢膝，靦顏不以為恥
辱」，下語極重，近乎「教訓」意味。更嚴重的「指控」則是富裕
人家的婦女們大多寧可求神問佛，而不願助興女學：「富室嬌姿、
貴家玉女，量珠盈斗，貯金滿籯，甘事無知之偶像，齋僧施尼以祈
福，見同樣之女子陷於泥棃之地獄，而未聞一援手。（見同胞之女子
淪陷於泥棃之地獄而視若無睹，初未聞一援手）嗚呼！是何心哉？」，秋瑾
甚至直言她們眼看女同胞受苦而袖手「是何居心」。凡此種種，皆

❷⑦ 秋瑾：《精衛石·序》，《秋瑾集》，頁121。

充斥著極明顯的「呼告」與「宣講」的語態，甚且近乎「訓戒」與「悲鳴」，大發前人所未有之時代慨嘆。

又如第一回，秋瑾對於傳統婦女盡信神仙佛鬼有一段較強烈的評價：

> ……況且是我國婦人多佞佛，唸經修廟與齋僧，每以疑心喧有鬼，更將木偶敬為神，身受欺凌稱罪孽，求神保護怕神嗔。般般無不崇虛妄，不惜金錢事偶人。……試問你遭逢水火刀兵事，幾曾見有個神仙佛救人？昔年甚麼紅燈照，聖母原來妓扮成。……闖成大禍難收拾，外洋的八國聯軍進北京，祇殺得血流遍地屍堆積，最多是小足伶仃婦女們。一樁可見諸般假，再莫虛佞木偶人。……❷❽

秋瑾在此所急急呼告與宣講的是，傳統婦女乃至於廣大老百姓對神佛的過度信仰，以致於實學不彰，以八國聯軍之役戰敗為例，即是過度崇信怪力亂神之故。因此，「試問你……」、「再莫……」諸語，即有明顯的呼告與宣講意味，極傳神地表達了秋瑾熱切的心聲。

又如，第五回第一段，秋瑾感嘆小說中五美身為女子無法與男子平起平坐的遭遇與心聲時，如是說道：

> ……嘆同胞，不知何事甘卑賤，為奴為畜也心甘。反言女子

---

❷❽　秋瑾：《精衛石·第一回》，《秋瑾集》，頁 131。

　　本無用，不思量亦是四肢與五官，才智何曾遜男子，不求自
　　立但偷安。……但願我姊妹人人圖自立，勿再倚男兒作靠
　　山。㉙

　　由此可知，「嘆同胞」、「但願……勿再」等語，都有明顯的預設
說話對象，秋瑾希望我女同胞自思振作才是正途，故以生動有勁的
呼告與宣講姿態，極傳神的將秋瑾苦口婆心的形象傳達出來。

　　綜合以上，《精衛石》的語言特色有二，一是承襲傳統彈詞小
說韻散結合的形式，但韻文之用韻較為寬鬆，用字更加淺俗易曉，
與較白話的散文部分益趨接近。《精衛石》無論韻、散，皆體現晚
清白話文的特色──由淺近文言、較口語的白話文，逐漸過渡至成
熟的白話文。二是語言風格，更具強烈的時代精神，呼告與宣講味
道極濃厚，秋瑾滿腔的熱情無法抑遏地盡情宣洩於紙上，直接以紙
筆將她百折不撓的理想精神，化為一段又一段熱情的文字，以啟蒙
廣大讀者。是以，極富渲染力量的語言（文字）正是《精衛石》重
要的語言風格。

第四節　知識的正義與女性話語之間的頡頏──《精衛石》的議論體

　　秋瑾《精衛石》的議論式風格極為特出，尤其是秋瑾以其身為

㉙　秋瑾：《精衛石·第五回》，《秋瑾集》，頁 154-155。

女性的立場為女性發聲，因此小說中許多「女聲」的敘寫特別深刻。同時，秋瑾不讓鬚眉的女俠作風、甚至以男裝行世，也依樣出現在小說主角黃鞠瑞身上，這便使得她安排小說人物說話時，多了非凡的英氣，議論時政與婦女問題的力道另有一番磅礡的氣勢。

《精衛石》很特別的以「議論體」突出於一般傳統的女性彈詞小說，其論述「知識的正義」與「女性話語」之間的頡頏，特別值得注意。一般言之，彈詞小說中的女英雄形象皆是文武皆備的奇女子，但本文所定義的「武」字並不只是舞刀弄槍的狹義定義，它已具有較廣義的較現代性的意義，亦即女子也能從事男性的事業，包含擁有自己的專業，如上新式學堂、參與新式報刊之編輯發行、出洋留學等，或是直接參與革命事業，這是本文所著意關注的女子「武」藝。質言之，晚清女作家將自身對現實處境的忿懣，投射於小說創作中；女作家筆下因此出現許多勇於反抗禮教、走出深閨以建功立業的女子。小說中的她們，雖不同於傳統才子佳人小說中的佳人，但也絕非質而不文的抗敵女英雄而已，她們反而「大多是名門閨秀，『女無脂粉閨房態，冰雪為姿鐵石心』，她們才高、貌美、情深、義重、聰明、機敏、智慧，她們往往『棄脂粉於妝臺，拾衣冠於廊廟』，文能蓋世，武能安邦，轟轟烈烈作為一番事業。」❸《精衛石》中以黃鞠瑞為首的五位閨秀，亦屬於這類文武皆備的奇女子，她們的形象也表現出極具「現代性意義」的新式知識份子的形象。

---

❸　鮑震培：〈清代「女中丈夫」風尚與彈詞小說女豪傑形象〉，《山西師大學報（社會科學版）》第 30 卷第 1 期（2003 年 1 月），頁 94。

因此，小說裡五位名門閨秀，其女性之間的交誼多為閨中短暫的拜訪往還，圍繞的話題自然以女性處境為主，尤其是知識攝取與愛情婚姻不自由所導致的痛苦，最終導致五美一同不告離家、遠渡東瀛以追求獨立自主的人生。五美的處境反映的正是所有晚清知識女性所共同面對的議題——女性如何由閨閣才女順利轉型／過渡至新時代的知識女性。這樣「前衛」的思考與抉擇，在《精衛石》裡取得了初步的成果。

㈠重男輕女惡俗之構成主體，也包括女性自身

秋瑾在小說中認為傳統中國重男輕女的惡俗之構成主體，應有三者，除一般男性／家長之外，不思反省、無法自立自強的女子自身以及寧可將錢財灑向神佛也不願意資助女學的富貴女性，也是重要的主體。特別是後二者的女性，她們的表現往往才是秋瑾以及晚清女學提倡者所急需啟蒙或韃伐的對象。

首先，一般男性／家長的重男輕女觀念，是最根本的問題。如第一回裡，秋瑾論及華胥國的惡俗，最要緊的就是數千年來所傳下的重男輕女惡習：

> 并且數千（脫「年」字）傳下來一最不平等，最不自由的重男
> 輕女之惡俗。這些男人專會想些野蠻書籍、禮法，行些野蠻
> 壓制手段來束縛女子，愚弄女子，設出「女子無才便是德」
> 之話出來，欲使女子不讀書，一無知識，男子便可自尊自大
> 的起來，竟把女子看得如男子的奴隸、牛馬一樣。殊不知天
> 生男女，四肢五官、才智見識、聰明勇力，俱是同的；天賦

權利，亦是同的。**❸**

由此可見，婦女之先天條件既與男子同，理當自立自強才是；只可惜傳統社會多以男性為主體，很自然地便壓抑了許多婦女的發展。又如小說裡述及知府黃思華因夫人產女（黃鞠瑞）而大為不悅的情景，極為典型：

> 丫鬟報喜主人曉，知府當時怒氣滋：「生個女兒何足道？也須這樣喜孜孜。無非是個賠錢貨，豈有榮宗耀祖時？」……問看官，生男生女皆親系，何故看承卻兩歧？卻原來睡國習成輕女俗，男生歡喜女生悲，所以黃公深不樂，夫人雖不重嬌姿，從來慈母和嚴父，分別由來母意慈。況時親生身上肉，雖非珍愛亦憐之。……**❸❷**

這是典型的傳統父權下的生女情景，秋瑾自有切身之痛，除了同樣身為女子之外，更重要的是「讀書世族的女子不自由更甚」**❸❸**，為小說人物黃鞠瑞鋪寫的故事，其實正是自己的真實人生。

其次，對於「不思反省、無法自立自強的女子自身」，秋瑾發出女子應當自立自強的呼聲。類此呼聲，不斷地出現在文本中。如前述《精衛石·序》裡所提及的：「試問二萬萬之女子，（噫嘻乎

❸　秋瑾：《精衛石·第一回》，《秋瑾集》，頁 126。
❸❷　秋瑾：《精衛石·第二回》，《秋瑾集》，頁 134。
❸❸　秋瑾：《精衛石·第二回》，《秋瑾集》，頁 134。

怨哉！二萬萬姊妹）呻吟蜷伏於專制男子之下者（無「者」字）不知凡幾。……」就是女子不思反省、無法自立的最好說明。秋瑾認為：「女子已成奴隸性，一身榮辱靠夫君」**❸❹**，這便是女子最大的問題。

又如第一回裡，秋瑾對於華胥國女性的處境如此說道：

祇因女子不讀書，不出外閱歷，不出頭做事，惟曉得死守閨門，老死窗下，把自己能力放棄得一點都沒有了，讓男子佔了優勝地位，一步一步的想法子來壓制女子。你說可恨不可恨？**❸❺**

可見女性地位與處境的低落，女性自身也應負起極大責任。又如婦女之纏縛小腳，便是放棄自我主體的最佳例證：

我們女子為甚麼甘心把性命痛苦送在一雙受痛受疼、骨斷筋縮的腳上？往往婦女的病百倍難治。豈真難治麼？祇怪自己把自己看得太不值錢，不去求自己生活的藝業學問，祇曉靠男子，反死命的奉承巴結，諂諛男子，千方百計，想出法子去男子前討好。……直成了一個女子慘世界。這都是女子不謀自己養活自己的學問藝業，反去講究纏腳妝扮去媚男子，一身唯知依靠男子，毫無自立的性質的緣故，所以受此慘毒

---

❸❹ 秋瑾：《精衛石·第一回》，《秋瑾集》，頁127。

❸❺ 秋瑾：《精衛石·第一回》，《秋瑾集》，頁126。

苦楚。**㊱**

纏小腳在秋瑾看來，是婦女無自覺的極端表現，若婦女擁有自己的藝業學問，便無需事事仰賴男子。

最後，則是「寧可將錢財灑向神佛也不願意資助女學的富貴女性」，這是一群真正盲目而無法看重自己的女性，最為可恨。如前述《精衛石·序》裡即已明言：「亦有富室嬌姿、貴家玉女，量珠盈斗，貯金滿簏，甘事無知之偶像，齋僧施尼以祈福，見同樣之女子陷於泥犁之地獄，而未聞一援手。（見同胞之女子淪陷於泥犁之地獄而視若無睹，初未聞一援手）嗚呼！是何心哉？」，富室嬌姿、貴家玉女指的就是這類「不知民間疾苦」的婦女。這類婦女往往是男子之外，荼毒一般「弱勢」女子最多的，在晚清眾多的女權論述文本裡，亦曾提及這類觀點。**㊲**又在在第一回裡述及華胥國的惡俗，即論及有一種女人專門「為難女人」自己：

> 有一種女子得丈夫喜歡的，不曾受此苦楚，也就安富尊榮，
> 以為無上的快樂，并不知同樣女子有受此慘苦；即使有人對
> 他說了，卻以為別人的痛苦與我什麼相干，我又沒有受
> 罪。……若能夠諸位有福的、有錢的太太奶奶們發個慈悲
> 心，或助錢財，或助勢力，開女工藝廠也好，開女學堂也

㊱ 秋瑾：《精衛石·第一回》，《秋瑾集》，頁 127-128。

㊲ 如李又寧編：《中國婦女史論文集》（臺北：臺灣商務印書館，1992 年 10
月）中所收錄的篇章。

好，使女子皆能自己學習學問手藝，有了生業，就可養活自
己，不致再受這樣的慘苦。這樣的功德，比燒香、唸經、拜
菩薩，要大幾千倍、幾萬倍呢。我想後來這些多女子脫了苦
海，紀念感恩，朝拜這些太太奶奶們，比拜菩薩還要多呢。
這真是千年萬載的名譽，車量（載）斗數（量）的功德，為甚
麼倒無人肯做呢？**❸❽**

由此可知，這類受到擁有富裕生活的婦女們，大多將錢財投向求神
拜佛之事，對於能夠提振婦女自身地位的女學竟毫不關注。同時，
亦較無遠見，不思投注金錢於千年萬載的名譽之事，以造福姊妹同
胞們。因此，就秋瑾看來，這些婦女的觀念與態度也是助長重男輕
女惡俗難以改善的重要因素。

　　小說第五回裡所呈現的鮑母形象，與此類似。鮑家婢女秀蓉因
有感於黃鞠瑞的賞識，乃暗中向鮑母疏通她們赴日求學的計畫，但
「平生多佞佛」**❸❾**的鮑母認為：「女兒家曉得吟詩作賦便了，還到
甚麼外邊求學？」**❹⓪**、「我家廣有錢財，亦不致要小姐自謀衣
食……，路遠迢迢，幾個女子怎麼出去，不是你胡說麼？……」**❹❶**
小說裡鮑母的態度亦符合此類女性的屬性，寧可佞佛亦不願支持女
學，這就是秋瑾藉由《精衛石》極欲批判的其中一種主體。

　　綜合以上，秋瑾提出此三類助長重男輕女惡俗的主體，不僅有

❸❽　秋瑾：《精衛石·第一回》，《秋瑾集》，頁 128-129。

❸❾　秋瑾：《精衛石·第六回》，《秋瑾集》，頁 161。

❹⓪　秋瑾：《精衛石·第五回》，《秋瑾集》，頁 160。

❹❶　秋瑾：《精衛石·第五回》，《秋瑾集》，頁 160-161。

男性封建大家長，也有不思自立的婦女，以及助長惡俗的富家婦女們。由此可見，秋瑾藉由小說所發出的議論中，很明顯地具有某種現代性精神。除了一般顯而易見的男性主體之外，她也適當地加入兩類極需啟蒙的婦女們，做為議論的對象。換言之，身為女性的秋瑾，其視野並不偏頗，她懂得在論及婦女應自立的知識正義的同時，也思考了傳統婦女自身的觀念與態度問題。若是婦女自身即無長遠的目光與反思的精神，僅憑男性大家長的封建威權不大容易全權操控婦女的命運的。就此而言，秋瑾的現代性精神表露無遺。

㈡女性的才華應被看重，即使是小婢

此外，小說中除黃父思華以其身為封建大家長的身分遂行「女子無才便是德，何必讀什麼書？」❷的觀念之外，另一位男性人物俞竹坡卻正好是黃父的對照。

做為黃家私人教師的俞竹坡無子妻已逝，至表弟家中教導子弟讀書，其「平生最愛小兒女」❸，「其中最喜鞠瑞女」❹，發現七歲的鞠瑞能夠過目成誦、一目十行，愉悅的向其父黃思華表揚鞠瑞的才華，有心栽培。無奈黃父頗不以為然。然而「終朝吟詠新詩句，更將那新奇書籍廣搜羅」的俞竹坡卻以新觀念啟發黃父，終於使他讓步：

---

❷　秋瑾：《精衛石・第二回》，《秋瑾集》，頁 135。
❸　秋瑾：《精衛石・第二回》，《秋瑾集》，頁 134。
❹　秋瑾：《精衛石・第二回》，《秋瑾集》，頁 134。

　　竹坡道：「女科雖沒有，卻聽得要設女學堂了。表弟，你曾見過有一位廣東人，自稱甚麼曼大忠臣的，不是上了條陳，要求施行新政麼？并且他的幫手極多，都叫甚麼飽狂黨呀！并且有好多維新的，說道：『國家養就人材，非學堂不可，須要普設學堂；女子為文明之母，家庭教育又非女子不可，男女學堂非并興不可。』這樣看起來，女學之設也就不遠了。還不與姪女讀些書？後來也不致落於人下，辜負他的才能知識呢，至少也可做個教習嘸。」**❹❺**

文中「廣東人」、「曼大忠臣」、「新政」、「飽狂黨」與「維新」等字眼，所隱喻的現實呼之欲出。秋瑾藉俞竹坡之口，順理成章地道出她對於時政的瞭解，以及興設女學的熱衷。換言之，興設女學可說是符合當時政治正確的理念。在此，秋瑾即適時地呈露了知識的正義。

　　即使俞竹坡如此慷慨陳詞，黃父思華仍舊有疑慮：「縱教學得才如謝，亦無非添個佳人薄命詩！」**❹❻**即使已對俞竹坡之哉培鞠瑞之事軟化，但仍不忘告之誡之：「但是吾兄教讀卻可，切不可將甚麼革命流血、平等自由的亂話對他們講。」**❹❼**可見，恪守傳統觀念的黃家大家長所秉持的觀念，雖已有所鬆動，仍是較保守的。在俞竹坡的教導之下，黃鞠瑞自然也由「甚喜維新之事」**❹❽**的俞竹坡處

❹❺　秋瑾：《精衛石·第二回》，《秋瑾集》，頁 135-136。
❹❻　秋瑾：《精衛石·第二回》，《秋瑾集》，頁 136。
❹❼　秋瑾：《精衛石·第二回》，《秋瑾集》，頁 136。
❹❽　秋瑾：《精衛石·第二回》，《秋瑾集》，頁 157。

得知許多國外較進步之相關事務，其後並得其接濟以致遠渡東瀛。

黃思華知府做為一家之大家長與「身無長物自奔波」的俞竹坡，恰為兩種不同的男性典型，由以上的對話即可見一斑。相較於黃思華的保守，俞竹坡的開通，顯然迴異於一般小說裡迂腐的塾師形象，在興設女學一事上抱持較為開放的態度，對於新政充滿興趣與信心。更重要的是，站在男女平等的立場看待女子的才華，認為栽培女子便是為將來的家庭教育立根，乃至為國舉才。這是興女學之所以重要的原因，卻也是當時許多短視之人無法看透的簡單道理，透過俞竹坡之口，興女學一事有了嶄新的可能。

此外，值得一提的是，梁小玉表姊鮑愛群的婢女秀蓉，卻是弱勢女子中的奇葩。因梁小玉與黃鞠瑞結義後，遲遲未有鞠瑞之消息，表姊愛群知悉，乃派秀蓉前往黃府一探究竟。黃鞠瑞與秀蓉晤面，但見秀蓉「眉目俏而含勇氣，不同凡俗賤人胎」[49]，不但未曾流露階級差異的氣燄，反而心疼對方的處境：

> ……不知客姊尊庚幾？何時身入鮑家門，主人相待如何樣，可曾識字讀書文？如此人材真屈辱，名花落溷恨難平。若得與君受教育，何難為當世一名人。他年若有自由日，必誓拔爾出奴坑，結為姊妹相切磋，造是必是女中英。[50]

由此可知，鞠瑞以人人平等的現代性精神對待下人秀蓉，不但視之

---

[49] 秋瑾：《精衛石・第三回》，《秋瑾集》，頁143。
[50] 秋瑾：《精衛石・第三回》，《秋瑾集》，頁144。

如姊妹般親熱,更直接關注對方的人生,並認為以秀蓉之人材,其才華也應被看重;若有機會受教育,一樣能夠自立並表現不俗的。這番知音論述,聽在秀蓉耳裡自然深感受用。所以,黃鞠瑞不僅憐惜秀蓉,秋瑾也藉由鞠瑞之口,表彰她的現代性精神的知識正義──即使是小婢。

其後,秀蓉無意聽聞五美有東渡計畫,乃私下向鮑夫人試探、並極力說服,最後並助鞠瑞等五美逃離家庭、遠渡東瀛❺❶。秀蓉如是說道:

> ……祇因來的黃小姐,說起外國女同男,大家都入學堂的,教育無非彼此間,求得學藝堪自立,女兒執業亦同焉。有許多女子經商或教習,電局司機亦玉顏。鐵道售票皆女子,報館醫院更多焉,銀行及各樣商家店,開設經營女盡專,哲學理化師範等,普通教習盡嬋娟。人人獨立精神足,不用依人作靠山。美國近來人考較,女的有七十二份教習權。各處女權多發達,平權男女兩無嫌;不似我國之受苦,一生榮辱靠夫男。所以小姐都感動,亦思求學到外邊。❺❷

胸有雄志的秀蓉與俞竹坡一樣,都是傳統小說裡常見的配角人物,常有義助主角之作為,但他們的「義助」行為卻又與傳統小說裡的

---

❺❶ 秋瑾:《精衛石·第五回》,《秋瑾集》,頁 159-161;《精衛石·第六回》,《秋瑾集》,頁 161-162。

❺❷ 秋瑾:《精衛石·第五回》,《秋瑾集》,頁 159-160。

大不相同，他們為的是追求知識正義而有所作為——幫助黃鞠瑞等五美脫離傳統家庭、赴日求學。

綜合言之，秋瑾在小說安排俞竹坡與秀蓉兩位具備「正義」言行的人物，以便藉此論述她對於具現代性精神的知識正義的看法。首先，一方面藉俞竹坡肯定黃鞠瑞的才華，一方面也安排小婢女秀蓉義助黃鞠瑞。黃鞠瑞便因為家中這兩位「俠義之士」的襄助，使得她在承受封建大家長的壓抑，以致於才華幾乎隱沒不彰的情況之下，仍然能夠破繭而出，實屬可貴。其次，秋瑾亦刻意彰顯小婢秀蓉的傑出，其才華亦值得肯定，而不以其位階之低下而排除小婢的可貴才情。是以，秋瑾透過俞竹坡肯定黃鞠瑞，以及黃鞠瑞肯定小婢秀蓉，正好彰顯了她對於現代性精神的重視。

(三)閨中姊妹應思自立，教育方為獨立之本

《精衛石》小說最重要的論述，自然便是五位姊妹們的閨中心聲。以黃鞠瑞為中心的五位女性社群裡，除了結義、便是親表姐昧的關係，彼此極為相投，最終共謀離家，投入東渡扶桑留學的行列裡。

小說第二回裡，「一身冷淡衣服，英風傲骨」[53]的黃鞠瑞即對結義姊妹梁小玉說出女子應自立的心聲：

> ……不學此生難自立，靠他人總是沒相干。苦海沉淪何日出，這般壓制太難堪，不能自由真可恨，願祇願時時努力跳

---

[53] 秋瑾：《精衛石·第二回》，《秋瑾集》，頁138。

奴圉。……因思姊姊同妹妹，聰明才智豈輸男，見那般縮頭
無恥諸男子，反不及昂昂女子焉。如古來奇才勇女無其數，
紅玉荀灌與木蘭，明末雲英秦良玉，百戰軍前法律嚴，虜盜
聞名皆喪胆，毅力忠肝獨占先。投降獻地都是男兒做，羞煞
鬚眉作漢奸。如斯比譬男和女，無恥無羞最是男。女子應居
優等位，何苦的甘為婢膝與奴顏？不思自立謀生計，反是低
頭過矮簷。我鞠瑞但有機緣能自立，必思共姊出此陷人瀾。**㊄**

鞠瑞此言，乃有感於小玉為庶出，母子深受嫡母之害；而自己母親
反深受二位父妾之苦。處境雖不同，但同樣深感大家族內女性地位
的低落與苦楚。因此，正由於家中的母親皆為無法自立者，乃有悲
苦的人生，鞠瑞乃發出女子應當自立的呼聲，並期待來日能夠自立
並有所作為。

　　第四回裡，眾人皆為黃鞠瑞被迫許配予苟財主之子而深感痛
惜。秋瑾在此藉由眾女之議論提及婚配之不自由是婦女一生的傷
痛，並旁及所有對女性不公平之事的慨嘆，直感到女界真個悲慘不
已，無不痛惜。**㊄**

　　小說第五回第一段，秋瑾便以說書人之姿態勸服所有女子：
「但願我姊妹人人圖自立，勿再倚男兒做靠山。」**㊄**這是秋瑾極沉
痛的呼聲，也是書中五美的心聲。黃鞠瑞由自身的婚姻問題出發，

㊄　秋瑾：《精衛石·第二回》，《秋瑾集》，頁 139。

㊄　秋瑾：《精衛石·第四回》，《秋瑾集》，頁 147-153。

㊄　秋瑾：《精衛石·第五回》，《秋瑾集》，頁 154-155。

得出以下論點：

> ……卻如何婚姻大事終身配，不擇兒郎但擇錢，謬云撞命真堪笑，難道是女子生來牛馬般？并未見彼子人何若，學問行為好與奸，一些不察其中細，但聽無憑媒妁言。說起又笑又好氣，我卻須知不服焉。近日得觀歐美國，許多書說自由權，并言男女皆平等，天賦無偏利與權。強國強種全靠女，家庭教育盡娘傳。女子并且能自立，人人盛唱女之權。女英女傑知多少，男子猶且不及焉。學校皆同男子等，各般科學盡完全。不同我國但學經和史，彼國分門各有專：普通先學諸科目，再進高等學校間，大學專門諸學備，哲學理化學并然，工藝更加美術畫，師範工科農業完。般般學業非常盛，男和女競勝求精日究研，所以人人能自活，獨立精神似火燃。男子尊之如貴者，見女子起立躬身禮數謙。❺❼

黃鞠瑞一方面為婚姻問題煩惱，但另一方面她卻積極地閱覽歐美思潮，接收新觀念，尤其是教育方面的問題。惟有透過教育，女子方有自立之可能，使男子亦更加尊敬女性。由此乃激發她極思遠赴東瀛求學的念頭，因此特來邀約諸姊妹們共襄盛舉。諸位女子聽聞黃鞠瑞此一東渡計畫，又驚又喜，頓有撥雲見日、豁然開朗之感。同時，也將放足一事與眾人商討，其中僅江振華一人稍有難色，認為放足恐怕不雅觀，黃鞠瑞便苦口婆心地勸解：

---

❺❼　秋瑾：《精衛石·第五回》，《秋瑾集》，頁155-156。

> 纏足由來最可羞，……爭如放足多爽快？行道路，艱難從不
> 皺眉頭，身體運動多強壯，不似從前姣又柔，諸般事業皆堪
> 做，出外無須把男子求，求得學問堪自食，手工工藝盡堪
> 謀，教習學堂堪自養，經商執業亦不難籌。自活成時堪自
> 立，女兒資格自然優。尖尖雙足成何用？他日文明遍我洲，
> 小足斷然人唾棄，賤觀等作馬而牛。❺❽

黃鞠瑞的勸解，眾女子心服不已，惟有放足才能邁出家門，自食其
力，無需倚靠男子。因此，放足與女學之發展習習相關，在晚清可
謂一項極重要的議題。江振華聽聞黃鞠瑞此言，豁然開朗：

> 不是一言相激動，那裡來這般妙論若潮流？喚醒痴迷真拜
> 服，願將此語遍傳郵，使我等閨中姊妹多驚醒，撇卻了從前
> 醜習事雄獸。奴隸心腸一洗盡，跳出重牢把學業修。方知女
> 子非無用物，獨立精神男子侔。從今打破愁城府，改革何需
> 戈與矛？學藝成時皆可自立，無靠無依不用愁。若是與今燕
> 雀處，何似他年鸞鳳儔？自由花放文明好，平步青雲十二
> 樓。我今醒了繁華夢，獨立心腸堅更道，任教壓制千鈞重，
> 不求學時死便休。❺❾

江振華此言道盡五美的心聲，尤其是「方知女子非無用物，獨立精

---

❺❽　秋瑾：《精衛石·第五回》，《秋瑾集》，頁 158。
❺❾　秋瑾：《精衛石·第五回》，《秋瑾集》，頁 158-159。

神男子侔」、「學藝成時皆可自立,無靠無依不用愁」等論述,的確能夠鼓舞人心。五美也因為黃鞠瑞的帶頭作用,決心一掃悲戚,共謀脫身赴日,終於在鮑家老母生辰之日,藉上香祈福之便,順利脫走,並由俞竹坡與秀蓉兩位完成接應。

　　在此,秋瑾藉由黃鞠瑞等五美之口,道盡她心目中所謂知識的正義,即女子應徹底放足,接受新式教育,習得各項學藝技能,無需倚靠男子而能自食其力。於是,小說中人物與真實世界的秋瑾一樣,跟隨當時新式知識份子的留日潮,前往異地求取更高深的知識。

　　值得注意的是,在面對新時代的浪潮襲捲而來的同時,黃鞠瑞為首的幾位大戶人家小姐,已深刻感受到身為女子的不自由與痛苦,這種敏銳的感知,使得她們遠較一般婦女更加關注放足與興女學的議題。因此,秋瑾筆下的黃鞠瑞及其姊姊妹妹們,是她自己所熟悉的世家女子,也可以說,其預設讀者應該也就是與她們類似背景的女子,至少能讀書識字、吟詠詩賦者,亦即前述所言清代以後彈詞小說的期待讀者多為菁英婦女。也因為菁英婦女面對自己的命運大多特別有感受,《精衛石》首先能啟蒙的就是這樣的對象。這其實是一種極弔詭的現象,以漸趨白話的文體行文,為的是啟蒙廣大的婦女群眾;然而真正能讀書識字的婦女終究不多,能夠閱讀《精衛石》的讀者自然誼屬中上層社會裡的菁英婦女。於是,《精衛石》裡的婦女,閨中深談的,除一般婦女共同的家庭、婚姻、纏足等問題之外,便是興女學了。

　　綜合以上,在知識的正義與女性話語之間,秋瑾透過她筆下的人物,一一展示這兩者之間的頡頏。首先,以女性的立場,訴說女

性自身也是男女不平等的幫兇,如不思自立的婦女以及寧願佞佛也不願助興女學的富家婦女;其次,男子應看重女性的才華,如俞竹坡;即使小婢女也可能是女中豪傑,只要有機會接受教育;最後,閨中密友所論不見得只是風花雪月,《精衛石》的五美所談論的盡是力挽女界狂瀾之事,與傳統婦女不同。

由以上論點可知,《精衛石》以其特別的議論體,道盡秋瑾心目中對女界的期許,既有女性獨有的話語姿態,又能兼顧知識之正義,使得《精衛石》這一彈詞小說,不僅通俗,也具有政教功能。換言之,《精衛石》的議論體,突出的表彰了晚清興女學之急迫性以及正當性。因此,做為秋瑾想像革命的依歸的《精衛石》,便以其深具女性／神話之題名,搬演著一群晚清女子的自立故事,並充份呈露知識的正義與女性話語之間的頡頏。

第五節　結　語

《精衛石》做為晚清彈詞小說之女英雄論述系譜中的一員,顯示它並不孤單。至少在晚清階段已有部分菁英婦女展現相當的自覺,以小說創作的方式呈露屬於婦女自身的處境問題。

特別的是,處於既新又舊的世代交替階段,晚清菁英婦女找到了她們熟悉的彈詞小說做為載體,以盛裝新時代的新知識。以極「陳腐」的文體承載極時新的議題,恰與晚清時尚的「文界革命」、「詩界革命」、「小說界革命」等概念相互應和,即「舊瓶裝新酒」的表現方式。然而,專屬於女性創作與閱讀的彈詞小說,在晚清也開出了屬於自己的系譜,如前言所述,諸如此類的女英雄

論述其實並非個案。事實上它的意義還不止如此。

　　若將晚清的白話彈詞小說做為現當代女性敘事文學的起點，其實值得思考。彈詞小說發展至晚清，早已具備明確的敘事文學的特色了，如學者胡曉真一系列的研究⑩即已論定彈詞小說是中國女性敘事文學的重要文類。然而，本文更以為，以秋瑾《精衛石》為中心的晚清彈詞小說──尤其是女英雄論述系譜的敘事文學，開啟了現當代女性敘事文學的先河，特別是那些能夠夾敘夾議、並帶動風潮的女作家之作，或可上推晚清彈詞小說做為起點。若這一系譜能夠建立，則晚清彈詞小說的價值更能彰顯。

　　因此，《精衛石》的現代性意義，不僅在於它勇於揭露婦女千百年來的遭遇問題，更在於它能夠積極的提供正面的出路──興女學、乃至出洋留學，以解決傳統與歷史所積累的沉痾。並且藉由人物對話，一一點出重大的時代與社會問題，幾乎呼之欲出，甚具「當代性」。由此可知，《精衛石》之現代性意義，在於它能夠面對真實的當下，提出解決的方案，而非僅止於抒情詩賦的吶喊與慨嘆而已，或許這也正是秋瑾之選擇以彈詞小說做為議論之載體的重要原因罷。

---

⑩　胡曉真：《才女徹夜未眠──近代中國女性敘事文學的興起》、胡曉真：〈秩序追求與末世恐懼──由彈詞小說《四雲亭》看晚清上海婦女的時代意識〉等。

第五章
流動的風景·凝視的文本
——單士釐（1856-1943）的旅行散文
與她對女性文學的傳播與接受

第一節　前　言

　　單士釐做為近代女子旅行並有文本流傳的第一人❶，她出訪日本的時間（1899）遠較秋瑾（1904）早上五年。由於外交官夫婿錢恂出使之便，單士釐得以隨夫遍遊世界風光。除日本之外，也遊歷俄國、義大利、荷蘭、英國、法國等地，並將行旅途中所見所聞化為文字，留下《癸卯旅行記》與《歸潛記》兩部旅行散文。做為近代

---

❶　鍾叔河稱之為「第一部女子出國記」（鍾叔河：〈第一部女子出國記〉，
　　《癸卯旅行記》、《歸潛記》合刊，鍾叔河編《走向世界叢書》，長沙：岳
　　麓書社，1985 年 9 月，頁 657）。她除了是近代以來第一位女遊書寫者，也
　　是把托爾斯泰介紹到中國來的第一位女作家（《癸卯旅行記》），同時還是
　　把歐洲神話介紹到中國來的第一人（《歸潛記》）。而且，她還是我國第一
　　個使用公曆的人（《癸卯旅行記》）。

女性書寫旅行散文的先驅，這兩部文本自有其典範意義及價值。

　　關於單士釐走向世界的意義已有相關論文討論之，如 Ellen Widmer（魏愛蓮）〈Shan Shili's Guimao luxing ji of 1903 in Local and Global Perspective〉（女子眼中的異國之旅——單士釐之癸卯旅行記）❷、姚振黎〈單士釐走向世界之經歷——兼論女性創作考察〉❸、顏麗珠《單士釐及其旅遊文學——兼論女性遊歷書寫》❹等。大致由單士釐的旅行文本出發，突顯單氏以女性身分走向世界的經歷及其創作的內涵，並將之置放於女性旅行文學的系譜中。對於建構此一領域的書寫系譜，單士釐的典範地位自是無庸置疑的。

　　本文擬在既有的研究基礎上，以文化啟蒙的角度說明她如何以旅行者兼研究者的目光觀看自身在日本所受到的文化衝激，再以文化審美的角度說明她如何以旅行者兼研究者的眼光解讀西歐的文化藝術內涵。誠如鍾叔河所言，她是把托爾斯泰介紹到中國來的第一位女作家（《癸卯旅行記》），同時還是把歐洲神話介紹到中國來的第一人（《歸潛記》）。❺此外，由於單士釐是以外交官夫人身分得以自在進出國門的旅行者，其生活世界（living world）的空間（space）便由家庭領域（domestic sphere）／國內轉而變成向公共領域

---

❷　收錄於胡曉真編：《世變與維新——晚明與晚清的文學藝術》（臺北：中研院文哲所籌備處，2001 年 6 月）。

❸　收錄於范銘如主編：《挑撥新趨勢——第二屆中國女性書寫國際學術研討會論文集》（臺北：臺灣學生書局，2003 年 2 月）。

❹　中央大學中文所碩士論文，2004 年 6 月。

❺　鍾叔河：〈第一部女子出國記〉（《癸卯旅行記》、《歸潛記》合刊，鍾叔河編《走向世界叢書》，長沙：岳麓書社，1985 年 9 月），頁 657。

（public sphere）／海外的移動。❻在這樣的空間移動中所產生的諸般感懷，單士釐除了以旅行散文記載遠行經歷之外，同時也以舊詩形式記錄自己的遊蹤感懷。❼因此，本文擬直接進入單士釐的旅行散文中去閱讀她觀看世界的方式，在既傳統又現代的女子視角中，近代日本及西方世界的面貌究竟為何，正是我們想要一探究竟的。而我們也同時發現她觀看世界的方式其實是融合旅行者與研究者的雙重目光的。因此，本論文首先要處理的是她眼中／筆下流動的風景及其散文內涵。

此外，單士釐以旅行散文及舊詩記錄自己的遊蹤感懷，既已展現個人的文學創作生命之外，她也將凝視（gaze）的目光轉向歷史上與她有著相同身分的閨閣女子，為她們的文學創作發出聲音、整理成書，這部分的成績即為《清閨秀正始再續集》（又稱《正始再續集》、《國朝閨秀正始集再續集》）、《清閨秀藝文略》及《懿範聞見錄》等書的出現❽。其中，《清閨秀正始再續集》與《清閨秀藝文

---

❻　參考曼素恩（Susan Mann）著、楊雅婷譯：《蘭閨寶錄：晚明至盛清時的中國婦女》（*Precious Records: Women in China's Long Eighteenth Century*）第一章「導論」（臺北：左岸文化公司，2005 年 11 月），頁 59。

❼　即《受茲室詩稿》。本文討論的焦點為旅行「散文」，以舊詩形式呈現的相關文本列為參考。

❽　據其子錢稻孫在她辭世後（1943 年）所寫的〈追訃〉一文中提到，單士釐「一生著述，凡十一種。其經刊印者，《癸卯旅行記》三卷，《家政學》二卷，《家之宜育兒簡談》一卷，《正始再續集》五卷；其刊而未竟者，《歸潛記》十卷，《清閨秀藝文略》五卷；其未刊者，有《受茲室詩鈔》、《發難遭逢記》、《懿範聞見錄》、《嘸殺集》，唯《懿範聞見錄》之稿俱在，《受茲室詩鈔》已不全，他二種更因寄遞失佚不歸」（轉引自鍾叔河〈第一部女子出國記〉，《癸卯旅行記》、《歸潛記》合刊，頁 679）。筆者案：

略》展現單士釐對閨秀文學的認同。從這個角度而言,單士釐確乎身兼女性文學的創作者與研究者雙重身分。因此,本文另一個角度就是觀察單士釐如何將目光轉向同為女子的古代女作家,以女性凝視女性文本的角度觀看並認同傳統女子的文學及其聲音。

第二節　流動的風景·深度的人文
──單士釐的旅行散文

單士釐走向世界的原因很「傳統」,夫婿錢恂出仕海外的經歷直接促成她的旅行經驗與散文的書寫。因著這項便利,單氏比秋瑾提早五年到達日本。此後,隨著夫婿出仕地點的陸續變動,她也隨之周遊列國,因而寫下兩部旅行散文,即有文本傳世的《癸卯旅行記》與《歸潛記》。

單士釐的出遊世界,無疑的與其家世背景有相當密切的關聯。其外祖先人官至禮部尚書,舅父許王伯以及父親單思溥皆有文名,雖自幼養在深閨,單士釐卻是少數得以飽覽群籍的幸運女子。出身傳統家庭的她,更較一般女性得到父兄的諸般疼愛,這使得她遲至二十六方才出閣。夫婿錢恂(1853-1927)為知名的外交官,曾經出使日、俄、意、法、英、荷、比利時等國;也是張之洞推動洋務的

錢稻孫文中所云不全之《受茲室詩稿》已於 1986 年由長沙湖南文藝出版社出版。《懿範閨見錄》迄今未見出版。《家政學》一書是單士釐翻譯自日本著名女教育家下田歌子的著作,該書所談多家庭切實易行之事,當時的大小報刊紛紛對此發表評論,稱「女子譯書,為中國向來未有之事」云云。

重要幫辦，因此也曾於 1893 年出任湖北自強學堂首任提調以及武備學堂提調等職，並曾於 1898 年出任湖北留日學生監督。而錢恂也是薛福成門人，為著名的目錄學家，在 1915-1925 年間曾經受託整理寧波天一閣存書以及文瀾閣《四庫全書》，著有《天一閣見存書目》以及《壬子文瀾閣所存書目》等專著。此外，錢恂也好治小學及聲韻學。知名語言文字學者錢玄同（1887-1939）正是錢恂之弟、單士釐的小叔。❾綜合言之，單士釐的家世背景為她提供了寫作的養分。❿

較諸當世的女子，單氏的人生之旅顯然豐富許多。出身世家，得以讀萬卷書；又覓得良緣，復得以藉此行萬里路。雖然遠行得利於夫婿的光環，但敏慧的她願意用心觀察並且形諸文字，確是近代女子書寫旅行散文的先驅。因此，單士釐的成就一方面來自於「被動」的獲取出遊機會，一方面也是「自覺」的接受異國文化的啟蒙

---

❾　錢玄同早年隨兄長赴日就學於早稻田大學，並師事時在東京的章太炎習國學。1910 年回國後在中學任教，後歷任北京大學、北京高師等校教授，並擔任《新青年》編輯，積極投入五四運動。其後致力於文字改革與國語統一運動，貢獻極大。

❿　此外，單士釐的長子錢稻孫（1887-1966），為圖書館學家。幼隨父錢恂旅居日本，後畢業於義大利羅馬大學。曾任教育部視學、僉事，兼北大醫學外籍教授課堂翻譯，後任北京大學講師、中華圖書館協會執行部幹事、國立北京美術專科學校圖書館主任、國立北平圖書館興圖部主任、北平師範學院教授、清華大學外國語文系、歷史學系教授兼校圖書館館長。主要譯作有《日本詩歌選》、《盒樹記》、《櫻花國歌話》、《木偶淨瑠璃》等。另，甫於 2003 年辭世的蘇州大學終身教授錢仲聯為錢恂與單士釐的姪子，主要著作有《人境廬詩草箋注》、《韓昌黎詩繫年集釋》、《劍南詩稿校注》、《鮑參軍集注》、《近代詩鈔》等，著述多次獲得國家級大獎。

而心動於中,進而書寫所思所感。在「被動」與「自覺」當中,單士釐取得較為平衡的結果,因此被視為近代女子遠遊並書寫旅行散文的範型。

因此,單士釐走向世界的經歷正可以突顯近代女子逐漸自傳統中鬆綁的時代課題。十九世紀女子的遠行已然具備現代性意義,而女子書寫遠行的文本,也終於成為當代文學創作的主流之一。

在此,我們且回到她的旅行散文中,直接進入她的文本中一同遊歷。《癸卯旅行記》記載的旅行時間為 1903 年(光緒 29 年癸卯),當時的路線是日本－朝鮮釜山－中國東北－俄國舊都彼得堡等地。總計八十餘日,行程二萬餘里。文本以日記方式呈現,凡三卷三萬餘言。單氏赴日不只一次,首次為 1899 年,1900 至 1902 年又連續多次赴日探望夫婿。對單氏而言,日本幾乎是第二故鄉。因此其主要內容涉及中日文化的比較,尤其是明治維新以及婦女教育問題。此外,中俄文化的比較也是她感到興趣的部分。《歸潛記》記載的旅行時間與路線則為 1910 年(宣統二年)的西歐之行。當時她遍遊意大利、荷蘭、英國、法國及比利時等國。這些遊蹤多以外交官夫人的身分完成。文本主要內容多涉及意大利和古希臘、羅馬的宗教和文學藝術。包括景教教義及其流傳中國的情形、梵蒂岡聖彼得大教堂的收藏及相關神話傳說、馬可波羅的旅行文學及逸事、其夫錢恂出使期間獲意大利和荷蘭佩章之事等。

近代女子由「夫婿在,不遠遊」到「隨夫出征」,充分顯示女子視界的開拓亦有賴夫家的認可與贊同,其中關鍵所在正是她們夫婿的態度。有幸嫁得良人的單士釐,婚前婚後皆有機會接觸經典、閱讀文字。夫婿錢恂對她的支持由書前題記即可看得出來:

> 又日記三卷，為予妻單士釐所撰，以三萬數千言，記二萬數
> 千里之行程，得中國婦女所未曾有。方今女學漸萌，女智漸
> 開，必有樂於讀此者。故稍為損益句讀，以公於世。⓫

由此可知，錢恂的支持確是單士釐得以旅行兼書寫的重要推動者。
題記中直呼「予妻單士釐」，而非「拙荊」或「賤內」，令人耳目
一新。其次，錢恂直陳此書為「中國婦女所未曾有」，對妻子的書
寫成就顯然引以為榮。重要的是，身為洋務運動中堅的錢恂亦深知
女子教育的重要性，對於當前女學興起、女智漸開的現象相當瞭
解，因此他認為這部由女子所書寫的旅行日記一定會有許多樂意閱
讀者。同時，單士釐本人也有此認知，她在書前自序中即說道：
「名曰《癸卯旅行記》。我同胞婦女，或亦覽此而起遠征之羨乎？
跂予望之。」⓬可見單士釐書寫旅行散文的初衷，正是希望以此來
激勵風氣尚未開化的中國婦女出門遠遊；同時更能彰顯錢恂夫婦對
於近代婦女自覺的重視。不僅如此，錢恂也發揮所學，為單士釐的
著作「稍為損益句讀」；據此推斷，錢恂或許也就是她的第一位讀
者。綜合言之，錢恂在這篇短短的題記中，充滿對妻子的關愛與重
視，能夠認同並支持她的寫作事業。

㈠異國文化的啓迪

1.關於 1903 年大阪博覽會

⓫　錢恂：〈題記〉，《癸卯旅行記》，頁 683。
⓬　單士釐：〈自序〉，《癸卯旅行記》，頁 684。

　　單士釐的首次出國，在 1889 年。當年錢恂派駐日本，單士釐也攜帶兩子一同前往赴任。此後幾年，每年皆有東瀛之行，來往頻繁。1903 年，錢恂又有歐俄之遊，單士釐再度相偕。這些歷程在她的自序中可以清楚看到：

> 回憶歲在己亥（光緒二十五年），外子駐日本，予率兩子繼往，是為予出疆之始。嗣是庚子、辛丑、壬寅間，無歲不行，或一航，或再航，往復既頻，寄居又久，視東國如鄉井。今癸卯，外子將蹈西伯利之長鐵道而為歐俄之游，予喜相偕。十餘年來，予日有所記，未嘗間斷，願瑣細無足存者。惟此一段旅行日記，歷日八十，行路逾二萬，履國凡四，頗可以廣聞見。❸

　　由此可知，出國四年對單士釐的最大意義就是「頗可以廣聞見」，對她而言是一次全新的文化啟蒙經驗，也讓她自覺的比較中日兩國文化的差異而從事文化考察的工作。

　　畢生首次出國的單士釐來到明治維新時期的日本，親見其維新運動的成效，特別是大阪博覽會的所見所感以及日本的教育現象，這一切都引起她的好奇與重視。正好是年所舉辦的大阪博覽會成為她瞭解日本維新成效的重要窗口：❹

---

❸　單士釐：〈自序〉，《癸卯旅行記》，頁 684。案：光緒二十五年，即 1889 年；癸卯年，即 1903 年。

❹　關於 1903 年大阪博覽會，可參考呂紹理《展示臺灣：權力、空間與殖民統治的形象表述》（臺北：麥田出版社，2005 年 10 月）第三章「異域的臺灣形象」。

觀博覽會。……。外子云，雖不如昔年法國巴黎之盛，而局面已不小。況既云內國博覽會，自不能與萬國博覽會相比擬，而其喚起國民競爭之心則一也。**⑮**

藉由錢恂的職務之便，單士釐以外務省貴賓身分取得博覽會的優待券，得以一遊盛會**⑯**。此會的目的不在與他國相較，而在「喚起國民競爭之心」，也讓她大開眼界。此外，她對於教育及女性的相關議題及現象也特別關注，字裡行間在在顯示其細膩的觀察與體會。雖是女子，亦頗有當時維新派知識份子的文化考察精神。

值得一提的是，單士釐的日語能力，足以使她在旅次中獨當一面，解決一些不便的狀況：「午前四時抵長崎……此次十人登陸，只予一人通語言，又未先告外務省，不得不親入稅關。」**⑰**此外，她甚至能夠擔任夫婿錢恂的翻譯者：「午候，日本之代理貿易事務官鈴木陽之助君及外務書記生佐佐木靜君來訪，予亦出見，為外子傳譯。（本任之川上俊彥君時適假歸。）」**⑱**語言是瞭解一國文化的重要

---

⑮ 單士釐：《癸卯旅行記》「十八日（陽三月十六）」，頁686。

⑯ 明治維新（1868）以後，日本社會發生巨大的變化，經濟體系也發生深刻的變革。首都遷至東京後，減緩大阪的發展。為此，大阪進行改革，從金融貿易中心變成商業中心。大阪在 1889 年正式成為一個市。1903 年（癸卯年），在天王寺地區召開了「第五屆全國產業博覽會」，會上展示了高品質的工業製品和藝術品，也展示了殖民地臺灣的物產。單士釐即在此博覽會中受益良多。參閱大阪旅遊局的官方網站「大阪指南 http://www.tourism.city.osaka.jp」之「回顧歷史」單元。

⑰ 單士釐：《癸卯旅行記》卷上「十六日（陽四月十三）」，頁700。

⑱ 單士釐：《癸卯旅行記》卷中「八日（陽五月四日）」，頁713。

窗口；很顯然地，抵日後的單士釐很快就學會了日語，並得以和日本知識婦女交朋友，進而研究日本的文化和社會。❶《家政學》一書即單士釐翻譯自日本著名女教育家下田歌子的著作，該書所談多家庭切實易行之事；譯書出版當時，大小報刊紛紛對此發表評論稱「女子譯書，為中國向來未有之事」云云。可見，單士釐下苦功研讀日本語文，也充分利用這項長才為外交官夫婿分憂，同時展現了她既傳統又現代的賢妻典範。

　　單士釐對日本社會的觀察，或許是受到維新人士的影響，其焦點都在日本對於西方文化的接受上。晚清國力積弱的問題，使維新派人士不免頻頻瞻望東鄰日本的維新成效。來到日本的單士釐自然也不會錯過體察明治維新成效的好機會。幸運的是，她剛好於一九○三來到正在舉辦博覽會的大阪。其中各項展品都令她驚豔：

> 曰參考館。日本此會，雖為內國工藝而設，而其意未嘗不欲為他年萬國博覽會之基礎。乃設此參考館，為陳列外國物品之所。然在西方工商程度已高之國，罕願送物品於幼稚之日本，故所列西品，不過日商之販自西方，與西商之販售於橫濱者而已。❷

單士釐注意到參考館中陳列的西方商品，尚屬品質較低者，原因應

---

❶　至於單士釐學習日語的過程，筆者目前所見之史料文獻尚無法解決此問題，暫且如此呈現，容後再作考察。

❷　單士釐：《癸卯旅行記》卷上「十八日（陽三月十六）」，頁 688-689。

該是西方文化優於日本之故。單士釐不但是旅行者，也是研究者。
同時，她也會適度的參酌外交官夫婿的意見：「各館中所有各肆各
會……，外子云：彼一切庋置配合，悉符西法，可徵其辦事之不
苟。」**㉑**「（游埠之水族館）……，外子云，巴黎水族館品類，尚不
能如此之多。」**㉒**單士釐徵引錢恂的說法以印證自己對日本援引西
例的觀察，為文章增加說服力；亦可見到單士釐以夫為尊這一傳統
形貌。

　　除了大阪博覽會之外，單士釐遊日本京都時，也在古意盎然中
看到日本文化處處援引西例的痕跡：「（遊西京離宮）……，日本用
西例，得挈妻子游，故予及子婦均得入。」**㉓**以此觀之，錢恂與單
士釐夫婦得以一同出遊京都眾多觀光聖地，與日本採行西方慣例有
很大關係。此外，就單士釐的觀察而言，日本雖然崇洋，但較為注
重其實用部分，不喜華麗：

> （游西京離宮）……外子言，此與西國宮殿，華樸天淵。西國
> 宮殿，一石之嵌，一牖之雕，動以千萬金相夸，陳列品無非
> 珠鑽珍奇，予益知日本崇拜歐美，專務實用，不尚焜耀。入
> 東京之市，所售西派品物，亦圖籍為多，工藝為多，不如上
> 海所謂洋行者之盡時計、指輪以及玩品也。故從上海往游日

㉑　單士釐：《癸卯旅行記》卷上「十八日（陽三月十六）」，頁 689。

㉒　單士釐：《癸卯旅行記》卷上「廿一日（陽三月十九）」，頁 692。埠市水
　　族館，在大阪附近，此館亦為博覽會之一部分。

㉓　單士釐：《癸卯旅行記》卷上「二十日（陽三月十八）」，頁 690-691。

本者，大率嘆其「貧弱」，正坐不知日本用意耳！㉔

這些特質不只展現在建築上，洋行販售的物品也是以實用的圖籍與工藝為多。因此，許多由上海往遊日本的人不知日本專務實用的用意，而誤以為日本落伍。單士釐透過親身觀察發現，原來日人吸收西方文化首重實用而不務華美。

綜合以上，就單士釐的觀察而言，明治維新使得日本的西化現象具有正面的意義，所援引的西方風俗或習慣，為日本社會各層面帶來正面的進步。簡言之，單士釐所看到的日本，是明治維新下富足而進步的日本；但她卻沒有看到正在發展軍國主義的日本，以及日本對於殖民地臺灣的作為等種種問題。我們僅僅看到她參訪大阪博覽會時對於殖民地「臺灣館」的記錄：

> 曰臺灣館，凡臺灣物產，工作皆列焉。觀其六七年來工作，與夫十年前之工作相較，其進步之速，令人驚訝不已。昔何拙，今何巧，夫亦事在人為耳。草席、樟腦、蔗糖、海鹽，尤今勝於昔。且新發明之有用物品，多為十年前人所不及知者。再越二三十年，必為日本一大富源。㉕

由此可見，單士釐認同了日本殖民政府對臺灣的建設，也認同臺灣

㉔　同前註，頁 691。

㉕　單士釐：《癸卯旅行記》卷上「光緒二十九年二月十八日（陽三月十六）」，頁 688。

為日本領土的一部分，因此認為二三十年後臺灣必將成為日本的一大富源。由此可見，日本自 1895 年佔領臺灣至 1903 年這八、九年間所宣揚的治臺成效顯然不錯，尤其是「在大阪博覽會開會之前，日本仍然籠罩在甲午戰爭與義和團事變勝利的氣氛之中，這兩場戰役讓日本人相信自己已躋身於世界列強之林，因此如何展現這個亞洲帝國的榮光，是大阪博覽會與前四次勸業博覽會展示設計截然不同的思考重點，誇耀富庶與強盛於是成了這場博覽會的特色之一。」❷❻因此，「真正能凸顯日本帝國榮光的，應該是將它的新領土──臺灣──和日本在這塊領土上的統治成效呈現在大眾眼前，一方面滿足了日本成為帝國的願望，另一方面則可化解日本國內政界對臺灣總督權力過大的疑慮。臺灣館的建設，正是凸顯帝國榮光的地標。」❷❼然而，隨外交官夫婿錢恂一同受邀參訪大阪博覽會的單士釐，並未覺察到日本宣揚治臺績效的真正用意。這恐怕與日本官方所安排的參觀動線有關。❷❽

總之，單士釐觀看世界的視角，顯見她不只是單純的隨夫出征的觀光客，也是一名世界文明的觀察者。她在大阪博覽會看到了日本維新的成效，也驚豔於臺灣的長足進步。可惜的是，驚嘆之餘，

---

❷❻　呂紹理：《展示臺灣：權力、空間與殖民統治的形象表述》第三章「異域的臺灣形象」，頁 113-114。

❷❼　同前註，頁 115。

❷❽　整個參觀的動線以展示日本的文明開化為重點，以第一個殖民地「臺灣館」為壓軸。單士釐正在這種官式安排的參訪動線上亦步亦趨。因此她的視角與受邀參訪的臺灣士紳不大相同。詳見呂紹理《展示臺灣：權力、空間與殖民統治的形象表述》第三章「異域的臺灣形象」，頁 117-120。

未能與受邀往訪的臺島士紳交流意見，對於臺灣人民的真正感受無
從感知。

2.關於中西曆的使用

關於曆法的使用，單士釐也有自己的見解。她也可說是近代以
來首位中西曆並用的女作家。當她旅行至俄國時，有感而發：

> 世界文明國，無不用格勒陽曆（回教各國自用回曆，安南國別有
> 曆），一歲之日有定數，歲整而月齊，於政治上得充分便利，
> 關會計出入無論矣，凡學校、兵役、罪懲，均得齊一。故日
> 本毅然改曆，非好異也，欲得政治齊一，不得已也。予知家
> 事經濟而已，自履日本，於家中會計用陽曆，便得無窮便
> 利。聞外子述南皮張香濤之言曰：世人誤以「改正朔」三字
> 為易代之代名詞，故相率諱言，不知此三代以前事耳。……
> 然則改正朔與易代不相干，何諱之有？誠名論也。㉙

她認為使用西曆乃世界潮流，著眼於西曆的方便性，並認為此與改
正朔無關。同時，她也折衷的面對中西曆的使用：

> 然慣曆亦不妨並存。日本鄉僻尚沿存舊曆，以行其歲時伏臘
> 之禮，庸何傷手？至與外人交涉，則必存明治某年之國曆。
> 乃聞外子言，中國駐外各使館，凡以本國政府之言告彼政

㉙　單士釐：《癸卯旅行記》卷中「四月六日（陽五月二日）」，頁710。

府，僅用彼曆而不兼列我曆，誠可詫異，猶曰：「與外人交
涉，雖存我曆，彼不知也」。乃見今之學西文者矣，學數
月，偶執筆學作短札以致本國人，亦開筆第一行即書西日月
年，而從未見書光緒幾年者，是何故歟？予素鄙此，故日記
首列我曆，而兼注陽曆也。㉚

單士釐認為完全使用西曆而揚棄中曆，是非常不妥的作法。必需在
便利與世界溝通的同時，顧及己國的尊嚴，如日本之兼用中西曆便
是最好的例子。而單士釐也成為近代以來第一個使用西曆記日的散
文書寫者。其採用日記體記旅行的《癸卯旅行記》就是最好的例
子，如：「光緒二十九年二月十七日（陽三月十五日）」，通篇以中
西曆並置的方式處理時間的問題。就此而言，單士釐也適時展現了
她既現代又傳統的一面。

3.關於啟蒙教育

　　單士釐對各國教育的關注也表露無遺。對於力圖振作的中國社
會而言，想要學習西方文化的精隨，教育是最重要的法寶。而派遣
留學生赴國外攻讀學位，正如同當年日本來華取經的遣唐使一樣的
意義。重要的是，單士釐有一位見聞廣博的外交官夫婿——錢恂，
對她的啟蒙產生相當重要的影響：

　　　　外子自經歷英法德俄而後，知道德教育、精神教育、科學教

㉚　同前註，頁 710-711。

育均無如日本之切實可法者，毅然命稚弱留學此邦。㉛

幼楞東渡，乃依託彼陸軍少將神尾光臣而行（時神尾任大
佐）。蓋留學日本之舉為外子所創議，而以幼楞為先導。外
子每自負，謂日本文明、世界文明得輸入中國而突過三、四
十年曾文正國藩之創游美學生議，沈文肅葆楨之創游英法學
生議，而開中國二千年未開之風氣，為有功於四萬萬社會，
誠非虛語。㉜

予家留東之男女學生四人皆獨立完全之自費生，一切選學
校、籌學費，悉悉往來於外子一人腦中。女學生之以吾家為
第一人，固無論矣。……予因本國無一處可以就學，不得不
令子女輩寄學他邦，不勝慨嘆。㉝

由此觀之，遍歷西歐各國外交職場的錢恂相當認同日本的教育體
制；而當時清廷的留日學生政策，也是錢恂的一大功績。理所當然
地，錢恂讓自家人率先留日，也締造女學生留日第一人的記錄。

此外，參觀大阪博覽會時，單士釐印象最深的就是其中的教育
館：

㉛ 單士釐：《癸卯旅行記》卷上「光緒二十九年二月十七日（陽三月十
五）」，頁 685。

㉜ 單士釐：《癸卯旅行記》卷上「廿八日（陽三月廿六）」，頁 695。

㉝ 單士釐：《癸卯旅行記》卷上「二十日（陽四月十七）」，頁 701。

曰教育館。日本之所以立於今日世界，由免亡而躋於列強
者，惟有教育故。即所以能設此第五回之博覽會，亦以有教
育故。館中陳列文部及各公立私立學校之種種教育用品與各
種新學術需用器械，於醫學一門尤夥。更列種種比較品，俾
覽者得考見其卅年來進步程度。年來外子於教育界極有心
得，故指示加詳，始信國所由立在人，人所由立在教育。有
教必有育，育亦即出於教，所謂德育、智育、體育者盡之
矣。教之道，貴基之於十歲內之數年中所謂小學校者，尤貴
養之於小學校後五年中所謂中學校者。不過尚精深，不過勞
腦力，而於人生需用科學，又無門不備。日本誠善教哉。❸

她認為日本之所以能夠立足於今日世界，由免於淪亡而躋身於列強
之中，都是由於教育的功效，現場所見盡是三十年來日本教育成功
的展示。然而，單士釐並不完全媚外：

中國向以古學教人，近悟其不切用而翻然改圖，官私學堂，
大率必有英文或東文一門之功課。試思本國文尚未教授，何
能遽授外國文？無論其不成也，即成，亦安用此無數之通外
國文者為哉？……況無國民，安得有人材？無國民，且不成
一社會！中國前途，晨雞未唱，觀彼教育館，不勝感慨。❸

---

❸　單士釐：《癸卯旅行記》卷上「十八日（陽三月十六）」，頁 686-687。
❸　同前註，頁 687。

她認為當時中國的教育改革衝過了頭，一律要求學習英文或日文，並不見得恰當。她認為應該先學好本國語文，再談其他；更何況外文之人才需求並不那麼明顯。因此，講求折衷，各採優點正是她面對教育問題時的態度。

當單士釐來到相對落後的俄國時，除了自然風光及國情風俗之外，她依然將目光置於教育問題上：

> 晨過阿臣斯克，下車就食於車場。俄路惟食物最備。場中間
> 有售宗教書者，而從未見售新聞紙者。蓋俄本罕施小學教
> 育，故識字人少，不能讀新聞紙。且政府對報館禁令苛細，
> 不使載開明智語，不使載國際交涉語，以及種種禁載。執筆
> 者既左顧右忌，無從著筆，閱者又以所載盡無精彩而生厭，
> 故新聞紙斷不能發達。此政府所便，而非社會之利也。㊱

單士釐認為報刊為教育普羅大眾的利器。正因為俄國教育不普及，識字者自然也少，閱報率自然不高。單士釐認為與當地學童上學時程較短有關：

> 一歲三百六十五日中，令節居四分之一，加以暑休（大約九
> 十日）、寒休（列氏零下十五度外），則學生功課幾不足五分之
> 三。故一俄教育家之言曰：若欲使俄國學生與他國學生受同

㊱　單士釐：《癸卯旅行記》卷下「廿二日（陽五月十八）」，頁744。

等之教育，非比他國學生加二年之學期不可。誠哉斯言。❸⑦

同時，當她游覽不發達的俄國時，對於該國之落後體會甚多。她一向認為民智之高下，取決於教育之有無。教育能夠讓蒙昧走向文明：

> 論人民進化之理，由草昧而臻於文明，大率分五順序。……
> 此五時代各有順序，初非一躍可超，其程度之遲速，則在民
> 智之高下與教育之有無。顧此乃上下千年之談，而非縱橫萬
> 里之談，不意予於三十日中二萬里間親見之。自海參威穿山
> 而西，入寧古塔之境，此三百年發祥地，舊史所謂「林木中
> 百姓」……。❸⑧

以俄國為例，由東方大港的繁華，向西前進荒漠的寧古塔，便可以發現莫大的轉變。

　　綜合以上，單士釐在旅次中也不忘關注教育議題。她的關注不僅呈現在她的言說當中，自家兒女也親身力行新式的教育體制。單士釐對教育問題的觀點，與當時維新人士的觀點不謀而合——推動西式教育體制以及派送留學生出國等。顯示閨閣婦女如單士釐者，一旦有機會出洋，一旦能夠運筆成文，一樣能夠具備精準的目光。

4. 關於女性自覺

---

❸⑦　單士釐：《癸卯旅行記》卷下「廿三日（陽五月十九）」，頁746。

❸⑧　單士釐：《癸卯旅行記》卷下「廿七日（陽五月二十三）」，頁749。

　　閨閣之中已飽讀詩書的單士釐，處於既傳統又現代的近代社會，對於女性議題也相當關注。東渡日本，她也不能免俗的拿中日兩國的女性問題做個比較；例如前述游京都離宮時「日本用西例，得挈妻子游，故予及子婦均得入。」正是。

　　單士釐的興味不只如此，當她參觀大阪博覽會時，發現工藝館「館中執役人，尚女少於男，竊度第六回之會，必女多於男矣。」❸❾她注意到展場服務人員以男性居多，很自信的推測下一回必定會有較多女士參與。類似的例子還有，她發現參觀軍艦進水式的貴賓也訪西例，男女均有：「去歲日本橫須賀造成一軍艦，舉進水式，仿西例延男女賓。子婦以女學生故，蒙女校長挈之往，列女賓之末座，亦得預聞其造法用法。」❹❶單士釐的媳婦即以女學生之故列為座上賓。

　　單士釐也提到冒雨遊博覽會之事：

　　　大雨竟日，予等冒雨游博覽會。是日游人少，予等得從容細
　　　觀。……中國婦女本罕出門，更無論冒大雨步行於稠人廣眾
　　　之場。予因告子婦曰：「今日之行專為拓開知識起見。雖躑
　　　躅雨中，不為越禮，況爾侍舅姑而行乎？但歸東京後，當恪
　　　守校規，無輕出。予謂論婦德究以中國為勝，所恨無學耳。
　　　東國人能守婦德，又益以學，是以可貴。頃聞爾君舅言論，
　　　知西方婦女，固不乏德操，但逾閑者究多。在酬酢場中，談

❸❾　單士釐：《癸卯旅行記》卷上「十八日（陽三月十六）」，頁 686。
❹❶　單士釐：《癸卯旅行記》卷中「八日（陽五月四日）」，頁 711。

論風采，琴畫歌舞，亦何嘗不表出優美；然表面優美，而內部反是，何足取乎？近今論者，事事詆東而譽西，於婦道亦然，爾慎勿為其所惑可也。」❹

單士釐認為中國婦女不常出門，但為了吸收知識而參觀博覽會，卻不需拘泥於此規範。但仍舊告誡媳婦，回到東京之後應該秉持女德，不輕易外出。她認為中國女子雖以婦德勝於他國，但缺乏學識卻是最大的弊病；不如日本女子既有婦德，又有才學。面對當時社會對西方婦女的崇尚，單士釐認為只是金玉於外罷了，真正效法的對象應該是東洋婦女才對。因此，當她還鄉（硤石鎮）省親時，也不特別避諱拋頭露臉：

竟日談。晚乘月率朝日婢步行至東南湖母舅家，距予家不足三里。中國婦女向以步行為艱，予幸不病此。當在東京，步行是常事。辛丑寓居鎌倉，游建長寺則攀樹陟巔，賞金澤牡丹則繞行湖壖，恒二三十里。然在中國，則勢有所不能。此硤石為幼年生長地，今已老，鄉黨間尚不以予為非，故特以步行風同里婦女。❷

單士釐特以步行方式出門，與當地之閉鎖風俗有別。她自認居日本時步行乃常態，何況自己亦非未出閣之女子，應當沒有引起側目之

---

❹　單士釐：《癸卯旅行記》卷上「廿二日（陽三月二十）」，頁 692-693。
❷　單士釐：《癸卯旅行記》卷上「六日（陽四月三日）」，頁 697。

虞，乃特別希望自己的步行能夠引起同里婦女的認同，起而效尤。
這些例子顯示中日不同國情之下女子遭際的不同。

因此，單士釐透過敏銳的觀察與比較，認為女子教育應該特別
重視：

> 要之教育之意，乃是為本國培育國民，並非為政府儲備人
> 才，故男女並重，且孩童無不先本母教。故論教育根本，女
> 尤倍重於男。中國近今亦論教育矣，但多從人才一邊著想，
> 而尚未注重國民，故談女子教育者猶少；即男子教育，亦
> 不過令多材多藝，大之備政府指使，小之為自謀生計，可
> 嘆！❹

單士釐認為女子教育之所以應加強，在於國民教育由家教開始，尤
其是母教。所以，論教育應由加強女子教育著手，才是根本之道。
當她還鄉省親，回到自幼生長的硤石鎮時，友人即看重她在女子教
育方面的見解，特來討教日本的女學：

> 伯寬之友頤、金二君，欲見予談日本女學事。論鄉曲舊見，
> 婦女非至親不相見。予固老矣，且恒與外國客相見；今本國
> 青年，以予之略有所知，欲就談女學，豈可不竭誠相告？乃
> 偕伯寬接見，為談女學之宜從女德始，而女德云者，初非一
> 物不見，一事不知之謂，略舉日本女學校教法告之。中國女

---

❹　單士釐：《癸卯旅行記》卷上「十八日（陽三月十六）」，頁 687。

學雖已滅絕，而女德尚流傳於人人性質中，苟善於教育，開誘其智，以完全其德，當為地球無二之女教國。由女教以衍及子孫，即為地球無二之強國可也。❹

如同前述，單士釐認為「談女學之宜從女德始」，特別強調婦德的重要性。由婦德進而推廣婦女教育，可使中國成為世界強國。而中國之所以尚未滅絕，也與人人得母教有關：

> 外子每謂中國人類尚不至遽絕也，徒以人人得母教故。世祿之家，鮮克由禮，然五六歲時，必尚天良未泯，何也？母教故也。迨出就外傅而漸即澆漓，至應考試、得科第、登仕版，而日就於不可問。何也？離母遠也。細想誠然。❺

由以上可知單士釐對女子教育的重視。相關的記載還有：

> 李君蘭舟家招飲，其太夫人率兩女、一外孫女接待。席間談衛生事。因諄戒纏足，群以為然。蘭舟又極言中國女教女容，必宜改良，蓋借予之稍知女學，欲以勸勵其姊妹也。❻

可知鄉里好友對於單士釐的看重，紛紛借重她的日本女教見聞，以

---

❹　單士釐：《癸卯旅行記》卷上「八日（陽四月五日）」，頁 697-698。

❺　單士釐：《癸卯旅行記》卷上「八日（陽四月五日）」，頁 698。

❻　單士釐：《癸卯旅行記》卷上「十三日（陽四月十日）」，頁 699。

激勵當時無數的婦女。此外，纏足一事限制婦女的行動能力與自由，最為當時維新人士所詬病，單士釐也加入譚戒纏足的行列，頗符合時代潮流。

　　單士釐在俄國旅行時，看到俄國的相對落後，心中感觸甚多；不免興起中日俄三國之比較。三國之中，以日本女子最能以國民自任，對國家強盛有深刻的體會：

> 而一入俄境，……。中國婦女閉籠一室，本不知有國。予從日本來，習聞彼婦女每以國民自任，且以為國本鞏固，尤關婦女。予亦不禁勃然發愛國心，故於經越國界，不勝慨乎言之。❹

由中國至日本再抵俄國，文化之差異，成為她觀察的重點：

> 游育嬰院。……院中除下男、門役外，皆婦女主院。老婦導觀周指畢，出冊請注姓名，並言前未有中國婦人來此者。予不諳西文，為書漢文數語，又捐附十盧布而出。❹

遊覽育嬰院（似婦幼醫院或托嬰中心）的單士釐，被認為可能是第一位造訪的中國婦女。而此地的主役者大多為婦女，也令她關注。

---

❹　單士釐：《癸卯旅行記》卷下「四月十七日（陽五月十三）」，頁733。
❹　單士釐：《癸卯旅行記》卷下「二十八日（陽五月廿四）」，頁751。

綜合以上，單士釐的旅次中，對於女性議題相當關注。值得注意的是，單士釐既傳統又現代的作風，令人印象深刻。她既強調女子受教育乃開拓知識之必要，同時也認為傳統婦德對女子的重要性；而能夠符合才德兼具的條件者，就是日本女子了。

綜觀單士釐的旅行日記，發現她不只是位旅行者，也是觀察家兼研究者。她將千百年來被困縛的女子腳步大大鬆開，奮力向前，看到了同時期其他女子所無法親睹的世界萬象。單士釐將自己對近代維新運動的觀察心得，一一投注於旅次中；而異國文化對她的啟蒙，正好也滿足了她對於世界的想像。因此，單士釐接受日本所融合的西方文化，也關注教育對國力強盛與否所引發的議題，特別是女子教育的問題。她以留學生出洋取經的心情，完成屬於她自己的文化啟蒙之旅。

㈡異域文藝的推介

單士釐的旅行散文除了以日記體書寫的《癸卯旅行記》之外，其歐洲旅次所結集的《歸潛記》，則以小論文形式呈現。這種知性散文的敘述模式，特別適於展現她在人文藝術方面的廣博學識。

單士釐書寫旅行散文之能揮灑自如，得從她平日的閱讀談起。在這兩部行旅書寫的文本中，可見不少徵引相關圖籍之處，如：

> 出游金閣寺，……寺僧以古法烹茶進。日本人好此，今女教
> 中尚留此一種古派。昔在愛住女學校校長小具貞子家曾飲
> 之，彼道烹法飲法頗詳。談唐宋筆記吟咏之言煎茶者，略或

似之。❹

單士釐將日本所喝的抹茶，以唐宋筆記中所記載的煎茶做為對照。
此外，她旅遊俄國時，也曾經借由日人的旅行書寫印證俄國的風土
民情：

> 予昔年初習日本文時，曾試筆譯福島安正君（今少將）《單
> 騎遠征錄》（少將任中佐時，一人策馬於俄及滿蒙之境者再閱寒暑，
> 所傳日記曰《單騎遠征錄錄》），中有敘伊爾庫次克一段，錄存
> 如左。……❺

懂得日文的單士釐，擅用長才翻譯日人的旅行書寫文本，正好在俄
國旅次中派上用場。因此，日記中以極大篇幅援引相關資料。其
次，文中還可以見到引用日人記載以印證俄國文物之處：

> 盛傳莫斯科之「王鐘」、「王炮」，今皆親見。炮形直大如
> 筒，古代舊式，了無足異。鐘已碎缺（日本記載云重量八千六百
> 貫目），缺片在地，缺處可容人入，為拿破侖敗退後俄人紀
> 念之作。周圍文字，非今俄文，乃舊日斯拉夫文字也。❺

---

❹　單士釐：《癸卯旅行記》卷上「二十日（陽三月十八）」，頁691。
❺　單士釐：《癸卯旅行記》卷下「十九日（陽五月十五）」，頁737。
❺　單士釐：《癸卯旅行記》卷下「廿九日（陽五月廿五）」，頁753。

以單士釐的才學，自然懂得信手拈來的相關圖籍資料可以增加文章的深度。如她在遊覽聖彼得大教堂時，引用德儒格戴（今譯「歌德」）的話：

> 寺以美術稱，以闊大稱；然從外瞻望，初無異象，即乍入
> 門，亦不覺其美其大。德儒格戴有言曰：「觀彼得寺，乃知
> 美術可勝自然，而不必模仿自然。此寺尺寸大於自然，而無
> 一毫不自然，此其所以為美。」至哉斯言。❷

單士釐自認為不識聖彼得之美，透過德儒格戴的說法，以自然美的觀賞角度重新閱讀聖彼得大教堂。

單士釐之讀萬卷書，正好為日後行萬里路而鋪墊實力。一邊書寫旅行，一邊徵引典籍；單士釐將自己的才學展現在這種夾敘夾議的行文風格上，也透露了她接受異國文化洗禮後的審美品味。

親歷世界諸國的單士釐，很幸運的來到人文薈萃的西歐旅行。除了日本與俄國，西歐是夫婿錢恂出使經驗最豐富之處。輾轉遷駐荷蘭、義大利等歐洲國度，讓單士釐也有機會印證想像中的西歐世界。才學豐沛的單士釐以知性散文的形式記錄自己的歐遊，尤其是與藝術文化相關的部分。

單士釐對西方文藝的嫻熟，表現在推介托爾斯泰以及但丁《神曲》及荷馬史詩上。誠如鍾叔河所言，單士釐做為「第一部女子出國記」的作者，還有其它的「第一」：一是把托爾斯泰介紹到中國

---

❷　單士釐：〈彼得寺——柄桴及中亭與正座〉，《歸潛記》，頁773。

來的第一位女作家（《癸卯旅行記》）；二是把歐洲神話介紹到中國來的第一人（《歸潛記》）。此外，還有一種「第一」的說法指出她是第一個在作品中提及但丁及《神曲》（《歸潛記》）的作家。

1.關於托爾斯泰的推介

關於第一個第一，鍾叔河認為「《癸卯旅行記》中有一節關於托爾斯泰的介紹，在中國恐怕要算是最早的。」[53]單士釐旅遊俄國時，曾購一托爾斯泰肖像，同時也將托氏的成就稍作介紹：

> 繪印端書（即明信片）千百種待售。購一托爾斯托肖像。托為俄國大名小說家，名震歐美。一度病氣，歐美電詢起居者日以百數，其見重世界可知。所著小說，多曲肖各種社會情狀，最足開啟民智，故俄政府禁之甚嚴。其行於俄境者，乃尋常筆墨，而精撰則行於外國，禁入俄境。俄廷待托極酷，剝其公權，擯於教外（擯教為人生莫大辱事，而托淡然）。徒以各國欽重，且但有筆墨而無實事，故雖恨之入骨，不敢殺也。曾受芬蘭人之苦訴：「欲逃無資」。托憫之，窮日夜力，撰一小說，售其板權，得十萬盧布，盡畀芬蘭人之欲逃者，藉資入美洲，其豪無此。[54]

根據單士釐的了解，托爾斯泰當時即已享有盛名。但受盛名之累，

---

[53] 鍾叔河：〈第一部女子出國記〉，《癸卯旅行記》、《歸潛記》合刊序，頁671。

[54] 單士釐：《癸卯旅行記》卷下「廿九日（陽五月廿五）」，頁753。

凡是能夠曲肖社會情狀、開啟民智的小說，都很難於母國立足。但也因為世界各國的敬重，才能保全性命。

此外，郭延禮也認同鍾叔河的說法：

> 三年之後，即 1903 年，我國近代女作家單士釐（1858-1945）在《癸卯旅行記》中介紹了俄國大文豪托爾斯泰，這應當是中國人最早在自撰的著作中介紹托氏的文字。單士釐在該書的四月二十九日日記中稱托翁「為俄國大名小說家，名震歐美」。又說他「一度病氣，歐美電詢起居者日以百數，其見重世界可知。所著小說，多曲肖各種社會情狀，最足開啟民智，故俄政府禁之甚嚴……」。全部記述不足 300 字，而且主要係介紹其人和影響，於文學成就談得不多。但作為一位本世紀初隨丈夫出遊的女性，在俄國境內時，在諸多文化現象中，獨把視點投向這位世界級的大文豪，不可不謂殊有見地。❺❺

綜觀鍾氏及郭氏兩家的說法，對於單士釐推介托爾斯泰及其作品一事，皆認為其有獨到眼光。雖然單士釐對托氏作品並無太過深入的介紹，但就其視點之精準一事，已可說明她的審美品味。

2. 關於歐洲神話的推介

其次談到第二項第一，也就是指稱單士釐乃最早把歐洲神話介

---

❺❺　郭延禮：〈中國近代俄羅斯文學的翻譯〉，《清末小說》第 20 號，1997 年 12 月 1 日。

紹到中國來的第一人。此正如鍾叔河所言:「《歸潛記》最有價值
的是〈章華庭四寶〉和〈育斯〉兩篇為中國介紹希臘——羅馬神話
之嚆矢。……〈育斯〉……實可謂為近代中國第一篇自成系統的神
話學論文。」㊿

　　單士釐的西歐遊蹤當中與神話傳說關係最密切的當屬義、梵兩
國的文物古跡了。其中又以梵諦岡的聖彼得大教堂最重要,其博物
館藏品也相當知名。單士釐就特別以其中四具知名雕像為題,撰為
〈章華庭四室〉一文。㊗文中分別述及勞貢(拉奧孔)、阿博隆(阿
波羅)、眉溝(墨耳庫里)、俾爾塞(柏修斯)等四座雕像相關的希臘
神祇與英雄神話故事,是近代研究西方神話的先驅。不僅如此,單
士釐也展現相關的美學素養:

　　考其所雕,事出希臘神代史中。希事在景前一一〇〇年以內

㊿　鍾叔河:〈第一部女子出國記〉,《癸卯旅行記》、《歸潛記》合刊序,頁
　　674。

㊗　「章華庭」為單士釐意譯之名,據文中推測,所藏著名雕像應該是梵諦岡博
　　物館(Musei Vaticani)的藏品。而梵諦岡博物館其實是眾多美術館的統稱,
　　原為教宗居住的宮殿,從古代希臘文明遺產、文藝復興藝術,到各時期宗教
　　美術傑作應有盡有,多達 27 個展示區。計有皮歐克雷門美術館(Museo
　　Pioclementino),館內圓廳設計概念來自羅馬神殿建築,展示羅馬帝國黃
　　金時期雕刻作品。畫廊(Pinacoteca),依年代順序展示,由拜占庭到現代的
　　各種宗教繪畫,包括拉斐爾、達文西、卡拉瓦喬的著名畫作。西斯汀禮拜堂
　　(Sistine Chapel),拱頂有米開朗基羅的「創世紀」與祭壇後方的「最後的
　　審判」壁畫,還有波提且利的壁畫,堪稱梵諦岡博物館的菁華所在。拉斐爾
　　畫室(Stanze di Raphael)展示天才畫家拉斐爾與其弟子的作品,包括「雅典
　　學院」等藏世佳作。

者，有史可徵，過此以前，惟憑古詩。古詩所敘，實事中參
以幻想，既令讀者多迷，而選詞尚奇，用意務隱，尤非別具
會心，不能得其真諦。後世詩人，續為神話，寓中有寓，玄
之又玄矣。雕畫家更從而取以為題，以發揮己技，傳遞迄
今，虛實更莫辨別。然事跡奇古，含蓄深奧，每為藝術家所
愛不忍舍，而著名之文藝美術品，遂八九淵源乎神話。㊽

單士釐認為諸雕像多出自古希臘神代（話）史。而且遠古史事多憑
古詩所敘，不易令人會心。等到後世詩人將相關史事以神話呈現
時，更是渺遠難懂。接著，雕刻家以神話為題材，更加虛實莫辨。
雖然如此，含蓄深奧的神話故事仍為藝術家所鍾情的取材對象，因
此大部分的藝術品多淵源於神話。這也是單士釐之所以特別撰寫此
文的重要原因罷。

　　此外，〈育斯〉（宙斯，Jupiter）一文更從希臘諸神世系談到希
臘神話傳入羅馬後的演變，並旁及印度、埃及，遠溯至華曼爾（荷
馬）的史詩，為近代中國神話學的開山之作。單士釐認為：

　　育斯（Jupiter），希臘最尊之神，源出印度神話，……一如日
　　本神話之天照大神。蓋世界各族，當獉狂初闢，無不崇仰大
　　明，因而神之也。傳入希臘，文化進而神話亦加詳，以育斯
　　為天地之主，又為神人之父，萬能而無乎不能。再傳至羅
　　馬，其神話多緣飾希臘，牽引同化，育斯尤逐漸增崇，神格

㊽　單士釐：〈章華庭四室——勞貢室〉，《歸潛記》，頁 821。

> 遂駕出諸神之上，而居於唯一之尊。後世排多神而專宗一
> 神，即淵源於此。至育斯神性神跡，希、羅神話，所傳不
> 同，則因乎人與時之思想信仰而殊，此神話之所以開歷史之
> 先，而獨成專學也。⑲

單士釐認為「育斯神性神跡，希、羅神話，所傳不同，則因乎人與
時之思想信仰而殊，此神話之所以開歷史之先，而獨成專學也。」
因此有特別研究之必要。

而荷馬著名史詩《伊里亞德》中「木馬屠城」的故事，也在單
士釐的推介之列。伊里亞德是特洛伊的別名，意思是特洛伊的故
事。特洛伊位於小亞細亞西岸，是殖民城市。伊里亞德主要是描寫
希臘城邦斯巴達與邁錫尼為了美女海倫與特洛伊發生的戰爭：

> 祖傳勞貢者，脫羅耶人。……王子名巴黎斯者，美而鍾於
> 愛，神話中所謂以金蘋果判三女神爭美案者，即此巴黎斯。
> 巴黎斯旅游希臘，見斯巴達國王後宮愛麗那而悅其
> 色，……。十年而城不下，圍亦不解，為神話中最有名之脫
> 羅耶戰爭。……⑳

荷馬史詩中的人物拉奧孔（勞貢）雕像，是梵諦岡博物館重要藏品
之一。單士釐的義、梵之旅，深刻記錄古希臘神話及史詩的內容，

---

⑲ 單士釐：〈育斯〉，《歸潛記》，頁 883-884。
⑳ 單士釐：〈章華庭四室——勞貢室〉，《歸潛記》，頁 821-822。

木馬屠城的故事即為一例。

　　單士釐對於世界文化史的介紹亦俯拾皆是。如長達二萬餘言的
〈彼得寺〉（梵諦岡聖彼得大教堂），為《歸潛記》中篇幅最大的文
章。文中即詳細介紹了梵諦岡的歷史和羅馬古典建築藝術，文字古
樸有致。如記彼得寺前石尖柱豎立時之情形：

> （教皇）命柱升時不得有人語，語者死。迨柱緩緩而升，升
> 至中途，忽然不動。眾正屏息間，忽聞大聲曰：「潤其
> 繩！」工人先未受此指示，聞言又不敢問，惟亟潤繩。繩潤
> 上引，柱動而植。當時實一工人，見引繩幾斷，亟而狂呼
> 耳，按命令應處死，無如柱賴以立，督工者大發仁慈，不忍
> 加刑，乃謂此聲發自上帝耶和華，眾工亦默喻無言。❻

單士釐平平實實地敘說了這個小故事，上帝耶和華忽發大聲的真相
卻由此而暴露。讀者看了至少能知道羅馬的聖彼得大教堂前的方尖
碑，在樹立起來時曾有過這麼一段插曲，也能知道那時羅馬教皇的
赫赫權威也是可以打破的。❻

　　綜觀單士釐對歐洲神話的介紹竟是洋洋灑灑。可見她的旅行不
僅將外在風景盡收眼底，也能深入風景之內的人文藝術加以研析。
因此，單士釐的旅行散文富含深度的人文之旅，這也是她的旅行文

---

❻　單士釐：〈彼得寺——神奧〉，《歸潛記》，頁 807。
❻　此文之後所附的〈新釋宮·景寺之屬〉一文，乃單士釐長子錢稻孫為其母遊
　　覽方便所寫的。因此，單士釐撰寫〈彼得寺〉多得益於此文。

本之所以受到矚目之因。

3. 關於但丁及其《神曲》的推介

第三項第一，則認為她是近代第一個把但丁介紹到中國來的人。單士釐在 1910 年所著的《歸潛記》中介紹了但丁和《神曲》，11 年後她的兒子錢稻孫將《神曲》翻譯成騷體中文，並於 1921 年但丁逝世六百週年之際，發表在《小說月報》上。

關於這點，根據後人考證的結果，恐未必盡然。在她之前，晚清已有人提及但丁及《神曲》。如梁啟超《新羅馬》傳奇（1902 年刊載於《新民叢報》）、王國維《紅樓夢評論》將《神曲》同《紅樓夢》並舉、馬君武在詩作〈祝高劍公與何亞希之結婚〉（1907 年發表於《復報》）中化用但丁因貝雅特麗齊而創作《神曲》的典故。㊌

㊌　吳曉樵：〈《神曲》在中國百年的歷程〉：「田老在《神曲地獄篇》（人民文學出版社，1990 年 1 月）的《譯本序——但丁和他的神曲》的結尾提及《神曲》最初在中國流傳的一些鮮爲人知的掌故。他說，他的友人山西大學常風教授曾告訴他，我國最早提到但丁和《神曲》的是錢單士釐所著、一九一〇年出版的《歸潛記》。錢單士釐是我國最早嘗試將《神曲》譯成中文的翻譯家錢稻孫先生的母親。一九〇八至一九〇九年，她隨出任清廷駐意大利公使的丈夫錢恂旅居羅馬，因而有機會接觸異邦的文化和藝術。幼年的錢稻孫當時隨父母僑居羅馬期間即誦讀《神曲》原文。據筆者的考察，在錢單士釐之前，在晚清還有人在著作裏提及意大利文豪但丁。如梁啟超早在一九〇二年就提到但丁，並把但丁的形象寫進文學作品裏。曾留學日本的王國維在其著名的論文《紅樓夢評論》中也已提及但丁的《神曲》。他說：「至謂《紅樓夢》一書，爲作者自道其生平者，其說本於此書第一回『竟不如我親見親聞的幾個女子』一語。信如此說，則唐旦之《天國喜劇》，可謂無獨有偶者矣。」王國維將《神曲》同《紅樓夢》並舉，其著眼點是但丁對貝雅特麗齊的精神戀愛在其創作《神曲》中所施加的重要影響。除梁啟超、王國維外，當時已注意到但丁的還有馬君武。」（《文匯報·副刊》，2003 年 9 月 29 日）

僅管如此，亦不妨礙單士釐對但丁的推介之功。她在遊聖彼得大教堂時，論及教堂的教皇之棺，即特以但丁《神曲》舉例證明：

> 婆尼法爵八棺殘片，有銘曰：「其來也如狐，其宰政也如獅，其死也如犬。」義儒檀載所著《神劇》書中，清淨山凡九重，最下一級，遇婆尼法爵，即指此人。譏之歟？抑恕之歟？❻❹

文中所謂「義儒檀載所著《神劇》」即指但丁《神曲》。同時，述及教宗座位右側時，也提到但丁：

> 椅右為保羅三之墓，……墓基四女石像，曰「富裕」，曰「慈悲」，……；曰「謹慎」，曰「正直」，今在墓下。像本裸體，為路奔氏所雕。「謹慎」貌肖景宗母，……。「謹慎」像又酷肖義儒檀載，有「彼得寺中女檀載」之稱，則言尚雅馴。❻❺

單士釐認為「『謹慎』像又酷肖義儒檀載，有『彼得寺中女檀載』之稱」，顯然單士釐已看過但丁畫像或已遊但丁故居，對於但丁有一定程度的了解。

　　觀以上，單士釐雖非真正「第一個」推介單丁及其《神曲》到

---

❻❹　單士釐：〈彼得寺——上瓴下窖〉，《歸潛記》，頁 803。
❻❺　單士釐：〈彼得寺——枘桴及中亭與正座〉，《歸潛記》，頁 782。

中國來的第一人，但她為文引用但丁《神曲》，亦有推擴之功。

4.關於馬可波羅的推介

　　單士釐也在她的旅行散文中展現她對馬可波羅（馬哥博羅，1251-1324）的孺慕，曾經特別為他撰寫一篇文字：

> 積跬步主人於二十年前，初次從西歐歸來，為予道元世祖時維尼斯人馬哥博羅事中國事，即豔羨馬哥之為人。越十有九年，予親履維尼斯之鄉，訪馬哥之故居，瞻馬哥之石像，既紀游事，並記馬哥父子叔姪來華之蹤跡及行事大略。⑥⑥

單士釐由夫婿錢恂處得知馬可波羅來華之事，「即豔羨馬哥之為人」。單士釐聽聞馬可波羅的事跡，對他能夠遠行抱著一股浪漫的憧憬；她終於在十九年後踏上馬可故鄉威尼斯，既遊故居也紀其事，算是較早介紹馬可波羅者：

> 元世祖時，有馬哥博羅者（馬哥名，博羅姓），仕於朝。……所著書，言中國當時事，頗足參證，為西人談華事者必讀之書，推為東學弟一人。⑥⑦
>
> 越三年（一二九八），馬哥在囹圄中追敘往事，口授文士呂司底西筆述之（時文學競尚法國，故用法文，然此法文與今所行法文

---

⑥⑥　單士釐：〈馬哥博羅事〉，《歸潛記》，頁894。
⑥⑦　同前註。

異。一八六五年，即同治四年，法人名波吉者，譯為今法文。又有英人歐
爾，亦譯以英文，考訂加註，尤為詳備）。**書出，諸所述中國事，
多不信者，斥為荒誕。久之，西人往東方者眾，始信。**❻❽

馬可波羅的旅行名著《馬可波羅書》（*Le Livre de Marco Polo*），民國
二十四年由馮承鈞根據沙海昂的註釋本翻譯成中文，初時名為《馬
可波羅行紀》。❻❾因此，在完整的中譯本出來之前，單士釐於民國
之前即已介紹了馬可波羅此書，可說是頗有見地。

　　同時，單士釐也發揮她閱覽群籍的研究精神，讓讀者知道《馬
可波羅書》是可與《元史》相互參證的重要著作：「馬哥博羅敏悟
絕倫，本通波斯、亞剌伯語言文字，既東，又通中國、蒙古語言文
字。世祖愛之信之，置左右，無專職，而頗與聞國政。所著書述中

---

❻❽　單士釐：〈馬哥博羅事〉，《歸潛記》，頁 900。

❻❾　馮承鈞：「《馬可波羅書》（*Le Livre de Marco Polo*）的中文譯本，我所見的
　　有兩本。初譯本是馬兒斯登（Marsden）本，審其譯文，可以說是一種翻譯匠
　　的事業，而不是一種考據家的成績。後譯本是玉耳－戈爾迭（H.Yule-
　　H.Cordier）本，譯文雖然小有舛誤，譯人補註亦頗多附會牽合，然而比較舊
　　譯，可以說是後來居上。惟原書凡四卷，此本僅譯第一卷之強半，迄今尚未
　　續成全帙。……《馬可波羅書》也是參證元史的一部重要載籍，舊譯本中既
　　無完本善本，我也想將其轉為華言。……本書註者沙海昂（Charignon）既將
　　頗節本轉為新文體，而出版時又在民國十三至十七年間，可以說是一部比較
　　新的版本……他參考的重要版本為數不少。這是我翻譯此本的重要理
　　由。……現在《馬可波羅書》的權威，當屬伯希和。……沙氏註此本時，可
　　惜有若干篇伯希和的考訂文字未曾見著。讀此書者必須取伯希和諸文參
　　看。」《馬可波羅行紀·序》，沙海昂 A.J.H. Charignon 註、馮承鈞譯：《馬
　　可波羅行紀》（臺北：臺灣商務印書館，2000 年 6 月），頁 1-3。

國事頗詳，凡所聞見，所行事，多可與《元史》相印證。」⑩但是，與馬可波羅同名者頗多：「西人疑《元史》多誤。《元史》中名博羅者不知若干人，或牽他博羅與馬哥博羅而一之，無確據莫由證其是否。」⑪同名者的問題，使得許多西方人懷疑《元史》的可靠性。這些史料考證上的問題，也經由單士釐的提出而廣為人知。

　　除此之外，單士釐對於景教（基督教）在近代中國的流行一事有敏銳的觀察，《歸潛記》中也收錄相關文字，即〈景教流行中國碑跋〉及〈景教流行中國表〉二文。⑫此外，〈摩西教流行中國記〉一文述及景教（基督教）與摩西教（猶太教）之淵源以及兩者難融之景況。⑬單士釐也因為外交官夫婿之故，對於出使國的禮儀典章也有一定的體會。《歸潛記》中即有夫婿接受勛章的記錄，並旁及該國佩章文化的介紹，即〈義國佩章記〉及〈奧蘭琦——拿埽族章〉二文。

　　綜合以上，單士釐從文化審美的視角，帶領讀者看到了異國的文化藝術之美。透過單士釐的視角，浮現出近代社會與異國文化接觸的面貌，也突顯少數近代女性做為一位旅行者的獨特與聰慧。無論如何，單士釐的旅行散文除了做為第一部有文本流傳的女性旅行

---

⑩　單士釐：〈馬哥博羅事〉，《歸潛記》，頁897。

⑪　同前註，頁898。

⑫　〈景教流行中國碑跋〉為積跬步主人（錢恂）殘稿，由單士釐命長子錢稻孫補綴而成，列於《歸潛記》中，是單士釐夫婿及長子合作之文。而〈景教流行中國表〉則是單士釐鑑於基督教在庚子後大為流行的現象所整理的文字；文中所引亦多來自積跬步主人（錢恂）所述。

⑬　此文也是錢稻孫所作；而他除了吸取日文、德文消息之外，也有由積跬步主人（錢恂）聽聞而來的內容。是一篇父子合作之文。

文本之外，其對於域外文學藝術的介紹也極有見地。

第三節　凝視的文本‧自己的文學
——她對女性文學的傳播與接受

　　單士釐的目光不僅投向域外，陸續誕生了《癸卯旅行記》、《歸潛記》等兩部旅行散文以及舊體詩集《受茲室詩稿》。她也在遠行回國之後，回眸於古代女作家的文學生命，為她們整理並編寫了閨秀藝文志，展現了她對女性文學的傳播與接受的熱情。因此，做為一名「負能詩文的女詩人」，[74]單士釐也同時向歷史上的明清女詩人致敬。

　　其中，單士釐的舊體詩集《受茲室詩稿》正是她向古典／傳統回眸的創作集。而《清閨秀正始再續集》[75]以及《清閨秀藝文略》則是她與古典／傳統詩詞世界的聯繫。透過自己的文學，以女性創作者的目光凝視古代女作家的舊體詩詞，單士釐不僅找到文學世界的認同，也標示出自己的文學座標。

　　在單士釐「自己的文學」裡，《受茲室詩稿》為她自少女至耄

---

[74]　陳鴻祥：《受茲室詩稿‧前言》（長沙：湖南文藝出版社，1986 年 7 月），頁 1。

[75]　《清閨秀正始再續集》為胡文楷《歷代婦女著作考》所著錄之名稱。亦稱《正始再續集》，其子錢稻孫〈追訃〉所稱；《國朝閨秀正始再續集》為錢仲聯所稱；《閨秀正始再續集》則為北京的中國國家圖書館藏目錄所示。本文依胡文楷所著錄名稱為準。

耋之年的詩作結集,可說是一生詩作的結集。大致而言,由《受茲室詩稿》大約可完整窺見單士釐個人的生命史。詩集分為上、中、下三卷,凡 183 題、302 首。「卷上」凡 50 題 86 首,是少女時期的閨閣詩以及 45 歲之前的盛年之作。「卷中」凡 38 題 95 首,為單士釐中晚年時期的詩作,所收錄的詩歌有旅行記事,間有唱和或感懷之作。「卷下」凡 95 題 121 首則為去世前十年內與親友酬唱之作,特別是女性親人與文友之間的往來。

　　詩集「卷上」呈現單士釐少女時期的閨閣情懷,以及 45 歲之前「精力彌漫、才藻最旺時」**⑯**的盛年女子形象,亦有部分初履日本國的旅行詩作。此卷詩歌所展現的生命史為典型的閨閣才女,出嫁前一派爛漫天真的無憂少女形象,以及為人婦後身在書香世家的雍容婦德形象。茲舉〈小樓晚眺〉為例:

> 向晚獨登樓,微風暑氣收。殘霞明遠岫,新月照溪流。竹露清如瀉,荷花香更幽。**⑰**

此詩即為典型的閨閣詩作,夏日向晚登樓的目見之景,有明霞與新月,也有竹露與荷香,展現一派幽美意象。此外〈抒懷〉一詩亦可見到閨中小兒女的情懷:

> 女子有遠行,辭親心戚戚。暫歸依膝下,日久還成別。父母

---

⑯　陳鴻祥:《受茲室詩稿·前言》,頁 1。
⑰　單士釐著、陳鴻祥點校:《受茲室詩稿》卷上,頁 1。

送臨岐，重闈佇以泣。丁寧復丁寧，未語先鳴咽。惟烏有慈
烏，飛鳴泣稊粒；惟羊能跪乳，亦解酬罔極。人兮何不如？
惟彼角與翼。㊲

詩中說道「女子有遠行，辭親心戚戚。暫歸依膝下，日久還成
別。」，情意宛轉，對親恩之感念深切至極。既有閨閣女子與生身
父母家庭之間的依依之情，也透顯出舊日女子遠行之不易。而一旦
遠行多為必要之出嫁，即使返家探望亦為作客之姿，終究仍需一
別。單士釐當時最遠的「旅行」大約即是出嫁至錢家為婦；其後隨
夫遠渡重洋千里外的別離傷懷，此刻恐尚未體會。無論如何，情意
曲折，不失為佳作。

　　單士釐的旅行記事詩，在「卷上」後半部已有部分收錄，包括
〈庚子四月十八日舟泊神戶〉、〈游塔之澤宿福住樓之臨溪閣〉、
〈日光山紅葉〉、〈汽車中聞兒童唱歌（明治三十二年）〉、〈偕夫
子遊箱根（初見電車）四首〉、〈二十世紀之初，偕夫子住鎌倉日游
各名勝，用蘇和王勝之游鍾山韻〉、〈庚子秋津田老者約夫子偕予
同遊金澤及橫須賀〉、〈江島金龜樓踐歲步積頤步齋主人原韻〉、
〈辛丑春日偕夫子陪夏君地山伉儷重游江島再步前韻〉、〈題金澤
八景〉、〈日本竹枝詞（十六首）〉等詩作。可見她初履日本國，
即詩思噴湧，陸續留下佳作。此系列日本記游詩可視為《癸卯旅行
記》之補編，足可旁證她在旅行散文文本之外不足的情思。

　　詩集「卷中」收錄的詩歌大致起自癸卯年（1903）春迄於乙丑

㊲　同前註，頁16。

年（1925），為單士釐中晚年時期的詩作。1903 年即著錄《癸卯旅
行記》當年，其詩作亦大抵反映當時書寫旅行散文的實況，有海外
遊蹤，也有遊覽西湖、八達嶺等國內旅遊見聞，以及她對世事的感
懷等等。卷中旅行記事詩有〈光緒癸卯春過烏拉嶺〉、〈西伯利亞
道中觀野燒〉、〈游俄都博物館〉、〈和蘭海牙〉、〈己酉秋夜渡
蘇彝士河〉、〈自新加坡開行風浪大作〉、〈壬子五月六日，偕夫
子挈稚弱游西湖靈隱寺，憩冷泉亭，示長子稻孫，時將北游詩以勖
之〉、〈辛酉重九登八達嶺〉等都是集中佳作。透過舊體詩觀看世
界、想像世界，單士釐的女性實踐在此展現出既傳統又現代的面
貌。傳統的是舊體詩詞的形式，現代指的是內容及意識的現代性。

　　作為一名舊體詩詞的女性創作者，單士釐在詩歌〈庚子秋津田
老者約夫子偕予同遊金澤及橫須賀〉（卷上）慨曰：

> 嗟予疏繪事，空對屠門嚼。東作未耘耔，秋成安望獲？譬獲
> 覆杯水，未旱已先涸。寄語深閨侶：療俗急需藥。劬學當斯
> 紀，（英人論十九世紀為婦女世界，今已二十世紀，吾華婦女可不勉
> 旃！）良時再來莫。[79]

單士釐在跨國界的旅行中，也借由異域這面鏡子重新審視自己文化
的女性角色。走在異國的自然風光與人文景致中，她也不免要發出
「寄語深閨侶：療俗急需藥。」這樣的呼聲。期勉自己文化中的婦
女要有所作為，並以女學之新藥療治「女子無才便是德」的舊俗。

---

[79]　單士釐：《受茲室詩稿》卷上，頁27。

因此在他聽到英人高談十九世紀為婦女世界，也不免要高喊「今已二十世紀，吾華婦女可不勉旃！」。因此跨國界的旅行對她來講，不僅是搜奇探險而已，更是獲取知識的來源，特別是反思己身文化中的女性地位問題。

而詩集中類此具備女性自覺目光的詩作，尚有卷中〈光緒癸卯春過烏拉嶺〉，其末四句有云：

> 自謂饒眼福，故鄉無此景。謂語諸閨秀，先路敢為請。⑧

游俄國時，單士釐一路寓目異國景致，深感己國閨秀大多無緣遠行一見，乃自請為諸閨秀之先路。此外，卷上〈辛丑春日偕夫子陪夏君地山伉儷重游江島再步前韻〉一詩也是一例：

> 我邦女學嗟未有，闢故開新解樞紐。⑧

詩中對於日本國之女學已興深有所感，時時銘記於心。又如〈游俄都博物館〉一詩：

> 窈窕誰家姝，執冊攜兒逛？物理詳指示，告誡爾勿忘。鑑斯感我心，教子在蒙養。⑧

---

⑧　單士釐：《受茲室詩稿》卷中，頁 37。

⑧　單士釐：《受茲室詩稿》卷上，頁 31。

⑧　單士釐：《受茲室詩稿》卷中，頁 40。

單士釐遊俄國博物館，乍見婦人攜兒帶冊，諄諄解說，亦深受啟迪。凡此種種，皆可見到單士釐對於女性自覺課題的關心。

　　除了旅行記事詩之外，單士釐與其他女性文友的唱和之作，特別值得一提。「卷下」所收錄的親友酬唱之作，特別是女性親人與文友之間往來的記錄，是我們觀察她的女性／姐妹情誼（sisterhood）的重要文本。

　　綜觀詩集，單士釐與夏曾佑（穗卿）夫人「夏穗嫂」的交情顯然非常深厚，兩人唱和之作應為集中最頻繁者。如〈步夏穗嫂見贈原韻〉、〈和夏穗嫂荷花生日同飲十剎海〉、〈甲寅除夕和夏穗嫂原韻二首〉、〈步夏穗嫂游花之寺及崇效寺看牡丹兩首原韻〉、〈輟吟六載。壬申歲暮，夏穗嫂頻贈佳章，勉和四首〉、〈和夏穗嫂游北海公園遇雨原韻〉、〈和穗嫂見示原韻〉、〈穗嫂和予游三園詩再疊前韻〉、〈穗嫂又和，三疊前韻〉、〈和夏穗嫂病起偶成〉、〈和夏穗嫂七夕原韻〉、〈和夏嫂再疊前韻〉、〈和穗嫂三疊前韻〉、〈和夏穗嫂自嘲原韻〉、〈夏穗嫂函詢奉垣氣候用前韻〉、〈加戌春暮和夏穗嫂別後寄懷原韻二首〉……等 34 首之多，幾佔全部詩作的十分之一強。例如〈和夏穗嫂荷花生日同飲十剎海〉：

　　　　紅衣翠蓋竟新妝，香海能令溽暑忘。我愛花含君子德，特邀仙侶共稱觴。⑧⑨

---

⑧⑨　同前註，頁 62。

〈夏穗嫂函詢奉垣氣候用前韻〉：

> 難畫窮邊景物工，雪深枯草掩蓬松。春殘未見榆槐綠，夏盡
> 初看荷芰紅。日落塞垣金燦爛，霜封庭樹玉玲瓏。嚴冬室內
> 偏和暖，爐火能回造化工。❽

其次是與羅振玉夫人的唱和之作，有〈和羅嫂朱夫人見贈原韻〉、
〈和羅嫂購梅原韻〉等數首；與劉雪蕉女士之唱和亦有〈和劉雪蕉
女士見贈原韻〉等數首。此外，還有與其他女性文友唱和之作，如
〈和倪佩珊表姐見示病中偶成原韻四首〉、〈織孫女妹寄示其伉儷
慶圖書館成立詩，效《麗紅集》中體和之〉、〈和織孫女妹六十自
壽詩〉、〈題金少夫人書〉等等。其往來酬唱之女性親友所在多
有，難以列舉竟盡。由此可見，與女性文友的酬唱之作是單士釐詩
集的重要特色，也使她這部「自己的文學」更能直接展現出對女性
文學的認同。

　　然而，若就詩作本身的成就而言，單士釐這些往來酬唱之作，
其評價不甚高，詩集點校者陳鴻祥即說道：「不難拈出某些空泛之
作，這在晚年的唱酬中，尤較明顯。」❽儘管如此，他還是認可並
欣賞單士釐其他詩作：「就詩作本身而言，單士釐基本上學老杜的
凝重而欲融李白的豪放，這在女子詩中是難能的，並不乏珠玉之

---

❽　單士釐：《受茲室詩稿》卷下，頁 87。

❽　陳鴻祥：《受茲室詩稿·前言》，頁 11。

句。」⑯無論如何,這部詩集展現了單士釐既現代又傳統的面貌,仍是值得肯定的作品。

她以自己的文學面向自己與世界,也以自己的文學向明清女作家致意。

單士釐轉回國門之後,開始將目光聚焦於明清時代的女作家群,積多年功力完成了《清閨秀正始再續集》以及《清閨秀藝文略》這兩部著錄。這兩部編撰之作展現了單士釐對於女性文學的傳播與接受以及認同。

《清閨秀正始再續集》是單士釐耗費多年心血編纂的一部詳盡介紹清代女詩人藝文的專著,此書可視為完顏惲珠成於 1831 年(道光十一年)的《國朝閨秀正始集》及 1836 年(道光十六年)《國朝閨秀正始續集》的續集。滿族才女完顏惲珠於道光年間收集了大量的婦女詩作,但仍舊遺留甚多未收錄的才女,再加上其後又有更多的詩作問世,實有必要在惲珠整理的基礎上加以補充。單士釐即承繼這項工作,廣徵博采,檢出惲珠未收編之專集,又選錄清代女詩人 309 家之詩作,定名為《清閨秀正始再續集》。是書分為初編之一、初編之二、初編之三、初編之四等四部分。前有凡例,作者各有小傳,卷首有自序。單士釐在〈自序〉中即說道此書有意續補惲珠的《國朝閨秀正始集》及《續集》:

> 中國婦德,向守內言不出之戒,又不欲以才炫世。能詩者不知凡幾,而有專集者蓋尠。專集而刊以行世者尤尠。茲就篋

---

⑯　同前註。

衍所有專集而《正始》未采者三十二家，先為《再續》初編
第一。以後蒐采所得，續編續印。⑧⑦

其後便陸續編成「初編之二」，其〈自序〉亦提到「知集為惲選所
未見，特補所遺」：

> 卷一既成，又續得專集二十家，編為卷二。兩卷各自為先
> 後。又周映清、梁德繩兩家均已見前集，而《梅笑》、《古
> 春》集名均缺。知集為惲選所未見，特補所遺。⑧⑧

此外，「初編之三」〈自序〉提到：「卷二印成之後，又續得有專
集者三十四家，編為卷三。一如前例。自今以後，續有所得，編為
卷四。」⑧⑨以及「初編之四」〈自序〉也提到：「卷三既印之後，
又續得專集二十四家，編為卷四上。確知有專集而未得見者，百九
十九家，編為卷四下。」⑨⑩可見單士釐的著錄態度十分謹嚴週到，
不斷的收集整理補編，務使完備。

　　在此同時，她即著手編纂《清閨秀藝文略》。而這項工作幾乎
耗去她的後半輩子。單士釐晚年編纂此書當時，社會上亦有一批知
識女性也自覺的參與古代女子藝文志的整理工作。1927 年，單士

---

⑧⑦　引自胡文楷：〈《清閨秀正始再續集》初編之一〉提要，《歷代婦女著作
　　考 · 附錄二》（臺北：鼎文書局，1973 年），頁 80。

⑧⑧　同前註。

⑧⑨　同前註，頁 81。

⑨⑩　同前註。

鼇的《清閨秀藝文略》便在總結前人著述的基礎上，更加全面地梳理了有清以來三百年間 2300 多位女作家的三千多種詩詞曲等作品。

在編纂過程中，她得力於兩人的幫助。一為她的弟弟單不庵，❾他於 1928 年就任浙江圖書館館長時，曾將《清閨秀藝文略》部分書稿加以整理，刊於浙江圖書館館報上。但不幸僅只一年，單不庵去世，整理刊發工作因此中輟。此後，單士鼇又增添三分之一內容，但因諸位女詩人生卒不詳，無法排序。這時，擔任北京師範大學教授的小叔錢玄同給予她極大的幫助。錢玄同是單士鼇夫婿錢恂的小弟，與單士鼇相差 31 歲，單士鼇稱他為「玄同小郎」。錢玄同擅長考據和音韻學，他幫助單士鼇依《廣韻》編排作者順序，並對內容進行校對。然而 1939 年錢玄同也去世，此後便無人幫助單士鼇校對。而當時單士鼇亦已年過八旬，目力精力均不濟，只能以補遺、補注的形式彌補。由於她家裡經營的印刷局也關閉，付排印刷也被迫中止。於是，最後她以頑強的毅力自抄了十餘部以留子孫。單士鼇在《清閨秀藝文略·自跋》中曾經提到這段背景：

---

❾ 單不庵（1878-1930），名丕。單不庵擔任過北大教授、圖書館主任和浙江省立圖書館中文部主任，還主持過文瀾閣館務。個人藏書甚豐，去世後有 8 千餘冊圖書留世。胡適〈三百年中的女作家──《清閨秀藝文略》序〉曾提到：「單不庵先生把她的姐姐錢夫人士鼇女士的《清閨秀藝文略》五卷送給我看，問我願不願做一篇序。我看了這部書，很有點感想，遂寫出來請錢夫人和不庵先生指教。」胡適《三百年中的女作家》（《胡適作品集 14》，臺北：遠流出版公司，1994 年 1 月），頁 168。

此稿十年前嗣弟單丕曾取載於浙江圖書館館報，固未整理也。翌年弟七，修整遂亦廢功。而近十年見聞所及，頗得多人。著錄之數，約增三分之一。又以前後生卒時代，不能一一確知，乃依《廣韻》編次人名，寫付排印。中途又遇印刷局罷閉之厄。爰自寫數部，留付子孫而已。亦以自遣餘年，繆奪更非所計矣！戊寅秋日，蕭山錢單士釐自識，時年八十有一。⑨

單士釐於 88 歲臨終時，五卷書稿全部抄成，但她並不以此為滿足，在序跋中仍提及「倘延風燭之年，必當重鈔修改」：

> 自庚午年以著作者之名，亦照《廣韻》編次序。彼時賴玄同小郎排比雛校，積久漸多，自鈔者十餘部，愈近愈增，而繆誤亦愈不少。小郎謝世，已逾五載，更無人指示。雖每部不同，其誤處固不自知，難為定稿。耄年勢不及待，遂以補遺補註勉強告成。倘延風燭之年，必當重鈔修改。甲申年士釐又識。⑨

由此可見，其嚴謹的治學態度可見一斑。而她在寫給女性友人「夏穗嫂」（夏曾佑夫人）的詩中，亦曾自敘著作此書的情景云：

---

⑨　引自胡文楷：〈《清閨秀藝文略》五卷〉提要，《歷代婦女著作考·附錄二》，頁99-100。

⑨　同前註，頁100。

閨閣姓氏資考核（日抄《閨秀藝文略》），伏案終朝戶不出。師
承無自苦茫然，單獨生涯歲逾七（外子捐館已七年矣）。賴有
良朋素志同，道義文辭互相匹。歷年酬唱解煩憂，蔗境怡怡
忘苦疾。能將鎮靜免亂離，存問不辭寒凜冽。他年共食安期
棗，天佑吾曹惠迪吉。**❾❹**

由詩中可見單士釐堅定的意志力。即使困難重重，仍舊努力至耄耋
之年。曾經服務於瀋陽圖書館的羅守巽（羅振玉姪女）也提到這段往
事：

又錄《清閨秀藝文略》數部，分贈各地圖書館及吾館，云：
「既傳一代女子藝文，亦不辜歷年搜集苦心。景迫桑榆，難
期付梓矣。」太夫人瞽年志學，白首弗倦，允推女界耆英。**❾❺**

可見，單士釐對於整理藝文略一事相當重視，視為一生重要的著
作，即使已至耄耋之年仍為著作之未來命運憂心不已。

單士釐所鈔成的《清閨秀藝文略》手稿本五卷（其孫男端仁侍
校），全書即依錢玄同建議以《廣韻》編次，卷一「上平」，凡 70
姓；卷二「下平」，凡 80 姓；卷三「上聲」，凡 43 姓；卷四「去
聲」，凡 47 姓；卷五「入聲」，凡 37 姓。後有〈自跋〉。全書近
似目錄之作，其體例大致為「書名」─「作者名字里籍出身某

---

❾❹ 單士釐：〈和夏穗嫂種棗核詩原韻〉，《受茲室詩稿》，頁 100-101。
❾❺ 羅守巽：《受茲室詩稿·跋》，《受茲室詩稿》，頁 130-131。

室」，部分著作並附有按語「士釐曰」。其體例如下：

> 《雲夢樓吟草》　童鳳，字稚蕭，山西榆次人。
>
> 《傲霜草》　童淑，字一周，安徽含山人，胡敷菴室。
>
> 士釐曰：敷菴二字，必字也，非名也，然他無所據，即以字著，各書所錄如此者多，他倣此。
>
> 《梅花樓集》　宮婉蘭，江蘇泰州人，冒褒室。
>
> 士釐曰：婉蘭子婦鄧繁貞有《思親吟》、《靜漪閣集》。女冒德娟有《自怡軒集》。此編於能詩者，母女、姑嫂、姑姪、姐妹，家學所衍，風雅所萃，淵源所目，每就知者互舉之。
>
> 《淡仙詩文詞賦抄》　熊漣，字商珍，江蘇如皋人，陳遵室。
>
> 《淡仙詩話四卷》　同上。
>
> 士釐曰：漣有〈長恨編〉數十首，皆為閨中薄命者作，是集中一題，而非專篇。❾❻

由此體例看來，怪不得胡適認為「全書有三點，不能不認為缺陷：第一，各書皆未注明出處。第二，作家年代有可考見者，若能注明，當更有史學價值。第三，各書之下若能注明『存』『佚』『知』『見』，也可增益全書的用處。」❾❼雖然其著錄不甚詳細，

---

❾❻ 單士釐：《清閨秀藝文略》卷一，《浙江圖書館報》第一卷（省立浙江圖書館，1927 年 12 月），頁 1。

❾❼ 胡適：〈三百年中的女作家——《清閨秀藝文略》序〉，《三百年中的女作家》，頁 168。

但畢竟瑕不掩瑜:「錢夫人十年的功力便能使我們深信這三百年間有過二千三百多個女作家,這是文化史上的一大發現,我們不能不感謝她的」。❾❽因此,體例雖非完善,究竟仍有整理之功應予認可。

　　《清閨秀藝文略》目錄起於明末殉難忠臣祁彪佳夫人商景蘭迄於清末三百年約 2300 多位女作家。在這龐大的數目背後,展現的是驚人的女作家群不容忽視的存在事實。胡適即嘆道:「三百年之中,有二千三百多個女作家見於記載,這是很可以注意的事實。在一個向來輕視女子,不肯教育女子的國家裡,這種統計是很可驚異的了。」❾❾另一方面胡適也認為:「這三百年中女作家的人數雖多,但她們的成績都實在可憐的很。她們的作品絕大多數是毫無價值的。這是我們分析錢夫人的目錄所得的最痛苦的印象。」❿姑不論胡適此言對古代女性文學的評價公允與否,至少他在這篇〈三百年中的女作家——《清閨秀藝文略》序〉仍舊提出了幾點值得注意的現象。

　　胡適對單士釐《清閨秀藝文略》的閱讀,可注意的第一點是,胡適指出「三百年中有這麼多的女作家見於記載,並不是環境適宜於產生女作家,只是女作家偶然出於不適宜的環境之中。如果有更好的家庭境地和教育制度,這三百年的女子不應該只有這一點點的成績。」⓿他以崔東壁夫人成靜蘭為例,說明女作家的環境,大致

---

❾❽　同前註,頁 159。

❾❾　同前註,頁 162。

❿　同前註,頁 163。

⓿　同前註。

而言出身於書香世家的女子即使未受正規教育，也能在耳濡目染之下成為女詩人。

　　第二點是，為數龐大的女作家作品絕大多數是詩詞之作，並且大多是「繡餘」、「爨餘」、「紡餘」、「뺚餘」之作[102]，其它文類所佔份量甚少。如算學的只有王貞儀《算術簡存》等六部；醫學的只有曾懿《古歡室醫學篇》一部；史學則有阮元之妻劉文如《四史疑年錄》等六部；經學及音韻訓詁之學有陳衍之妻蕭道管《說文重文管見》等十三部。此外，也有評選詩文的，如汪端《明三十家詩》。而真正有文學價值的詩詞，如紀映淮、王采薇之流，只佔得絕少數而已。總之，胡適認為「學術的作品不上千分之五；而詩詞之中，絕大多數都是不痛不癢的作品，很少是本身有文學價值的。

---

[102]　如馮思慧《繡餘吟》、洪如鶯《綠窗繡餘吟稿》、江鴻禎《焚餘存稿》、江銘《愫齋組餘》、施朝鳳《焚餘草》、師蕙芳《繡餘稿》、祁德瓊《未焚集》、歸懋儀《繡餘小草》、徐賢《續繡餘草》、徐錦《紅餘小草》、徐玉誙《繡餘小草》、徐應坤《紅餘集》、徐元端《繡閒詞》、徐人雅《紡餘吟稿》、徐蘭《紅餘百詠》、徐清華《爐餘詩稿詞附》、徐淑貞《繡餘書屋吟稿》、徐媛《繡餘草》、徐蘭清《繡餘吟草》、于啟璋《鍼餘草》、于淑均《繡餘吟草》、俞淑貞《繡餘吟膡稿》、朱柔則《繡帳餘吟》、朱均《繡餘吟》、胡順《焚餘小草》、吳瑛《罷繡偶吟》、吳琪《香谷焚餘草》、吳淑儀《織餘吟草》、吳家楣《繡餘詩草》、吳秀珠《繡餘遺草》、陳敬《古今名媛繡鍼集》、陳瓊圃《紅餘草》、陳蕊珠《焚餘草》、陳靜宜《綺餘吟草》、陳夢蘭《繡餘稿》、陳瑁生《繡餘吟》、陳葆貞《綺餘書室詩稿》、陳織仙《繡餘吟草》、陳登峰《紅餘漫草》、陳沅（圓圓）《舞餘詞》、袁棠《繡餘吟稿》、孫淑《繡餘詩集》、孫淡霞《焚餘草》、孫鳳臺《永南續餘草》、孫端貞《繡閒記聞》、孫淡英《繡閒集》、潘掌珍《焚餘草》、潘季蘭《倦繡吟遺稿》、關月仙《繡餘小草》、龍輔《女紅餘志》等。

這是多麼可憐的事實！」[103]當時徐志摩也在〈關於女子〉一文中提及單士釐這部目錄所載入的文類及其性質問題：

> 就中國論，清朝一代相近三百年間的女作家，按新近錢單夫人的《清閨秀藝文略》看，可查考的有二千三百十二人之多，但這數目，按胡適之先生的統計，只有百分之一的作品是關於學問，例如考據歷史算學醫術，就那也說不上有什麼重要的貢獻，此外百分之九十九都是詩詞一類的文學，而且妙的地方是這些詩集詩卷的題名，除了風花雪月一類的風雅，都是帶著虛心道歉的意味，彷彿她們都不敢自信女子有公然著作成書的特權似的，都得聲明這是她們正業以外的閒情，本算不上什麼似的，因之不是繡餘，就是曩餘，不是紅餘，就是針餘，不是脂餘梭餘，就是織餘綺餘（陳圓圓的職業特別些，她的詞集叫《舞餘詞》），要不然就是焚餘爐餘未焚未燒未定一類的通套，再不然就是斷腸淚稿一流的悲苦字樣（除了秋瑾的口氣那是不同些）。[104]

徐志摩的看法大致與胡適的雷同，但他似乎對於被載錄的作品題名更有興趣些，如前述胡適所提及的繡餘、曩餘、紅餘、針餘、脂餘、梭餘、織餘、綺餘之外；還有一類是「焚餘爐餘未焚未燒未

---

[103] 胡適：〈三百年中的女作家——《清閨秀藝文略》序〉，《三百年中的女作家》，頁167。

[104] 徐志摩：〈關於女子〉，楊牧編《徐志摩散文選》（臺北：洪範書店，1997年1月），頁283。

定」⑩⑤以及「斷腸淚稿」⑩⑥之類的題名。總之，徐志摩似乎對於有清一代女作家的詩歌表現不盡認同。

　　第三點是，胡適認為這部目錄，至少應該可以考慮將小說、彈詞也列入。如心如女史《筆生花》及勞邵振華《俠義佳人》也都是近三百年優秀的閨秀作品。

　　由上述胡適對《清閨秀藝文略》的閱讀而言，單士釐積十年功力為女作家敘列系譜，諸般未盡之處，恐非單士釐一人的問題而已。整個社會文化結構中對於女性文學的不夠重視，使得有心研究者終因資料匱乏而扼腕不已。但胡適也指出女性文學的根本問題所在，終有可觀之處。

　　單士釐《清閨秀藝文略》雖有諸多不足之處，但仍可見其影響力。如江畬經在胡文楷所編《歷代婦女著作考·序》中即提到此書的重要性：「崑山胡君文楷出其所編《歷代婦女著作考》示余……光宣之間，吾閩閩彥薛紹徽有《女文苑》之編，鈔藏閨集，六百餘種。近蕭山單受茲、粵東冼玉清兩女士，亦有《閨秀藝文志》之輯。倘胡君異日獲此三家所收之書，而著錄之，則有功於婦女文獻又何如耶？甲申端午閩侯江畬經。」⑩⑦甲申年即民國 33 年，也就是單士釐手抄此書的同一年。可見單士釐此作對於女性文學研究亦

---

⑩⑤　如江鴻禎《焚餘存稿》、施朝鳳《焚餘草》、祁德瓊《未焚集》、徐清華《爐餘詩稿詞附》、胡順《焚餘小草》、吳琪《香谷焚餘草》、陳蕊珠《焚餘草》、孫淡霞《焚餘草》、潘掌珍《焚餘草》。

⑩⑥　如朱如玉《斷香集》、吳麗珠《亦斷腸草》、蘇若蕙《破愁吟》、倪氏《鸝怨集》、倪琳仙《鵑血吟》、陳品金《別離淚稿》、孫蕙媛《愁餘草》等。

⑩⑦　江畬經：《歷代婦女著作考·序》，頁 1。

能提供相當的參考價值。⑩

　　然而單士釐除了對清代閨秀文學進行整理之外，我們發現她也不忘將自己的伯姑翁端恩⑩及其詩詞錄入《閨秀正始再續集》中。單士釐的姪兒錢仲聯如是說道：

> 祖母翁端恩也擅長詩詞，葉恭綽曾選其《簪花閣詞》入《全清詞鈔》，伯母單士釐曾選其其詩入《國朝閨秀正始再續集》，徐世昌選其詩入《晚晴簃詩匯》。⑩

由此可見單士釐的伯姑翁端恩來自學術世家，錢仲聯亦曾為文提到「祖母翁端恩是翁心存的女兒、翁同龢之姐。」⑪這可直接說明翁端恩因為家學淵源而得以舞文弄墨的原因。錢仲聯所言讓我們不得不對照胡適對單士釐治學的讚賞之言：「錢夫人的書，考證甚謹

---

⑩　然而，瀏覽胡文楷此書已可見其將單士釐的《清閨秀藝文略》與《清閨秀正始再續集》列入「附錄二」。此外，書中目錄亦有引用單士釐兩部藝文略的註記。不知是否序文與著作完成付梓之間有落差；亦或者目前所見之版本係胡文楷後來增補之本，亦未可知。

⑩　單士釐：「士釐曰『此士釐伯姑也。』」《清閨秀藝文略》卷一，《浙江圖書館報》第一卷，頁5。

⑩　涂曉馬：〈世紀學者錢仲聯〉（《東吳導報》（蘇州大學校報）特刊 1，http://youth.suda.edu.cn/dongwu（2009 年 10 月 12 日第二次確認），錢仲聯接受訪問所言。然錢仲聯所言《簪花閣詞》，或作《簪華閣詩餘》。又，錢仲聯〈治學〉亦有類似記載：「祖母翁端恩是翁心存的女兒、翁同龢之姐，擅長詩詞，有《簪花閣集》，葉恭綽選其詞入《全清詞鈔》。」《夢苕盦論集》（北京：中華書局，1993 年 11 月），頁 539。

⑪　錢仲聯：〈治學〉，《夢苕盦論集》，頁 539。

嚴，排比甚明晰。她自己說：『此編於能詩者，母女、姑嫂、姑姪、姐妹，家學所衍，風雅所萃，淵源所目，每就知者互舉之。』（卷一，頁 1）這個方法，使人更明瞭我們所謂作者的環境，是於文化史家最有益的。」⑫由此可見，單士釐注意到家學淵源對於女作家創作之直接助益的重大意義。而單士釐本身不僅出身學術世家也嫁入學術世家，自公公至夫婿、小叔乃至兒子皆有文名，連伯姑亦為此一學術文化世家不可或缺的一員，可謂幸運。

　　然而，置身這樣一個學術世家的單士釐，對於自己的文學能否傳世也是關注的。晚年時，她將詩稿交由羅振玉侄女羅守巽收藏：

> 數月後，郵寄此親筆詩稿見遺，慨踐臨別諾言也，並附與叔母朱太夫人平日唱和詩簡，囑代收藏，謂：「孫曾雖眾，但無治國學者，後必散失。」⑬

由此可見，單士釐對自己的文學傳承的重視，也有對於學術世家是否能維繫的憂心。其實她的後代中也有優秀學者如錢仲聯者，能夠光大家族的。2003 年錢仲聯逝世後，一篇論及學術世家的消逝的文字中這樣提到單士釐在家族中的重要性：

> 由清末及民初，能將家學傳承光大者實為少數，而中絕倒是

---

⑫　胡適：〈三百年中的女作家──《清閨秀藝文略》序〉，《三百年中的女作家》，頁 167-168。

⑬　羅守巽：〈《受茲室詩稿・跋》〉，《受茲室詩稿》，頁 130。

普遍的現象。這種斷裂使那些在家學傳承中扮演重要角色的
家族女性也深有感觸，羅振玉的侄女羅守巽曾憶及當年單士
釐將自己的詩稿交其收藏時說：「孫曾雖眾，但無治國學
者，後必散失。」（《受茲室詩稿》，湖南文藝出版社，1986 年
版，第 130 頁）單士釐的兒子錢稻孫在今天可能被看作是兼通
中西的翻譯大家，而從小在日本學堂裡長大的他，在母親眼
裡已難承家學。⓬

文中所引羅守巽的回憶與前引同，可見老年的單士釐對於自己的文
學深恐後代無人加以重視，特將手稿交由研治國學的羅振玉侄女加
以收藏。此外，也可見單士釐做為錢氏這一學術世家中的一員對自
己地位的重視，以及對於學術世家進入現代之後未卜之命運的憂
心。由此可見，做為一名文學創作者兼研究者的她頗有見地。
　　不僅如此，她也擔負起學術世家文化傳承的實際任務。錢仲聯
曾經如此描述單士釐課子的情形：

　　我的叔父錢玄同，從兄錢稻孫、稐孫，在年齡比我小的時候
　　就讀通這類書了。我叔祖父振常在給繆荃孫的信札中說：
　　「長孫稻孫，九歲畢四子書，授毛詩。次孫稐孫，六歲誦
　　《小學韻語》之類，皆母（指我伯母單士釐）授也。稚子師黃

⓬　邱巍：〈也說學術文化世家的消逝〉，《博覽群書》（《光明日報》社主辦之
　　月刊）2004 年第 8 期，http://qkzz.net/magazine/1000-4173/2004/08/57487.htm，
　　2004 年 9 月 28 日（2009 年 10 月 12 日第二次確認）。

（玄同原名），畢《爾雅》、《易》、《書》、《詩》、刻誦
《戴記》小半。」（見上海古籍出版社本《藝風堂友朋書札》下冊
759 頁）玄同、稻孫、稷孫早年就留學海外，並非三家村冬
烘，但幼時讀書已有那樣根柢。**⑮**

由此可見，錢稻孫九歲讀畢四子書及毛詩；錢稷孫六歲誦《小學韻
語》之類，都是單士釐親授的課目。回顧她在《癸卯旅行記》中對
於日俄兩國教育問題的關注，不難想見她在家族中課子的情景。

簡而言之，單士釐通過書寫自己的文學尋找自己之外，也在回
眸整理有清女作家的文集目錄時進行她對女性文學的認同，而這也
是她的文學身分的延伸。換言之，單士釐以文學創作者的身分寫完
跨越國界的旅行文學之後，她走向明清女詩人的詩詞世界中，展現
她身在傳統與現代的夾縫中對於古代女作家的關注。

第四節　斷裂的時代
——遊走傳統與現代兩個世界裡的單士釐

透過單士釐兩部難得傳世的旅行文本，我們看到近代女子旅行
的無限可能。近代以前的女子大多不遠行，甚至不出門。尤其是已
婚者大多稟持「夫婿在，不遠遊」的觀念，以家庭為生活重心。到
了近代以後，女子雖然稍有遠遊機會，大多是「隨夫出征」的狀

---

⑮　錢仲聯：〈治學篇〉，《夢苕盦論集》，頁 540。

態,單獨出遊的機會仍舊不多。如單士釐之得以遠遊,便是標準的
以夫為貴式的遠行。由此可推知,近代人士有較多機會出國,連帶
的促使傳統閨秀也有走出家門、邁向世界的機會,進而留下文本見
證行旅經歷。這是近代社會變遷下所特有的一種現象。對於這種現
象,陳平原指出:

> 晚清社會的變遷,導致許多自覺的或被迫的旅行。它直接促
> 成了留學、出使、通商、勞工輸出等等。這些海外遊歷,大大
> 拓展了中國人對於人類文明,以及世界地理的想像。過去我
> 們的遊歷,大抵都限制在中國的領土上,雖然也有鄭和下西
> 洋的例子;把考察其他文明作為一個重要目的,這是晚清以
> 降才有的。最早出洋的外交使節或留學生,還有商人等,留
> 下來許多講述其海外遊歷的文獻。不論做中西交通史,或是
> 早期的中國現代文學研究,都應該關注這些資料。雖然搜尋
> 不易,但是可以瞭解當時人們對外國的想像,很有意思。⑯

由此段話可推知幾項重點。外來文化的刺激增多之後,勾起人們出
遊的欲望,直接導致自覺的或被動的旅行。旅行在當時大多以「考
察其他文明」為重點,最早出洋的大多是外交使節、留學生及商人
等。而單士釐正好是外交使節的眷屬,因此之故得以暢遊海外,滿

---

⑯　陳平原主講、江欣潔記錄:〈旅行者的敘事功能〉(陳平原主講、梅家玲編
　　訂:《晚清文學教室:從北大到臺大》,臺北:麥田出版社,2005 年 5
　　月),頁74。

足了她對世界地理及文化的想像，進而發諸文字。透過單士釐的文本，得以了解當時得以出國的女子如何觀看世界、想像世界。

此外，我們也由她所凝視的文本——明清女作家的傳統詩詞世界中，看到自幼少女時期即結結實實存在於她生命世界中的舊體詩詞，如何也在她者的文學生命中演繹著光芒。因此我們可以說「錢單士釐的續編，……更多的是對女性詩歌世界的認同，是她文學身分的一部分。如果說《癸卯旅行記》與《歸潛記》記錄下她旅行者的身分，建立了她與新世界的聯繫的話，那麼她的《受茲室詩稿》與《國朝閨秀正始集再續集初編》記錄下的是她的文學身分，建立了她與舊世界的聯繫。正是這種雙重身分，讓她處在扯動的世界中，才顯得不那麼匆忙與困惑。」⑩誠然，單士釐正是以既傳統又現代的敘事角度／方式觀看世界。

身為傳統閨閣教養下的女子，有幸身在最「洋派」的近代社會，並成為洋務大臣、外交使節的伴侶。因此，旅行對於十九世紀末的單士釐而言，並非遙不可及的事情。因此，在單士釐這樣的女性旅行者身上所體現的意義，在於身處劇烈變動的近代社會中，一切的事物都在傳統與現代之間尋找均衡、企圖體兼中西，達到新派知識份子所認可的體制內改革的成效。那麼，落實在一般女性身上它所呈現的形色，就更加值得探究了。

---

⑩　房琴：〈實「新」還「舊」話女權〉，《書屋》（長沙：湖南教育出版社）2006 年第 6 期。

㈠傳統閨秀／現代女子的雙重身分

　　以旅行而言，不論中外，十九世紀的女性大都被包裹在有形無形的束縛中，無論馬甲或小腳，還是標榜不輕易遠行的婦德教條，都使得女性的旅行者遠較男性少了許多。女子若有機會遠行，也大多為單身或離異狀態（如秋瑾即是）；以單士釐如此夫妻恩愛、家庭幸福的已婚女子，究屬少數。因此，單士釐的已婚身分，使她的旅行者角色多了一份較為傳統的閨閣氣息。

　　儘管如此，聰慧如單士釐者，亦非囿於閨閣傳統而僵化之人，以《癸卯旅行記》及《歸潛記》的內容而言，我們看到的是一位出身傳統卻勇於吸納新知，進而昂然自立的女子。這就是體現在單士釐身上的雙重面貌。

　　綜觀單士釐的旅行散文所呈現的相關言說，如前述她對於女性議題關注的部分，她與秋瑾一樣想要救中國，但她的做法比較舒緩；她以吸取有益中國婦女的觀念及作法來達到潛移默化的效果。她並不認為女子一定要單身或獨立，即使有美滿婚姻亦不妨礙做個有想法有見地的女子。此處亦可援引熊秉貞的說法證成之：

> ……與秋瑾（1879-1907）比較。相同的是兩人都出國日本、俄語流利、都想幫助中國的婦女、反對清朝。不同的是秋瑾要革命，單士釐則想以較慢的方式改變中國傳統社會；秋瑾要讓中國婦女獨立，單士釐要靠她的丈夫，連遊記裡都常引用丈夫的說法來解釋自己的意見；秋瑾反對傳統閨秀的思想，單士釐則比較複雜，她喜歡日本是因為想讓中國婦女像

　　日本婦女一樣成為有教育的良妻賢母，既可幫助國家，也可
　　保留閨秀的地位與禮儀。⑱

單士釐既想保有傳統閨閣女子的美德，又想以此母教（婦德）救中
國。換言之，她的走向世界、面對世界，並非如秋瑾為了革命救
國，只是單純的以一位隨夫出征的女作家身分，記錄下一篇篇足以
反映近代女子旅行的文本。同時，若能使一些婦女得以漸進的接受
她所提出的一些比較「進步」的觀點，那麼也算是達到提倡女學的
教化目的了。推動女學是近代一件大事，女學的發展不只是一個單
純的教育問題，同時也與一個國家的興盛有關。誠如梁啟超所說
「女學愈盛，國家愈強」，女子受到良好教育，就「上可相夫，下
可教子，近可宜家，遠可善種」；對個人而言，「皆可各執一業以
自養」；進而「保國保種」，使國家富強。單士釐也毫不掩飾對女
學的提倡，並希望自己的言說能夠為推廣女學盡一份心力。但是，

---

⑱　此段文字為熊秉貞擔任講評時的文字記錄。該講評論文為魏愛蓮（Ellen
　　Widmer）教授（Wesleyan University, U.S.A.）：“Foreign Travel through a
　　Woman's Eyes: Shan Shili's Guimo luxing ji of 1903”。發表於「世變與維新：
　　晚明與晚清的文學藝術」研討會（中央研究院中國文哲研究所暨美國哥倫比
　　亞大學東亞系主辦，1999 年 7 月 16 日、17 日）。會後，論文篇名修訂為
　　〈Shan Shili's Guimao luxing ji of 1903 in Local and Global Perspective〉（女子
　　眼中的異國之旅──單士釐之癸卯旅行記），收錄於胡曉真編《世變與維新
　　──晚明與晚清的文學藝術》，臺北：中研院文哲所籌備處，2001 年 6 月。
　　此處所引熊秉貞的書面評語，出自〈世變中文學世界專輯 III：「世變與維
　　新：晚明與晚清的文學藝術研討會」紀要〉（李麗涼記錄），中央研究院文
　　哲所 www.sinica.edu.tw/~mingching/discussion。

她所嚮往的女學是日本女子所受的教育，既溫良恭儉讓又受良好教育的賢妻良母。

因此，同樣是走向世界的新女性，其實相對於與家庭決絕的秋瑾而言，單士釐的女性實踐要顯得複雜許多。

她相夫教子並自得其樂，置身於傳統大家庭的空間中並沒有感到窒息與壓力，反而有更多的責任感，如前述課子教後輩讀古籍，以及她對學術世家文化傳承的憂心等等。當她走出國門時已屆中年，傳統女子責任最重的階段已過，因此在她的旅行散文中較少感受到傳統家庭對她所造成的壓抑感。這或許是她的幸運，也是她與當時的傳統女性不同之處。而單士釐與其他二十世紀初年的新女性相較之下，一樣顯得有些不同。與她們的新相較之下，單士釐的夫唱婦隨以及醉心於傳統閨閣女子擅長的舊體詩，似乎又顯得她不夠新。

單士釐正好是處在這樣一個既傳統又現代的世界中，一方面要高舉革新走向世界，一方面又要持守國故以禦外侮。但這兩個世界她都體驗過，並且出入其中無不自得。在看似拉扯的兩個世界裡，她是悠遊自在的來回穿梭。因此，她一方面走出國門體驗新世界，書寫旅行散文；一方面又回眸於傳統女性文學世界中，整理舊體詩詞。出入兩個世界之間，一派悠然。

總而言之，單士釐以出身書香的閨閣身分，兼具現代女子聰慧的目光與擅於運筆的能力，為十九世紀二十世紀之交的女性文學提供一個新的範式。換言之，讀者看到的單士釐既是賢妻良母，同時也是掌握時代脈動的現代女子。她既傳統又現代，看似傳統實則現代，看似現代卻很傳統。如此複雜而矛盾的面貌，正是單士釐所展現的雙重身分。

㈡創作者與研究者的雙重敘事

　　單士釐在兩部旅行文本中所呈現的形象也很複雜。她既是旅行者也是研究者。讀者看到的不只是單純的自然風土的文字記錄，也看到她以一篇篇專業的知式散文列敘各國文化的面相。因此，單士釐的部分文本似乎較為類似學術散文。

　　單士釐之所以能夠兼顧旅行者與研究者的雙重敘事身分，應該與她具備豐沛的學識有關。如果從旅行書寫的本質而言的話，它指的是人所面對的時、空轉變：

　　　　「旅行」指的是跨越空間與時間的運動，以及與離開家園相
　　　　關的經驗書寫。[119]

而一般近代的閨閣女子大多罕有遠赴異國的生活經驗，所謂的變動與衝擊較少發生在她們身上。一旦以旅行者的身分遍歷各國，「在旅行的過程中，有許多『能動』與『不能動』的政治經濟」。[120]就「能動」的部分而言，引發個人對於異地文化的吸收或自我改造，同時也對己身的文化戀舊：

　　　　在「能動」的政治經濟的面向上，因為人到了異地，會因為外
　　　　在的景觀而形成時空上文化差異的感受，對於異地、異國情

---

[119]　廖炳惠：〈travel 旅行〉，《關鍵詞 200──文學與批評研究的通用辭彙編》
　　　　（臺北：麥田出版社，2003 年 9 月），頁 263。

[120]　同前註。

調與當地的人土風情，產生吸收或自我改造的過程，甚至進一步對自己文化產生戀舊，或對異地以反征服的保留現狀，以數位相機的錄影或透過投資環保生態運動的方式，使當地景觀不遭破壞。許多被迫或被遣送出國的旅行者，往往也成為批判研究中相當重要的議題。特別是離鄉背井、放逐與疏離，都是非常重要的過程，而且在旅遊的過程中，往往牽涉文化翻譯對文化差異的感覺。因此對時空能動的方式，經常發展流動、多元的主體位置，形成克利佛（James Clifford）所說的「不協的都會文化觀」（discrepant cosmopolitism）。對於異地有新的感覺，並反身對自己的狹隘地方觀加以修正。⑫

再從「不能動」的一面而言：

「不能動」的面向指的是在個人旅遊中，往往會將其他文化作刻板的再現，或以距離的方式來重新想像，以回返自己的家園。在「不能動」的經濟下，往往產生性別、權利、知識以及認同的塑造過程，也因為如此，有許多旅行是和國民的身分、資金、階級等有關，特別是在不能輕易出門，如女性晚上就不能出入黑暗危險的地方。在這個面向上，旅行往往會強化權力、階級與特權，並引發某種自覺。

由此可知，單士釐的女性旅行者身分，暗示著性別、階級與權利的

⑫　同前註。

認同與塑造問題。正因為她的身分是被世俗認知不大適合出遠門者，所以旅行往往也會強化了某種特權或階級問題並引發自覺。換言之，單士釐的旅行者身分之所以又跨入了研究者的領域中，就是因為旅行當中所引發的「自覺」，使她不自覺的涉入更深一層的境地加以探究。

　　單士釐經由旅行（書寫）所引發的「自覺」，使她對於所有與女性相關的現象都感到興味，這是屬於性別上的自覺。同時，她也對中日兩國文明的落差感到興趣，進而比較優劣，這是種族上的自覺。她對西方文化的深厚瞭解，又顯示她對於知識的自覺。凡此種種，都使她的旅行者身分並不輕鬆，時而扮演著研究者的角色，以便進行完整的世界敘事。

　　因此，單士釐是以旅行考察其他文明的發展為重要目的，這也是近代以後才有的一種旅行方式（註⑯已引述陳平原的說法）。因此，透過這種一邊旅行一邊研究的眼光來想像世界，是當時許多有能力書寫者的共同經驗：

> 這些遊歷，可以說是晚清讀書人非常普遍的經驗。這些東西，落實在文學中，會出現一個問題，很多作家希望通過自己的創作，與小說中旅行者的眼光，來發現新事物，獲得一種陌生感和新鮮感。也就是說，晚清人或喜歡旅行，或被迫外出，因而晚清小說中也出現大量的旅行者形象。⑫

---

⑫　陳平原主講：〈旅行者的敘事功能〉，《晚清文學教室：從北大到臺大》，頁 75。

也就是說，許多作家借由文本中的旅行者形象發現新事物，與當時盛行的開民智的啟蒙思潮很有關係。但是，這個書寫行列當中，女作家相當稀少。因此，單士釐的旅行書寫便有其特別的意義與價值了。

總而言之，處在新舊交替時代裡的單士釐，既是隨夫出游的旅行者，也是自覺的文化研究者。她將雙重而複雜的身分發揮在文本中，讓讀者看到近代女子的天涯游蹤，以及正萌芽的自覺。

同樣地，單士釐在自己的文學與凝視的文本中，既是創作者同時也是研究者。在整理並研究她者的文學作品時，也是對自己的文學認同的延伸，一樣也在進行雙重敘事。

綜合以上，單士釐的旅行散文作為近代第一的代表，除了文本流傳的難能可貴之外，更重要的是展現近代女子所觀看的世界文化面貌以及她所觀看的方式。她以傳統閨閣的身分展示現代女子的慧黠與自覺，也雜揉旅行者與研究者的雙重敘事。這些既魔幻又寫實的因素，使她的文本呈現出獨特的面貌。

第五節　結　語

單士釐以近代知識婦女旅行異域的第一人，成為中國文學中對世界想像的重要憑證。讀者透過她的旅行文本一起面向近代文學世界，也透過她的觀察一起檢視近代女子旅行異國的內涵。總而言之，她既傳統又現代，既是旅行者也是研究者。她的書寫成績與男子不遑多讓，但她也是恪守婦德的賢妻良母。因此，雙重身分非但無損她的文學成績，更促使她擁有豐富的生活世界。

　　單士釐之後的女子旅行散文，幾乎已蔚為當代的一種文學類型，即「女性旅行文學」。她們在旅行及其書寫中所得到的珍貴啟示，已不再是近代女子如單士釐者比較中西文化進而改造社會的教化意義，反而是單士釐在字裡行間所透露的女性自覺部分，這也是單士釐的文本中最「現代性」意義的部分。時至今日，「改造自己」不僅是現代女子旅行及其書寫的首要標的，也是該文學系譜的重要特徵。閨閣女子單士釐的旅行文本即具備這般重要的「現代性」——女子遠遊，遊必自覺。

　　而單士釐對女性文學的傳播與接受，不僅創作自己的文學，也承繼清代才女惲珠的編輯事業，自覺地將女性文學的系譜加以完成。就此而言，她是自己文學的創作者，同時也是女性文學的研究者，並以此進行她的女性實踐。

　　綜合言之，單士釐在流動的風景與凝視的文本中，以旅行散文的書寫以及她對女性文學的傳播與接受，完成了她自己的文學及其生命世界的意義。

第六章

女學生·女教師·女作家

——琦君與孟瑤的學院生涯考察
與文學接受情形❶

---

❶　文學接受的概念，爲二十世紀相當重要的文學理論。所謂「接受美學」
　　（Aesthetics of reception）是 1960 年代末期誕生於德國的文藝美學理論。主
　　要倡導人姚斯（Hans Robert Jauss）直接挑戰傳統文學史的研究方式，提出新
　　的文學史觀念，以「讀者」決定一家作品的文學價值，視讀者的接受效果爲
　　文學史的中心。可參看漢斯·羅伯特·耀斯著；顧建光、顧靜宇、張樂天譯
　　《審美經驗與文學解釋學》（上海：上海譯文出版社，1997 年 11 月）、周
　　寧、金元浦譯《接受美學與接受理論》（瀋陽：遼寧人民出版社，1987 年 9
　　月）、金元浦《接受反應理論》（濟南：山東教育出版社，1998 年 10 月）、
　　馬以鑫《中國現代文學接受史》（上海：華東師範大學出版社，1998 年 9
　　月）、馬以鑫《接受美學新論》（上海：學林出版社，1995 年 10 月）、張
　　廷琛編《接受理論》（成都：四川文藝出版社，1989 年 5 月）、劉小楓選編
　　《接受美學譯文集》（北京：三聯書店，1989 年 1 月）、羅勃 C·赫魯伯著、
　　董之林譯《接受美學理論》（臺北：駱駝出版社，1994 年 6 月）、伊麗莎白·
　　弗洛恩德著、陳燕谷譯《讀者反應理論批評》（臺北：駱駝出版社，1994 年
　　6 月）、哈羅德·布魯姆著；朱立元、陳克明譯《比較文學影響論——誤讀圖

琦君最記得小時候母親說過的一句話──什麼是女權？女權
就是我的拳頭，我做得愈多，我的權力就愈大。這句話影響
她的一生。她從來不曾偷過懶，總是忙碌卻也自在愉快得像
一條歌唱的小溪。❷

第一節　前　言

五十年代有一批渡海來臺的女作家，為臺灣的現代文學史注入
新意。她們是一群五四前後誕生的摩登女子，接受新式學院的高等
教育，並以離散之姿來到臺灣，以其擅長中文的優勢，書寫己身的
家國離愁，適巧填補戰後臺灣略顯荒蕪的文壇。因此，她們的文學
成為五十年代的重要圖景，尤其是散文／小說領域。

這批後五四時期的女作家渡海來臺後的創作，已然形成戰後臺
灣文學史的一頁，與此同時，戰後臺灣需要大量的中文師資以彌補
教學之不足，渡海來臺的女作家遂以其學院背景，一一展開教學生
涯。

因此，五十年代的女作家，身兼創作與教／學雙重身分的所在

示》（臺北：駱駝出版社，1992 年 11 月）等中外原典及專書論述。另可參
考拙著《宋代陶學研究》（中央大學中文所碩士論文，1997 年 6 月；修訂後
出版《宋代陶學研究──一個文學接受史個案的分析》，臺北：萬卷樓圖書
公司，2007 年 1 月）。

❷　黃綾書：〈一條會歌唱的小溪──訪琦君〉，原載於 1976 年 5 月《遠東人雜
誌》，隱地編《琦君的文學世界》（臺北：爾雅出版社，1985 年 6 月），頁 55。

多有，其中琦君（1917-2006）與孟瑤（1919-2000）便是這類女作家中的典範。本文將這種類型的女作家稱之為「學院女作家」，「學院」之意義有二：其一，指涉的是她們所接受的新式大學教育；其二，指涉的是她們皆以大學院校教師為職業或職業中的一部分。因此，統稱之為「學院女作家」。

琦君與孟瑤，正好是一組對照記❸。就空間而言，一居臺北一在臺中。就創作文類而言，一擅散文一長小說。就人格即風格言之，琦君的溫潤，適於小品；孟瑤的堅毅，適於長篇鉅作。就當代接受史而言，琦君的讀者群未曾停歇，熱鬧的妝點著晚年的她；孟瑤身後卻岑寂許多。

琦君與孟瑤雖一北一中，由於類似的背景，使她們在戰後臺灣文壇享有同樣的聲名。此外，相同的部分是，她們都是大專院校的女教師，琦君來臺後任職於司法部門，即已兼任實踐專校、文化學院等校教職；退休後的她曾經專任於中央大學，並且應孟瑤之邀（時任系主任）兼任中興大學教職。孟瑤則是來臺後即以專任之姿，先後任職於臺中師範學校（臺中教育大學前身）、臺灣師範大學、新加坡南洋大學及中興大學等校教職；退休後至佛光山講學。擔任女教師的同時，她們依然創作不輟，教學的同時即不時傳授寫作的心得。同時，她們也將教學所得彙為學術文字撰成專著。這使得她們的創作與教學／學術之間顯得更加豐富而多采。

---

❸　關於此對照，須說明的是，任何個人皆有其豐富而複雜的性格及生活面相，殊難遽然以二元方式劃分之，此處僅就兩位女作家之「相對」而論，並非放諸所有學院女作家皆準之「絕對」定論。

　　本文即以琦君與孟瑤的教學／學術生涯做為考察對象，以鉤沈當代文學史上學院女作家的生態，期以琦君與孟瑤為例建立其譜系。同時，兼論她們對自身創作的接受，以及當代讀者如何接受她們。

第二節　五四後接受新式學院教育的摩登女子──之江大學中文系／中央大學歷史系

　　琦君與孟瑤俱為現代文學史上有幸接受後五四時期學院教育的女作家。誕生於五四前二年（1917）的琦君與五四之後二十五天（1919）誕生的孟瑤，都是五四前後誕生的新新摩登女子，良好的家世背景與甚得愛寵的獨生女／長女的身分，促使她們擁有上大學的機會。

　　琦君高中畢業後的志願是投考北平燕京大學外文系，因父親不放心她的遠離，只准她唸杭州的之江大學，而且必定要唸中國文學系。因為「國文系有一位夏承燾先生，是父親賞識的國學大師，也是浙東大詞人之一。之江大學，我是成績優異被保送的。進了之江大學，父親才算放心了。」❹因此，她進入杭州的知名學府之江大學就讀。在琦君的記憶中，母校優美的環境，使她欣喜不已：

---

❹　琦君：〈寫作回顧〉，《琦君自選集》（臺北：黎明文化公司，1975 年 12 月），頁 12。

> 我的母校之江大學位於杭州最幽美的風景區，錢塘江邊，六
> 和塔畔，秦望山麓，佔全世界風景最佳四大學的第二位，是
> 美國教會在中國創辦最早的一座學府，當我第一次爬上松蔭
> 夾道的斜坡，再跨過一片翠碧的草坪，仰首見巍巍大堂正中
> 金色的慎思堂三字，即不由肅然起敬。想到自己今後將研讀
> 於斯，衷心自不勝喜幸。❺

對母校的記憶中，「印象最深的是那一座莊嚴的禮拜堂，幽靜肅
穆，牆上爬滿深綠的藤蘿。我雖到現在仍非教徒，可是那鏗鏘的鐘
聲，似仍微微振蕩著我的心弦。」❻對琦君而言，與燕京大學一樣
「之大也是教會學校，一樣的洋裡洋氣，寥寥可數的幾個國文系學
生，男生一定穿長褂子，女生一定是直頭髮。在秀麗的秦望山麓，
雄偉的錢塘江畔，獨來獨往，被目為非怪物即老古董。」❼琦君在
此遇見她一生最重要的恩師夏承燾先生。

琦君與夏承燾的師生緣是她之江大學中文系求學階段最重要的
一章，在琦君的記憶中「夏老師呢，一個平頂頭，一襲長衫，一口
濃重的永嘉鄉音，帶著一群得意門生，在六和塔下的小竹屋裡吃完
了「片兒湯」，又一路步行到九溪十八澗。砌一壺龍井清茶，兩碟
子花生米與豆腐乾，他就吟起詞來……。」❽夏老師有「飄逸的風

---

❺ 琦君：〈何時歸看浙江潮〉，《煙愁》（臺北：爾雅出版社，1984 年 2 月），
  頁 131。

❻ 同前註，頁 132。

❼ 琦君：〈留予他年說夢痕──後記〉，《煙愁》，頁 220。

❽ 同前註。

範和淡泊崇高的性格」❾，「他對學生不僅以言教，以身教，更以日常生活教。」❿對琦君而言，夏老師予他的影響還在作文方面：

> 他看去很隨和，有時卻很固執。一首詞要你改上十幾遍，一字不妥，定要你自己去尋求。他說做學問寫文章都一樣，「先難而後獲」。別人改的不是你自己的靈感，你必須尋找那唯一貼切的字眼。⓫

因此，琦君自認為在「大學四年，我魯鈍的資質並未學得什麼，而夏老師春風化雨的薰陶，卻使我領會了人生的樂趣，不在爭名逐利，而在讀書寫作，以及工作過程中的那一份歡愉的感受。」⓬此後，嚐盡生離死別之苦的琦君，總將夏老師的教誨放在心上。

此外，因中日戰爭而返滬上續學的琦君，因副修英文系，亦讀西洋名著多種。爾後，由於夏承燾老師奔喪之故，詞選課程由另一詞學大家龍沐勛老師代課，亦得名師之傳，學作「慢詞」。

總之，接受了五四後的新式學院教育的琦君，就讀於摩登的教會學校，同時接受了傳統中文系的國學薰陶及時髦的英文系的教養。在新與舊、現代與傳統中，反而融合成一派溫柔敦厚的氣質。

而生於五四後二十五天的孟瑤則進入重慶沙坪壩中央大學歷史系接受學院教育。大陸時期的中央大學，素與北京大學合稱「北北

---

❾　同前註。
❿　同前註。
⓫　同前註。
⓬　同前註，頁 221。

大、南中大」，為早期的知名學府。當時正值鋒火連天的抗戰時期，孟瑤適時的參與了歷史：

> 到了重慶，離開學的日子還早，不知憂患的三個孩子，除了
> 吃吃喝喝外，每夜都鑽進戲院聽戲，就在敵機轟隆聲中，我
> 打發著我生命的黃金段，抗戰堅苦地持續著，抱定「抗戰必
> 勝」的信心，我順利地念完大學。⑬

然而，仍是孩子的孟瑤，大學階段只能在大後方的重慶，躲進戲院聽戲，完成大學學業。因此，熱愛聽戲的孟瑤，往後也將此興趣變為遷臺後生活的一部分，更在往後的執教生涯中教授戲曲、撰寫戲曲史，並親自登臺串演。

　　孟瑤在中央大學歷史系時與外文系的潘人木（甫於 2005 年 11 月 3 日病逝）正好是同學。而身為歷史系一員的孟瑤經常前往國文系旁聽，如胡小石「楚辭」、盧冀野「曲選」、唐圭璋「詞選」等名師課程，結下日後與中文系的不解之緣。

　　綜合言之，有幸接受五四後新式學院教育的琦君與孟瑤，以摩登女子之姿，接受中文系（副修英文系）與歷史系（旁聽國文系）的學術訓練。此學術歷程不僅使她們渡臺之後得以擔任大專教職，並得以她們擅長的中文進行創作。因此，她們在書房、講壇及文壇之間悠遊自在；她們是既時髦又傳統的一代女作家。

---

⑬　孟瑤：〈孟瑤自傳〉，吉廣輿編選：《孟瑤讀本》（臺北：幼獅文化公司，
　　1994 年 7 月），頁 6。

第三節　在學院中教／學以推展現代文學
——以中央大學中文系／
中興大學中文系為主

　　以散文見長的琦君與小說名家的孟瑤，其創作生活中另一個重要的角色就是大學教師。由於學院教育的背景使然，使她們得以順利成為各大專院校爭相聘請的國文教席。琦君早年在司法單位任職，於大專院校兼課多以國文、楚辭、古典詩詞為主要授課內容；退休後至中央大學專任以及到中興大學兼任則以新文藝教學為主。相較之下，孟瑤以其歷史系背景至中文系任教，主授科目以中國文學史及史記為主，也因個人小說創作成就之故教授新文藝課程。因此，她們都是長期授課的學院女作家，除了傳統中文系課程之外，也在教授新文藝課程當中推展現代文學。

　　伴隨教學而來的學術工作，則是她們身為女教師的另一項創作。在這方面，孟瑤的學術形象較為顯著，其學術著作向來享有「孟瑤三史」的稱號：《中國文學史》、《中國小說史》以及《中國戲曲史》等三部重量級的學術著作。相較之下，琦君的學術形象較不顯著。其相關著作大多以隨性感悟的風格為主，比如她品評詞作的《詞人之舟》以及現代文學作家的《琦君讀書》，比較接近文學賞析層面的散文作品，較不具厚重的中性的學術風格。因此，兩位學院女作家的學術形象上具有明顯的差異。

　　之所以如此，恐怕亦與兩位女作家對教職投入的深入與否有著相當關聯。琦君畢竟是以公職為主，其教學多以兼任為主（除中央

大學短暫的三年專任），學術著作的寫作顯然並非其著力之處。而孟
瑤則長期以專任之姿任職於大學院校，投入教學之深之廣遠較琦君
為甚；再加上孟瑤堅毅的性格，也使她對於自己的名山事業投注了
較旁人更多的心力。

　　琦君與孟瑤雖然在學術性格上具有明顯的差異，但兩人擁有不
錯的情誼。當年，就任中興大學中文系主任一職的孟瑤，以文友情
誼聘請琦君南下臺中教授新文藝課程，即可見她們的交情。同時，
她們的情誼也可從琦君〈金縷曲——送別孟瑤〉證明之：

> 君有行期矣。是悠悠，浮雲白日，送君千里。人世幾番風雨
> 恨，聚散也真容易。把雅集從頭細記。杯酒縱談今古事，戰
> 方城滿座春風起。清一色，夜如水。　　　　花明柳暗心園裡。
> 倚危樓，斜暉脈脈，詩懷無際（孟瑤嘗謂最愛宋人詞「過盡千帆皆
> 不是，斜暉脈脈水悠悠」之句）。青眼相看俱未老，共慶黎明前
> 夕。有幾個如君才氣。最喜相逢龍抱柱，橡膠園，好夢多如
> 意。雞尾會，二三子。⓮

這首詞記載的背景是孟瑤即將遠渡南洋至新加坡講學之前，琦君除
了寄予祝福之外，也將好友孟瑤的小說名稱一一嵌入詞作中。關於
這點，琦君在這首詞的後記中說道：

⓮　琦君：〈金縷曲——送別孟瑤〉，《琦君小品》（臺北·三民書局，2005 年
　　3 月），頁 232。

> 孟瑤才華橫溢，著作之豐，朋輩中無與倫比者。《浮雲白
> 日》、《幾番風雨》、《柳暗花明》、《心園》、《危
> 樓》、《斜暉》、《黎明前》，皆其暢銷小說。特誌之以博
> 一粲。❶

除了肯定孟瑤著作豐富，詞中的「浮雲白日」、「幾番風雨」、
「柳暗花明」、「心園」、「危樓」、「斜暉」、「黎明前」等都
是孟瑤的著作。此外，琦君也提及孟瑤的喜好以及友朋的親熱：

> 孟瑤喜方城之戲，而屢戰屢北。清一色雙龍抱在手，雖「汗
> 流浹背」，而笑語琅琅不絕。其豪情逸興，可以想見。此次
> 應新加坡南洋大學之邀，往主國文系教席。行期在邇，友好
> 曾為餞別。吟杜老「若為後會知何地，忽漫相逢是別筵」之
> 句，能不黯然，因賦此為贈。朋輩且戲謂孟瑤此去無妨求田
> 問舍，置橡膠園一座，為他年朋儔宴飲笑樂之處，孟瑤已笑
> 諾。故我等都以「未來的橡膠園主」稱之。至於篇中「好
> 夢」二字何所指，質之孟瑤，當更為莞爾也。❶

由文中可見孟瑤的豪情逸興，也看到了即將遠行的孟瑤如何受到友
朋的祝福，全文洋溢著溫馨和暖的氣氛。

　　以下分別由教學與學術兩部分，論述兩位女作家如何藉此推展

---

❶　琦君：〈金縷曲──送別孟瑤〉，《琦君小品》，頁232。
❶　琦君：〈金縷曲──送別孟瑤〉，《琦君小品》，頁232-233。

現代文學，以及如何看待並接受自己的創作。

㈠教學部分

琦君的大學教職多為兼職形式，但亦無妨她推展現代文學的熱
情。如陳芳明即曾經為文說道：

> 她現在任教中央大學中國文學系，對當代的中國文學勤於介
> 紹，使當代的文藝創作打進學院裡面，對於目前的文學發展
> 的貢獻是相當大的。讀者只注意到她在創作方面的努力，也
> 應瞭解她在推展文學方面所做的默默努力。⓱

文中指出，琦君於大學教授現代文學，使文藝創作進入當時仍稍嫌
保守的學院中，對於文學史發展具有相當貢獻。因此，一般讀者除
了注意她的創作成就之外，對於她在學院授課推展現代文學的努力
也應加以重視。換言之，她不僅以自身創作進入現代文學史，也在
現代文學的推展上建構自身的論述位置。因此，教學的同時，也使
現代文學的創作有傳承下去的機會。

此外，琦君也應孟瑤之邀，至中興大學繼續推展現代文學的工
作：

> 今年暑假，孟瑤女士接任中興大學中文系主任，北上拉將，

⓱ 陳芳明：〈琦君〉，原載於 1974 年 4 月第 12 期《書評書目》，隱地編《琦
君的文學世界》，頁 5。

盯上了琦君。孟瑤深懂說服術；她說，請她去中興是給她製
造「逃家」的機會，何不趁此機會去透透氣。她又知道琦君
有個愛上什麼東西便終生不渝的脾氣，所以打探出她從小愛
坐火車，百坐不厭。便用每次六小時買好的火車票引誘她；
又知道她有個妹妹在東海大學，天天盼望她去臺中聚聚。就
這麼樣，琦君就答應了。下一學年，她便要遠征臺中開散文
選了。❶⑧

每週一次，琦君要上臺中中興大學去授課，為了一天三堂
課，得來回奔波八小時，換別人縱不埋怨，起碼也覺得車程
實在漫長無聊，而琦君呢？琦君有口大袋子，每次上車前，
她就把一週來堆著要看未看的雜誌副刊全丟進去，趕車的時
間就這樣變成了一段完美的閱讀閒暇，而火車對她，也成了
一間最好的「書房」。❶⑨

由此可知，琦君與孟瑤以性情相交，因而答應遠征中興大學，教授
她最拿手的「散文選」，在教學的同時也傳授自身的創作經驗。此
外，琦君的好性情與隨遇而安的閒適也歷歷在目。

琦君的教職生涯一直處於同時兼職數間學校的忙碌狀態中。能
夠堅持下去的原因，乃由於有感師恩：

---

❶⑧ 鄭明娳：〈一花一木耐溫存〉，原載 1975 年《幼獅文藝》，《琦君的文學世
界》，頁 31-32。

❶⑨ 黃綾書：〈一條會歌唱的小溪──訪琦君〉，《琦君的文學世界》，頁 54。

她執教的中央大學與中興大學。一所在桃園中壢，一所在臺中，而潘琦君的家在臺北，但她總是風雨無阻的趕去上課，因為，一份感激的心情促使她忘懷了往返奔波的勞累。她常說：「我自己由識字而作文而能順理成章，而至於今日的為人師，都是因為當年自己老師的苦心教導，飲水思源，我焉能受而不予。」⑳

琦君以一份感激師恩的心情促使她忘卻往返奔波的勞累，由識字而能作文乃至於今日在散文界的成就，這使得琦君常懷感恩之心而情願勞累。因此，她認為教書的樂趣很高：

琦君服務於司法界，還兼在兩間大學教授文學課程，她自認為教書的樂趣最高。她有堅強的意志，卻有一個相反的身體，但是她常說，無論她在怎樣頭痛欲裂的情形下，只要上了講臺，侃侃而談，古今文學的比較，李杜詩章的講述，病魔立刻就無影無蹤了。㉑

可以想見，琦君在講臺上的奕奕神采，即使在精神不濟的狀態下，依然能夠侃侃而談，無論講授古今文學的比較或李杜詩章。此外，由於具備創作經驗，琦君教學時也傳授自己的創作經驗：

⑳　邱秀文：〈「我愛寫作，也愛教書」──教師節訪作家琦君〉，原載 1976 年 2 月 15 日《中國時報》，《琦君的文學世界》，頁 49。

㉑　林海音：〈一生兒愛好是天然〉，原載 1964 年 7 月 9 日《香港時報》，《琦君的文學世界》，頁 13。

退休之後,他全心全意教書,將她的寫作經驗傳給下一代。
因具有古典文學基礎,琦君在教授新文學欣賞時,將古典文
學的技巧佈局,應用到新文學,學生們對這種教法也覺得很
有趣。㉒

傳授個人創作經驗時,具備古典文學背景的琦君,也將古典文學的
技巧佈局,應用到新文學的教學上,使學生受益。因此,琦君以其
深厚的古典文學基礎,使學生從中學習文章的作法,培養欣賞能
力,使學生因此喜愛文學:

潘老師偶而在課堂上以輕柔中帶有深深懷念之音調 ,讀古
今名家作品,班上靜寂地聆聽,大家都感動不已。潘老師上
課時除了以令人最感輕鬆愉快的方式講解課業上的難題之
外,常指點我們學習文章的作法,培養我們的欣賞能力,擴
充我們的知識領域,更難能可貴的是我們常常聽到一些她自
身的寫作經驗及家居生活的情趣,那怕是一絲絲淡愁及瑣碎
之事,在我們聽來都成為最吸引人的故事了。㉓

此外,彭歌也說道,琦君的認真教學使她獲得學生的愛戴,更使學
生從此愛上中國文學:

㉒ 吳雪雪:〈訪作家琦君〉,原載於 1979 年 9 月美國《自由人》月刊,《琦君
的文學世界》,頁 76。
㉓ 鄭秀嬌:〈我們的國文老師潘琦君女士〉,原載 1972 年 3 月《實踐家專校
訊》藝文沙龍,《琦君的文學世界》,頁 23。

有一段時間，她在三、四家大專院校教書，由於講解精闢，
批改認真，受到年輕人們的愛戴；很多學生都說，聽過她的
課以後，才更喜歡中國文學。❷④

鄭明俐也說到：「琦君教書的效果，從彭歌〈東方的寬柔〉一文中
所說的『很多學生都說，聽過她的課以後，才更喜歡中國文學。』
可以想見。」❷⑤因此，做為一名女教師，琦君的成就無疑是值得肯
定的。對學生而言，她是好老師，也是好的散文家：

學生們對她的仰慕，一方面因為她是一位認真負責的老師，
一方面她寫得一手好散文。❷⑥

因此，就教學部分而言，身為女教師的琦君，以其豐沛的古典文學
素養傳授其現代文學的創作經驗。不僅教學成功，在現代文學的推
展上也具有一定的意義。
　　相對地，長期以專任之姿執教於大學院校的孟瑤，其學者形象
較為明確。由臺中師範、臺灣師大、新加坡南洋大學，以迄中興大
學中文系退休為止，她的大學教授形象遠較琦君顯著。

---

❷④　彭歌：〈東方的寬柔〉，原載於 1974 年 6 月 22 日《聯合副刊》，《琦君的
　　文學世界》，頁 143。

❷⑤　鄭明俐：〈一花一木耐溫存〉，原載 1975 年《幼獅文藝》，《琦君的文學世
　　界》，頁 32。

❷⑥　邱秀文：〈「我愛寫作，也愛教書」——教師節訪作家琦君〉，原載 1976 年
　　2 月 15 日《中國時報》，《琦君的文學世界》，頁 50。

　　孟瑤以其歷史系背景長期執教於中文系，所開設的課程大多以文學史及史記為主；以她在中興大學所授課程為例，即以「中國文學史」、「史記」為主。據孟瑤弟子回憶：「當時孟瑤（楊宗珍）開的課主要是「中國文學史」、「史記」、「新文藝」這三門。其中「新文藝」的開設時間比較短，之後這個課就交給了楊念慈以及琦君。在我的印象中，琦君的課一直維持著「新文藝」這個名稱。」❷由此可知，孟瑤除了教授其背景專長的史學課程之外，也和琦君一樣，由於兼具小說創作者的身分，也開設了「新文藝」課程，以教學的方式推展現代文學。

　　此外，時任系主任的孟瑤也聘請當時知名的小說家楊念慈以及散文家琦君開設現代文學課程。❷因此，孟瑤不僅以其小說家的身分，親授現代文學課程；也以中文系教授兼系務主管之故，聘請專家學者教授現代文學。換言之，孟瑤兼具小說家與女教師、行政主管的身分，使她在推展現代文學這件事情上，更具有力量。

　　而孟瑤的教學效果，可由以下追憶中想見：

> 談起在大學授課，她有她獨特的方式，可說是理性與感性的交融，更是思想與意象的發揮。炯炯有神的瞳孔，充滿了感情；加上一口宏亮的京片子，更引人入勝，所以廣為學生們所歡迎。筆者常想：若沒有深厚的學養為背景，她如何能擁

---

❷　據中興大學中文系李建崑教授的追憶，94 年 11 月 1 日口述。李建崑教授當時為中興中文系學生以及孟瑤擔任系主任階段的助教。

❷　據中興大學中文系李建崑教授紀念孟瑤逝世撰寫的〈大音稀聲〉所記，《臺灣日報》副刊，2000 年 10 月 27 日。

有這般動人且令人心折的授課成果？又如何能寫就一部部充
滿哲學意味的學人派小說？儘管女士的文名隆於學名，但也
絕非她所自謙的「我不懂學問」。❷

　　由此可知，孟瑤的授課充滿感情，引人入勝，廣為學生歡迎。她以
深厚的學養，造就令人動容且心折的授課成果；同時，也使得她的
小說創作成為充滿哲學意味的學人派小說。以孟瑤當時所享的文名
而言，對其教學應有如虎添翼之效果。

　　然而，雖然教學與她的小說生命相互輝映，更能以創作經驗親
身推展現代文學。但由於接下系主任的重擔，使她陷入繁重的生活
步調中，也連帶的扼殺了小說創作的能量：

　　　　民國六十四年（五十六歲）五月，孟瑤臨危受命接掌中興大學
　　　中文系主任的重擔，系務紛歧萬端，「人事亂，情緒亂，無
　　　法握管」，她極力支撐大廈於將傾，甚至透支了自己的健
　　　康，到民國六十六年（五十八歲）因健康惡劣，血壓過高，已
　　　無力擔荷而終於辭職退休，離開了三十五年來日夕講學的杏
　　　壇時，系務行政工作已嚴重傷害了她的小說生命──不能光
　　　前亦無從裕後了。這一段時期她為中興大學中文系學生奉獻
　　　了自己，也扼殺了孟瑤的名山事業。❸

---

❷　邱苾玲：〈衣帶漸寬終不悔──訪孟瑤談小說寫作〉，《孟瑤讀本》，頁257。
❸　吉廣輿：〈味吾味處尋吾樂──淺析孟瑤的心象世界〉，《孟瑤讀本》，頁21。

由於系務紛繁，使她無法好好創作，更因長期操勞之故，使她的身體也為此付出代價。僅管長期以來，孟瑤都能身兼數職，但積累許久的疲憊，終於傷害了她最在意的小說創作事業。終於使她決定完全離開教職，以拯救個人的名山事業。換言之，原本教學與創作相得益彰的生活，完全因為繁重的行政工作而被破壞，使得孟瑤必需痛下決心，離開多年教職以便重新握管。以孟瑤的生命歷程而言，應是一項頗為不得已的決定。

綜合上述，琦君與孟瑤既是現代女作家，也是教授並親身論述現代文學史的教學者，她們同時也是自己文學作品的接受者。因此，回應前述陳芳明先生的說法，論述她們的創作成就的同時，也應該同時注意她們以教學推展／論述現代文學的成就。

㈡學術部分

與教學相關的學術著作與教學活動本身，同樣具有推展現代文學的作用，它同時也是文學創作主力之外的附產品。以琦君而言，勉強稱得上算是學術著作的應是《詞人之舟》與《琦君讀書》兩部。相較之下，孟瑤的學術著作則以古典文學史為主，對於推展現代文學而言，影響似乎較不顯著。

琦君對於當時大專院校中的治學方法，頗有感觸。她以孟瑤的小說《盆栽與瓶插》為例，認為「以盆栽、瓶插及長在泥土裡的樹來比喻作品也十分適切，我們要把瓶裡的花移植到盆裡，把盆裡的花再移至泥土裡，使它長得更好。」❸因此，琦君認為：

---

❸　陳芳蓉：〈那顆歌唱的心靈——琦君訪問記〉，《琦君的文學世界》，頁59。

目前在大專院校裡，無論師生對於舊文學修養、風氣都很好，尤其很多教授以最新的治學方法來研究古典文學，古文中的某一點作論點發展成全面研究。她一直表示，自己的治學要重新作起。現在，她正在整理以往發表在各報章雜誌，有關詩詞的舊作，再增補新的感想與研讀心得，準備出一本介紹性的書，這些作品中，除了她最偏愛的蘇東坡與辛棄疾兩人的研究之外，還有陸放翁、朱淑貞、溫庭筠、吳頻香等詞人。❸❷

由此可知，當時在大專院校教書的琦君對於治學方法的瞭解，認為「很多教授以最新的治學方法來研究古典文學，古文中的某一點作論點發展成全面研究」，不免見賢思齊焉，認為「自己的治學要重新作起」。因此，她將所有與詩詞有關的舊作加以整理，並增補新的感想與研讀心得，出版一部介紹性的書。它指的應該就是《詞人之舟》。

　　琦君對於《詞人之舟》這部作品表現得十分謙虛，自認不是學術著作。但歐陽子卻十分肯定它是一部學者們都應重視的文學評論作品：

　　琦君本人十分謙虛，堅稱這是一本「入門書」，不是學院派的論著，言下之意，彷彿她只是把詞介紹給青年朋友，引發他們對舊文學的興趣，而不是在從事正規的文學評論。說

---

❸❷　同前註。

　　《詞人之舟》是一本理想的入門書，我完全同意，但我亦肯
　　定認為，它同時是一本學者教授們都應重視的文學評論作
　　品。㉝

對於這樣一部文學評論作品，琦君認為它只是一部把詞介紹給青年
朋友的入門書而已。目的在引發他們對舊文學的興趣，而非從事正
規的文學評論。因此，她說：

　　這本介紹詞人與作品的的書雖是建立在深厚的學問上，卻不
　　用考據和訓詁嚇人。她簡單明白地說，「我選我喜歡的詞人
　　和作品，給和我有共鳴的讀者看。」㉞

由此可知，琦君這部作品主要是為了與讀者引起共鳴。
　　詞作的賞析本身即是一篇篇優美的散文。閱讀《詞人之舟》彷
彿見到教學中的琦君，以她深厚的古典文學素養賞析詞作，並將之
化為創作經驗的參考。因此，古典詩詞對於她的散文創作而言，也
具有一定的影響。如楊牧就認為古典詩詞對琦君的創作具有一定的
影響：

　　琦君的淺愁永遠是無害的淺愁，不是傷人的哀嘆──然則，

㉝　歐陽子：〈一葉扁舟怎載得動如許的學問？──評介琦君的《詞人之
　　舟》〉，《詞人之舟》（臺北：爾雅出版社，2005 年 2 月），頁 260。
㉞　齊邦媛：〈自然處見才情〉，《詞人之舟》，頁 2。

她又如何能不流入泛情的哀嘆？我發現她時常能於筆端瀕近過度的憂傷之前，忽然援引一句古典詩詞，以蒙太奇的聲形交錯，化解幾乎逾越限度的憂傷，搶救她的文體於萬隱之間，忽然回頭，保持琦君散文的溫柔敦厚，而且更廣更博。❸❺

楊牧認為古典詩詞對琦君而言，是過度憂傷之前，化解逾越限度的法寶。只要援引一段古典詩詞就可以化解憂傷，保持一貫的溫柔敦厚，並且顯得更加廣博。此外，他也認為琦君的淺愁「永遠是無害的淺愁」，而它之所以能夠維持古典的節制，正是因為琦君「以她靜謐的詩詞含蘊將悲憫擴散在時空以外」：

> 琦君散文之所以能寓嚴密深廣於明朗平淡之中，除了以她通達的人情為基礎，則為這份文學技巧的自如運用。她的淺愁也可以說是一種懷舊的惆悵（nostalgia），憶兒時的文章中充這份惆悵，令我們想到魯迅一些介乎小說和小品之間的文章，例如「祝福」和「在酒樓上」。魯迅以他超越常人的冷漠（極度悲憫所壓縮完成的冷漠），維繫他古典的節制；琦君則以她靜謐的詩詞含蘊將悲憫擴散在時空以外，也能維繫她古典的節制。琦君記海外的小品又令我們想到冰心最細緻的文字，然而我們知道，琦君的感觸和筆路都已遠遠超越了冰心。琦君以她的敏感和學識做她文學的骨架，洗練的文字佈

---

❸❺　楊牧：〈留予他年說夢痕序〉，《留予他年說夢痕》（臺北：洪範書店，1983 年 8 月），頁 6。

> 開人情風土的真與善，保守自恃，為這一代的小品散文樹立
> 溫柔敦厚的面貌和法則。❸⑥

楊牧認為「琦君以她的敏感和學識做她文學的骨架」，而樹立小品
散文的典範，其中所謂的「學識」應當就是來自於古典詩詞的陶
養。由此可知，古典詩詞的品評，對於琦君而言並非一份純粹學術
性的工作，而是己身散文養份的來源，也是與讀者共鳴的聯繫。

此外，琦君另有品評現代文學的評論之作《琦君讀書》。書中
所品評的現代文學作家及作品包括莊因《八千里路雲和月》、喻麗
清《多情不似無情苦》、王藍《長夜》、張寧靜《沿著雪山行》、
林太乙《金盤街》、王文興《家變》、張至璋《飛》、言曦《世緣
瑣記》、林文月《遙遠》、季季《夜歌》、簡宛《地上的雲》、詹
悟《母親的夢》、夏祖麗《年輕》及《握筆的人》、思果《看花
集》……等諸位當代作家及其作品。

琦君以她一貫的溫柔敦厚閱讀作家作品，如論及林太乙的《金
盤街》：

> 我又細細重讀一遍。激盪的心情，不由得隨著書中人物哭
> 笑、歎息、咒罵。金盤街這個貧民窟裡的每個人，與貧窮潦
> 倒掙紮的痛苦歲月，看來似無已時。如果不是悲憫的作者，
> 使剛掙脫母體的嬰兒，由藍色轉變為粉紅；如果不是寶倫在
> 明亮的初陽中放步走向學校，重新聽到悅耳的上課鈴聲，我

---

❸⑥　同前註，頁 6-7。

真要為這苦難的一群人，掩卷而泣。**㊲**

琦君對現代文學的品評大多以這樣至情至性的方式呈現，讀者不是閱讀僵硬的評論文字，而是與琦君一同感動。其中，比較特別的是評論王文興的《家變》，琦君認為他的文字彆扭、故事也讓人沈重，無法達到預期的效果：

> 王文興如果企圖以打破常規的怪異文字，直接顯現一個家庭的變故，我認為他花了那麼大力氣，所收效果並不大，甚且是相反的。**㊳**

琦君一反溫柔敦厚的常態，直言《家變》的怪異文字，使讀者的閱讀情緒受到挫折，成為欣賞文章的阻力。因此，琦君認為《家變》有其成功之處，「內容故事結構形式，寫兩代的隔閡之形成，技巧上都尚稱成功。」**㊴**但是，琦君仍認為「他儘可用創新得合理的文字出之，而不必如此以辭害意，出奇致敗（他自己當然認為是成功）。」**㊵**此外，琦君擔心的是如此新奇的創作，會害苦一批與她同樣身為國文教師者，恐怕學生都以老師落伍、沒看過王文興的小說為由，寫出不通的句子卻拒絕刪改。因此，琦君對王文興《家

㊲　琦君：〈莉莉，一朵淒苦的花——讀「金盤街」〉，《琦君讀書》（臺北：九歌出版社，1999 年 9 月），頁 103-104。

㊳　琦君：〈變則通乎？——讀「家變」〉，《琦君讀書》，頁 118。

㊴　同前註，頁 130。

㊵　同前註。

變》的評論大約是集中最直接批判的作品。

相較之下，孟瑤的學術表現是以「三史」（《中國戲曲史》、《中國小說史》、《中國文學史》）奠定的。孟瑤的現代文學創作成果，並未直接反映在她的學術表現上，只是反映在新文藝課程的教學上。因此，女作家孟瑤的文學創作與女教師孟瑤的學術研究成果是截然劃分的。

僅管如此，其學術成果仍值得重視。孟瑤對於自己的幾部學術著作的評價與琦君一樣的謙下：

> 五十一年以後幾年，我去了南洋，因為課業繁重，又適應新環境，創作較少，但由於教「小說」、「戲劇」，也趁空將所蒐集的資料，編著了《中國小說史》與《中國戲曲史》，其目的也不過為了教學方便，將講義擴編成書而已，說不上有什麼其他貢獻。❹

孟瑤自認學術著作的寫作與出版只為教學方便，談不上有其他貢獻。而為孟瑤作傳的吉廣輿認為孟瑤筆耕於學術著作，為的是「某種自我交待和心願了了」：

> 作者因在南洋大學任教的因素，結集出版了《中國戲曲史》、《中國小說史》，這兩套史學著作和十年後在中興大學結集的《中國文學史》都代表了作者的某種自我交待和心

---

❹　孟瑤：〈孟瑤自傳〉，吉廣輿編選《孟瑤讀本》，頁 7-8。

願了了——在筆耕紙耘的歷程中，作者依舊戀戀不忘自小浸
淫喜愛的戲曲和大學時用心用功的史學，一念在茲，便發而
為這一類中國文學歷史的學術著作。**❷**

由於無法忘懷於自小喜愛的戲曲與大學時學習的史學，便將此化為
行動，完成了三史，由此可知孟瑤驚人的毅力。

　　綜合以上，女作家琦君與孟瑤的教學生涯，對於推展現代文學
具有相當的意義。除了傳統中文系的古典文學之外，她們也教授新
文藝課程，將創作經驗與心得傳授下去，也同時論述當代文學史發
展。此外，相關學術著作雖也具有某種程度的推介現代文學的功
效，但顯然不如教學活動來得明顯而直接。無論如何，兩位女作家
透過在大學中的教學，特別是以中央／中興大學為主的教學活動，
將現代文學的種子傳播出去，是值得肯定的。

第四節　建構五十年代散文／小說風景的
琦君／孟瑤如何接受自己的創作？

　　五十年代的臺灣文壇，除了展現外省作家群的中文書寫實力之
外，另一件值得注意的現象是外省籍女作家群的形成。如果說五十
年代的文學中堅是以女作家為主的，也大致合理。
　　以琦君與孟瑤而言，她們創作開始的年代皆為渡海來臺的

---

❷　　吉廣輿：〈味吾味處尋吾樂——淺析孟瑤的心象世界〉，《孟瑤讀本》，頁 17。

1949 年。初試啼聲的她們，很快地獲得報刊的青睞。如以散文奠定文壇地位的琦君便是以刊登於中央副刊的〈金盒子〉一文為其散文創作的開始：

> 她正式在臺灣寫稿則是在民國卅九年，讀了謝冰瑩先生在中央副刊上的作品，觸發了她寫作的動機，於是她開始寫了〈金盒子〉、〈一生一代一雙人〉投稿，即被刊登出來；前者懷念她的亡兄，文情並茂；後者紀念夏老師、師母，充滿了溫厚的情懷。❸

此外，琦君也創作小說，〈姐夫〉是她的第一篇短篇小說：

> 在寫作散文上，琦君不曾蓄意學習某一名家，她一開始便以自己的風格、自己的本色寫。當初寫作的動機也只是純粹為了抒發情感。她一直保持這個原則。……有一次，一位文友建議她何不寫小說。於是她靈機一動，便寫了短篇小說〈姐夫〉在文壇創刊號發表，引發了她寫小說的興趣。她的第一本集子《琴心》便是小說、散文合集。爾後陸續出了四本短篇小說集。❹

---

❸　鄭明娳：〈一花一木耐溫存〉，原載 1975 年《幼獅文藝》，《琦君的文學世界》，頁 34。

❹　同前註，頁 34-35。

由鄭明娳所陳述的史料可知，琦君的散文及小說創作皆由於抒發情感之故；且兩種文類都有不錯的成績表現。然而，數十年來的當代讀者所熟知的琦君，其散文創作者的形象大於小說家，這由她的散文屢屢入選各家散文選及中學教科書中，而少見於小說選，可窺知一二。❹⑤

　　當年琦君對於有人問起她對散文與小說的偏愛時，她自認為寫作興趣並未完全轉移至散文，對小說仍有偏愛：

---

❹⑤　如散文〈髻〉、〈下雨天真好〉、〈一對金手鐲〉、〈媽媽的手〉、〈晨〉　　被選入各年代各版本的中學教科書。被選入各種文學選集的散文有〈看　　戲〉：周芬伶、鍾怡雯編《散文讀本》，二魚文化公司；鍾怡雯、陳大為　　《天下散文選》，天下遠見公司；張曉風編《中華現代文學大系》，九歌出　　版社。〈毛衣〉：齊邦媛編《中國現代文學選集——散文卷》，爾雅出版　　社。〈外祖父的白鬍鬚〉：蕭蕭編《臺灣現代文選——散文卷》，三民書　　局。〈方寸田園〉：柯慶明編《爾雅散文選》，爾雅出版社；楊牧編《現代　　中國散文選》，洪範書店。〈桂花雨〉：柯慶明編《爾雅散文選》，爾雅出　　版社；凌拂編《臺灣花卉文選》，二魚文化公司。〈珍珠與眼淚〉：柯慶明　　編《爾雅散文選》，爾雅出版社。〈下雨天真好〉：楊牧編《現代中國散文　　選》，洪範書店。〈三更有夢書當枕〉：楊牧編《現代中國散文選》，洪範　　書店。〈母親的書〉：楊牧編《現代中國散文選》，洪範書店；張曉風編　　《中華現代文學大系》，九歌出版社。〈母親新婚時〉：張曉風編《中華現　　代文學大系》，九歌出版社。〈晨〉：張曉風編《中華現代文學大系》，九　　歌出版社。〈一對金手鐲〉：張曉風編《中華現代文學大系》，九歌出版　　社。〈童仙伯伯〉：張曉風編《中華現代文學大系》，九歌出版社。〈菜籃　　挑水〉：張曉風編《中華現代文學大系》，九歌出版社。〈團圓餅〉：焦桐　　編《臺灣飲食文選》，二魚文化公司。〈紅紗燈〉：向陽、林黛嫚、蕭蕭編　　《臺灣現代文選》，三民書局。以上所選皆為散文。

　　問起她的寫作興趣，是否逐漸偏向散文，她說並不是。她對
讀小說和寫小說的興趣，仍然很濃厚，尤其現在正在教小說
寫作。她內心還有好些材料、好些感受，想用小說的方式表
達，只因工作太分散，未能集中心力去寫，也深怕草率從
事，會把好題材糟塌了。再說這些年來，報刊主編們向她要
的稿子總是散文，在習慣上，她也不由得多寫散文了。**❹⓺**

據此可知，琦君當時在大學課堂上教授小說寫作，因此她仍對小說
的創作有相當濃厚的興趣。對一位女作家而言，能夠教授自己的創
作經驗自然可收相輔相成之效。但由於工作太分散以及報刊邀稿多
以散文為主，因此散文的創作也就愈來愈多了。換言之，琦君雖寫
小說，但因無法集中精神經之營之，反而使得散文創作的成就超過
了她原先喜愛的小說。
　　因此，琦君對於自己的作品，也是比較喜歡散文的：

　　在自己作品中，她是比較喜歡散文，因為寫散文時，總是
「心裡有一份情緒在激盪，不得不寫時才寫」的。的確，琦
君表現在散文中的，「千言萬語」只是「一片心」；她能在
平淡樸質中含蓄無限雋永的情趣；主要便是她能以愛心執
筆。**❹⓻**

⓺　鄭明俐：〈一花一木耐溫存〉，原載 1975 年《幼獅文藝》，《琦君的文學世
　　界》，頁 35。
⓻　同前註，頁 36。

這種情緒的激蕩，使她不得不寫，主要便是她能夠以愛心執筆。她自己認為雖然寫的是些平常的事，但由於心有所感，才不得不寫：

> 這些，也許會被認為個人廉價的感傷，雞毛蒜皮不值一提的身邊瑣事，或老生常談卻自以為了不起的人生哲理。對這些批評，我都坦然置之。我是因為心裡有一份情緒在激盪，不得不寫時才寫。每回寫到我的父母家人與師友，我都禁不住熱淚盈眶。我忘不了他們對我的關愛，我也珍惜自己對他們的這一份情。像樹木花草似的，誰能沒有一個根呢？我常常想，我若能忘掉親人師友，忘掉童年，忘掉故鄉，我若能不再哭，不再笑，我寧願擱下筆，此生永不再寫，然而，這怎麼可能呢？㊽

因此，琦君在〈我對散文的看法〉一文中，認為要把散文寫好，要想一篇散文產生吸引人非讀下去的魅力，必需具備兩種條件：

> 其一要涵泳詩的氣質，也就是說，要有詩的韻味，詩的精簡，詩的含蓄美。其二要有小說戲劇鮮明的形象化、立體感。㊾

㊽ 此段引文收錄於以下二處。琦君：〈寫作回顧〉，《琦君自選集》，頁 14-15；琦君：〈留予他年說夢痕——後記〉，《煙愁》，頁 222。

㊾ 琦君：〈我對散文的看法〉，《燈景舊情懷》（臺北：洪範書店，1984 年 2 月），頁 192。

她認為散文要有詩的韻味與小說的形象化，才能寫得好。而樹立風格才是最重要的，琦君認為只有兩個字，就是「親」與「新」：

> 「親」就是真誠，文章一定要有一份平易近人的親切感。……「新」就是創造性。習字習畫，由臨摹而自創一格。文章也要推陳出新、自立風格。(50)

但她也認為兩者並不衝突：

> 「創新」與「平易」並不衝突。韓愈說：「艱窮變怪得，往往造平淡。」這就是自我突破，時時求創新的一番歷程。新的語言並不是艱深難解的語言，而是你的語言是屬於自己靈心智慧所想出來的，所表達的境界也是獨特的。(51)

因此，在她看來：

> 寫作確實是嘔心瀝血的事。寫散文看似輕鬆，而經營的苦心，不亞於詩與小說戲劇。在未能寫詩或小說之前，不如努力先把散文寫好，因為散文是一切文體的基礎啊。(52)

---

(50) 同前註，頁 194-195。

(51) 同前註，頁 195。

(52) 同前註，頁 196。

此外，琦君另有二篇文章談到自己的散文創作。其中，〈漫談創作〉❸談到寫文章的文字技巧以及文章內容的注意要點。〈寫作技巧談片〉❹則論及襯托、比喻、詳略、虛實、誇張、文字的洗練與含蓄等寫作技巧。由此可知，琦君對於散文的寫作技法也有自己的一番理論。

其次論及以散文起家的小說家孟瑤，其初試啼聲之作〈弱者，你的名字是女人？〉在當年引發極大騷動，也激起讀者對性別議題的熱烈討論❺。這篇作品是她正式寫作的開始，她在自傳中如是說道：

> 最早我開始向中央日報的「婦女週刊」投稿，第一篇名〈弱者，你的名字是女人？〉，我就開始用父親為我起的號孟瑤為筆名，這些雜稿都沒有保存，所以無法記錄；但是我連續所寫的十幾封〈給女孩子的信〉，都有單行本行世。❺

由此可知，孟瑤對於當年曾經引起騷動的來臺處女作〈弱者，你的名字是女人？〉一文並未留存，以致於書寫自傳的同時很難加以引

---

❸　琦君：〈漫談創作〉，《琦君小品》，頁237-244。

❹　琦君：〈寫作技巧談片〉，《琦君小品》，頁245-250。

❺　〈弱者，你的名字是女人？〉刊於1950年5月7日《中央日報》第七版。可參考范銘如：〈臺灣新故鄉──五〇年代女性小說〉（《眾裡尋她──臺灣女性小說縱論》，臺北：麥田出版社，2002年3月）所述。

❺　孟瑤：〈孟瑤自傳〉，《孟瑤讀本》，頁6-7。

證討論❺。但其後十餘封〈給女孩子的信〉倒是出版了單行本，並收入官方版教科書中。❺這一系列短篇散文的創作，雖非孟瑤往後的創作重心，卻也成了創作生涯的試金石，使她開始創作的契機。

其後，孟瑤以她驚人的能量陸續寫出 79 部作品，計有 65 部小說、3 部學術史、3 部劇本、3 本散文、5 本童話、1 本譯著，以及十餘篇論述文，總字數高達 10,807,000 餘字（不含論文），其中小說

---

❺ 孟瑤對於自己的著作並未十分完整的留存，確實造成一些後來研究者的困擾。如陳瓊婷〈論孟瑤五十年代（1950-1959）的愛情小說〉（《弘光學報》36 期，2000 年 10 月）所述：「孟瑤曾自謙她的作品為『覆瓿』之作，故無保存之舉，偶爾要翻檢作品，手邊沒有的還得藉助圖書館或私人典藏。但是，今天即便是藉助圖書館典藏，部分作品仍不可得，如《追蹤》、《黎明前》、《鳴蟬》、《蘭心》、《曉霧》與《迷航》，是否有藏書家收錄孟瑤完整的作品就更不可知了。」（頁 250）。筆者案：《黎明前》仍可於圖書館尋得。

筆者案：所謂「覆瓿」，孟瑤在〈孟瑤自傳〉（吉廣輿編選《孟瑤讀本》）中提及：「這五十二部長短高低不齊的作品，多一半只「覆瓿」而已，但也有些是我「敝帚自珍」的。如《心園》，因給了我寫作的信心，便對它十分偏愛。」（頁 7）

應平書〈附錄：矢志獻身寫作的孟瑤〉（《一心大廈》）提及：「唯一令她感到遺憾的，就是沒有一位好的經紀人幫她好好的經營，使她的四十部長篇，出版凌亂，而經常有讀者不知如何才能買到她的書。」（頁 212-213）；「曾經有朋友向她建議，將舊作重新處理一番作有系統的出版。但是，孟瑤女士則認為有這整理的時間，她寧可再寫一個長篇，因為寫作，對她而言，是一種快樂的泉源，使她感到生活充實。」（頁 213）

❺ 其中第一信〈智慧的累積——談讀書〉收入部編本國中國文第六冊，第十七信〈更上一層樓——談自知與自信〉收入部編本國中選修國文第三冊。

字數高達 9,455,000 餘字的成就，❺❾奠定她在小說界的地位；並以其豐沛的創作力建構屬於她自己的小說史。

　　對於走上創作之路，她如是描述：

> 到大學課業比較專精，我應該唸得很出色，但又因我生性疏略，做不到「博學、審問、慎思、明辨」的工夫，「做學問」之門是早已對我封閉了的，辛虧我從小就喜歡「舞文弄墨」，因此很自然地走向創作道路。❻⓿

孟瑤自承生性疏略，不適於做學問之事，因而轉向創作之路發展：

> 對於創作，我一向自卑，因為沒有受過嚴格的專業訓練，不過由於愛好、「擇善固執」而已。雖然，從小學就開始寫，但腕弱筆禿，只能算是序幕，正式登場，該是來臺以後。❻①

孟瑤自認對於創作「一向自卑」，只是由於愛好與擇善固執使然而已。真正的書寫自來臺之後。事實上，開始寫作的另一半因素，其實來自於現實經濟生活的困窘。應平書曾經訪問孟瑤，她即以「煮字療饑」說明之：

---

❺❾　總字數根據吉廣輿〈孟瑤研究資料目錄〉（《全國新書資訊月刊》，2001 年 3 月號）所述。

❻⓿　孟瑤：〈自傳〉，《孟瑤自選集》，頁3。

❻①　同前註。

這位酷愛寫作的「老作家」卻自我解嘲的戲稱：「『煮字療飢』則是最初逼迫自己的原動力。」當然，不可否認的，在大陸來臺之初，一般人的生活比較清苦，教育工作使她能有較自由的時間，可以用來寫作，這自然成為一條最可行的途徑；再加上，她有恆心、有毅力，就這樣從第一部長篇小說《美虹》開始，她一部接著一部，埋頭苦幹而不覺其苦。⑥

清苦的生活環境其實是當時所有渡海來臺作家的共同經驗，藉由書寫投稿以添補生活所需，便成為有能力以中文筆耕者的共同記憶。此外，教育工作所擁有的自由，更使她有機會塗塗寫寫。其弟子吉廣輿亦有相關記載：

> 在民國四十七年（三十九歲）之前，是孟瑤的「煮字療飢」時期，談不上酷愛寫作，談不上刻意經營，只是公餘的玩票性質──一來有些情緒無法排遣，書卷與粉筆間俱無從寄託，寓之為文自然比較容易怡情遣懷，於是一部又一部的小說就綿綿生出了；二來呢，當時公教人員環境清苦，而稿費雖然戔戔不濟，卻畢竟可以小小紓解作者之家庭負擔，在別無長籌之下，孟瑤伏案疾書，於稿約不斷的局面中，寫出了一部部流利曉暢卻失之粗疏的小說來。⑥

---

⑥　應平書：〈附錄：矢志獻身寫作的孟瑤〉，《一心大廈》（臺北：九歌出版社，1986 年 9 月），頁 210-211。

⑥　吉廣輿：〈味吾味處尋吾樂──淺析孟瑤的心象世界〉，《孟瑤讀本》，頁 13-14。

由此可知，「煮字療飢」時期的孟瑤，除了紓解家計之外，亦有藉由書寫以排遣情緒的寄託之意。因此，創作由此源源不絕的產出，但在吉廣輿的評價中，五十年代的孟瑤因此「寫出了一部部流利曉暢卻失之粗疏的小說來」。

　　姑不論以上評價，由於出身文史科系的女作家傳統以及秉賦溫良恭儉讓的傳統美德使然，❻孟瑤與琦君一樣，對於自己作品的接受倒都是十分謙虛的。因此，在她自己的接受觀點下，便有如是「粗製濫造」、「把自己貶為一名寫匠」、「不計成敗地胡亂塗鴉」之類的自謙自抑之詞：

　　　　後來寫長篇，前後三十餘部。自四十一年正式握管起，我幾乎夜以繼日在「多產」下粗製濫造，雖然由於稿約多，也是自己不惜於把自己貶為一名寫匠，思之可嘆。❻

　　　　這樣不計成敗地胡亂塗鴉，不僅消耗了筆墨，浪擲了光陰，而且折損了健康，弄得疾病纏身。自六十五年八月以來，整整有兩年的時間，我體衰力弱，無法伏案。❻

此外，孟瑤認為短篇小說難寫而著力長篇小說，乃由於短篇不易經營出「一瞬間的不朽」。這種現象似乎應歸咎於「秉性粗疏」，以

---

❻　可參考張瑞芬：〈鞦韆外的天空——學院閨秀散文的特質與演變〉（《逢甲大學人文社會學報》第 2 期，2001 年 5 月）對學院閨秀作家特質的相關論述。

❻　孟瑤：〈孟瑤自傳〉，吉廣輿編選《孟瑤讀本》，頁 6-7。

❻　同前註。

至「不能精雕細鏤」短篇小說：

> 這二十多年的寫作歷程，我是以長篇為主，偶然報章雜誌索
> 稿，也常寫些短篇應卯，短篇本來難寫，因為取材必須是
> 「一瞬間的不朽」，其可把握處稍縱即逝；否則以一般材料
> 寫作，不是不精彩，便易成「長篇小說的故事大綱」，所以
> 每視寫短篇為畏途，因為取材既不易，再加上秉性粗疏，不
> 能精雕細鏤。⑥⑦

在應平書的專訪中，晚年的孟瑤認為作品與作家的性格有極大的關
聯：

> 隨著年齡的增長，孟瑤愈來愈常客觀的檢討自己的作品。
> 她認為，作家的作品和她的性格有著極大的關連。她謙虛的
> 指出，像她是屬於大而化之的人，又有點粗枝大葉。所以，
> 她的作品大多數層面都很寬廣，但有時就不夠細膩。有時，
> 她也會想到如果在某個細節再強調一下就更好，但她就是改
> 不來，還不如保持本色更自然些。也因為如此，她三十多年
> 來一直致力於長篇小說的創作，就是長篇比較能發揮其所
> 長，而不會無法開展。⑥⑧

---

⑥⑦ 孟瑤：〈自傳〉，《孟瑤自選集》，頁 10-11。
⑥⑧ 應平書：〈附錄：矢志獻身寫作的孟瑤〉，《一心大廈》，頁 212。

孟瑤自認是性格「大而化之的人，又有點粗枝大葉」，以致於作品所描述的「層面都很寬廣，但有時就不夠細膩」，此番自白或可與前述吉廣輿所謂「流利曉暢卻失之粗疏的小說」相互印證。無論如何，孟瑤自認個性使然，長篇小說比較能夠發揮所長，而不會有無法施展的侷限。然而，孟瑤的個性也使她在創作長篇小說時比起其他大多數作家更能堅持下去：

> 對許多作家而言，寫長篇最大的困難，就是在文思不能順暢時，往往「闖不過去」。但對孟瑤而言，堅持到底的個性，使她嚴格要求自己，一定要「闖過去」，就這樣一次又一次的考驗，終於使她收穫豐盈。(69)

由於「堅持到底的個性」，使得孟瑤嚴格要求自己，一定要「闖過去」，因而創造出如此豐盈的成果。

孟瑤的創作理念與特質曾經有過轉變，由她的相關自述即能看到她對自己作品的接受：

> 開始，我是服膺浪漫主義的，我以為寫作的人應該有特權用他的彩筆，為現實的宇宙增加一些「美」；但自從「人造花」泛濫於街頭巷尾，我又非常羞慚不安地告訴自己：「我寧可去愛一朵哪怕已經萎萎的真花，因為她有生命！」從此我才向「現實」摸索，這事實可以從我後來的幾部小說中得

(69) 同前註。

到證明。(70)

王維畫了一幅「雪中芭蕉」，朋友告訴他說，雪中是不會長芭蕉的。他卻回答，因為雪中沒有芭蕉他才畫的。那意思是說，藝術家有一項特權，就是可以用他手中的彩筆去任情地塗抹宇宙。這幾乎是浪漫主義的最好詮釋，也是我小說創作過程中服膺了很久的真理。但胡亂地塗抹是不是藝術？美麗的謊言能有多久的沈迷？使我不勝惶惑，常常問自己：「真與美，二者孰重？」也許這永遠是一個見仁見智的問題；但，由於今天所面對的世界正起著急遽變化，而我們所印映下的淩亂腳跡，實遠比虛抹的彩色為更動人。因為你塗抹的特權永遠有，那淩亂的腳跡所涵蓋的荒謬人生，卻是印映在時光的海灘上，禁不住陣陣驚濤沖拍的！從此，我慢慢轉移了我自《心園》以後的筆觸。西洋人批評巴爾箚克「一對寫實的眼睛，一顆浪漫的心」似更使我歸心低首。(71)

早期的孟瑤與其他同時期女作家一樣，多半以筆墨描繪人生的光明面，重視正面的信仰與情操，即使受苦也能原諒，即使哀傷也能超脫，琦君即有如斯特質。(72)但孟瑤後期的作品則轉向探索現實，不

---

(70) 孟瑤：〈自傳〉，《孟瑤自選集》，頁11。

(71) 孟瑤：〈滿城風絮·序〉，《滿城風絮》（臺北：純文學出版社，1980年10月），頁1。

(72) 可參考張瑞芬〈鞦韆外的天空——學院閨秀散文的特質與演變〉對學院閨秀作家特質的相關論述。

再只是歌詠人生之美，展現的是複雜紛呈的面貌。換言之，孟瑤的作品大致比較偏向「真」的人生面貌的描繪，而琦君的作品則較為偏向描繪人生「美」的層面；孟瑤的作品較為寫實而「不夠美」，而琦君的作品恆常維繫著一種美文的特質。這種寫作理念與特質上的差異，便使得她們在當代文學接受上呈現較為兩極的現象。

因此，孟瑤雖自認為「女人的生活圈子窄，幸虧敏感度還算不肯服輸，從事小說創作，是一條艱辛卻勉強可走的道路。」(73)寫小說對孟瑤而言，其實也是一種多方體驗生活的方式：

> 也許有人認為女性的生活圈子狹小，寫作層面不容易擴大。但是，寫了近四十部長篇小說的孟瑤卻不如此想。她認為敏銳的觀察力及細心的感受可以彌補這方面的不足。就像《一心大夏》所寫的故事一樣，並不一定要她親身經歷；但這是由於她近年生活的一項感受。她故事中的主角，也並不一定是真實的人物，但她盡量的把所見、所感，用筆真實的描寫下來。(74)

由此可知，孟瑤認為現實生活經驗的不足可由「敏銳的觀察力及細心的感受」來彌補，因此她勇於嘗試所有新穎的題材。此外，她對於寫小說一事的努力與用力顯然相當投入。她認為：

---

(73) 孟瑤：〈滿城風絮·序〉，《滿城風絮》，頁1。

(74) 應平書：〈附錄：矢志獻身寫作的孟瑤〉，《一心大廈》，頁210。

嶄新的作家都認為寫小說不必恪守傳統，我卻以為寫小說必
須要有故事、人物和結構，不能達成理想是可以原諒的，卻
不能不全力以赴。必須在這些規範裡苦心經營，然後才能從
心所欲不逾矩；然後才能隱藏技術於藝術而天衣無縫。我佩
服根本擺脫這種種約束人的膽量，我卻依然在這些規範中掙
扎不出，但我還是慶幸我比那些根本沒有走進規範而從心所
欲的人為有福！因此每篇小說的寫作過程，姑不論其好壞，
卻都萬分艱辛，也因此它消耗盡了我的健康，一如一個母親
望著自己正在長成的兒女不自覺已白髮盈頭。我本有意擱
筆，但望望自己身邊的孩子，又忍不住噓寒問暖，我對寫作
無法絕情，亦正如此。⑦⑤

孟瑤認為一篇小說的創作，應該在一既定的規範中完成，苦心經營
之後才能從心所欲，進而建構自己的風格。如此投入的結果是使得
寫作變得萬分艱辛，並且消耗健康。但將寫作視為兒女般的深情，
卻又使她無法絕情。

　　孟瑤對於自己眾多如兒女般的作品也有一番評價：

這五十二部長短高低不齊的作品，多一半只「覆瓿」而已，
但也有些是我「敝帚自珍」的。如《心園》，因給了我寫作
的信心，便對它十分偏愛，這以下如：《黎明前》、《屋頂
下》、《斜暉》、《亂離人》、《杜鵑聲裡》、《浮雲白

---

⑦⑤　孟瑤：〈滿城風絮·序〉，《滿城風絮》，頁2。

日》、《太陽下》、《畸零人》、《翦夢記》、《學生的故
事》、《這一代》、《兩個十年》、《磨劍》、《盆栽與瓶
插》、《滿城風絮》……等。另外，《杜甫傳》、《英傑
傳》、《龍虎傳》，凡以「傳」名書的，都是根據成書改寫
的歷史小說，我是學歷史的，有歷史癖，假若有時間，我還
想寫點三國人物。**⑯**

　　《盆栽與瓶插》是她幾年前赴美探親一年的感觸，描寫一群
留美學生的生活，深刻地表達出存在於他們之間絕對不同的
價值觀與民族意識。孟瑤表示她非常喜歡這部小說，覺得自
己好像寫出一點什麼來。至於早期的《心園》，稍後一些的
《磨劍》，也一直為她本人所喜愛。**⑰**

由此可知，孟瑤對於自己作品所建構的接受史，多半是「給了我寫
作的信心，便對它十分偏愛」；其次是「根據成書改寫的歷史小
說」，因為學歷史出身，有歷史癖之故。

　　綜合上述，琦君與孟瑤分別以散文與小說成為五十年代文壇的
中堅。琦君與孟瑤在面對自我創作的接受上，都能展現高度節制而
謙虛自抑的態度，具有傳統學院女作家的內斂與矜持。

　　然而相異的是，以散文見長的琦君對於自身創作的理念與特質
描述較少，不如小說家孟瑤來得深入；這恐怕與散文創作向來缺乏

---

⑯　孟瑤：〈孟瑤自傳〉，《孟瑤讀本》，頁7。
⑰　邱苾玲：〈衣帶漸寬終不悔──訪孟瑤談小說寫作〉，《孟瑤讀本》，頁262。

理論有很大的關係。在大多數時候，這類以「有我」見長的文類，一向不容易具備客觀的創作理論；對作家而言，理論似乎也是不大必需的。此外，不同的性格也使她們的作品大異其趣，琦君以哀而不傷的溫婉與讀者共鳴，發而為文者通常是美文小品；而性格堅毅的孟瑤則有距離的創作各類風格型態不拘的小說，且多半不夠美好。因此，琦君與孟瑤對自身創作的接受亦各有千秋。

第五節　女子的小敘述如何回應家國政策下的大敘述——當代散文史／小說史讀者所建構的琦君／孟瑤

　　琦君與孟瑤不僅透過散文與小說創作，也經由教學或學術自敘屬於自己的文學接受視域，更因此而織就一段臺灣文學史的重要圖景。

　　在一片「反共」與「懷鄉」文學的呼聲中崛起的琦君與孟瑤，都是由五十年代的文壇開始活躍的。女作家們呼應當時官方的文藝政策及文藝獎的要求時，各有其對應方法。琦君以書寫「懷鄉」的小品美文對應家國的大敘述，以恬美的記憶贏得讀者的共鳴；孟瑤選擇以各種型態的長篇小說有距離的觀看人世，比如說以反共小說《危嚴》勇奪官方文藝獎，以對應家國的大敘述。

　　時至今日，琦君一系列綿延不絕的懷鄉散文仍舊贏得眾多讀者與批評家的青睞，仍享有極高的接受度；反觀孟瑤，多方嘗試的結果雖然累積了極為驚人的創作量，其讀者及批評家群體卻顯得寂寥

甚多。關於這點，由她們自己所建構的接受史中即可窺知，如前一小節所述，孟瑤對於自己創作的接受上已呈現某種認知，即明知大量產出的長篇小說有時失之粗疏而不夠細膩，終因偏愛長篇小說的適於揮灑而無法遽然刪修，寧可保持本色，以顯出自然天真。相對於散文創作而言，自然天真的本色容易討好；但小說則未必。這種文類創作上先天的限制，使得讀者對於琦君散文與孟瑤小說的接受度呈現兩極的反應。

以琦君的散文而言，數十年來讚譽不歇，允為懷鄉散文或人情小品的典範。當年，夏志清先生即曾經預言琦君的散文成就：

> 夏志清教授曾說，潘琦君的散文是可以傳世的，對於這一點，她笑而不語，只是強調自己今後寫作散文，仍會以白描之筆來寫，而希望對人生的領悟上，能往更深處發掘。**⑱**

當時（將近三十年前）夏志清即對琦君的散文十分肯定，認為「潘琦君的散文是可以傳世的」，琦君本人倒是笑而不語，只強調自己以「白描」之筆寫作的特色，能更深的挖掘人生。三十年後重讀夏志清的預言，琦君的當代接受史果然如是。此外，當時夏志清自美國寄回的書簡，也曾經論及琦君的散文成就：

> 琦君的散文和李後主、李清照的詞屬同一傳統，但它給我的

---

⑱　邱秀文：〈「我愛寫作，也愛教書」——教師節訪作家琦君〉，原載 1976 年 2 月 15 日《中國時報》，《琦君的文學世界》，頁 50-51。

　　印象，實在更真切動人。……。其實朱自清五四時期的散文
　　（〈背影〉可能是唯一的例外），讀後令人肉麻，那裡比得上琦
　　君？我想琦君有好多篇散文，是應該傳世的。❼❾

夏志清由中國文學的大傳統而言，他認為琦君的散文與李後主、李
清照屬於同一傳統，但卻更加真切動人。再從現代散文的脈絡而
言，琦君的散文也比五四時期大部分散文更不「令人肉麻」。因
此，她的散文是「是應該傳世的」。其後，夏志清論及〈一對金手
鐲〉時對琦君的散文更是讚譽有加：

　　〈一對金手鐲〉，題材和魯迅的〈故鄉〉相同，閏土、阿月
　　這兩個鄉下人同樣是令人難忘的人物。但魯迅的作品都比較
　　灰暗，不像琦君這樣充分表達中國傳統溫柔敦厚的特色。我
　　以前曾把琦君同李後主、李清照相比，現在想想，她的成
　　就，她的境界都比二李高。❽⓿

夏志清認為〈一對金手鐲〉不似魯迅〈藥〉來得灰暗，反而展現溫
柔敦厚的特質。同時，夏志清也「改口」認為琦君比李後主與李清
照的境界更高。此外，夏志清認為「她的散文確比小說好」：

---

❼❾　夏志清：〈夏志清書簡〉（夏志清談琦君），節錄自 1974 年 10 月 1 日《書
　　評書目》，《琦君的文學世界》，頁 150。
❽⓿　夏志清：〈夏志清論「一對金手鐲」〉（夏志清談琦君），節錄自 1977 年 7
　　月 1 日《現代文學》雜誌復刊號第一期〈現代中國文學史四種合評〉一文，
　　《琦君的文學世界》，頁 151。

　　個人覺得她的散文確比小說好，這一方面是小說不但技巧多
　　方，而且作者本身要冷靜客觀，而琦君本心慈悲，實更適宜
　　寫作散文。❽

主要原因就是琦君的「本心慈悲」適於小品散文自我揭露的特質，
而不適合冷靜客觀的創作小說。此說充分肯定琦君的散文成就，並
具有當代接受史的指標性意義，即著眼於琦君的散文價值甚於小
說。由此說延伸，孟瑤的性格確乎較為適於書寫小說。

　　關於當代讀者所接受的琦君已有相當眾多的論述，此不贅言。
❽楊牧曾經為琦君做序，他說「二十年來，琦君的散文越嚴越深越
廣」❽，余光中也在文章中提及三十年來臺灣作家的第二代之中
「筆力最健者，當推琦君」❽。由眾多讀者與批評家所共同建構的
當代接受史中，琦君自五十年代以迄於今享有半世紀的榮耀，可謂
當代散文史的正典。

　　相較之下，同樣崛起於五十年代的孟瑤，儘管曾經文名大噪，
也曾經引領風騷，時至今日竟有不勝蕭條之感。以當代讀者對為孟
瑤的接受而言，其弟子吉廣興的視角可為此中代表：「這段時期有

---

❽　鄭明娳：〈談琦君散文〉，原載於 1976 年 3 月《文壇》月刊，《琦君的文學
　　世界》，頁 175。
❽　以學位論文為例，近二十年來學院裡的現代文學研究中，琦君被研究的質量
　　遠較孟瑤被關住的程度高出許多。如文後表 2 所示。
❽　楊牧：〈留予他年說夢痕序〉，《留予他年說夢痕》，頁 2。
❽　余光中：〈亦秀亦豪的健筆——我看張曉風的散文〉，張曉風《你還沒有愛
　　過》（臺北：大地出版社，1996 年 8 月），頁 3。

兩部小說十分獨特，是孟瑤的小說世界中兩塊晶瑩的玉石：《危嚴》和《黎明前》。」⑧這兩部小說所具備的反共懷鄉意識，無疑地是它們以政治正確的姿態獲得矚目。其中，《危嚴》（原名《懸崖勒馬》）榮獲民國四十二年國父誕辰紀念獎金長篇小說第二獎。這項來自官方的肯定，使孟瑤確立往後獻身小說創作的決心：

> 《危嚴》獲得四十三年的中華文藝獎基金會頒發的中華文藝
> 獎（今日國家文藝獎前身），當時的教育部長張道藩曾經特別為
> 文推崇，稱譽作者「連一句對話、一個小動作，亦均揣摩心
> 理，絕不放鬆」，有「一寫十九萬字的真正魄力」！這本書
> 的得獎及普受矚目，對作者生出了絕大的鼓舞作用，也奠定
> 了作者日後孜孜矻矻從事小說創作的基礎，這是孟瑤甫出道
> 即受到社會的肯定對待。⑧

在五十年代由張道藩所主導的文藝政策下，此類反共懷鄉之作的正確意識，特別容易受到青睞，同時期的名作如潘人木《蓮漪表妹》亦然。無怪乎，張道藩特別為文推崇。

《危嚴》以反共懷鄉呼應時代的呼聲，看似與男作家建構的主流創作意識雷同，其實它是女性文學，但又與一般定義下脫離時代或歷史感的女作家文學不同。若將時空還原到五十年代反共懷鄉的文藝政策角度下言之，孟瑤的小說呼應此一政治正確的潮流必然有

---

⑧　吉廣輿：〈味吾味處尋吾樂——淺析孟瑤的心象世界〉，《孟瑤讀本》，頁14。
⑧　同前註，頁 14-15。

其時代意義，但它畢竟仍有女作家特有的性別意識融入創作中。關於這項特質，仍有特別的文學史意義可供討論。**⑧⑦**

　　其次是五十餘萬言的大部頭著作《黎明前》，是以辛亥至七七抗戰為主軸的時代小說：

> 　　其次是《黎明前》，全書五十餘萬字，是孟瑤小說世界中最龐大的里程碑，總字數空前絕後，也是唯一一部從辛亥寫到七七的時代小說（我們在討論孟瑤的小說歷程時，一定不能忘記她是學歷史的，歷史是她的本行）。這部大塊頭書由香港明華出版社於四十八年初版後，直到民國六十七年才由臺灣學人文化公司重版，目前市面上尚有餘書，並未能引起讀者及文藝界的矚目。作者在信牘中提及本書時，亦只有寥寥數語：「這是我三十多歲時的作品，說不上好，但處處看出精力旺盛，如今體力衰竭，實不勝回顧之情。」**⑧⑧**

---

⑧⑦　如梅家玲〈五十年代臺灣小說中的性別與家國──以《文藝創作》與文獎會得獎小說為例〉（《性別，還是家國？──五〇與八、九〇年代臺灣小說論》，臺北：麥田出版社，2004 年 9 月）即指出「孟瑤得獎長篇《危巖》，也為戰時「美人計」的策略運用，另推陳出「美男計」與之對話，從而將此一論題，導向更為繁複多元的思辨空間」（頁 78）；「出自潘人木、孟瑤等人之手的女性小說，都以近乎「羅曼史」式的性別政治，質難、解構，並且同時深化了原以陽剛雄偉是尚的反共文學想像。此一瑣屑兼以私情化的敘事走向，自然也促成女性角色地位的轉變，以及女性主體凸顯。」（頁 80）

⑧⑧　吉廣輿：〈味吾味處尋吾樂──淺析孟瑤的心象世界〉，《孟瑤讀本》，頁 15。

這部卷帙龐大的小說是孟瑤個人的得意之作，⑧⑨本行為歷史的她，除了一般言情小說之外，還特別注重具備歷史感的小說創作，這類以大時代背景為主的創作正是她所在行的，然而在當時「並未能引起讀者及文藝界的矚目。」而作者提及本書時，也只有寥寥數語說道：「這是我三十多歲時的作品，說不上好，但處處看出精力旺盛，如今體力衰竭，實不勝回顧之情。」言下頗有悵然之慨。如此一部著力甚深且甚為在意的著作，未能引起當代讀者的青睞。然而，即若置於今日已不再標榜反共懷鄉的氛圍下，其被接受的可能性亦相當低微。因此，《黎明前》遂被遺忘於當代讀者的接受視域之外。

此外，孟瑤小說的多產記錄是她相當重大的標記，如古繼堂所言：「孟瑤，多產作家，在大陸時期就開始創作，目前已有中、長、短篇小說集數十部。」⑨⑩但多產的同時，是否享有同樣的聲響及影響力似乎又是另一回事：

> 五十年代臺灣女作家的小說，雖然有影響的作品不少，例如長篇小說中林海音的《曉雲》、郭良蕙的《心鎖》、孟瑤的《心園》、潘人木的反共小說《蓮漪表妹》和《馬蘭自傳》及華嚴的《智慧的燈》等；短篇小說中繁露的《養女湖》、

---

⑧⑨ 曾經身為其弟子及助教的中興大學中文系李建崑教授亦曾經提到此事，謂孟瑤生前即十分在乎自己小說的歷史評價，尤其是這部《黎明前》。李建崑教授，94 年 11 月 1 日口述。

⑨⑩ 古繼堂：《臺灣小說發展史》第三章「臺灣女性小說作家群的形成」（臺北：文史哲出版社，1996 年 10 月），頁 174。

張秀亞的《尋夢草》、琦君的《菁姐》、張漱涵的《意難忘》、畢璞的《風雨故人來》等等；但是對臺灣小說，尤其是對臺灣女性小說發展影響最大的是……張愛玲的作品……林海音的作品……郭良蕙的作品……潘人木的作品等。❾❶

古繼堂認為五十年代臺灣女作家的小說有影響力的不少，孟瑤的《心園》也是其中一部；但論及對臺灣小說、甚至女性小說的影響應屬張愛玲、林海音、郭良蕙以及潘人木等女作家的作品。以小說發展的接受而言，孟瑤的讀者似乎僅侷限於某一年代，並未延伸至今。

其弟子吉廣輿也認為孟瑤的小說創作能量既豐沛又認真，「但傷知音稀」❾❷。讀者隊伍顯然沒有如琦君一般綿延不絕，只有岑寂之感：

> 她一年一年地寫，七十餘部作品一部一部淪沒在這個交光互影的文壇，幾乎是「也無風雨也無晴」。在她岑寂的小說世界裡，沒有讀者瘋狂的叫囂和掌聲，沒有文壇月旦的刀光與劍影，沒有花開，沒有風舞，有的是春日遲遲，是長夜漫漫──她就這樣在中國現代文學的一個黑暗狹小的角落裡，孤獨地亮起了一盞燈，寂寂寞寞地寫出了孟瑤的小說世界。❾❸

---

❾❶　同前註，頁 176。
❾❷　吉廣輿：〈味吾味處尋吾樂──淺析孟瑤的心象世界〉，《孟瑤讀本》，頁 10。
❾❸　同前註。

吉廣興認為主要是因為「孟瑤小說的最大優點，不幸也是最大的缺點：平實，恬澹。」❾例如孟瑤身為早期言情女作家，但她小說中的愛情多發乎情止乎禮義，不涉情欲，較諸其他女作家的言情小說確實較為素樸。

然而，孟瑤的堅持與努力仍為她自己創造了豐沛的寫作成果，只是接受的效果，其實還需要甚多內外緣因素的相互配合才能發生意義。遺憾的是，接受孟瑤的當代讀者群中，知音甚稀：

> 許多作家及其作品之研究析論，往往長篇累牘不勝枚舉，可供參考之資料所在多有，唯孟瑤及其作品幾乎一無所有，完全被國內之文學批評界冷落了。❾

幾乎完全被批評界冷落的孟瑤，想必有些寂寞。相較之下，同時代發跡的琦君不但未被冷落，其聲譽反而隨著年歲增長而日益崇隆，學院中的相關研究亦所在多有。❾

第六節　結　語

綜觀琦君與孟瑤的生命歷程，身兼女作家與女教師的身分，長年不斷地以其創作與教學活動影響當代文學史。因此，稱之為學院

---

❾ 同前註，頁 26。
❾ 同前註，頁 29。
❾ 參考文後附錄。

女作家恰如其分,既出自五四後的新式學院殿堂,更站在戰後臺灣的學院講壇上;她們既講授古典文學,也傳播現代文學。尤其是對現代文學的傳播,她們既是創作者也是講述者(傳播者),建構現代文學史的同時,也建構了自己的接受史。

此外,琦君與孟瑤的當代接受情形,一熱一冷,形成兩極的對比。由於接受視域的審美品味使然,當代對於琦君的小品散文呈現極高的接受效果;而孟瑤型態各異的長篇小說似乎已被文學史所遺忘。

回溯當代文學史,五十年前一批學院女作家參與了臺灣的現代文學史,也為大學院校的文學教育善盡傳播責任。琦君與孟瑤透過教學與學術,以及己身的創作,建構了她們自己的文學接受史,也見證了五十年來的當代文學史。

琦君的母親說女權就是拳頭,做得愈多權力愈大。這句話影響她的一生,她從來不曾偷過懶,總是忙碌卻也自在愉快得像一條歌唱的小溪。而孟瑤的一生都在堅毅自持中度過,她也總是勤勞度日、永遠不停歇,直至生命盡頭。在琦君與孟瑤的身上,看到新式學院教育下古典而自制的女作家典範。

附表一：琦君與孟瑤的對照記

	琦君，本名潘希真 （1917-2006）	孟瑤，本名揚宗珍 （1919-2000）
出生	浙江永嘉人。1917 年 7 月 24 日出生於永嘉縣瞿溪鄉。	1919 年 5 月 29 日出生於湖北省漢口市，祖籍武昌市青山鎮。 2000 年 10 月辭世。10 月 27 日《臺灣日報》製作紀念專題。中興大學中文系故舊門生陳器文、李建崑、徐照華諸先生撰文紀念。
學歷	時恩師夏承燾執教瞿溪鄉鄉村小學，曾來潘家，教琦君說話。1930 年入弘道女中初中部至高中部畢業。 1936 年直升之江大學中文系。受業於夏承燾。1938 年因戰爭輟學返故鄉。1939 年返滬上續學，副修英文系。1940 年受業於龍沐勛。	1932 年就讀於南京女中初中。1934 年就讀於漢口市立第一女子中學初三至高中畢業。 1938 年就讀於重慶沙坪壩國立中央大學文學院歷史系至 1942 年畢業。旁聽國文系胡小石、盧冀野、唐圭璋等名師課程。
經歷	1941 年任教上海匯中女中。 1943 年任教永嘉縣中。 1945 年任教母校弘道女中兼浙江高院圖書管理員。 1949 年來臺後，任高等法院書記官、司法行政部編審科長，並兼任世新、實踐家專、中國文化學院等校國文教職。 1969 年自司法行政部退休。 1974-77 年於中央大學中文系兼任教職。 1975 年應中興大學中文系主任孟瑤	1942 年任教重慶廣益中學文史教員。 1944 年任教四川簡陽女中國文教員。 1949 年任教臺灣省立民雄中學、臺灣省立臺中師範學校。 1955 年應聘至臺灣省立師範學院國文系兼任講師，1956 年升專任講師，1959 年升副教授。 1962 年應梁實秋之邀赴新加坡南洋大學中文系任教。 1966 年任教國立臺灣師範大學國文

	之邀至中興兼任教職。 1980-83 年擔任中央大學中文系專任教職，教授小說選與戲劇選。至隨夫遷居美國止。	系。教授中國文學史及史記兩門課。 1968 年應徐復觀及李漁生之邀至國立中興大學中文系開課，講授新文藝及習作、中國文學史及史記等課程。 1975 年接任中興大學中文系第三屆系主任，並成立崑曲社。 1979 年積勞成疾，自中興大學中文系主任任上退休，告別長達 37 年的教學生涯。
婚姻	1950 年與李唐基結婚。因〈金盒子〉結緣。 育獨子李楠。 1983 年隨丈夫李唐基僑居美國紐約。 2004 年 6 月與夫婿回臺定居。	1942 年與大學同學張君締婚。 1944 年長子張無難出生於成都。 1948 年次子張欣戊出生於上海。 1953 年與同在臺中師範任教的先生協議離婚，各帶一子。
踏入文壇的開始	1949 年 5 月來臺。 6 月開始投稿，第一篇散文〈金盒子〉被中央副刊刊出。第二篇〈飄零一身〉投中央日報婦女家庭版亦被刊出。正式開始散文寫作。	1949 年赴臺灣，在《中央日報》發表文章〈弱者，你的名字是女人〉，以孟瑤筆名寫作，正式立足文壇。 於中央日報副刊陸續發表《給女孩子的信》二十篇。
得獎	1963 年五四文藝節獲得中國文藝協會散文獎。 1970 年《紅紗燈》獲中山學術基金會文藝創作散文獎。 1985 年《此處有仙桃》獲國家文藝獎。	1953 年以《懸崖勒馬》獲中華文藝獎金委員會中華文藝獎。 1969 年《這一代》獲嘉新文藝創作獎。

	1985 年《琦君寄小讀者》獲新聞局優良著作金鼎獎。	
重要學術著作	《詞人之舟》、《琦君讀書》。	孟瑤三史：《中國小說史》、《中國戲曲史》、《中國文學史》。
首部被研究的學術論文	1996 年邱珮萱《琦君及其散文研究》，國立高雄師範大學國文學系碩士論文，何淑貞指導。首部以琦君為主的學位論文。	1997 年吉廣輿《孟瑤評傳》香港新亞研究所碩士論文，李祖燊指導。首部以孟瑤為研究對象的學位論文。
晚年的榮耀	2001 年金石堂評選為「2001 年出版風雲人物」。浙江瞿溪鎮政府修葺琦君老家所建成的「琦君文學館」開館。 2004 年 10 月 15 日獲頒「二等卿雲勳章」，表彰她在文學創作方面的貢獻。 2004 年 12 月 1 日中央大學圖書館在九歌文教基金會的贊助及文訊雜誌社的協助下，舉辦圖書館週系列活動之一：「琦君作品研討會暨相關資料展」。 2005 年中央大學中文系李瑞騰教授開設「琦君文學專題研究」課程；成立「琦君研究中心」；12 月 15-16 日舉辦「琦君及其同輩女作家學術論文研討會」。12 月 17 日舉辦「琦君文學專題研究」研究生論文發表會。	

附表二：歷年研究「琦君」與「孟瑤」的學位論文一覽表
（至 2005 年止）

	琦君	備註	孟瑤	備註
1996	邱珮萱《琦君及其散文研究》，國立高雄師範大學國文學系碩士論文，何淑貞指導，1996 年	首部以琦君為主的學位論文。		
1997			吉廣輿《孟瑤評傳》，香港新亞研究所碩士論文，1997 年	首部以孟瑤為主的學位論文。
2001			*❼曾鈴月《女性鄉土與國族──戰後初期大陸來臺三位元女作家小說作品之女性書寫及其社會意義初探》，靜宜大學中文系碩士論文，邱貴芬指導，2001 年	以徐鍾珮、孟瑤及潘人木為討論對象。
2002			*朱嘉雯《亂離中的自由──五四自由傳統與臺灣女性渡海書寫》，中央大學中文所博士論文，康來新、李瑞騰指導，2002 年	以蘇雪林、謝冰瑩、沈櫻、孟瑤、張秀亞及聶華苓為討論對象。

---

❼　標注＊號者，非作家專論。

2003	陳雅芬《琦君小說研究》，臺北市立師範學院應用語言文學研究所，馮永敏指導，2003 年			
	陳澄如《琦君兒童散文的傳記性》，臺東師範學院兒童文學研究所碩士，林文寶指導，2003 年			
	＊邱珮萱《戰後臺灣散文中的原鄉書寫》，國立高雄師範大學國文學系博士論文，何淑貞指導，2003 年	首部將琦君列入討論的博士論文，但並非專著，僅為多數作家中之一位。		
2004	王怡心《琦君小說主題內涵與人物刻畫研究》，東吳大學中國文學系碩士論文，沈謙指導，2004 年		＊顏安秀《《自由中國》文學性研究：以「文藝欄」小說為探討對象》，國立臺北師範學院臺灣文學所碩士論文，許俊雅指導，2004 年	孟瑤及其小說為該論文「作者研究」所討論的其中一位。
	陳姿宇《琦君散文人物刻劃研究》，玄奘人文社會學院中國語文研究所碩士論文，鄭明娳指導，2004 年			

	陶玉芳《琦君散文在國小教育上的價值與應用》，屏東師範學院國民教育研究所碩士論文，鍾屏蘭指導，2004 年		
2005	張林淑娟《琦君《橘子紅了》敘事美學研究》，銘傳大學應用中國文學系碩士在職專班碩士論文，江惜美指導，2005 年		
	鄭君潔《論琦君的書寫美學和生活風格》，佛光人文社會學院文學研究所碩士論文，羅中峰指導，2005 年		
	林鈺雯《琦君散文的抒情傳統》，彰化師範大學國文所國語文教學碩士班論文，周芬伶指導，2005 年		

第七章
國族的離散・自我的招魂
——施叔青遊記／小說
《兩個芙烈達・卡蘿》的身分認同

第一節　前　言

　　近現代小說中，有一種名為「遊記」的類型。若往上溯源的話，《老殘遊記》一類的遊記／小說，應該就是起點。本文擬以《老殘遊記》為發想的起點，探索現當代遊記／小說發展中的一顆明珠：施叔青《兩個芙烈達・卡蘿》❶。《老殘遊記》藉由劉鶚的化身——老殘，以行走江湖的方式見證（witness）晚清帝國的歷史。❷時至今日，遊記／小說已不再「見證」帝國，而是「凝視」

---

❶　曾獲中國時報開卷一周好書榜（2001 年）、聯合報讀書人每周新書金榜（2001 年）以及誠品每月選書（2001 年）。

❷　「見證」挪用費修珊（Shoshana Felman）、勞德瑞（Dori Laub）著；劉裘蒂譯：《見證的危機——文學・歷史與心理分析》的用詞。亦可參閱拙著：

（gaze）自己的文本。「見證」以觀察風土與療治病灶為重；「凝視」則是觀看鏡像的顯影進而尋求認同（identity）。本文即以後者為視角論述施叔青的遊記／小說。

　　施叔青作品中對於國族或自我生命文本的認同，是本章想要探究的主題。在此擬借用里柯（Paul Ricoeur）對「認同」（identity）所下的定義加以說明。他認為認同有兩個類型，一是「固定認同」（idemidentity），也就是自我在某一個既定的傳統與地理環境下被賦予認定之身分（given），進而藉由鏡映式的心理投射賦予自我定位，這種認同基本上是一種固定不變的身分和屬性。另一種認同是「敘述認同」（ipseidentity），透過文化建構、敘事體和時間的積累，產生時空脈絡中對應關係下的敘述認同。敘述認同經常必須透過主體的敘述以再現自我，並在不斷流動的建構與斡旋（mediation）過程中方能形成。敘述認同是隨時而移的，它不但具備多元且獨特的節奏和韻律，也經常會在文化的規範與預期形塑下，產生種種不同的形變。也就是在這樣的意義下，許多女性主義學者，特別側重性別認同和文化建構的重要性，弱勢團體也提倡多元文化下的自我認同，藉此強調族裔認同的差異，以及不同文化位置和地方所形成的獨特地方認同（place identity），甚至進一步挪用後殖民研究的論述，來強調交混雜揉的認同位置。❸而施叔青《兩個芙烈達·卡

　　〈見證帝國的醫者——重讀劉鶚與老殘的走方生涯〉，元培科學技術學院國文組主編：《生命的書寫——主題文學學術研討會論文集》（臺北：萬卷樓圖書公司，2003 年 8 月）。

❸　引自廖炳惠：〈identity 認同〉，《關鍵詞——文學與批評研究的通用辭彙編》（臺北：麥田出版社，2003 年 9 月），頁 135-136。

蘿》文本中正好兼具里柯所言之兩種認同，並且在固定認同與敘述認同之間曖昧游移。

　　不僅如此，施叔青《兩個芙烈達・卡蘿》其文體亦曖昧游移於遊記與小說之間，往後讀猶如遊記，往前讀則仍似小說。❹該遊記／小說中以墨西哥女畫家芙烈達・卡蘿（以下簡稱「芙烈達」）的自畫像為經，敘說的其實是施叔青自己面對鏡像的自我認同問題。另一方面，施叔青藉由到西班牙與葡萄牙旅行，巧妙的以藝術做為旅程的開端，進行殖民／被殖民的諸多聯想，並從離散（diaspora）視角，觀看拉丁美洲藝術家的國族認同、曾被西班牙殖民的墨西哥畫家狄耶哥的堅持本土藝術，曾被荷蘭殖民過的臺灣又是如何面對重建熱蘭遮城與否等問題，這些都是現今後殖民論述（postcolonial theory）中經常出現的議題。施叔青藉由一趟西、葡旅程，聯想至墨西哥女畫家的自畫像，進而勾連出諸種文化上的身分認同議題。

　　循此，施叔青在此文本中所突出的焦點有二條線索，一是國族的身分認同，二是自我的身分認同。而芙烈達的自畫像無疑地是勾串兩個議題的最佳橋樑：

---

❹　張小虹論及施叔青另一遊記／小說《驅魔》時，說道：「《驅魔》由前往後讀是「遊記」變成「小說」，由後往前讀是「小說」變成「遊記」，越紀實越按圖索驥的遊記，召喚的是愈魔幻愈匪夷所思的小說，好像紀實與魔幻從來就是一體的兩面，相偎相依。《驅魔》是後設小說，《驅魔》也是後設遊記，《驅魔》是在藝術殿堂的鬼斧神工之中，開展文字傳奇的怪力亂神。」參看張小虹〈導讀：魔在心中坐〉，《驅魔》（臺北：聯合文學出版社，2005年8月），頁6。

> 她的繪畫裡的自傳性質及對身體的感知，使得女性主義者認
> 為她是女性認同及身體政治的先驅：她的繪畫風格及國族寓
> 意，也使她在後殖民論述裡佔有一席之地，並成為這兩者相
> 逢介面的新代言人。❺

因此，擁有墨西哥印第安與西班牙雙重血統的芙烈達，其身世文本
即已寄寓國族身分認同的議題在內；同時芙烈達眾多的自畫像，也
是她勇於面對鏡像中的自己的成果，更蘊含著深刻的自我身分認同
的意義。循此，施叔青以芙烈達的繪畫文本「兩個芙烈達」做為書
名，一方面說明兩個分裂的芙烈達／施叔青對自我的身分認同，另
一方面也由芙烈達／施叔青身世血統中追索整個國族的身分認同議
題。於是，施叔青以芙烈達這位女畫家做為對話的文本，著眼的應
是她所具備的多重意義：

> 芙烈達·卡蘿以她心靈的移置（Displacement）、肉體的受
> 苦，以及嘗試在「重置」（(Inn)positionings）中獲得自我救
> 贖，來注解她所處的時代與自己。那是國族誌，也是個人的
> 生命誌。❻

在受苦的生命文本中，芙烈達以繪畫重製自我並獲得自我救贖，同

---

❺ 南方朔：〈序：一個永恆的對話〉，《兩個芙烈達·卡蘿》（臺北：時報文
　　化公司，2001 年 7 月），頁 5-6。
❻ 南方朔：〈序：一個永恆的對話〉，《兩個芙烈達·卡蘿》，頁 6。

時也成就了屬於她的非凡時代。因此，芙烈達以自畫像注解她自己的心靈世界，也讓讀者在觀看其墨色鮮豔且糾結繁複的文本時，一併閱讀整個國族的生命，「那是國族誌，也是個人的生命誌」。

　　因此，本文擬以施叔青《兩個芙烈達‧卡蘿》這部遊記／小說，說明文本中的二個脈絡，一是國族的身分認同，二是自我的身分認同問題。這二個脈絡的共同切入點是以藝術做為引信，藉由多元的藝術文物展品的連結，一一深入多個文化的內蘊裡，以探究殖民／被殖民、中心／邊緣、霸權／弱勢等概念如何被解讀。最後，並且由此迴眸晚清以來遊記／小說的特質，如《老殘遊記》般的見證方式，已逐漸為《兩個芙烈達‧卡蘿》這般「凝視──認同」的脈絡所替代，這種轉變可視為現代遊記／小說的重要特質。

第二節　以藝術啓程‧觀看殖民／被殖民
──國族的身分認同之一

　　紐約市立大學戲劇碩士出身的施叔青，此生與藝術結下深厚的緣份。除了寫作之餘從事平劇、歌仔戲的研究之外；並曾擔任香港藝術中心亞洲節目部策畫主任一職。因此，除了眾多知名的小說之外，其藝術類著作亦頗有可觀，如《西方人看中國戲劇》、《臺上臺下》、《推翻前人》、《藝術與拍賣》與《耽美手記》等專業藝術著作。

　　若論施叔青的藝術涵養對於小說創作的直接影響，其近年力作《行過洛津》值得一提。它以「臺灣三部曲之一」的姿態，側寫清

嘉慶年間一個移民臺灣鹿港的泉州七子班旦角月小桂（許情）的生平遭際。施叔青將她最熟習的中國戲劇史轉化為小說的肌理，以戲子為主角刻畫一頁臺灣移民史。由此可見她的藝術涵養對於小說創作的影響。

此外，最能直接見證她的藝術涵養的小說應屬《兩個芙烈達・卡蘿》與《驅魔》。兩部小說皆以遊記的姿態，展現作者的自我追尋與認同問題。同時，這兩部遊走於小說／遊記之間的曖昧文體，皆以藝術啟程，展開對自己的招魂／驅魔歷程。然而受限於篇幅，本文僅以《兩個芙烈達・卡蘿》為觀察文本，以探究其如何透過藝術目光，觀看殖民／被殖民的議題，以尋求國族與自我的文化身分認同。

施叔青如是說道：「我想到天涯海角為自己招魂。在回歸的心路上，我必須把自己拋擲得愈遠，才會回來得愈快。」❼並且由於久居香港，對殖民地的身歷其境，使她長年來孜孜於以小說創作的形式記錄著關於殖民主義的心得，如《維多利亞俱樂部》、「香港三部曲」（《她名叫蝴蝶》、《遍山洋紫荊》、《寂寞雲園》）。由於她對殖民主義的關懷，乃如是出發至南歐的西班牙及葡萄牙探訪這兩個昔日的海上霸權，並由此引發她對中南美洲的好奇與關注。

同時，由於施叔青特別驚艷於墨西哥女畫家芙烈達的繪畫，「於是這次的南歐之行，將不只是我與所到處的兩種空間、兩種文明的碰撞而已，我除了將不斷地的前行，探索未知的遠方，我更將左顧右盼，不時把目光從西半球轉移到遙遠的南半球，隨時傾聽芙

---

❼　施叔青：〈2〉，《兩個芙烈達・卡蘿》，頁 16。

烈達·卡蘿的心聲。此行我將連接兩種以上的空間，無數種的文
明。」❽其實，施叔青不僅藉由與芙烈達對話，尋訪自己的心靈故
鄉，也和畫家狄耶哥及小說家卡夫卡的藝術心靈相互對照。因此，
《兩個芙烈達·卡蘿》展演了相當複雜的空間與文明。

㈠西班牙與拉美國家：從霸權歷史觀看藝術家的國族認同

1.烏拉圭托雷斯·賈西亞的「錯覺的地圖」

　　施叔青的旅程由澳洲布里斯本開始。在一古董家具店，觀看一
批由中南美洲蒐購而來的西班牙殖民時代的古董工藝品開始，施叔
青如是追索殖民與被殖民的鏈接關係：「十六世紀，西班牙摧毀了
印第安的印加、馬雅、阿茲特克等文明之後，中南美洲淪為殖民
地，征服者大力推動希斯班化（Hispanic），中南美洲每個城市的色
調、社會文化活動，完全是西班牙的翻版，各國的總督府沿襲了當
時西班牙宮廷的繁複禮儀，講究排場奢華的程度有過之而無不及。
各種宴會、出獵、戲劇表演的豪華程度和規模，只有當時法國的
第戎和布魯塞爾的活動可媲美。」❾其實，施叔青鏈接的也是自己
的身分／身世，同樣也有來自被殖民過的國度：臺灣。歷經西班
牙、荷蘭等海上強權，以及明鄭、日治、國府等不同族群的治理，
以及美、日的文化「殖民」，所有臺灣人皆面臨共同的身分認同問
題：

---

❽　同前註，頁 17。
❾　施叔青：〈1〉，《兩個芙烈達·卡蘿》，頁 12-13。

> 殖民者從宗主國移植了所有的禮儀服飾、生活語言,全套照
> 搬。這也正是我論文的重點:兩種不同文化的衝擊下,強勢
> 的一邊注定要把弱勢的民族全面性地壓倒,甚至毀滅,讓它
> 銷聲匿跡,然後用自己的文化取而代之。❿

小說中的施叔青是以參加大洋洲文學會議之故,提出一篇以跨文化
的交流與國勢為題的論文,而來到澳洲的。因緣際會下,她以參訪
古董家具店做為此行的臨別一瞥。嫻熟於藝術史的她很快地發現這
批家具非凡的來龍去脈,與它背後蘊藏的跨文化風情與歷史身世。
以此為起點,施叔青要追索的是拉美國家對應於西班牙殖民母國而
來的文化身分認同問題,而這也是整部小說中最重要的議題。

　　循此,施叔青以一幅「錯覺的地圖」進行更深刻的文化認同議
題:「我看過一幅地圖,故意把中南美洲顛倒過來。地圖,對旅行
者而言不可或缺,幸虧那是一幅畫家創作的作品,並非真實的地
理。」⓫施叔青並認為:「這幅『錯覺的地圖』,出自南美烏拉圭
的藝術家托雷斯‧賈西亞之手,他把南美洲的地圖倒置,整個顛倒
了過來,使南極處於北邊,赤道變成在南方,賈西亞這幅地圖在在
嘲弄幾世紀以來,世人輕南重北的地理觀念,用意是讓南美洲人重
新思考他們的位置,尋找地理上與歷史上的自我肯定。」⓬因為:

---

❿　同前註,頁 13。

⓫　同前註。

⓬　同前註,頁 13-14。

身份認同一直是拉丁美洲的藝術家夢魘似的、追纏不休的創
作主題。仿如陷於一種集體意識的催眠，從烏拉圭到阿根
廷、薩爾瓦多、墨西哥……他們先後不約而同以各種形式記
錄著地誌行腳，遊蹤圖考以便確認心靈之鄉的歸屬。**⑬**

施叔青所提到的拉美藝術家的認同困惑與身分認同的歷程，**⑭**與臺
島當今的文化氛圍竟有幾許神似之處。因此，施叔青認為：「二十
世紀三〇年代墨西哥的民族壁畫派主導了拉丁美洲的藝壇，令舉世
側目的同時，烏拉圭的托雷斯·賈西亞，這位以符號性的幾何藝術
活動於主流藝術之外的藝術家，也以『錯覺的地圖』，顛覆了世人
眼中拉丁美洲的偏遠位置，肯定它具有獨立的條件與力量，並不需
要仰賴別人的肯定。」**⑮**而這種「並不需要仰賴別人的肯定」的精
神，正是拉美藝術家企圖展現自我文化認同的表現。

再者，施叔青也以薩爾瓦多藝術家魯道夫·莫里納的裝置藝術
作品「地圖」為例，說明此一認同問題：「他用經緯方格的線體框
住了一幅一九一三年薩爾瓦多的地圖，把一枚徽章鑲在中心位置，

---

⑬ 同前註，頁 14。

⑭ 施叔青所謂的認同困惑，應由哥倫布「發現」新大陸之後開始說起。十六世
紀，西班牙以航海探險的霸權之姿，以火與劍一一征服拉丁美洲的印第安原
住民，使其成為歐洲文化的附庸；被殖民者自覺己身文化較宗主國落後且位
居邊陲，乃力圖複製宗主國的文化，企圖一致。然而另一方面，拉美國家紛
紛獨立之後，逐漸意識到自己文化的特色，主張發揚印第安土著傳統，遂有
割斷與殖民母國文化臍帶的呼聲出現。參看施叔青：〈1〉，《兩個芙烈達·
卡蘿》，頁 14。

⑮ 施叔青：〈1〉，《兩個芙烈達·卡蘿》，頁 14。

嵌入版圖,用七把利劍刺穿受傷的心,利劍是薩而瓦多的辟邪之物,雖然版圖受了詛咒,先是西班牙的殖民,現在換成美國的政治侵略,但是仍有七把劍鎮壓辟邪。」**⓰**最後,阿根廷的葛拉莫·古特加,「被國際藝壇認可的年輕藝術家,也使用文字與圖像符號展開不同階段對家國與自我位置質疑的尋求。首先收集遊記,把龐大的地誌圖型從室內的小床,一直到塗滿了地圖的大床,回歸的過程以床、家做為歸屬點。」**⓱**而「他的第二階段的嘗試是把十八世紀中葉以來的一個族譜,代代繁衍以地圖經緯垂直變化來呈現。乍看之下,族譜宛如一張地圖,每一代的人名也一如道路街名。」**⓲**無論是地圖、遊記或族譜的創作與收藏,在在呈現了拉美藝術家們強烈的文化認同危機。

施叔青透過以上四條線索(西班牙殖民風的古董家具、賈西亞錯置的地圖、莫里納的地圖裝置藝術、古特加的遊記及族譜),開始追索所謂的文化身分認同問題。當然,這樣的文化身分認同往往也和國族身分認同習習相關,因此「除了地理、文化的歸屬問題,西班牙、葡萄牙殖民者與原住民的印第安人、北歐移民、甚至長期居住的猶太裔,族群之間相互混血,一次次的換血,過度血統上的混淆,導致藝術家們四分五裂無所適從。」**⓳**因此,當施叔青觀看他者(other)的國族與文化身分認同的歷程,其實也是在觀看自己切身的認同問題。

⓰ 同前註,頁 15。

⓱ 同前註。

⓲ 同前註。

⓳ 同前註。

2.墨西哥狄耶哥 · 里維拉的史詩壁畫

施叔青在芙烈達的丈夫狄耶哥的壁畫藝術上看到他的國族認同:「中南美洲的藝術家都在尋找地理的定位及心靈的歸屬,賈西亞在尋找、把地圖塗在小床、大床上,以家做為回歸過程的葛拉莫 · 古特加在尋找,芙烈達的丈夫,墨西哥偉大的壁畫家狄耶哥 · 里維拉也曾經在尋找。」❷施叔青認為狄耶哥在繪製本土藝術的史詩壁畫上,找到自己的國族認同。

狄耶哥早年獲得墨西哥政府的獎學金到西班牙(殖民母國)留學,但他卻不像前輩畫家一樣均以西班牙為馬首是瞻。❷他曾在墨西哥的國立聖卡羅學院研七年,對於殖民母國的教學方式大感不耐,所以來到西班牙的他,一樣不願進入僵化保守的馬德里藝術學院,但他也不肯如同前輩一般流連咖啡館、酒吧以及妓院。因此,他除了在畫室作畫,也花時間在美術館、博物館流連,經常去普拉多美術館臨摹古畫。在這間與羅浮宮、大英博物館齊名的普拉多美術館裡,施叔青前去欣賞十八世紀大畫家哥雅的油畫及素描(全世界最大的收藏)。哥雅的油彩極盡鬼斧神工之妙,施叔青在哥雅的油彩畫面前想到曾經至此臨摹哥雅畫作的狄耶哥,「我想到二十歲、六呎高、三百磅重的里維拉,因為頭顱太大,整個馬德里買不到合他尺寸的帽子,只好戴著墨西哥帽,坐在普拉多美術館臨摹哥雅油畫的模樣,應該有多麼突兀怪趣。為了深入探究哥雅的風格,里維拉重新構圖,完成了三幅哥雅式的油畫,竟然被當做真蹟,至今有

---

❷　施叔青:〈7〉,《兩個芙烈達 · 卡蘿》,頁58。
❷　以下敘述,參考施叔青:〈7〉,《兩個芙烈達 · 卡蘿》,頁58。

一幅掛在巴黎美術館，另兩幅在美國與哥雅名作並列。」❷由此，施叔青進入狄耶哥的藝術世界，照見另一時空中的狄耶哥及其才華。

接著，狄耶哥離開馬德里，到巴黎找尋剛去世的塞尚遺作。他的傳記中記載著他對塞尚畫作的癡迷程度。❷並且與畢卡索成為莫逆，繪畫風格大受巴黎流行的立體主義影響，藝評家、畫廊及經紀人皆肯定他的成就，藝壇認為他的藝術已經「到達」了，然而他卻仍在找尋。狄耶哥沒有忘記墨西哥家鄉老師的教誨：畫你所知道的、畫你有感覺的！於是，在他立體主義變了型的風景畫裡，處處洩露他對墨西哥鄉土的感覺。❷

但狄耶哥置身於一次大戰後各種主義百花齊放的巴黎，卻冷眼旁觀，預言眼下大行其道的布爾喬亞品味的藝術，不可能長久統領藝壇。來自西方文化邊陲的他，預見到一種新的藝術，絕不是像這些前衛藝術只在顏色與形式中求變化、突出個性。狄耶哥意識到更重要的是內容，藝術必須反映群眾關切的問題，讓人們感動，它應該是生活的一部分。而成為生活中一部分的公共藝術，「不是畫架上，小小的、抒發個人情緒的繪畫，而是在固定的建築物綿延數十

---

❷ 同前註，頁 59。

❷ 狄耶哥佇立在畫廊櫥窗外，廢寢忘食，一動也沒動的盯著塞尚的畫作欣賞著，畫商以為他是竊賊，卻又忍不住更換被狄耶哥欣賞許多的那幅畫，一幅又一幅的更換。狄耶哥佇立欣賞的姿態沒變，直至夜深人靜、滂沱大雨，亦渾然不覺；畫商忍不住大聲說道：「沒有了，我再也沒有塞尚了。」多年後，畢卡索帶他去見那位畫商，畫商重覆以前「投降」的模樣。參看施叔青：〈7〉，《兩個芙烈達·卡蘿》，頁 59-60。

❷ 同前註，頁 60。

公尺的牆壁，描繪民族歷史、文化生活理念，氣勢磅礡的壁畫。」
❷狄耶哥認為真正的藝術應該是在公共場合比如學校、郵局、火車
站等公共建築出現的公眾壁畫。於是他決定離開巴黎，與現代藝術
潮流唱反調，走入時光隧道，來到義大利。

　　到義大利遊學的狄耶哥，專研十五世紀文藝復興時期的古典壁
畫，西收喬托、米開朗基羅等大師的精髓，一年半裡不眠不休夜以
繼日的學習與臨摹，即使義大利法西斯黨和社會主義黨員的砲彈在
頭頂飛過，也沒能讓他停筆。❷

　　狄耶哥回到家鄉墨西哥後，便投入內戰後的新政府策畫的壁畫
運動。初期作品依稀可見巴黎立體派的影響，但狄耶哥自覺地追求
新的表現形式。他回歸鄉土，深入探究民族的根源，開始長時間的
漫遊，足跡遍至墨西哥每一角落，以一種新的眼光來感受家鄉特有
的花草樹木、飛禽走獸，搜集豐富多彩的民間手工藝、古陶器，收
藏出土文物，也發掘西班牙征服之前的古印第安藝術，到猶肯坦地
區採訪馬雅文化，從阿茲特克古蹟的浮雕得到啟示。❷尤其是印第
安民族的生命力提供了狄耶哥復活再生的力量。❷他以壁畫形式探
討印第安原住民的宇宙觀、醫學農耕與祭祀，復原阿茲特克、馬

---

❷　同前註，頁 61。

❷　同前註。

❷　同前註，頁 62。

❷　印第安人信仰的神靈，被以奇異的方式保存下來。神廟被鏟平改建天主教
　　堂，印第安人偷偷把崇拜的偶像藏在教堂底下，表面崇拜天主，其實膜拜的
　　是隱藏於地下的神靈。而印第安人未曾滅絕的神靈，正好滋養了狄耶哥的藝
　　術。參看施叔青：〈8〉，《兩個芙烈達・卡蘿》，頁 64。

雅、印加帝國的原貌,呈現印第安人與混血後裔的生活情狀。這些
史詩式的壁畫,畫滿了墨西哥重要的建築外觀,壯麗而輝煌。㉙因
此,新的風格於焉誕生,「狄耶哥‧里維拉再生了。」㉚他終於走
出歐洲藝術的影子,以他所掌握的獨特的表現形式,以大膽的紅、
藍、褐黃等鮮豔原色直接畫到牆壁上,以生活圖景及人物風景街道
取代聖經圖像,以粗壯的黑人及印第安勞動者取代白種貴族與聖者
或天使像。對狄耶哥而言,「偉大壯美的藝術的根源必須種在自己
的土壤,壁畫成為復興墨西哥民族藝術的武器。」㉛至此,狄耶哥
以自己的方式面對自己的本土藝術,才算是真正找到自己的力量。

在施叔青眼中「以龍舌龍的活力來構思和創作壁畫」㉜的狄耶
哥,遊學歐洲三國(西、法、義)吸取各種藝術養分,卻未被歐洲藝
術潮流所同化,而是反思進而完成對母國本土藝術的認同與堅持。
因此,施叔青說道:

> 有誰可以預測到,拉丁美洲藝術在二十世紀中葉會從弱勢轉
> 變為強勢,狄耶哥‧里維拉從義大利文藝復興時期壁畫得到
> 啟發的藝術竟然會在後現代出現,我想像那些西方中心論的
> 藝術史家對著里維拉的壁畫時瞠目以對,不知如何歸類的錯
> 愕表情,忍不住痛快地大笑。㉝

㉙　施叔青:〈8〉,《兩個芙烈達‧卡蘿》,頁64。
㉚　施叔青:〈7〉,《兩個芙烈達‧卡蘿》,頁63。
㉛　同前註。
㉜　同前註,頁62。
㉝　施叔青:〈8〉,《兩個芙烈達‧卡蘿》,頁65。

同時她也認為：「後殖民的藝術理論家認為，拉丁美洲的本土藝術風格是在強勢殖民壓迫下，轉為弱勢甚至消隱，但這只是暫時性的，時機一來，便又蓬勃再生。」❸循此，狄耶哥拒絕西班牙殖民母國的霸權歷史，逃離法國立體主義的現代潮流的籠罩，在義大利的藝術傳統中吸取養分卻仍保有自己的主體意識，最後回到墨西哥家鄉反芻以上的留學／遊學經驗，並在墨西哥熱情的土地上找到最有生命力的藝術主體。無疑地，狄耶哥所展示的國族認同，是邊緣對抗中心主義的最佳範型。

3.墨西哥芙烈達的身體自畫像

(1)傷殘的身體自畫像——墨西哥被西班牙殖民的歷史

施叔青文本中與她對話的女畫家芙烈達，其傷殘的身體自畫像也提供了施叔青連翩浮想的線索：「芙烈達，我總是把妳身體宿命性的傷殘，與墨西哥被殖民摧殘後的千瘡百孔聯想在一起。」❸由是走進被西班牙殖民過的墨西哥歷史文化脈絡中，以馳騁其想像。

施叔青由哥倫布「發現」新大陸開始憶起墨西哥的被殖民歷史。「芙烈達，妳的墨西哥首當其衝，第一個被征服。」❸於是在文本中娓娓道來的是墨西哥如何被西班牙霸權征服的過程，以及西班牙如何以天主教堂疊建在印第安人的神廟及金字塔上以顯揚其威權的傲慢史實。西班牙不僅掠奪印第安人的土地，也一舉斬斷阿茲特克、馬雅、印加文明，並進行慘無人道的滅種屠殺，使印第安人

---

❸　同前註。

❸　施叔青：〈4〉，《兩個芙烈達・卡蘿》，頁 27。

❸　同前註，頁 28。

在短時間內急速減少，而倖存者是從事勞役的奴隸。❸被征服的印第安人臣服於西班牙的霸權歷史中，在種種不公不義的傾斜與壓制下，墨西哥是邊緣且弱勢的國度，恰如芙烈達傷殘破損的身心，是女性／後殖民論述中的典型圖像。

(2)繪有印第安土著頭飾的自畫像——西班牙殖民墨西哥後錯置的服飾

旅程來到西班牙格拉那達欣賞佛朗明哥舞，施叔青聯想到的是芙烈達擁有一半印第安血統的母親，其提華納土著裝扮是如何深深的使芙烈達為之著迷。

而芙烈達也曾有一幅畫作，讓自己打扮成印第安提華納族的土著，頭上覆蓋著一件寬大無比的小黃花蕾絲緄著紫邊的蓬裙。施叔青嘆道，「真的是一條裙子，十六世紀隨著西班牙的殖民帶來的歐洲仕女的裙子，印第安女人愛上那漂亮的蕾絲，卻錯誤地把它當做頭飾披肩，拿來圍在頭上當裝飾，芙烈達母親的族人繼承了這項習俗，一遇有特別節日，提華納族的婦女頭上蒙著裙子遊街歡度佳節。」❸但看在施叔青眼裡，她不禁嘆道：「把殖民者的裙子穿戴在頭上當頭飾，倒真想看看文化理論家怎麼解釋這種亂了套的現象！」❸可見這種錯置的服飾文化背後，又是一頁殖民／被殖民歷史中常見的現象，但也往往令人產生認同的困惑。

(3)「我的祖父母、父母和我」——芙烈達的西班牙身世

---

❸　同前註，頁 29-31。

❸　施叔青：〈6〉，《兩個芙烈達·卡蘿》，頁 49。

❸　同前註，頁 50。

　　施叔青再從芙烈達一幅名為「我的祖父母、父母和我」的自畫像中，嗅聞殖民歷史的脈絡。芙烈達的父親是出生於德國的猶太裔匈牙利人，十九歲時自我放逐到墨西哥，便再也未曾回過歐洲。其後和印第安同好一同拍攝殖民時期以前的墨西哥古蹟，並娶了印第安同好的女兒，也就是芙烈達的母親，一位具有一半西班牙一半印第安血統的女子。因此，芙烈達擁有一半猶太身世、四分之一西班牙以及另外四分之一的印第安血統。在她身體湧動的血脈，較大成份還是來自於歐洲大陸的土壤，因此芙烈達身為歐洲移民與印第安土著的後代，其身世本身即是個相當後殖民的課題。

　　於是，落籍為墨西哥的女畫家在她的畫作「我的祖父母、父母和我」中展現了她的國族認同。畫中小女孩的她赤身裸體，站在她出生的可姚肯藍屋，手握血管一樣的紅絲帶，聯繫左右兩邊的祖父祖母，當中是她的父母。在穿白衣的母親肚腹上，臍帶垂下一個胎兒，就是她。芙烈達更將父母精子與卵子受孕的瞬間呈現畫面，以旁邊仙人掌開花接受花粉來象徵自己能受孕但無法把孩子生下來的悲痛。❹在這幅自畫像中，她將切身的喪子之痛化為對自己血脈的認同，擴大而言也就是對她自己充滿後殖民論述可能性的身世的認同。

(二)西班牙與阿拉伯摩爾人：征服／被征服的強弱辯證

1.覆蓋在清真寺上的基督教堂

　　西班牙霸權征服的不只是墨西哥阿茲特克帝國以及秘魯馬雅的

---

❹　施叔青：〈15〉，《兩個芙烈達‧卡蘿》，頁136。

神廟而已,就是在西班牙境內,它也曾經摧毀過另一文明:摩爾人的阿拉伯文化。

十五世紀末,斐迪南二世及伊莎貝爾女王合力將佔領伊比利半島八百年之久的摩爾人驅逐出境後,基督徒的軍隊同樣揮砍利劍,把境內阿拉伯風格精雕細琢的宮殿以及回教徒做禮拜祈禱的清真寺悉數鏟平,然後在遺址蓋起天主教堂。❹西班牙人豎起的十字架,不僅遠征中南美洲,也在伊比利半島南端摩爾人生活的阿拉伯世界中一一樹立。

循此錯置的歷史脈絡,施叔青由馬德里搭乘子彈列車,進入安達路西亞地區──西班牙南部甚具獨特回教風情的省分。沿著瓜德克薇爾河(阿拉伯語「大河」之意,此河命名即彰顯此地區的阿拉伯文化),施叔青趕在日落前來到古城哥德巴。❷極盛時期的哥德巴猶如一千零一夜故事中所描繪的東方都市,全城共有三百座以上的清真寺,依照阿拉伯的建築風格:馬蹄形的拱門、圓形屋頂、細長典雅的圓柱、美麗的瓷磚柱腳和護壁、幾何圖形的裝飾圖案之外,花園的水池噴泉設計更是精美非凡。❸然而一把火卻將神話似的宮殿夷為平地,如今僅見遺址一片頹垣斷壁。

哥德巴最壯麗的清真寺,是世界上規模僅次於麥加的西方回教

---

❹　施叔青:〈6〉,《兩個芙烈達·卡蘿》,頁50。

❷　哥德巴是西元八世紀初,從北非渡海而來的阿拉伯摩爾人佔領西班牙之後,所建立的第一個回教王國。十世紀後的三百年間,是摩爾人在西班牙的全盛時期。哥德巴繁榮鼎盛達到巔峰,成為當時全歐洲最大的都市與藝術中心。施叔青:〈6〉,《兩個芙烈達·卡蘿》,頁51。

❸　同前註,頁51。

聖地。施叔青走進已然荒廢的寺內，觸目所及盡是一排排大理石圓柱森然林立，「被包圍在一望無際的柱子群中繞來轉去，我為走不到盡頭的焦慮所追趕。」❹接著施叔青順著朝向麥加方向的壁龕走過去，「一個最不可思議的景象出現在我的眼前：一座基督教的禮拜堂和旁邊一個唱詩班臺！清真寺中居然藏了個文藝復興式的教堂，兩個水火不容的宗教竟會混為一堂，我簡直不敢相信自己的眼睛。」❺根據導遊書的記載，是基督徒從摩爾人手中奪回哥德巴，摧毀清真寺並砍斷石柱後，修建了教堂和唱詩班臺。兩種迥異的文化竟以如此奇妙的方式結合在一處，既驚豔也是驚詫。

其後，施叔青「走出那怪誕如夢境的清真寺／基督教堂，外面一群包著白色頭巾，有的甚至蒙住半個臉的女孩，穿著傳統伊斯蘭服飾，有如從天而降，她們是巴基斯坦的回教徒，從法蘭克福飛來朝拜這僅次於麥加的西方聖地。但不知她們對那基督教堂會有什麼反應？和我一樣詫異不能置信？或者當做對阿拉的褻瀆，轉過頭去視而不見？」❻在這幅奇妙的景象面前──清真寺與基督教堂的融合，其背後正是一頁頁國族征戰的歷史。

原來回教與基督教文明並非完全水火不相容的可能性。「我想到烏拉圭畫家托雷斯·賈西亞的那幅『錯覺的地圖』，隱隱感覺到那種被錯置的焦慮。」❼施叔青如是說道。錯置的空間使人迷途，一時之間竟找不到方向。而征服／被征服之間，恐怕也是永恆的辯

---

❹　同前註，頁52。
❺　同前註。
❻　同前註，頁53。
❼　同前註。

證,一時難以確定答案。

2.西班牙為光復失土而驅趕摩爾人

施叔青自認為文本中的主要旅行路線——西班牙,彷彿為印證後殖民論述而踐履的:

> 這次的西班牙之行的路線,似乎是為了印證我對殖民主義的思考而特意安排的。五月間,我在澳洲墨爾本跨文化的研討會議上,提出的論文主題正是:在不同文化衝擊下的存活取捨,是與國勢的強弱成正比。[48]

因此,「在不同文化衝擊下的存活取捨,是與國勢的強弱成正比」這一命題幾乎就是該遊記/小說的主要脈絡。於是,「冥冥之中,仿如受到摩爾人陰魂不散的亡靈所牽引,我們從馬德里一路往南走,到安達路西亞區走訪哥德巴、塞維爾、格拉那達,把這三個曾經光輝過的回教文明王國古城當作此次西班牙之行的重點,目的是讓我們目擊後來居上的基督徒,如何靠著強勢欺凌侮辱落敗的摩爾人留下的遺跡,把天主教堂建築在被摧毀剷平的清真寺遺址上耀武揚威。」[49]施叔青如是說道,以眼前所見很難不為摩爾人打抱不平,「再加上布里斯本骨董市場的拉丁美洲家具,更使我對西班牙在中南美洲的殺戮掠奪、血腥的殖民耿耿於懷,心裡深處拒絕去承認打著月牙旗狂熱的回教徒的摩爾人,也曾經是入侵的征服

---

[48] 施叔青:〈17〉,《兩個芙烈達·卡蘿》,頁148。
[49] 同前註。

者。」❺在此，施叔青觸及一個相當重要的觀點，即征服／被征服的辯證問題。

施叔青想起在哥德巴酒店的夜晚，拉開窗簾所見的羅馬時代廢墟，曾經令她震懾於那股寂寞與荒寒，可以想見十世紀時摩爾人建都之前，這裡早已是羅馬人、西特人的一個大城，但摩爾人前來佔領時，一根根羅馬圓柱卻在火光下傾倒，以致淪為今日的廢墟。因此，「我終於理解到中世紀的基督徒驅逐摩爾人，他們是在為光復淪陷八百年的失土而戰。北非來的摩爾人使西班牙、葡萄牙在回教文化的籠罩下，雖然地處歐洲，卻已不像歐洲國家。他們是為找回自我的認同而戰。」❺因此，對於西班牙而言「他們是為找回自我的認同而戰」，收復失土的必要性遠高於其他，恐怕也是諸多民族爭戰中經常要面對的問題。

但施叔青認為，即使如此，西班牙對付異己似乎也可以不必如此趕盡殺絕。相對地，同樣也被摩爾人的回教王國統治過的葡萄牙人就比較溫和。

㈢葡萄牙對阿拉伯摩爾人：包容異己文化

曾經在大航海時代與西班牙有著瓜分地球野心的葡萄牙，對待摩爾人遺跡的方式是和平共存。

在施叔青的葡萄牙遊程中，有兩處阿拉伯文化遺跡特別有意義。一座是摩爾國王留下的避暑宮殿。葡萄牙王室保留宮內阿拉伯

❺　同前註，頁 148-149。
❺　同前註，頁 149。

人特有的穆德哈爾建築風格，以紅磚、馬蹄形拱券、格狀木質頂棚為主要特色，護壁以漂亮的瓷磚做為裝飾。隨著歷代葡萄牙王不斷地擴充修建，又融入哥德式、葡萄牙本國的風味，宮殿的裡裡外外呈現一種奇妙的混合。喬安一世並把皇家禮拜堂設在原本回教式的大廳，聖母基督雕像上的頂棚，褐色的木條拼搭出伊斯蘭特有的圖案，兩旁阿拉伯的瓷磚砌成的護壁上，刷成土紅顏色，彩繪著鴿子啣橄欖葉，取自《聖經・創世紀》諾亞方舟的故事。❺❷施叔青面對這種奇異而安詳的畫面：「回教穆德哈爾式的頂棚下，是天主教神聖的祭壇，阿拉伯花磚與聖經的故事並置，皇家禮拜堂洋溢著安詳和諧的氣氛，想像晚彌撒的風琴聲中，該令人心中多麼充滿喜悅與安寧。這與西班牙哥德巴回教寺硬被基督徒砍斷八十根石柱，改建成禮拜堂與唱詩臺，有天地之別吧！」❺❸這種包容異己文化的模式，亦不知是否與葡萄牙國勢較弱有所關聯？

另外一個安詳融合的例子，則是里斯本郊外的佩納王宮。仿造十六世紀的修道院格局而建的離宮，座落在五百公尺的山巔頂峰，從一大片蓊鬱的森林往上看，美得不可思議。遠看它既如天方夜譚裡神祕瑰麗的回教宮殿，又像是童話世界裡住著公主的城堡。「這座山巔離宮把摩爾式、中世紀城堡、哥德式、文藝復興、巴洛克式的各種風格融為一爐，我們在美麗的迴廊、鑲花磚的禮拜堂流連不忍離去。我記起英國詩人拜倫曾把佩納王宮稱讚為伊甸園。」❺❹在

---

❺❷　施叔青：〈17〉，《兩個芙烈達・卡蘿》，頁152。
❺❸　同前註。
❺❹　同前註。

如此美麗的王宮中流連，施叔青注意到迴廊美麗光滑的白地青花南
歐風的瓷磚，彷彿是荷蘭臺夫特陶瓷廠或中國景德鎮的青花瓷，由
此更可見里斯本王宮包容不同文化風格的器度。

　　綜合以上，關於國族的身分認同問題，在當代的後殖民論述中
已有相當可觀的研究。在此，擬提出哈樂薇（Donna Haraway）「設身
處地的知識」（situated knowledge）做為本節論述的參考。哈樂薇在
1991 年提出設身處地的知識，以此來指涉一種新的認知論，也就
是對社會相對的脈絡瞭解，來重新理解不同文化在全球化的各種處
境中的知識。她主張透過非陽剛也非觀念化的方式，來瞭解知識對
象應該被視為一個行動者，而不只是一個對象化的立場和資源而
已。因此，不能以主人奴役外在的方式來產生客觀的知識，在設身
處地的知識的脈絡下，必須對認知暴力有敏感度，以瞭解科學史本
身的歷史，並以脈絡化的方式讓自己成為一個謙遜的見證者，反省
本身如何被自己的文化和歷史所限定，用這樣的方式對沙文主義或
種族主義父權的意識形態加以深思，瞭解這些思想與意識形態背後
有其脈絡，必須加以重構與釐清，並以非暴力的方式進行研究。❸
因此，以設身處地的知識觀看前述征服／被征服的強／弱辯證，應
可再行深思。

---

❸　廖炳惠：〈situated knowledge 設身處地的知識〉，《關鍵詞──文學與批評
　　研究的通用辭彙編》，頁 243-244。

第三節　以藝術為經·觀看殖民／被殖民
──國族的身分認同之二

㈠葡萄牙對臺灣的「發現」：Formosa

　　施叔青西、葡之行的最後一站，來到羅卡海岬──是歐亞大陸的最西端。葡萄牙詩人卡蒙斯曾以長篇的海洋敘述詩，頌揚葡萄牙人大航海時代的光榮，詩中兩句：「地之盡頭、海之開端」被刻在岸邊的紀念碑上。❺❻對葡萄牙人而言，由此海岬眺望大西洋，正是航海帝國之夢的開端。

　　十五、六世紀，歐洲人對東方的航海發現，葡萄牙首開風氣之先。佔地理位置之便的葡萄牙，國小地瘠民窮，受限於鄰國西班牙而無法向內陸開展，乃意識到汪洋大海是他們向世界發展的通衢大道。❺❼遂行航海帝國大夢的葡萄牙人終於遠征東方：「芙烈達，第一個『發現』我的原鄉臺灣的歐洲人，也正是葡萄牙人，他們到達馬六甲，佔據澳門之後，繼續北上到日本九州途中，在東、南中國

---

❺❻　施叔青：〈18〉，《兩個芙烈達·卡蘿》，頁 155。

❺❼　葡萄牙人達伽瑪在一四九八年抵達印度，載回胡椒和肉桂，打開東西水上航路。東印度群島、印度盛產的胡椒、肉桂、丁香、荳蔻，正是歐洲人保存肉類、防腐調味的珍品。而地小人稠的歐洲也找不出空地墾植桑樹養蠶，從中國輸入的生絲、絲綢、茶葉，以及瓷器，使葡萄牙短時間內累積大量財富。
　　施叔青：〈18〉，《兩個芙烈達·卡蘿》，頁 156。

海的接點上，葡萄牙船隊從海面上看到一個山嶽連綿，森林蔥翠的海島，情不自禁地發出讚嘆：福爾摩沙，美麗之島。」⑤⑧那年是公元一五四五年。然而這個未曾「佔領」或「殖民」過臺灣的國度，⑤⑨卻留下一個至今仍繼續沿用的葡萄牙語彙：「Formosa」，它已成為臺島語彙中不可或缺的一部分。就此而言，「Formosa」一詞也很有文化殖民的意味。

㈡西班牙對北臺灣的十六年殖民史

施叔青由芙烈達的傷殘身體擴張其想像，勾連出西班牙曾佔有臺灣的歷史圖像。她對著芙烈達千瘡百孔的身體自畫像說道：「芙烈達，西班牙征服者並不只有掠奪中、南美洲，他們繞著地球，一路擴張到對妳來說陌生而遙遠的亞洲，不同於對妳的國家墨西哥置之於死地的滅種屠殺，西班牙人到遠東來只為找尋商機，佔據貿易據點。」⑥⓪而西班牙的亞洲據點正是遠東地區的菲律賓及臺灣等地。

為了貿易商機而來的西班牙人，來到遠東地區搜尋目標：「妳一定難以想像，芙烈達，為了拓展東亞，西班牙把在妳國家開採的白銀，橫過太平洋運到馬尼拉，同時將菲律賓據為己有，也順便看

---

⑤⑧　施叔青：〈18〉，《兩個芙烈達‧卡蘿》，頁 156。

⑤⑨　讚嘆臺灣為美麗之島的葡萄牙人過門而不入，他們選擇了澳門做為轉運藥材、生絲、瓷器的港口，便已心滿意足。半世紀以後東來的荷蘭人，強悍地攘奪了葡萄牙人在亞洲的貿易根據地，取而代之。施叔青：〈18〉，《兩個芙烈達‧卡蘿》，頁 156。

⑥⓪　施叔青：〈4〉，《兩個芙烈達‧卡蘿》，頁 31-32。

中浩淼南海中，那甘薯形狀的青翠島嶼，我的故鄉臺灣，準備利用它優越的地理位置，當做中國和日本貿易的轉口據點。」❻於是，駐馬尼拉的西班牙總督，由呂宋島北上，進佔雞籠（基隆），在社寮島上築建聖薩爾瓦多城；其後，西班牙人在淡水港邊建聖多明哥城，北臺灣淪入西班牙手中，直到被荷蘭人擊敗，才結束北臺灣十六年的統治。❷這是大航海時代裡，西班牙與臺灣的短暫交會。然而，臺灣的命運卻與墨西哥大不相同，未曾遇到滅種屠殺與高壓對待，能夠述說的殖民血淚自然少了許多。

㈢荷蘭對臺灣三十八年的殖民史

1.熱蘭遮城／紅毛城：殖民霸權的象徵

施叔青透過芙烈達的身體畫像，展現她浮想連翩的鍛接能力，從西班牙殖民墨西哥的歷史，一路聯想到西班牙及荷蘭佔領臺灣的歷史等殖民／被殖民的國族認同問題。這些千瘡百孔的國族歷史，恰與芙烈達傷殘破敗的身軀形成一致而強烈的疊影。

當西班牙人由馬尼拉揮軍北上臺灣時，對於搶先一步經營臺灣的荷蘭感到甚具威脅。其後，西班牙人佔有北臺灣並建有聖多明哥城，而荷蘭人則據有南臺灣並築有熱蘭遮城。直到西班牙人被荷蘭逐出臺灣退回菲律賓之後，荷蘭人則北上重建聖多明哥城（今紅毛城）。❸就這段西、荷爭逐角力的歷史而言，西班牙屈居下風，不

---

❻　同前註，頁32。

❷　施叔青：〈4〉，《兩個芙烈達·卡蘿》，頁32。

❸　同前註，頁32-33。

似其在中南美洲所展現的殖民霸權，另一海上強權荷蘭顯然才是這場爭奪的勝利者。因此，熱蘭遮城與紅毛城，對於當今的臺灣人而言幾乎與荷蘭殖民劃上等號，原西班牙人所建之紅毛城更是不折不扣的誼屬於荷蘭文物的代表，由此可見，在不同文化下的存活取捨，恰與國勢強弱成正比。

　　施叔青在文本中亦提及近年來文建會計劃興建臺灣歷史博物館事時，地點決定在臺南市安南區，對於博物館的建築造型，臺南文化局與當地文史工作者主張復原荷蘭人的熱蘭遮城原型，現存古城的史料記載及古地圖資料尚稱完整，重新建構的難度應該不高。臺南文史工作者認為臺灣當代創作只重視個人創意，缺乏群體創意的經驗，復原熱蘭遮城是由傳統歷史記憶轉換塑造群體記憶的契機。建築界評審卻對這種看法不敢苟同，擔心如果復原熱蘭遮城，是否會讓人誤解荷蘭人佔據臺灣這段史實是否被過於強化。「還原是不是等於死亡？芙烈達，歷史能夠從頭再來一次嗎？」❻❹施叔青如是發出疑問。

2.由林布蘭「夜巡」到「荷蘭代表團到福爾摩沙」圖：中荷交戰

　　施叔青到阿牡斯特丹的國家博物館，為的是瞻仰林布蘭的鎮館巨作「夜巡」。林布蘭受託為中產階級組成的市民保衛隊畫群像，大膽採用明暗光影對比的手法，以捕捉民兵出巡那一瞬間的戲劇氣氛。施叔青面對這樣一幅畫作，立即由民兵負荷的巨大火繩鉤槍和角制火藥筒，聯想起東印度公司出版的期刊曾登載過的一幅「荷蘭代表團到福爾摩沙」的銅版畫，畫中描繪的是 1622 年澎湖的中荷

---

❻❹　施叔青：〈18〉，《兩個芙烈達·卡蘿》，頁 158-159。

交戰場面。

　　循此,施叔青帶領讀者穿越時光長廊,一一細數故鄉臺灣的荷據歷史。荷蘭繼西、葡之後成為海上霸權,先抵達印度尼西亞,在巴達維亞(印尼雅加達)設立東印度公司,做為東方貿易的根據地。其時荷蘭艦隊司令麻韋郎趁明朝對澎湖戒備鬆弛、不派駐兵,便輕而易舉地進駐此一陌生島嶼,二年後被驅逐才轉向大員(臺南安平)的沙壩構築城寨。此建築即熱蘭遮城(荷語「海上堡壘」),並在對岸興建普羅文蒂亞城(即今赤嵌樓,臺基以上部分到清朝末年,才改建為中式樓閣)。而荷人入駐臺灣,美其名向原住民購買土地,但獲同意後便據為己有,再從中國大陸招募遭受戰亂飢荒的農民來臺開墾。東印度公司更把臺灣土產的鹿皮、蔗糖、硫黃出口到日本、波斯等地;並由臺灣轉口,將中國絲綢、生絲、瓷器、南海的香料運到歐洲,賺取大筆錢財。然而,善於經商的荷蘭人並不以生產為基礎,實行真正的殖民,他們只要征服掠奪經濟利益,並不願在異國長期定居,承擔殖民地的各項費用。對荷蘭人而言,他們只考慮發財致富和貿易繁榮的問題,因此派駐熱蘭遮城的荷蘭人逐漸在酒色徵逐的腐敗生活中失去戰鬥力,以致於輕易地被鄭成功的弓箭及火器擊潰,儘管他們擁有極精良的步槍及大砲。**⑥⑤**

　　因此,施叔青由林布蘭「夜巡」所鏈接的歷史記憶是臺灣被荷人佔據的畫面。由此可一併連接出身臺灣的施叔青與芙烈達,一樣來自曾經被西、荷等海上強權殖民或佔據的國度,一樣有著國族認同上的問題。

---

⑥⑤　施叔青:〈4〉,《兩個芙烈達·卡蘿》,頁 34-36。

3.荷蘭人受降締約書：唯一受降的西方強權

　　由於臺南四草發現一處疑似荷蘭時期的海堡遺跡，施叔青因此聯想到埋沒在海牙檔案館裡長達三百年的一份文件：公元一六六二年三月一日，荷蘭人給鄭成功的受降締約書。這份珍貴的文件標幟著一段荷蘭強權受降於中國的歷史。

　　施叔青說道，在海牙檔案館裡，東印度公司的文件被裝訂成巨冊，以至今少有人能讀懂的古荷蘭文，書寫著三百年前荷蘭的東方貿易史。公元一六六一年，帶著媽祖神像來臺的鄭成功，輕易的戰勝荷蘭艦隊，迫使他們簽下受降書，離開殖民三十八年的臺灣。自十六世紀西方海上霸權興起以來，這是中國和西方交手以來唯一一份從西方霸權手中收到的受降書，卻遲至一九九〇年才由懂荷蘭文的臺灣學者挖掘出土，就著牛皮紙上的古老墨跡，逐字逐句翻成中文出版。❻因此，施叔青不免嘆道：「芙烈達，我在想，如果這份文件早些時候重見天日，是否會令鴉片戰爭後，自信心全喪的中國人，起了振奮作用，甚至改寫坎坷的中國近代史？」❼一份受降書代表的意義何其重大，卻未在正確的時間出現；歷史之弔詭往往如此。

4.荷屬東印度公司的臺灣地圖：錯覺的地圖

　　施叔青由芙烈達融合歐洲移民與印第安血統的墨西哥身世／自畫像中，亦引發「邊緣」人的聯想，並移置目光於同樣很邊緣的卡夫卡。然而，施叔青終究要回到自己，錨定自己的方位。

---

❻　施叔青：〈8〉，《兩個芙烈達·卡蘿》，頁70。
❼　同前註。

施叔青說：「芙烈達，妳能相信嗎？歐洲人最早繪製的世界地圖，臺灣是不存在的」❻❽，公元一五○六年，義大利佛羅倫斯人孔達理尼繪製了第一幅世界地圖，那時距哥倫布「發現」新大陸十四年，達伽瑪「發現」印度航路八年之後，臺灣在世界地圖缺席。一直到葡萄牙船隊經過臺灣海面九年之後，葡萄牙人羅伯·歐蒙用羊皮紙繪成的世界地圖，才首次出現 Formosa，然而，「由於認識錯誤，把臺灣畫成分裂為三個小島，芙烈達，這真是一幅令我啼笑皆非的地圖。」❻❾可見，當時對於臺灣的認識微乎其微，並且錯得離譜。

然而荷屬東印度公司所屬船隻使用的地圖則是一幅很怪異的地圖，他們把臺灣島橫擺，也畫上經緯度，是一幅打橫的臺灣地圖。施叔青由這幅地圖想到：「晚近臺灣人忙著找尋地理上與歷史上的自我肯定，這種追索認同歸屬感，像夢魘一樣糾纏島上二千三百萬人，仿如陷入一種集體意識的催眠，幾乎每個人都為找尋心靈之鄉而飽受折磨。」❼❾於是，「芙烈達，南美洲烏拉圭畫家賈西亞那幅『錯覺的地圖』，畫家故意把南美洲的地圖顛倒過來，使南極處於北邊，赤道變成在南方，以之嘲弄世人輕南重北的偏見，無獨有偶，一位研究臺灣史的學者也和烏拉圭的賈西亞一樣，嘗試重新思考自己的位置。」❼❶因此，荷屬東印度公司的地圖、烏拉圭賈西亞「錯覺的地圖」與研究臺灣史的學者將臺灣打橫的地圖，其意義極

---

❻❽　施叔青：〈15〉，《兩個芙烈達·卡蘿》，頁 139。

❻❾　同前註。

❼❾　同前註，頁 140。

❼❶　同前註。

為類似，都是藉由地圖位置的改變，企圖錨定自己的定位。

循此，往往「非科學性的心理地圖（mental map）」[72]往往更能呈現事實。例如一般常見的世界地圖是這樣的：臺灣屈縮在中國大陸東南一隅，有種大凌小的姿態，突顯不出臺灣的主體性。而臺灣地圖則恆常是東西短而南北長的型態，若將高山阻隔交通難易度考慮進去的話，南北交通所花的時間遠較東西橫貫短得多。因此，若能翻轉地圖的擺放位置，則可重新改寫臺灣的定位。因此，荷屬東印度公司的地圖、賈西亞「錯覺的地圖」與臺灣史學者將臺灣打橫的地圖竟呈現巧妙的不謀而合，都在錨定臺灣人的新的定位。

5.紅髮高鼻的梵谷／林布蘭與臺灣阿美部落的混血

施叔青說，到阿姆斯特丹的梵谷美術館朝聖，面對梵谷那一頭燃燒的紅髮、紅鬍子以及碧綠藍眼珠的自畫像，「我心中一動，白面紅鬚，鷹鼻貓眼，呵，臺灣人心目中的紅毛番，不就是這等模樣！」[73]由此牽引出荷蘭人的臺灣血脈。

對擅於縮合多種文化的施叔青而言，她發現芙烈達與荷蘭兩位重量級畫家一樣善於自畫：「芙烈達，荷蘭的兩位重量極藝術家林布蘭、梵谷，他們和你一樣，孜孜不倦地對著鏡子描述自己，林布蘭以油彩、銅版畫等不同材質，一生當中不同時期的自畫像高達百幅，也幸虧他留下那麼多影像供崇拜者瞻仰膜拜，晚年貧病潦倒的林布蘭，去世後埋葬在教堂的公墓裡，甚至沒有個人的墓碑。」[74]

---

[72]　同前註。施叔青轉引。

[73]　施叔青：〈18〉，《兩個芙烈達·卡蘿》，頁157。

[74]　施叔青：〈18〉，《兩個芙烈達·卡蘿》，頁157。

幸好他曾為自己留下百餘幅的自畫像。

　　同時，施叔青也發現「對人性本質產生強烈興趣的林布蘭拿自己當實驗，僱不起模特兒的梵谷，也只好藉自畫過程，挖掘認識自我，短短一生當中，畫了三十五幅自畫像。」**[75]** 除了自畫像呈現紅毛番的造型，梵谷也畫他的床椅家具，甚至他穿過的一雙又髒又舊的靴子。這種荷蘭人的靴子，早在漢人到臺灣墾植以前，就曾經出現在東臺灣的土地上。施叔青說：「我曾經聽過一位研究後山的朋友說，遲至一九七〇年、八〇年代，在東海岸阿美部落中，她還看到過金髮碧眼的原住民，年輕一代也出現過紅髮高鼻隔代遺傳的混血兒，荷蘭人留下的印記。」**[76]** 活生生的荷蘭殖民史在東海岸部落的年輕人身上呈現。**[77]** 這就是臺灣與荷蘭人三百年前相逢的的結晶，歷經時光淘洗，仍舊顯現出應有的脈絡。

㈣荷蘭對中國青花瓷的擬仿與混同

　　施叔青由里斯本佩納王宮的白地青花瓷磚中，想到她在荷蘭海牙臺夫特陶瓷廠所看到的青花瓷。而荷蘭人的青花瓷其實是仿照中國景德鎮的，幾達到足以亂真的地步。能夠依照中國的審美造型燒

---

[75]　同前註。

[76]　同前註。

[77]　當年熱蘭遮城的荷蘭人是為尋找金礦而到東臺灣的。在東印度公司的《巴達維亞日記》中記載，荷蘭人與東臺灣的阿美部落友好訂盟，見到村人戴有薄金項環，聽說是在花蓮美崙一帶開採的，於是派員到長滿麻竹、檳榔、桃樹的卑南覓山谷探勘。紅髮碧眼的原住民，是三百年前東印度公司幾次派員到東臺灣採探金礦的結果。施叔青：〈18〉，《兩個芙烈達·卡蘿》，頁158。

焙出似是而非的瓷器，也是一種東西融合吧。在此，青花瓷的身世倒也可以後殖民論述的視角加以研究。

早在十六世紀時，荷蘭人從一艘葡萄牙商船發現中國的瓷器，認為比水晶還美，善於經營的荷蘭東印度公司便開始東來採購中國美瓷運銷歐洲，王公貴族對精美如玉的青花瓷、白瓷、青釉器趨之若鶩，紛紛重金購買，將之充當室內陳設和裝飾。荷蘭皇室更把收藏瓷器當作財富炫耀，鑲嵌在牆壁、天花板、窗口、家具中增加美觀，同時還藉瓷器的光和鏡子反光造成一種錯綜的光影效果，視為神奇的娛樂。❼❽瓷器繼絲綢之後，成為中國文化向西方運輸的主要代表文物。❼❾

其後，滿清入關，明皇室南逃，由於戰亂及海禁，對外貿易中斷，從中國進口的瓷器被迫停止，荷蘭商人迫不得已，只好另起爐灶摹仿景德鎮陶器，自行仿造生產，以假當真滿足所需。❽⓿但荷蘭並不生產燒製瓷器的瓷土，不得已採用本地的陶土來取代，陶土做成的胚胎，風乾後呈現泥土的顏色，必須淋上厚厚一層白釉，再加工仿造景德鎮白瓷土的效果，才能手繪花鳥草蟲等精美圖飾，最後再上一次釉，放入瓦斯窯燒焙。❽❶於是，由進口變成自製的青花

---

❼❽　施叔青：〈17〉，《兩個芙烈達·卡蘿》，頁153。

❼❾　荷蘭王公嗜中國瓷如命的風氣，也吹到德國，並傳遍歐洲，法王路易十四設有專藏瓷器的凡爾賽宮鏡廳，又特地建築了瓷宮，波蘭王約翰三世也效顰，英國的瑪麗皇后追隨潮流，從海牙搬來中國之外銷瓷，堆滿漢普敦皇宮。參看施叔青：〈17〉，《兩個芙烈達·卡蘿》，頁153。

❽⓿　施叔青：〈17〉，《兩個芙烈達·卡蘿》，頁153-154。

❽❶　同前註，頁154。

瓷,以擬仿的姿態展開「荷蘭製」的新生命。

而成立於公元一六五〇年的臺夫特陶瓷廠,至今仍沿用這種方式來燒製青花瓷。一走進展覽室,觸目盡是青花瓷盤花瓶,霎時之間,以為身臨景德鎮的陶瓷廠,乍看之下,不論造型、圖飾,幾乎足以與中國的瓷器亂真,直至趨前細看,才分辨出仿造品不及中國瓷器精雅細緻,器物上彩繪的折枝花卉圖案,也與明、清青花瓷異曲而同工。[82]但無論如何,由里斯本佩納王宮的白地青花瓷磚,聯想到荷蘭海牙臺夫特陶瓷廠的青花瓷,並且上溯中國景德鎮的青花瓷,中國青花瓷以其東西融合的文化大使身分,散布至歐洲乃至全世界。

綜合以上,對施叔青而言,其與芙烈達對話,其實也是迴眸自己的故鄉——臺灣的國族認同。對臺灣而言,先是葡萄牙的「發現」,繼而西班牙的佔領、荷蘭的治理。其中又以荷蘭的三十八年殖民史最為顯著,至今有較多遺跡可尋。總之,臺灣也曾在大航海時代成為霸權歷史下的一記戰利品,此一身分與芙烈達的墨西哥有共通之處。但在荷蘭對臺灣／中國的霸權歷史中,仍有「反殖民」的篇章可供記憶,如荷人受降於鄭成功的締約書、景德鎮青花瓷在歐洲的複製等,皆可視 為殖民／被殖民的文本加以探討。因此,觀看此國族認同命題時,常是多重疊影的的視角,而非只是鏡像兩兩相映如此簡單而已。

---

[82] 同前註。

第四節　魂兮歸來·凝視芙烈達的生命文本
——自我的身分認同之一

　　施叔青以書寫小說與自己對話，她找到芙烈達，一個同樣以藝術創作安頓自我身心的流離狀態的女畫家，做為追索生命與對話的客體。施叔青不僅面對自己的文本，也向已故的藝術幽魂尋求認同。

　　書名《兩個芙烈達·卡蘿》其實即來自芙烈達一幅同名畫作，畫面上的芙烈達呈現兩個分裂的自我形象：墨西哥（印第安）及西班牙血統所構築的特殊身世的芙烈達。施叔青由凝視芙烈達的自畫像，進入對自我生命的認同課題。

㈠自畫像：凝視並認同鏡像中的自己

　　施叔青由西班牙馬德里紀念哥倫布「發現」新大陸的發現公園，聯想到擁有西班牙血統的芙烈達對自己的「發現」：

　　　在舊金山的現代美術館，我面對了芙烈達·卡蘿的繪畫，極小的畫幅，一路看過去，一幅幅全是自畫像，會是什麼樣的女人，如此自戀？如此永不疲倦地臨鏡顧影呈現自己的投影，樂此不疲長達二十年的創作時間？到底她在鏡中反射的曲光看到了什麼，使她如此無法自拔。究竟芙烈達·卡蘿有

沒有發現真正的自己？❽

施叔青認為芙烈達「終其一生努力不懈地描繪自己的容顏，多麼不可思議！」❽並且認為「為什麼芙烈達·卡蘿只畫自己、只看見自己？」❽施叔青由芙烈達的生平遭際發現「我畫我自己，故我存在。這是她的宣言。」❽對於大半生以仰躺方式攬鏡自照的芙烈達而言，只消極的照見自己還不夠，必需要積極的畫下來，才能證明自我的真實存在。

所以，滿足於小小畫幅的「芙烈達是以微觀的視覺焦點不厭其煩地來表現自己，大膽地把做為女人的欲望與傷殘隱疾表露在臉上、髮式、身體上，昭告世人，無遮無攔。」❽因為「她只要表達芙烈達·卡蘿，除此無她。」❽對於施叔青而言，「難以想像世界上會有人，能夠如此熱中地參與自己，那麼戀慕自我，不管外面的紛擾挫敗，只活在一個四處都是鏡子的天地，轉來轉去，看到的只有她自己，像芙烈達·卡蘿那樣。」❽而接觸到芙烈達的施叔青，當時正在最厭惡自己的存在的時候，不願與自己周旋。而不願看自己的施叔青，對於無時無刻不對影自戀的芙烈達因之充滿了好奇。

---

❽　施叔青：〈2〉，《兩個芙烈達·卡蘿》，頁 19。
❽　同前註。
❽　同前註。
❽　同前註。
❽　同前註，頁 20。
❽　同前註。
❽　同前註。

　　對話的同時，凝視芙烈達的生命文本；施叔青也展開對自我認同的追索。

(二)出生與未成形胎兒的畫作：
認同自己的存在／同樣焦慮的童年

　　施叔青在展示哥倫布「發現」新大陸之前的中南美洲土著藝術博物館裡，觀看一幅馬雅草藥畫卷，這使她聯想到芙烈達。四十幾年生命裡動過三十五次手術，因此「她是人類藝術史上第一個用繪畫來解剖肉體傷殘的女畫家，第一個把手術及解剖器官的醫學圖表、說明圖融入繪畫，成為藝術圖像的一部分。」[90]身體的傷殘正是她之所以成就畫藝的重要驅動力。

　　早年幾乎瀕臨死亡的重大車禍，使芙烈達死裡逃生，然終生受此巨創之後遺症所苦——無法生育的痛楚，但這也使「芙烈達·卡蘿的藝術誕生在血泊之中。」[91]她創作許多幅關於出生與未成形胎兒的畫作，一方面以畫作消解流產的疼痛，一方面也以此呈現自己與母親緊張而疏離的關係。由於有一半印第安血統的母親產後抑鬱之故，芙烈達被迫在奶媽的乳汁中長大，因此少了母親的寵愛。藝評家分析芙烈達不斷出現的自畫像，認為「終其一生，妳被童年的陰影絆住，對早年的遭遇難以忘懷。」[92]於是：

---

[90]　施叔青：〈5〉，《兩個芙烈達·卡蘿》，頁 37。
[91]　同前註，頁 39。
[92]　同前註，頁 41。

> 妳為自己畫像，不厭其煩地在鏡子中重現自己。心理學家認
> 為這種舉動不完全是虛榮自戀，而是妳必須靠著鏡中的顯影
> 來肯定自己的存在，出於一種自衛的本能。投影告訴妳自己
> 是最美的，妳的外在的影像讓妳確認妳內裡的架構。❽

於是便必需不斷的看見自己並畫下來，以確認自己的存在。

　　由此，施叔青不禁感嘆：「芙烈達，我和你一樣，有個焦慮的
童年。」❾施叔青的童年焦慮是擔心自己變形的恐懼，而童年的記
憶也大多與死亡或鬼魂有關。於是，施叔青再次鏈接她的想像能
力，將同樣擁有焦慮童年的卡夫卡帶進文本脈絡來。施叔青透過親
履布拉格猶太區街道的經驗，懷想已故作家的童年歲月，不僅與自
己的童年記憶連接，也一同迴眸芙烈達的童年創傷經驗。

㈢自畫像「根」：墨西哥「蛇」與中國「龍」的微妙關聯

　　施叔青說道：「芙烈達，我一直在找尋我與妳之間的任何關
聯，哪怕是蛛絲馬跡也不肯輕易放過。」❾❺由此，施叔青發現，早
在哥倫布發現新大陸的幾千年前，早已定居的印第安土著與與印
度、卡丹（中國）有著微妙的關聯。❾❻施叔青在藝術文物上發現墨

---

❽　同前註。

❾　同前註。

❾❺　施叔青：〈12〉，《兩個芙烈達‧卡蘿》，頁99。

❾❻　有此一說是拉丁美洲的印第安人，是從亞洲移民而去的。墨西哥籍的諾貝爾
　　文學獎得主渥大偉‧帕斯認定古印第安人從中國帶來了地有四方、宇宙有陰
　　陽的觀念。參看施叔青：〈12〉，《兩個芙烈達‧卡蘿》，頁99。

西哥與中國兩者之間有著驚人的類似。

　　於是，施叔青發現一只第三、四世紀墨西哥的陶杯紋飾，與商周上古青銅器的饕餮紋、獸面紋幾乎雷同；馬雅的蛇石雕造型直逼中國的龍。此外，當施叔青面對四川三星堆出土的商代二百六十公分高的銅人立像，那望之令人心悚的粗獷與原始神祕，整體看來寫實而局部誇張變形的神態與裝束，無法不與印第安人的崇奉的雨神聯想在一起。而墨西哥巫師作法所戴的面具，儺人的魂魄直逼三星堆古蜀王的鍍金青銅面具神器。其後，施叔青在一個中國重要出土文物的海外展覽中，凝視著一件戰國時期的青銅建鼓座，還原複製的朱紅鼓柱插入盤纏糾結穿繞的群龍鼓座，隻隻昂首賁張，生意盎然。施叔青為那翻騰絞動的生命力給震懾住了，飛竄的群龍使她想起墨西哥神話中有翅膀會飛的蛇。**❾❼**

　　施叔青由此會飛的蛇，迴眸芙烈達的自畫像「根」：「她像大地之蛇一樣，穿著泥土色印第安女人的長衣，群擺緄著白邊，披散一頭黑瀑布似的長髮，蛇一樣側躺在乾裂荒涼的土地上，仿如被古老的咒語縛住了，在哀悼阿茲特克帝國的消失。」**❾❽**然而，施叔青認為：「芙烈達是大地之母，植根於墨西哥的土地，與它血肉相連，生命從她被挖空的胸腔爬竄出來，一叢綠意盎然的大片葉植物，根莖茁壯葉片肥綠，充滿了生命力，爬滿了她的身體。這個墨西哥的母親靈魂之窗的眼睛晶亮有神，她自身滋養了一個被掠奪剝

---

❾❼　阿茲特克文明以蛇代表大地，蛇與天空飛翔的鳥結合，做成一個形狀，創造了連接天地的神祇 Quetzalgoat。參看施叔青：〈12〉，《兩個芙烈達‧卡蘿》，頁 99-100。

❾❽　施叔青：〈12〉，《兩個芙烈達‧卡蘿》，頁 99-100。

削到乾枯荒蕪的民族。」[99]由會飛的蛇到名為「根」的自畫像，展現的是芙烈達倔強的生命力。

凝視芙烈達生命文本的同時，施叔青說道：「生命、文化的榮枯循環不絕，絕望如我，渴望從芙烈達·卡蘿的『根』感應到生之活力，復甦的悸動。呵，且讓我進入她充滿綠意的胸腔裡，變成一片綠葉，再活一次吧！」[100]誠哉斯言。

㈣芙烈達「根」、「水給了我什麼」：
無法面對鏡像的施叔青

曾經長居香江的施叔青，對於香港的物質文化體會得淋漓盡至，卻發現吃喝享樂之後的自己，不知還剩下什麼：「我在這個吃盡穿絕的城市浮沉，手持香檳，偏過頭微笑地聽著銀行家的夫人們抱怨女傭司機，以及香港的天氣，竟然不去理會家鄉正在如火如荼地展開的鄉土文學論戰。」[101]直到她在精品店試穿一件高腰長裙，攬鏡自照的同時，卻發現自己「無顏以對」：「然而，芙烈達，我卻無法抬起下顎，面對鏡子裡的自己。呵，無法面對鏡子裡的自己。」[102]這是何等嚴肅的自我困惑。

於是，施叔青走出那間試衣室，也走出香港。心靈乾枯而粗糙的她極欲尋找一種極不舒適卻又極實在的存在感。她來到冬日的北京，施叔青說：「我要在灰敗貧瘠，行人個個面無表情的北京復

---

[99]　同前註。

[100]　同前註，頁 100-101。

[101]　施叔青：〈13〉，《兩個芙烈達·卡蘿》，頁 107-108。

[102]　同前註，頁 108。

甦，找到新生。」❿施叔青在八〇年代初期北京的冬日裡，找尋吸引目光的焦點。雖然故宮、長城，於她都是異鄉，但她「卻執拗地相信，唯有在這隔絕的異地，才能迫使自己貼近自己，無從逃避地自我面對，等待歲月流逝中，深埋內裡的感覺緩緩細緻地浮現。」❿然後，她在北京的街頭有了一次奇異的經歷：「那是一個有月光的夜晚，樹影杈枒，投到凍白了的人行道，像一幅幅虛實相間的水墨寫意畫。如果手中有毛筆，把這些姿態橫生的枯枝投影，移到宣紙上，會是意境絕佳的畫作。」❿這時，施叔青說道：

> 腦子閃過昆德拉談寫作：最高明的方法是表現樹枝的姿態與陰影，而讓心靈去創造那棵樹。一句警句。真正的創作不只是停留在勾勒樹的外貌形狀，這樣會徒具形式，內涵空洞。❿

於是，「到北京凍一凍，使自己清醒過來。每當我擔心在購物天堂的香港再住下去，會有被物化的危險時，我就起了投奔北京的想望。」❿這是她面對自己的絕佳方式。

有時，施叔青也到杭州西湖邊抱手獨坐，「對著深秋一片枯黃萎敗的殘荷，想著自己前一晚在香港燈火燦爛的屋子裡，心裡卻一

---

❿ 同前註。
❿ 同前註。
❿ 同前註。
❿ 施叔青：〈13〉，《兩個芙烈達‧卡蘿》，頁110。
❿ 同前註。

驗闇黑。我感到悲哀。」⑩但是施叔青接著想到的卻是「然而，可能嗎？為什麼當我從敦煌到柳園途中，在一望無際的戈壁灘，注意到奮力綻出沙漠的野草，那荒漠裡稀稀疏疏的一點點綠，給我的感受卻是生命的徒勞？」⑩並且「盛唐絲路的駱駝商隊，只是歷史的記載，烈日下，我來到交河、高昌故城，踩在龜裂的黃泥土丘上，震驚於人類文明可以消逝得如此不留痕跡，徹底滅絕到這種地步。當這兩座城的水源被敵人切斷之後，所有一切的生靈在沙漠中乾涸等待死亡。」⑩這種種文明與歷史的場景，在在催迫她必得面對自己。

施叔青在尋找自己的同時，想到的是，「不只是我在尋找復甦重生的力量。三〇年代歐洲超現實詩人、藝術家們也先後啟程遠渡重洋，抵達墨西哥、南美洲的秘魯去體味活著的自然，找尋人類的根源。」⑪於是，法國詩人安德烈·布魯東千里投入拉丁美洲的自然與鮮活中。「芙烈達，熱情好客的妳，在妳的藍屋接待了布魯東，詩人除了驚嘆妳為天人，把妳當成他寫詩的靈感，他還將妳的繪畫歸類為超現實主義，尤其激賞妳那幅『水給了我什麼』。」⑫布魯東並為她的畫展目錄寫序言，將芙烈達的藝術本質比喻為「圍繞炸彈上的絲帶」，強調超現實的特徵。施叔青如是說道：「芙烈達，雖然妳熟讀佛洛伊德，而且自稱是全墨西哥第一個接受心理分

---

⑩ 同前註，頁 111。
⑩ 同前註。
⑩ 同前註。
⑪ 同前註，頁 112。
⑫ 同前註，頁 113。

析的女性，而且妳的某些作品，像『水給了我什麼』、『根』，那飄浮的怪誕造型，遊走於內外的視覺觀點，乍看之下，無法不使人與達利、馬格烈特的繪畫聯想在一起。芙烈達，妳卻從來不以為自己是超現實主義的畫家。」⑬施叔青引用芙烈達的話說：「我從不畫夢境，我畫我的真實。」⑭畫作就是芙烈達真實的生命文本的展示。

　　施叔青如是說道：「妳的繪畫的主題，常是用自畫像表現。」⑮因此，施叔青在凝視芙烈達的生命文本時，能夠認同她的現實感而非超現實：

> 的確，妳以亮麗的民間色彩，表現了墨西哥本土特有的輝煌與痛苦，妳以自傳式的畫像來揭露申訴妳身為人類、身為一生與病魔為伍的女人身體與情感上的熬苦與掙扎，全是直接而真實的感受，與超現實似幻似真的夢境幻覺無緣。⑯

施叔青藉由逃離浮華香江遠走荒寒中國，以找尋生命的力量。同樣地，布魯東也逃離死氣沉沉的歐洲到墨西哥找尋原始的生命力，並且直接在芙烈達的自畫像中找到某種超現實的特徵。因此，縮結三個生命文本後，施叔青確乎能夠體會芙烈達畫作中的現實感。

　　在此，芙烈達亮麗而熱烈的生命文本（雖然繞過布魯東），卻仍

---

⑬　同前註，頁114。
⑭　同前註。芙烈達的宣言，轉引自施叔青。
⑮　施叔青：〈13〉，《兩個芙烈達·卡蘿》，頁114。
⑯　施叔青：〈13〉，《兩個芙烈達·卡蘿》，頁115。

然照見了施叔青的心靈深處,找到重生力量。在布魯東引薦下至歐
洲開畫展的芙烈達,被羅浮宮所收藏的一幅作品中,即展現了強烈
的自我特色,那是「一幅認為最具典型墨西哥特色的自畫像,畫幅
極小,不到一呎見方,畫在上釉的纖維板上,頭戴黃花的芙烈達,
鑲在深藍色的鏡框,周圍綴以桃紅色的花。藍與桃紅,墨西哥的色
彩。兩隻鴿子撫靠在她的胸前,觀者像是看到鏡子裡她的投影,這
是墨西哥民俗宗教畫的一種技巧,也不無帶著畫家自我揶揄的成
份。」⑰找到自己的芙烈達在畫作中即是以藍與桃紅,展演多姿多
彩的亮麗風格。而施叔青也藉此再度凝視鏡中的自己,完成一趟發
現之旅。

㈤「被剪短的頭髮」:以愛情或創作安頓生命

被丈夫狄耶哥的風流所背叛的芙烈達,慶幸地以天賦的繪畫才
能療傷,當做發洩悒鬱的窗口。施叔青如是說道:「芙烈達……,
妳這時期畫的自畫像,不乏偏過頭,慘烈的烈婦形象,一幅妳戴著
畢卡索在巴黎送給妳的白銀耳環,超現實主義的工藝,一邊一隻齊
腕割切的手,閃著慘然的白光,妳把耶穌的荊棘冠戴在妳的頸項
間,尖銳的利刺刺入妳的皮肉,血滴滴漓漓而下。」⑱這是創痛期的
芙烈達。

除了血淋淋的展示創傷之外,芙烈達呈現受創心靈的方式就是
為自己變臉,打散瀑布一般的長髮,並在一幅名為「被剪短的頭

---

⑰ 同前註,頁 117。

⑱ 施叔青:〈14〉,《兩個芙烈達‧卡蘿》,頁 122。

髮」的畫作中，將心愛的長髮剪掉，以女扮男裝透露著芙烈達僵死的心。而另一幅名為「芙烈達·卡蘿對她丈夫狄耶哥·里維拉的愛」的畫作中，打散的髮絲像鐵絲一般盤繞著芙烈達的頸項，淚珠滾落；而里維拉的臉銘刻在她額頭上，他卻看不到她的悲哀。何其哀婉而凄絕的呈現方式，愛情使芙烈達受創至深，而繪畫則是她自我療治的方式。

　　由此，施叔青想到少女時代的自己也留有一頭長髮，但終於在中年以後絞去了它。由於不願面對鏡子裡的自己，施叔青把臉埋在婦女時裝雜誌中，任由髮型師擺弄自己的髮絲。然後「再抬起頭來，鏡子裡換了一個人，我所不認識的。」⑲與自己周旋許久的施叔青說，有一陣子，在寫作上、心情上總感覺無所依憑，以最女子的法子，找一個可供依靠的肩膀做為支撐。然而，愛的力量並沒有使她恢復生命的困頓，進而尋找到秩序，反而在各自走開之後，感受到更加空虛而孤單。於是，施叔青說：「我是企圖找回我的創作力。既然愛情不能，我必須靠寫作來驅逐心中的魔障。」⑳因此，她說：「芙烈達，每一個創作者都在尋找一個契機，一種靈光閃現霎時之間幡然醒悟，好使自己的創作與生命來個重新排列組合。」㉑這樣的契機，對施叔青而言是一九八九年的天安門事變，由火光與血腥所構築的巨大震憾，使得施叔青約莫半年時間，坐在書桌前，總感到力不從心。消沉很久，思索很久，努力地自我調整後，

⑲　施叔青：〈14〉，《兩個芙烈達·卡蘿》，頁122。
⑳　同前註。
㉑　同前註。

「不得不退回到自己，回到原來的位置，重新認知我唯一的專長是寫作。我要以筆為劍，記錄所思所感，做歷史的見證。」⑫於是，施叔青將多年前完成的一個中篇當做長篇的序曲，接著往下寫，完成了香港三部曲。

施叔青這樣說道：「芙烈達，我在創作中找到了安頓的所在。」⑬

㈥「兩個芙烈達」、「根」：分裂的自我／重生的力量

晚年病重無法起身的芙烈達，不只費心打理豔麗的住所，同時也每天將自己梳妝打扮成女王似的。藉由外表的裝扮／武裝，以趕走內心的脆弱。裝扮，使她看起來自信滿滿。

而施叔青眼中既堅強又脆弱的芙烈達，有一幅名為「兩個芙烈達」的畫作，徹底坦露了她對自我的認同。畫中有兩個芙烈達，一個是（墨西哥）印第安式的、一個是西班牙式的，兩個都是芙烈達，並且是畫作中少見的坐像，兩個芙烈達手拉手端坐在一條籐椅凳上。右邊印第安女人打扮的她，海藍緄邊的上衣、泥土褐黃顏色的長裙，左手握住一張小小的、她丈夫狄耶哥男孩時的照片，一條清晰可見的血管纏繞手臂攀緣上去接她的心臟。印第安的芙烈達露在海藍色上衣外邊的心臟器官是完整、赤紅的，沿著血管血液循環到左邊坐的芙烈達，右手緊緊握住的另一個自我──穿著白色蕾絲西班牙禮服的芙烈達，她的心臟被割剩一半，血從纏繞到她手上的

---

⑫　同前註，頁 129。

⑬　同前註。

血管嘩嘩流出，滴得她白色的西班牙圓裙殷紅點點。❶❷❹在這幅血淋淋的坦露身體器官的畫作中，芙烈達赤裸裸的展示自己。

施叔青凝視芙烈達的「兩個芙烈達」，說道：

> 兩個芙烈達，兩個分裂的自我。一個墨西哥的、一個西班牙的。這兩種對立的力量妳企圖在妳的藝術裡整合融入。根據古老的墨西哥傳說，仙人掌與蛇代表大地，妳有一半印第安血統的母親把妳生在這塊豐腴、充滿性的元素的聖地上，象徵自由超覺的是盤旋在墨西哥天空的鷹，這是妳來自歐洲的父親，妳植根於泥土，精神卻任意飛翔，兩種血液的混合激發了妳獨特的創作靈感，妳企圖借用藝術來消解種族、宗教、政治所加之於妳的壓力，妳同時慶祝也哀悼西班牙的殖民。❶❷❺

因此，施叔青說道：「芙烈達·卡蘿古老而憂傷，她是悲劇的產物，她不相信神的存在，不適合當聖女，足足可以活吞天主教的聖像，她卻又是個滿心滿身傷痕累累的烈女，一生為自己繪製苦像，仰慕者心目中的芙烈達·卡蘿是個女聖徒。」❶❷❻施叔青也由此看到芙烈達分裂的自我：「芙烈達·卡蘿的藝術與生活相互絞合，分不開彼此，兩者卻又儼然對立。」❶❷❼一生盡力為自己繪製自畫像的芙

---

❶❷❹　施叔青：〈19〉，《兩個芙烈達·卡蘿》，頁161。
❶❷❺　施叔青：〈19〉，《兩個芙烈達·卡蘿》，頁162。
❶❷❻　同前註。
❶❷❼　同前註。

烈達，在畫藝上找到自己，而施叔青則努力在寫作中安頓自己。以是，幾乎所有女性皆有分裂而拉鋸的兩個自我，在生命裡翻騰，因此追索的過程永恆持續著。

最後，施叔青在芙烈達・卡蘿那幅取名為「根」的自畫像中，尋找自己的根：「綠葉從她被挖空的胸腔爬竄出來，綠色的生之泉滋養了龜裂乾涸的人間大地。我在尋找復甦的力量，再活一次。我找到了嗎？」❿經歷追索的施叔青如是問道。

綜合以上，施叔青透過她與芙烈達的對話，藉以找到自己，企圖以此再現自我翻騰的內心世界：

> 如果說，當代藝術論述裡認為芙烈達・卡蘿的全部藝術所涉及的乃是女性及後殖民問題裡的「再現」課題，那麼施叔青與她的對話，則無疑的乃是「再現之再現」。而在再現芙烈達・卡蘿之中，人們所看到的其實已不只是芙烈達・卡蘿而已。施叔青的詮釋已越過了芙烈達・卡蘿的巨大身影，向我們述說另外更多的故事。❿

在南方朔的論述中，施叔青與芙烈達的對話，無疑乃是「再現之再現」。施叔青所述說的亦遠遠超過於此。兩個有著相似生命處境的女子，「除藝術方面的傾向之外，二人都擅長在寫實中灌注以『不

---

❿ 同前註，頁 163。

❿ 南方朔：〈序：一個永恆的對話〉，《兩個芙烈達・卡蘿》，頁 7。

可思議的狂誕』（uncanny）也驚人的相似。」**⑩**藉由對話，使兩個生命文本得以相互疊影映照。然而，施叔青文本還牽引出所謂「認同」╱「後認同」的繁複議題：

> 今昔對話，始能產生理解。在施叔青和芙烈達·卡蘿的對話裡，談的雖然是認同、失根、身體、受苦等，但文學藝術家和政治社會運動家究竟並不相同。藉著重新詮釋芙烈達·卡蘿，在理解中，她同時也丟出了一個新的、也是所謂「後認同」（After Indentity）的問題。本書之末，以畫作〈兩個芙烈達〉為隱喻，所顯示的即是這樣的訊息：如同芙烈達分解為兩個人，一個穿著印地安裝、一個穿著西班牙裝，這是難分難解的糾纏。而在想像的「一體」（whole）與相同（sameness）並不可及，而且似乎也是反生產性的這個時代，「後認同」的邊界何在？**⑪**

在此，所謂後認同問題顯然無解，南方朔以一首豪士曼（A.E. Housman，1859-1936）的詩句做結：「我將如何面對這些紛擾╱它來自上帝及人間的苦惱？╱我一個陌生人非常恐懼驚惶╱在這個從來即不是我所造成的世界上。╱而誰也沒有答案，答案待我。」**⑫**亦

---

⑩　張瑞芬：〈遷徙到他方——施叔青《兩個芙烈達·卡蘿》、張娟言《窄門之外》、林玉玲《月白的臉》三書評論〉（《明道文藝》308 期，2001 年 11 月），頁 15。

⑪　南方朔：〈序：一個永恆的對話〉，《兩個芙烈達·卡蘿》，頁 8。

⑫　同前註。

如施叔青在書末結尾所說的：「我在尋找復甦的力量，再活一次。我找到了嗎？」

自言在旅程中為自己招魂的施叔青，果真尋得歸來之魂兮？

第五節　鏡像顯影‧觀看他者的生命文本
──自我的身分認同之二

有別於上一節，施叔青除凝視同為女性的芙烈達的生命文本之外，她也同時以兩位男性的生命文本為對照。一是卡夫卡，一是芙烈達之夫狄耶哥。觀看他們對自我創作的堅持，亦可印證於自己的生命文本。

㈠卡夫卡與施叔青：同樣焦慮的創作者

1.變形的《蛻變》：同樣焦慮的童年

施叔青不僅在芙烈達的自畫像中看到同樣焦慮的自己的童年，也在卡夫卡的生命文本中照見此一命題。

施叔青說道：「長大後，讀到弗朗茲‧卡夫卡的《蛻變》：『某日早晨，葛瑞格‧山薩自擾人的夢中醒來，發現他在床上變成一隻巨大的蟲子……』我對這位使人變成大蟲的作家的童年充滿了好奇。」⑬施叔青在一九九七年的一趟旅行中，來到布拉格走訪卡夫卡出生的猶太區。

---

⑬　施叔青：〈5〉，《兩個芙烈達‧卡蘿》，頁45。

卡夫卡六歲那年，父親為擠進布拉格社會，舉家搬離猶太區，從此展開它焦慮不安的童年。專制而粗暴的父親經常懲罰愛哭鬧的卡夫卡，❸變得聽話的卡夫卡卻從此受到深深的傷害。類似的場面後來出現在《審判》、《城堡》兩個長篇小說中。而母親則忙於雜貨舖的生意，以致於無暇照顧幼小的卡夫卡，轉由傭人照料。經常遭受傭人體罰的卡夫卡，自此深感恐懼。❸因此，由於父母的「拋棄」，卡夫卡過份敏感的心靈自此受到無可磨滅的重創。

施叔青的布拉格旅程便「沿著卡夫卡每天上小學必經的路過去，越過阿斯塔特圓場，再穿過坦格斯，沿路一排灰濛濛的天色下顯得更陰鬱的建築前的迴廊，我伸手撫摸騎樓的每一根石柱、每一棟樓房的轉角，我仿如看到膽小瘦弱而稚氣的弗朗茲，一路被帶他上學的女廚師恐嚇，不停地威脅要把他在家的頑皮劣跡向學校報告，讓老師懲罰他。……」❸於是與卡夫卡有著相同焦慮童年的施叔青，仿如回到童年與死亡或鬼魂有關的記憶中，並因此更加貼近卡夫卡的心靈空間。

2.尋訪《城堡》：貼近卡夫卡

施叔青抵達布拉格的第一天晚上，在濃霧深鎖的中世紀古城布拉格，尋訪卡夫卡筆下的城堡。她尋訪的路線是這樣的，從舊城廣場泰恩教堂雙哥德式尖塔旁的窄巷，轉入一條陰暗的古老巷道。暗

---

❸　父親把他拉下床並狠狠推到陽臺，並鎖上門不准他進屋，讓他經常孤伶伶的在暗黑的屋外度過長夜。參看施叔青：〈5〉，《兩個芙烈達·卡蘿》，頁46。

❸　施叔青：〈5〉，《兩個芙烈達·卡蘿》，頁46-47。

❸　同前註，頁47。

巷之外則是建於十四世紀的黑色石橋——查理斯橋,橋下的維爾塔瓦河水流極慢。施叔青說道:「我走進了卡夫卡的小說世界,在我抵達布拉格的第一個晚上。」⑬⑦不僅貼近卡夫卡的生活地景,也直接走進他的小說城堡中。

　　接著,施叔青「踩踏橋上被雨露沾濕而微滑的石板,夜空下顯得更清揚的笛聲摧眠似地,引領我一步步去探掘卡夫卡以及禁錮他心靈的城堡。」⑬⑧施叔青沿著陡坡摸黑來到馬拉史塔廣場及聖尼古拉教堂,繞著廣場周圍的巷道走著,高高雄踞山壁上的城堡,在每一轉彎每一抬頭,總是就像在眼前。「聽說從聶魯達街可通往城堡。我們顛躓向前,不知疲倦地走著,轉入這條為紀念這位捷克作家而取的街名,聶魯達就出生在有兩個太陽徽誌的四十五號,智利詩人表示對他的景仰,以聶魯達為筆名。」⑬⑨然而像進入迷宮一般,總也抵達不著城堡。「我已筋疲力盡,卻又欲罷不能,像卡夫卡小說《城堡》裡的土地測量員 K,走在積雪深及膝的村子,尋找通往城堡的通路一樣,每走一步,從深積的雪拔出腳來那麼費勁。」⑭⑩而施叔青的尋訪終究未竟,但「夜深霧濕,我呵出一口口白氣,一轉身,仿如看到牆角深處一個踽踽而行的瘦長背影,黑色的高帽壓得很低,一身的黑衣,襯得陰暗的角落更黑。會是卡夫卡,他低頭徘徊,也和我們一樣在尋找永遠到不了的通往城堡的

---

⑬⑦　同前註,頁 55。

⑬⑧　同前註。

⑬⑨　同前註,頁 56。

⑭⑩　同前註,頁 57。

路？」⑭一切彷彿在夢中。

　　施叔青尋訪卡夫卡《城堡》中的城堡，也在尋訪自己心靈的城
堡，但終究未竟而返。關於自我心靈的尋訪，終究是一樁永恆的課
題。

3.「目睹」〈判決〉：出入新城區／舊猶太區的卡夫卡

　　施叔青在抵達布拉格的第一天晚上，直接來到歐洲大飯店（新
藝術 Art Nouveau 風格的最佳典型）「目睹」奢華的鏡廳。一九一二年卡
夫卡在這間飯店的鏡廳，當著以德文寫作的布拉格作家，朗誦他剛
完成的短篇小說〈叛決〉。一篇書寫父子衝突的自傳性極濃的小
說，是二十九歲的卡夫卡文學生涯的重要轉捩點。

　　而今，施叔青一行人坐在鏡廳，品嚐了一頓粗糙的捷克大餐，
心裡想的是：「我無法想像卡夫卡在當年金銀、半寶石、彩繪玻璃
裝飾，閃光晶亮的飯店鏡廳，以什麼樣的心情朗誦揭開他內心最深
處隱藏的最痛，長年在他脖粗如牛、氣勢嚇人的父親恐嚇威壓下所
凝結的撕裂人心的作品。」⑭在施叔青看來，卡夫卡絕對與新藝術
的過度裝飾與頹廢享樂無緣。相較於新藝術的奶油粉藍深紫相間的
輕柔風格，卡夫卡顯然「屬於殘破荒涼而神祕的舊猶太區。」⑭

　　對心境如沙漠，時時質疑生之意義的卡夫卡而言，新藝術風格
林立的布拉格新城區，於他是多麼的不協調。對卡夫卡而言，「髒
亂的猶太舊城卻比一塵不染的新城更加真實。」⑭一生不斷出入布

---

⑭　同前註。

⑭　施叔青：〈13〉，《兩個芙烈達·卡蘿》，頁 104。

⑭　同前註，頁 105。

⑭　同前註。施叔青轉引卡夫卡的話。

拉格新舊城區之間的卡夫卡，在舊城區感受的無疑是更真實的人生。

4.黃金巷：寫作成為居住之地

施叔青如是說道：「對於一個不再有故鄉的人來說，寫作成為居住之地。」⑭對於卡夫卡來說，更是深具意義。

無處安身的卡夫卡在布拉格的黃金巷終於暫時有了一個安靜的小屋，可以每天蹲下來寫幾個小時。⑭卡夫卡的妹妹租下二十二號的藍色小屋，其後卡夫卡據為己有。每天下班後即到小屋寫作，停止三年後又回來創作，這使他興奮不已。

施叔青：「幽深如洞穴的黃金巷是條死巷，有進無出。我坐在巷子口，想像有月亮的夜晚，卡夫卡也許會打開小屋的門，曬著月光寫作，為了冷卻頭腦，他也會不顧寒冷，在寂靜的巷子裡徘徊，一直走到大衣口袋裡的手凍僵為止。」⑭身在布拉格的施叔青彷彿穿越時空，與卡夫卡的幽魂相互映照。

5.邊緣人：說德語的猶太人在捷克

施叔青：「弗朗茲·卡夫卡也是邊緣人。」⑭他的祖先不知何時流浪到波西米亞，在南部的奧瑟克村落腳。父親為了讓猶太血統的子女能接受教育，便從鄉下遷移到布拉格發展。而卡夫卡出生

---

⑭ 施叔青：〈14〉，《兩個芙烈達·卡蘿》，頁 129。
⑭ 黃金巷原為城堡守衛及金匠等人的住處，後來淪為貧民窟犯罪者的巢穴，也是布拉格的詩人、作家聚居之處。參看施叔青：〈14〉，《兩個芙烈達·卡蘿》，頁 129。
⑭ 施叔青：〈14〉，《兩個芙烈達·卡蘿》，頁 130。
⑭ 施叔青：〈15〉，《兩個芙烈達·卡蘿》，頁 137。

時，捷克的領土屬於奧匈帝國，政治上由奧地利的哈布斯堡家族統治，文化及經濟則操縱在德國人手中，人口居多數的捷克人活在兩個異族的支配下，而寄人籬下的猶太人，由於血統、宗教、文化傳統的差異，更遭到歧視與隔絕。卡夫卡從一落地便置身於邊緣，雖持有奧地利國籍，卻非奧地利人；從小接受德語教育，以德文寫作，躋身德語文化圈，但並非德國人；生活在捷克人當中，卻不是捷克人。而說德語的猶太人，更是受到捷克人雙重的憎恨與歧視。❹「猶太血統的弗朗茲・卡夫卡，究竟以何為歸屬？」❺這是施叔青要替他發問的，十足後殖民的議題。

施叔青說道，卡夫卡的父親將他們從波西米亞鄉下遷移到布拉格猶太貧民區，繼而又撤離猶太區，也就是這個猶太家庭自我放逐、流離失所的開始。「我不禁把卡夫卡一家的遷徙流離與耶路撒冷的神廟被巴比倫摧毀後，以色列亡國，猶太人天涯流亡，四處過著流徙寄居的生涯聯想在一起。」❺而「離散 Diaspora」這個名詞，就是專指被巴比倫人放逐後，散居世界各地的猶太人，原來含有散播種子的意思。卡夫卡終生浮沉在布拉格的異鄉，嚮往舊約聖經中「美好寬闊流奶與蜜之地」，支持猶太民族復國運動的他，總覺得布拉格「缺少那種堅實的猶太人的土地」，不可能有如歸之感。

而卡夫卡的名句：「宇宙翻覆了嗎？世界在何處？我又在哪

---

❹　同前註。

❺　同前註。

❺　同前註，頁 138。

裡？」❿施叔青也如是嘆道：「是的，我又在哪裡？」一種離散漂泊之感，也在施叔青的靈魂裡發出天問。

㈡狄耶哥‧里維拉與施叔青：同樣對本土藝術的認同

施叔青也將認同的目光置於芙烈達的丈夫狄耶哥及其壁畫藝術上。狄耶哥的心靈歸屬正在於他對墨西哥本土藝術的認同與堅持，這點自然也引動施叔青反思自己的生命文本。

狄耶哥早年獲得墨西哥政府的獎學金到西班牙（殖民母國）留學，也曾在墨西哥的國立聖卡羅學院研習七年，對於殖民母國的教學方式大感不耐，所以來到西班牙的他，一樣不願進入僵化保守的馬德里藝術學院。但他卻經常在美術館、博物館流連，到普拉多美術館臨摹古畫，尤其是哥雅的油畫。接著，狄耶哥離開馬德里，到巴黎找尋剛去世的塞尚遺作。其後並結識畢卡索，與畢卡索成為莫逆，繪畫風格大受巴黎流行的立體主義影響。就在藝壇肯定他的藝術已經到家的同時，他卻仍在找尋。他沒忘記墨西哥家鄉老師的教誨：畫你所知道的、畫你有感覺的。於是，在立體主義變了型的風景畫裡，處處洩露他對墨西哥鄉土的感覺。但置身於一次大戰後領引藝壇潮流的巴黎，他卻冷眼旁觀，預言大行其道的布爾喬亞品味的藝術，不可能長久統領藝壇。來自西方文化邊陲的他，預見到一種新的藝術，可以反映群眾關切的問題，且讓人們感動的藝術。它不是畫架上，小小的、抒發個人情緒的繪畫，而是在固定的建築物綿延數十公尺的牆壁，且描繪民族歷史及文化生活理念的史詩壁

---

❿　同前註，頁139。

畫。於是他決定離開巴黎，與現代藝術潮流唱反調，走入時光隧道
到義大利遊學。狄耶哥專研十五世紀文藝復興時期的古典壁畫，吸
收喬托、米開朗基羅等大師的精髓，不眠不休夜以繼日的學習與臨
摹。

　　回到墨西哥後，狄耶哥投入內戰後的新政府策畫的壁畫運動。
他回歸鄉土，深入探究民族的根源，開始長時間的漫遊，足跡遍至
墨西哥每一角落，發掘西班牙征服之前的古印第安藝術，到猶肯坦
地區採訪馬雅文化，從阿茲特克古蹟的浮雕得到啟示。他以壁畫形
式探討印第安原住民的宇宙觀、醫學農耕與祭祀，復原阿茲特克、
馬雅、印加帝國的原貌，呈現印第安人與混血後裔的生活情狀。這
些史詩式的壁畫，畫滿了墨西哥重要的建築外觀，壯麗而輝煌。新
的風格於焉誕生，他終於走出歐洲藝術的影子，偉大壯美的藝術的
根源必須種在自己的土壤，壁畫成為復興墨西哥民族藝術的武器。

　　出身墨西哥的狄耶哥，遊學歐洲三國（西、法、義）吸取各種藝
術養分，卻未被歐洲藝術潮流所同化，而是反思自己的藝術根源，
進而完成對本土藝術的認同與堅持。施叔青由狄耶哥的生命文本中
印證自己成長的家鄉——六十年代的臺灣社會。

　　於是，施叔青反思自己的生命文本。六十年代的臺北，盛行現
代主義，把西方前衛藝術理念生吞活剝的移植過來。文學界引進存
在主義思潮，翻譯卡夫卡的小說，詩人寫作晦澀難懂的現代詩。看
費里尼的《八又二分之一》，流連在作家聚集的「明星」咖啡廳，
遙想巴黎左岸的咖啡館裡，西蒙波娃與沙特正與一群文化人論辯
著。年輕人患了政治冷感症，不敢反抗，只想逃離，大學畢業後到

（以文化殖民臺灣的）美國留學深造是唯一的出路。❸施叔青不能免俗的到美國紐約學起西洋戲劇。

偶然在海外的電視上看到崑曲《秋江》折子戲，在沒有布景的舞臺上，船夫與尼姑極簡單的渡江情節，卻震憾了施叔青：「這才是藝術。我千里迢迢，跑到美國來學戲劇，原是慕西洋戲劇的深遠傳統而來的，沒想到在這異鄉的夜晚，呈現於眼前的這齣獨立的小戲，卻真正擊中我心靈深處。原來中國戲劇高妙到這種地步，我不禁為自己的淺識羞紅了臉，同時想到我們這一輩的年輕人，只顧一味地往外衝，盲目的崇拜，對於自己的文化忽略漠視，更可能是故意的鄙棄。這是多麼不可原諒的一件事。」❹於是，「我決定回臺灣研究中國戲劇，以及歌仔戲。」❺施叔青在留學異國的偶然觸動中，找到自己應堅持的認同對象。這樣追索的歷程，與狄耶哥遊學歐洲反思己身文化時的心情，是相通的。

綜合以上，施叔青追索心靈的家鄉，不僅面向芙烈達對話，也在卡夫卡及狄耶哥的生命文本中，找到相同的脈絡。前者同樣以創作小說安頓身心，而後者對本土藝術的堅持，則使施叔青心有戚戚，反思自己對傳統藝術的認同。因此，其《芙烈達・卡蘿》文本中涉及的面向相當繁複，觸及的議題包含歷史、性別、後殖民等，學者如是評論她的創作脈絡：「近年來，自《香港三部曲》及《微醺彩妝》起，施叔青的文學切面已沿著文學現代主義這根主軸，而

---

❸　施叔青：〈8〉，《兩個芙烈達・卡蘿》，頁 65-68。

❹　同前註，頁 68。

❺　同前註。

更加向下做扎根式的探索，諸如歷史、性別、後殖民等遂迎面而來。」⑮因此：

> 到了《兩個芙烈達·卡蘿》，以卡夫卡為始、以芙烈達·卡蘿
> 的畫作為終，在彷彿旅行文學的外形下，施叔青其實已走得
> 更遠了。她直接由卡夫卡的家鄉，追尋文學現代主義的「失
> 去心靈家鄉」的源起，而後一路與芙烈達·卡蘿對話。⑰

在彷彿是旅行文學的外形下，施叔青要追索的遠比遠行之人文地景，還要更加深刻而遙遠，那是屬於心靈的追尋，因為失去心靈家鄉，便與必需尋回的必要。透過與藝術家的心靈對話，進行無盡的追尋。

第六節　結　語

綜觀施叔青這部以芙烈達的對話為經所書寫的西、葡遊記，確乎不輕鬆。書中的多重視角，遠比書名更繁複；而其中所勾連的國族與歷史論述、身體與自傳等議題，亦遠遠超過一般遊記所能承載的寬度與深度，更何況它是一部遊走虛構與真實之間的遊記體小說／小說體遊記。

因此，若就其文體觀之，是小說或遊記？其曖昧與不確定性甚

---

⑮　南方朔：〈序：一個永恆的對話〉，《兩個芙烈達·卡蘿》，頁7。
⑰　同前註。

於《老殘遊記》甚多,做為第三人稱的老殘,使我們毋寧非常相信它是小說,而非遊記。而施叔青《兩個芙烈達·卡蘿》所採用的第一人稱「我」,卻使我們迷惑於她的文本脈絡之間,它既像一部很個人的「我的遊記」,也有經心/精心構造過的小說語言。這使它更具有「小說體」遊記的特質。其後,施叔青《驅魔》「變本加厲」的讓讀者眩惑,除了「我」的旅行之外,文本中穿插的真實照片,使人很難不相信這是「真的」遊記,製造曖昧的文體想像空間。但目錄中以小說式的章節安排與虛構式的對話,又令人不得不以小說視之。因此,南方朔驚嘆道:「這是小說嗎?不,它彷彿是遊記。但它是遊記嗎?不,它又像是小說。」❸而張小虹亦如是說道:「這是一本小說還是遊記?這是一本『變成小說』的遊記,還是一本『變成遊記』的小說?」❹無論如何,它提示了一種可能性:

> 在這個文類界限經常模糊掉的時刻,我寧願相信賓州大學哲學教授(Alphonso Lingis)所說的:「在古老的以前,人們的旅行並不那麼多。因而那些人遂有著對各個地方非常不同的經驗感受。格雷安·葛林(Graham Greene)恨墨西哥所有的男人、女人、小孩,食物及山巒;而安德烈·紀德(Andre' Gide)則發現北非的城堡及露天市場,以及那裡的人們,比起普魯斯特筆下的巴黎還更有教養。這些都是旅行文字。它

---

❸ 南方朔:〈序:一個永恆的對話〉,《兩個芙烈達·卡蘿》,頁6。

❹ 張小虹:〈導讀:魔在心中坐〉,《驅魔》,頁5。

是一種近親於小說的文類，彼此在寫作上都居於高層的位
階，要在類型的經營上多所用心，也必須在想像的難度上努
力。許多虛擬的成分可以放進旅行文學裡，而讀者在閱讀時
也非常像在讀小說，欣賞其描述的技巧和敘述的才華。讀者
們會發現，書中所寫的地與人是如此的不同，乃是他們登臨
斯土所無法發現的。」因此《兩個芙烈達·卡蘿》其文類的
歸屬可能已非那麼重要。它出入於旅行文字和小說之間，而
對話式的虛構敘述，使它小說這方面的成分更重了一點。❿

以此而言，遊記本是「一種近親於小說的文類」，「許多虛擬的成
分可以放進旅行文學裡，而讀者在閱讀時也非常像在讀小說，欣賞
其描述的技巧和敘述的才華。」，而有時「『遊記』與『小說』手
牽手、排排坐，有時『遊記』與『小說』出其不意地相互呼應、交
相纏繞。」❿在這個文類界限經常混淆的年代裡，姑且稱之遊記體
小說／小說體遊記。

　　在天涯海角的藝術行旅中為自己招魂的施叔青，找到心靈復甦
的力量，以及深刻的自我身分認同。然而，生命的困頓恆常如是，
追尋的路途亦如此。

---

❿　南方朔：〈序：一個永恆的對話〉，《兩個芙烈達·卡蘿》，頁6-7。
❿　張小虹：〈導讀：魔在心中坐〉，《驅魔》，頁5-6。

第八章　以知性烹調食物・以感性釀造文字

——蔡珠兒的食物書寫

第一節　前　言

　　當代知性散文的新趨勢是走向專業化發展。其中，九十年代以降蔚為創作大宗的飲食散文正是相當值得觀察的對象。除了林文月《飲膳札記》❶以憶舊為飢理開啟當代飲食散文的創作風潮之外，許多文人學者也一一投入飲食散文的創作行列❷，逐漸引領飲食散

---

❶　林文月：《飲膳札記》（臺北：洪範書店，2000 年 1 月）。

❷　如黃寶蓮《芝麻米粒說》（臺北：二魚文化公司，2005 年 10 月）、廖炳惠《吃的後現代》（臺北：二魚文化公司，2004 年 11 月）、張曼娟《黃魚聽雷》（臺北：皇冠出版社，2004 年 8 月）、李昂《愛吃鬼》（臺北：一方出版社，2002 年 7 月）、徐國能《第九味》（臺北：聯合文學出版社，2003 年 10 月）、張系國《大法師》（臺北：天培出版社，2002 年 7 月）、逯耀東《出門訪古早》（臺北：東大圖書公司，1998 年）、逯耀東《肚大能容》（臺北：東大圖書公司，2001 年 8 月）、盧非易《飲食男》（臺北：聯經出版社，1997 年 5 月）、簡媜《下午茶》（臺北：大雁出版社，1989 年 4 月）等。

文走向知性發展的可能性。其中，早期書寫植物的蔡珠兒逐漸「轉行」至飲食名物的散文創作，又開啟了另一道可觀的風景。

蔡珠兒的飲食散文，據她自己所下的定義，應該是廣義的「食物書寫」（food writing）❸（以下即統一以「食物書寫」稱之）。從《花叢腹語》時代開啟植物與食物的書寫端倪，其後《雲吞城市》正式開始書寫食物的文化史，《南方絳雪》則進一步以文化研究的知性姿態研讀食物，近期《紅燜廚娘》與《饕餮書》更是以知性為肌理細密品嚐食物的文化脈絡，直以文化研究為方法進行食物書寫的美味工程。

在這一系列著作中，蔡珠兒的飲食散文逐漸走出一條與眾不同的道路，食物的文化史在她深厚的漢字涵養之下，竟爾一一幻化為優美的散文。既有知性肌理，又具備美文的穠麗潤澤。這使得她的食物書寫既跳脫憶舊／掌故式的書寫模式❹，也有別於當代作家偶一為之以飲食為主題的類型性創作。蔡珠兒的飲食書寫自《南方絳雪》以後，已自覺地有意識的展現新的創作典範，為當代知性散文的發展注入新的可能性。

因此，本文擬藉由蔡珠兒的食物書寫為討論對象，試論此類型散文創作所呈現的知性面貌，以及食物書寫在知性散文脈絡中發展的可能性。

---

❸ 蔡珠兒講述，黃基銓採訪：〈樂當味覺飲食的吃主兒——蔡珠兒〉，《野葡萄文學誌》，2006 年六月號。

❹ 如唐魯孫《中國吃》系列飲食散文。

第二節　以文化研究為佐料烹調食物的身世 ──知性肌理與感性內蘊的揉和

　　蔡珠兒的食物書寫能夠融知性與感性於一爐，除了出身臺大中文系的古典涵養之外，她同時也是英國伯明罕大學（University of Birmingham）文化研究系碩士。文化研究系的背景對於她以知性書寫感性的飲食散文有明顯關聯。

　　大致而言，文化研究結合了社會學、文學理論、影像研究與文化人類學等學科，以研究工業社會中的文化現象。文化研究者時常關注某個現象是如何與意識形態、種族、社會階級與／或性別等議題產生關連❺。

　　眾所周知，伯明罕大學為當代文化研究的重鎮，「文化研究」的名稱即起源於伯明罕大學於 1964 年創立的「當代文化研究中心」（Centre for Contemporary Culture Studies，簡稱 CCCS）。該中心源起於 1956 年，英國學者雷蒙・威廉斯（Raymond Williams）和李察・霍加特（Richard Hoggard）對於當時英國文學研究中的「大傳統」不滿，認為文學不僅是為了受過高等教育的白人，而是更應該接近勞工階

---

❺　以下關於「文化研究」的歷史背景及理論說明，參考 Ziauddin Sardar 著、陳貽寶譯《文化研究》（臺北：立緒文化公司，2003 年 11 月），頁 24-5；陳瀅巧《圖解文化研究》（臺北：易博士文化公司，2006 年 11 月）；廖炳惠〈cultural studies 文化研究〉，《關鍵詞 200──文學與批評研究的通用辭彙編》（臺北：麥田出版社，2003 年 9 月），頁 54-58。

級。因為中下階層的大眾更喜歡通俗文化，所以後來的「文化研究」也逐漸以通俗文化（Popular Culture）為主要研究範圍，故此威廉士和霍加特於 1964 年成立了著名的「伯明罕當代文化研究中心」，「伯明罕學派」（Birmingham School）之名也不脛而走❻。

文化研究關心的是日常生活中的意義與活動。文化活動是指某

---

❻ 據悉該中心已於 2002 年遭裁撤。唐維敏〈文化研究：「中心」的消失、「學會」的跨界、出版的「熱火」〉：「最近以來，全球各地的文化研究界出現一些值個關注的狀況。首先，在 2002 年七月，素來被許多 CS 人士視為重鎮的英國伯明罕大學文化研究與社會學系（CCCS，當代文化研究中心）、以及李斯特大學的大眾傳播研究中心，遭到該校宣佈裁撤。在八〇年代以來所謂文化研究「熱」潮興起，而學術建制機構不斷出現的狀況下，這兩個具有重要歷史參考意義的「中心」機構「突然」消失，確實讓人感到意外與不解。兩個學校和中心的狀況原因也許並不相同，也不見得出自於結構性因素，且需要了解內情者多多提供訊息。關於伯明罕 CCCS 的狀況，該中心裁撤，等於將碩士班以上課程解散，只保留大學部文化研究課程（媒體與文化研究）以及社會學課程。由於透過網路訊息流通，我們可以知道該中心的學生們也組成自救組織，國際間文化研究學界也紛紛發出聲援（參見 http://myweb.tiscali.co.uk/culturalstudies/）。表面上來看，CCCS 具有因「文化研究」而起的重要國際知名度，被普遍認為是（英國）文化研究的起源重鎮，而廣泛吸引來自世界各地的研究生。譬如，該中心舉辦 2000 年的文化研究「十字路口」研討會，便吸引多達九百位參與者，在人文社會領域的國際研討會來說，算是超大型的規模。或許，這只是某個單一教育機構內的組織重組，但是對於文化研究學者在學術研究與教學任務的平衡、學院內部建制的資源分配的討論，卻都涉及文化研究在教育體制內建制化時必須面對種種權力與知識的目標和分工問題，也因此，似乎現在是一個反省文化研究學科建制化的適當時機，而後續效應也值得持續觀察。（《文化研究》（Cultural Studies）早在 1998 年便曾以「文化研究的建制」為專號進行討論）。」，《文化研究月報》第二十一期，2002 年 11 月 15 日，http://140.112.191.178/csa/journal/21/journal_book_16.htm。

個文化中的人們如何去進行某些事情（比如說觀看電視或外出用餐），而他們之所以這樣去進行事情則與某些文化意義有關。在文化研究的脈絡下，「文本」（text）這個概念不只是在講書寫下來的文字，還包括了電影、攝影、時尚或髮型；文化研究的文本對象包含了所有有意義的文化產物。同樣地，「文化」這個概念也被擴大。對一個文化研究者來說，「文化」不只是傳統上所謂的精緻藝術（high art）與普普藝術（popular art），還包括了所有日常的意義與活動。事實上，上述的後者已經變成了文化研究中的主要研究對象。

　　因此，從「文化研究關心的是日常生活中的意義與活動」這個視角出發，蔡珠兒筆下的花花草草、湯湯水水，無庸置疑的都是日常生活中的意義與活動。蔡珠兒將植物與食物視為有意義的文本，將普羅大眾的通俗生活文化置於文化研究脈絡中觀察。大學畢業後擔任過記者的她年近三十方才入讀碩士，當時蔡珠兒即鎖定選讀文化研究系，且為唯一志願：

> 這門學問想用一種比較接近生活、草根的態度，去動搖、打破所謂上層文化的疆界，也就是一般俗稱的高媒文化。比方說精致文化只有芭蕾舞、歌劇才算數嗎？當然不是，這個領域強調的是文化是一種態度的，而非去分高或低。❼

文化研究系研究的正是什麼才能夠被稱為文化，因此文化無關乎高

---

❼　蔡珠兒講述，黃基銓採訪：〈樂當味覺飲食的吃主兒──蔡珠兒〉，《野葡萄文學誌》，2006 年六月號。

低,而是態度。最通俗的庶民食物也可以文化研究的態度正視它。
李歐梵對此也有一番見解:

> 她對於香港食物以及植物花草的研究,可謂登峰造極,也為
> 她的下一本著作——香料和食物史,打下了一個基礎。然而
> 她的學術研究和我不同,是植根於日常生活的食衣住行之
> 中,而不是作為發揮文化理論的藉口;她的著眼點永遠是出
> 自草根階層的庶民,而不是居高臨下自作聰明。❽

誠然,蔡珠兒的文化研究背景使她的散文有著極明顯的「學術研
究」式的知性風格,但仍與純粹學者的學術文章不同,而是「植根
於日常生活的食衣住行之中,而不是作為發揮文化理論的藉口」,
因此「她的著眼點永遠是出自草根階層的庶民,而不是居高臨下自
作聰明」的。將學術知識寫成大眾可接受的通俗文字/文學,其實
也是一般知性散文所應達到的目標。她自己這樣說道:

> 我把目前的書寫廣義的定位為「食物書寫」(food writing),
> 我對社會階段性的問題很敏感,但還沒有偉大到關懷苦難的
> 層次,不過我喜歡小小而輕微的放點文化研究的東西在文章
> 裡。❾

❽ 李歐梵:〈文化的香港導遊〉,《雲吞城市》(臺北:聯合文學出版社,
2003 年 12 月),頁 8-9。
❾ 黃基銓採訪、蔡珠兒講述:〈樂當味覺飲食的吃主兒——蔡珠兒〉,《野葡
萄文學誌》,2006 年六月號。

像這樣以文化研究為根柢的食物書寫，既能貼近普羅大眾的生活實質，又能「小小而輕微的」放點文化研究的精髓做為文章的肌理，豐富了食物書寫的內涵，也顯示蔡珠兒看重日常生活的意義與活動的不凡視野。

循此，蔡珠兒也為自我的「生命世界」（life world）❿創造新生的意義。而「哈伯瑪斯（Jurgen Habermas）將『生命世界』此一觀念加以延伸，他主張人可以在日常生活中，透過對外在世界的觀察，來創造和呈顯某種意義。」⓫因此，蔡珠兒自創一個極為豐富的生命世界，誠如她「自封為專業的家庭主婦，全職的自然及社會觀察員」⓬，以文化研究為背景書寫食物，正是她向普羅大眾的日常生命世界靠近的策略。

此外，像蔡珠兒這樣以文化研究的莊嚴態度書寫生命世界中的食物，以及在種菜、買菜、做菜中過日子的女作家，如凌拂以《詩經》為線索書寫植物／食物的《食野之苹》、丘彥明《浮生悠悠》以植栽種菜過荷蘭的鄉間生活，或是方梓《采采卷耳》以素樸的菜蔬記錄臺灣的鄉間生活等等，皆以食物這樣平常而如實存在的植物做為個人生命世界的延伸。蔡珠兒自然也是，因此這樣的女作家是

---

❿　參考舒茲《舒茲論文集（第一冊）──社會現實的問題》（臺北：桂冠圖書公司，1992 年 5 月）第九章「多重現實」中關於「日常生活世界的現實」等篇章，頁 235-288；廖炳惠〈life world 生命世界〉，《關鍵詞200──文學與批評研究的通用辭彙編》，頁 152-153。

⓫　廖炳惠：〈life world 生命世界〉，《關鍵詞 200──文學與批評研究的通用辭彙編》，頁 153。

⓬　蔡珠兒：《南方絳雪》（臺北：聯合文學出版社，2002 年 9 月）封面折頁的作者介紹。

懂得生活之道的：

> 她是高級料理的理論兼實踐者，她思考廚中食材的來龍去
> 脈，也熟諳於烹理的工藝。我有親身經驗可以證明，如果有
> 人質疑生活的意義，珠兒精緻的家宴，可以提供最明確的答
> 案，生活之道，無以尚之。⓭

長居香港離島的蔡珠兒，常以家宴方式呈現她身為「高級料理的理
論兼實踐者」的角色，不僅能書寫也能實地操作。貝淡寧（Daniel A.
Bell）即以「生活之道，無以尚之」欣賞她以食物建構的生命世
界。

　　因此，蔡珠兒所建構的食物書寫，不僅以文化研究「提升」食
物的價值，也不忘於日常生活中展演食物的各種可能性，因此她的
幾部食物書寫展現的正是「學問」與「情感」交織的知性文體。如
南方朔所言：

> 《南方絳雪》即是蔡珠兒名物之學和抒情述感交錯而成的新
> 文類和新文體。她的風格依然雋雅清秀，但在實質的內容上
> 卻更加的豐厚。她正在進一步的創造她專屬的知性散文。知
> 性與感性在這裡交會，它不只有文采，更有厚度。⓮

⓭　貝淡寧（Daniel A.Bell）：〈香格里拉廚房〉，《饕餮書》，頁4。
⓮　南方朔：〈從「仙女圈」一路走來！〉，《南方絳雪》（臺北：聯合文學出
　　版社，2002年9月），頁7。

蔡珠兒以知性調配感性，將看似生硬的名物之學以情感提煉出來，創造出既有厚度又有文采的知性美文，這確乎是她獨有的個性化的文體：

> 因此，《南方絳雪》是一本非常不同的著作。她對植物、魚類等名物懷抱著極大的熱情，而後把這樣的熱情用來爬梳這些名物本身的歷史。蔡珠兒非常用功而虔誠的在替這些名物找回它們在時間脈絡裡的痕跡，她是在替它們找回記憶與身分。⓯

蔡珠兒對於食物懷抱的熱情，使她以文化研究的視角「替這些名物找回它們在時間脈絡裡的痕跡」，並且也「替它們找回記憶與身分」。就這個意義而言，蔡珠兒的理性與感性充分調合在她的文本裡，學者張瑞芬因之為蔡珠兒及其文本安上「名物抒情立體書寫」的稱號⓰，堪稱貼切。

　循此，蔡珠兒開展新一代飲食文學的新範型──以文化研究書寫食物的知性散文。換言之，其食物書寫正是知性肌理與感性內蘊的揉和。以下即檢視其食物書寫如何展演知性面貌。

⓯　同前註。

⓰　張瑞芬：〈南方城市的腹語──讀蔡珠兒《雲吞城市》〉，《文訊》221 期（2004 年 3 月），頁 30。

第三節　知性的展演
──為食物找回時間中的記憶與身分

　　蔡珠兒一系列的食物書寫，按時間序列應為《花叢腹語》
（1995 年 4 月）、《南方絳雪》（2002 年 9 月）、《雲吞城市》（2003
年 12 月）、《紅燜廚娘》（2005 年 9 月）以及《饕餮書》（2006 年 3
月）等五部。

　　《花叢腹語》是較早期的作品，顧名思義以書寫花草名物為主
題，間或觸及食物，而文化研究的調味料也還放置得不大明顯。嚴
格說來只有第三輯「綠色身世」的三篇文字，與她後來確立知性書
寫風格的《南方絳雪》較為近似。「綠色身世」分別以〈致命的叫
聲〉、〈九層香塔〉、〈啜飲褐色文明〉書寫曼陀羅、九層塔以及
咖啡的身世與記憶。如〈九層香塔〉是這樣追溯九層塔這項日用植
物在時光長廊中的脈絡：

> 原生於印度及熱帶亞洲的九層塔，早在兩千多年前就開始被
> 人類食用，它的香氣與滋味，深深薰留在諸多古老文明之
> 中，並且衍變歧生為神聖與邪惡不等的象徵。古印度人尊崇
> 它為聖草，在法庭起誓時須以九層塔為證，意義猶如基督徒
> 把手按在聖經上。……從印度、中亞傳入歐洲後，九層塔也
> 深深擄獲了希臘人與羅馬人的心，地中海與愛琴海文明，千
> 年來把九層塔粗烹精膾，發展為琳琅滿目各色食點，奇怪的

是,既吃它也崇拜它,心靈之聖與口腹之俗並行不悖。……⓱

這是九層塔的西方身世。而它的東方身世是這樣的:

> 即使在東方,九層塔也充滿了難言的神秘性。從《本草綱
> 目》看來,最晚在一千三百年前,九層塔即已傳入中國,但
> 古人不叫九層塔,叫它香菜、蘭香或羅勒,俗名西王母菜。
> 後梁的陶弘景說,術家方士能「變」出九層塔來,方法是把
> 羊角和馬蹄燒成灰,遍灑在濕地上用腳踩入,不久即可長出
> 九層塔來。「西王母菜」之所以得名,想必與這個玄異色彩
> 濃厚的說法有關。相形之下,李時珍的說法就務實多了,他
> 說九層塔必須在三月下種,要常以魚腥水、米泔水(洗米
> 水)以及泥溝水澆溉,才能長得既香又茂盛。⓲

當蔡珠兒重回時間長廊爬梳九層塔的身世,進而對於九層塔的文化
性格有了更深一層的理解:

> 善於食用九層塔的民族,基本上都具有質地濃郁的文化,敏
> 於恣賞肥美熱烈的官能感,印度菜、南洋菜以及地中海的食
> 譜都是箇中典範。……然而義大利人眼中的九層塔,就多了

⓱　蔡珠兒:〈九層香塔〉,《花叢腹語》(臺北:聯合文學出版社,1995 年 4
　　月),頁 211-212。

⓲　蔡珠兒:〈九層香塔〉,《花叢腹語》,頁 213-214。

一層淒絕之美，因為民間有個流傳甚廣的故事，描述一對情
侶因男人被謀殺而慘遭拆離，女人於是割下愛人的美麗頭
顱，深埋在家中栽植的九層塔盆底，終日以豐盈不絕的憂傷
情淚滋潤澆溉，九層塔遂愈發鮮怒茂盛，芳香襲人。盆底的
骨血與盆邊的淚汁，肥沃了它的碧綠芳香，肉體之枯槁與植
物之豐美形成強烈對比，難怪詩人濟慈深受感動，據此本事
寫成長詩〈伊莎貝拉或一盆九層塔〉，盡情發抒這夾綴著粉
紅與綠色的黑色愛情悲歌。❶

「敏於恣賞肥美熱烈的官能感」是九層塔在西方飲食文化中的身
分，連帶地與愛情或性有濃郁的關聯，這也使它文學中恆常著扮演
著綺麗的身分。而九層塔在東方的身世自然是實用得多了，大多與
藥膳或食補有關；更多的是臺灣的鄉土味道與記憶。

蔡珠兒這篇〈九層塔〉的食物書寫風格，幾乎可說是後來《南
方絳雪》以降的書寫範型。睽隔七年餘所出版的《南方絳雪》是蔡
珠兒被當今文壇及學界注目的重要里程碑，原因正是她所開啟的
——以文化研究書寫食物的知性散文這一新局，不得不牽動讀者與
論者的目光所致。

且看她的《南方絳雪》，全書分為三輯，其中與食物書寫直接
相關者為前二輯。第一輯「綠香沁鼻」寫可食之植物，第二輯「食
髓知味」寫可食之魚肉湯水等葷物。其一「綠香沁鼻」收有〈冷香

---

❶　同前註，頁 215-216。

飛上飯桌〉❷〔原菜〕、〈蘋果嚎叫〉、〈丁香的故事〉❷、〈紫荊與香木〉、〈甜菜正傳〉❷、〈驚紅駭綠慘白——張愛玲筆下的花木〉以及〈南方絳雪〉〔荔枝〕等。其二「食髓知味」收有〈今晚飲靚湯〉❷、〈濃腴與清鮮〉❷、〈辛香失樂園〉、〈一隻虛妄的老鼠斑〉以及〈嶺南有嘉魚〉等。鮮活的篇名一一讀來，彷若滿桌嘉餚歷歷在目。

　　試以〈丁香的故事〉為例，充分展現《南方絳雪》諸文本的特色——長幅畫卷般的娓娓道來。是篇也可與第三輯「目光深處」的〈海角芬芳地——香奇葩小史〉一同參看。前者書寫丁香的香料文化史，是食物書寫；後者書寫香料之島香奇葩的深度人文，是旅行書寫。蔡珠兒在正文之前有一段近似作者獨白的緒語／絮語：

　　　　我要寫一個丁香的故事，但猶豫著該用右手寫或左手寫？右
　　　　手觸摸了故事裡的神秘、懸疑、冒險、血腥、殘殺、戰爭，
　　　　還有濃得化不開的異國情調之後，不免就喜孜孜寫成一齣熱
　　　　熱鬧鬧的動作片腳本。左手冷哂一聲搶過來，立刻改寫成一

❷　入選簡媜編：《八十四年散文選》（臺北：九歌出版社，1996 年 4 月）。

❷　入選蕭蕭等編：《八十五年散文選》（臺北：九歌出版社，1997 年 4 月）。

❷　入選簡媜編：《八十七年散文選》（臺北：九歌出版社，1999 年 4 月）；焦桐編：《臺灣飲食文選》（臺北：二魚文化公司，2003 年 2 月）。

❷　入選焦桐編《八十八年散文選》（臺北：九歌出版社，2000 年 4 月）；周芬伶、鍾怡雯編《臺灣現代文學教程：散文讀本》（臺北：二魚文化公司，2002 年 8 月）。

❷　入選陳芳明、張瑞芬編《五十年來臺灣女性散文——選文篇》（臺北：麥田出版社，2006 年 2 月）。

> 篇鏗鏗鏘鏘的批判理論個案,斥陳帝國主義的貪婪橫暴,同
> 情被壓迫者的反抗鬥爭,剖析商品經濟的剝削與矛盾,控訴
> 資本主義黑洞一般的吞吐邏輯。
>
> 最後我決定,要用鼻子和舌頭來寫,但是交給左右手輪流謄
> 抄。㉕

蔡珠兒這篇寫於 1996 年的作品（遲至 2002 年才結集出版）,已相當自
覺的採用文化研究的根柢進行食物書寫。在書寫食物的同時,往昔
文化研究的學術思維影響了她面對食物書寫的態度,自然的思考著
「帝國主義的貪婪橫暴,同情被壓迫者的反抗鬥爭,剖析商品經濟
的剝削與矛盾,控訴資本主義黑洞一般的吞吐邏輯」,而這些內涵
也正是當代文化研究所極欲批判的對象。文化霸權或帝國主義或菁
英觀點,對於邊緣弱勢或被殖民者或普羅大眾而言,都是一種無形
的壓制。蔡珠兒在尋訪丁香的時間與空間脈絡之時,必然要深刻思
考這些問題:

> 這枝濃香撲鼻的小釘子,雖然看來又鏽又鈍,但卻深深嵌入
> 歷史的脊樑骨,釘進人性的死角,文明的要害。㉖

蔡珠兒講的是丁香（丁者釘也,英文 clove 與法文 clov 皆為釘子之意）的歷
史,一頁頁因爭奪丁香高昂而龐大的經濟利益而引發的流血戰爭。

㉕　蔡珠兒:〈丁香的故事〉,《南方絳雪》,頁 34。
㉖　同前註,頁 37。

葡萄牙、西班牙、英國、荷蘭、法國等歐洲殖民強權，隨著十五世紀以後一連串的遠航行動，逐步侵入原先盛產丁香的東南亞——印尼摩鹿加群島。尤其是占有印尼的荷蘭人想全面壟斷全球的丁香市場，施行嚴格的專賣制度，以便永久操控市場的價格。隨之而來的「香料暴政」是嚴密的監管與重懲島民，乃陸續引發民怨，終至引發一連串的動亂，導致死傷無數。因此：

> 十九世紀時牛津大學有位政治經濟學教授 James Rogers 曾因此浩嘆，丁香沾染的鮮血，遠遠超過歷代的兵刀之亂。㉗

> 獨佔香魁的「公司」，在殖民地予取予求，用低賤定價收購而來的丁香，轉手高價賣出，利潤肥厚得淌出油水。根據一位孟加拉學者巴卡許（Om Prakash）的研究，一六七○至八○年間，丁香的毛利高達百分之八百三十七，一七二○年更增為百之一千三百○六，也就是說，一元買進的東西以一千三百多元賣出，豈僅是暴利而已。㉘

蔡珠兒引證兩位學者的研究，說明第三世界的經濟弱勢族群如何因丁香而深受剝削的一頁滄桑史。這是典型的文化研究裡頭所要面對與破除的議題——帝國或殖民主義對第三世界國家的經濟壓制。令人不禁要聯想到當今全球最熱賣的星巴克（StarBucks）咖啡以及其背

㉗　同前註，頁 43。
㉘　同前註，頁 43-44。

後被壓榨的第三世界農民的辛酸㉙。因此,在熱熱鬧鬧的品嚐丁香之後,蔡珠兒也不免興嘆:

> 然而要痛快品嚐丁香,我們必須學習遺忘,忘掉一切與血相
> 關的事項。
> 拔掉史冊裡嵌釘的丁香,紅漬斑斑、腥臊隱隱,充滿可惡與
> 可疑的跡象。對於流血的過往——雖然是別人的血,我們難
> 以原諒;但是對於這既性感又溫暖的香料,我們更無力抵
> 抗。
> 那就只能鍛鍊遺忘的伎倆。㉚

蔡珠兒的丁香考,原來並不只是品味食物本身,而是穿透它的時間脈絡,梳理它在政治經濟上的價值與隨之而起的流血戰爭。因此,蔡珠兒的食物書寫之所以透顯知性散文的特質,與她能夠將文化研究裡頭的議題信手拈來,又能恰如其分的表達食物的歷史身世有密切關聯。

又如《饕餮書》之〈炒飯的身世之謎〉也是一鮮明範例:

> 眾說紛紜不知孰為可信,但其本質心態則如出一轍,都在爭
> 奪炒飯的歷史詮釋權,透過史料軼聞尋求正當性與「道地

㉙ 關於現代飲食文化的社會性反省,可參考娜歐蜜・克萊恩著;徐詩思譯:《NO
LOGO》(臺北:時報文化公司,2003 年 4 月)及 George Ritzer 著;林佑
聖、葉欣怡譯:《社會的麥當勞化》(臺北:弘智文化公司,2002 年 1 月)。
㉚ 同前註,頁 50。

性」（authenticity），確立「原汁原味」的真品地位。其實揚州炒飯也就是蛋炒飯的精緻版，粵菜曾經吸收不少揚州菜的技法精神，例如點心，老派的粵式茶樓至今還標榜「淮揚美點」，炒飯亦是向主流「挪借」（appropriate）而來的「偷師」成品。不論是地域文化或飲食傳統，以前的揚州和北京都居於中心，位於邊陲的廣州／香港，因而經由挪用甚至剽竊加以擬仿（mimic），複製地位較高的文化品味，並以產地命名掩護身分，偽裝正統。

邊緣對中心的想像模仿，在正統看來固然橘逾為枳、荒腔走板，但卻因不受傳統束縛約制，運用當地食材做法揮灑改創，反而繁殖混雜出新品種，出人意表，大放異彩。這些深具「雜種性」（hybridity）的創意品種，原先是中心正統不屑相認的私生子，後來卻逆轉主從關係，衣錦榮歸被中心熱烈迎納，收編進嫡傳的系譜中──雖然血統攪混，幸虧有個名姓可以認祖歸宗，還是咱家的人哩。

從揚州炒飯的例子可以見到，正統與挪用間的抗爭消長，轉移了食物的權力關係，其根源和國族神話密切相關，但雜種的權力流動過程，倒和英國學者侯米巴巴（Homi Bhabha）對殖民主義的分析若合符節。巴巴認為，「雜種性」不僅在文化歧異的縫隙中開展，「內爆」出嶄新的論述空間，而且取代了創造它的歷史，架設起新的權威結構，產生了新的政治行動權。❸❶

---

❸❶　蔡珠兒：〈炒飯的身世之謎〉，《饕餮書》，頁 83-84。

蔡珠兒考察炒飯的身世之謎，所使用的文化研究概念非常鮮明。諸如「道地性」（authenticity）、「挪借」（appropriate）、「擬仿」（mimic）、「雜種性」（hybridity）以及中心／邊陲等詞彙，都是殖民／後殖民論述中經常使用的概念，而英籍阿拉伯裔的學者侯米巴巴本人正好就是解讀文化研究最好的見證。

此外，蔡珠兒的食物書寫另一種知性的呈顯方式，就是大量典籍史料的鋪敘。以《南方絳雪》中的同名篇章〈南方絳雪〉為例，談的是荔枝，篇名取自宋代蔡襄《荔枝譜》：「剝之凝如水晶，食之消如絳雪」之句。該文曾刊載於《中外文學》的「飲食文學專輯」中，列入「專題散文」中，此文涵具之「知性」遠較一般散文深厚可以想見❸。

蔡珠兒娓娓道來的荔枝身世與記憶，必須溯自漢武帝時代，於是她在「漢武帝的熱帶果園」一節中，寫道荔枝出身中國南方的淵源，因之學名為「中國荔枝」（Litchi chinensis），早在兩三千年前即由交趾百越一帶南方之南上貢京師。晉代葛洪《西京雜記》即記載漢武帝冊封的南越王趙佗獻貢一事：「南越王佗獻高帝鮫魚、荔枝，帝報以葡萄錦四匹。」其後，漢文帝時代，司馬相如〈上林

---

❸ 〈南方絳雪〉刊於《中外文學》31:3＝363 期「飲食文學專輯」（2002 年 8 月，頁 69-83）。該專輯由焦桐編輯，同專輯的篇章有列為「專題論文」的胡錦媛〈食色經濟學：焦桐《完全壯陽食譜》〉，另有多篇「專題散文」，除了蔡珠兒〈南方絳雪〉之外，尚有逯耀東〈明清時期的文人食譜〉、黃子平〈「故鄉的食物」──現代文人散文中的味覺記憶〉、陳思和〈白領餐館〉、沈曉茵〈果肉的美好：東西電影中的飲食呈現〉以及鍾怡雯〈論杜杜散文的食藝演出〉等篇章。

賦〉極力鋪陳皇家園苑的宏富，臚列各種珍異果木：「樗棗楊梅，櫻桃蒲萄，隱夫薁棣，答遝離枝」，離枝即荔枝，此乃文獻中對荔枝最早的記載。六世紀的《三輔黃圖》曾記載漢武帝為栽種荔枝而蓋「扶荔宮」，卻因不諳荔枝習性而功敗垂成之事。然以荔枝上貢一事，自西漢以迄東漢不曾斷絕。《後漢書》記載湖南縣官唐羌，曾冒死上書諫止，竟蒙和帝應允而下令罷貢，免去許多傳者疲斃於道的悲劇。此外，《後漢書・南凶奴傳》提及漢武帝以荔枝籠絡異族的故事，東漢末年的《列仙傳》也有故事說荔枝有補益長命的功效，吃後脫胎換骨成荔枝仙人。❸❸

接著，蔡珠兒在「南方的朱色憂鬱」一節中，繼續道來荔枝的身世長河。二世紀時，王逸注釋《楚辭》之餘，寫〈荔枝賦〉，稱許它「卓絕類而無儔，超眾果而獨貴」，此文開創荔枝賦的先河，東漢以降，成篇累牘的詠頌詩文，使荔枝成為中國文學史上最受青睞的水果。三、四世紀間，左思〈三都賦〉中的〈蜀都賦〉提到「旁挺龍目，側生荔枝，布綠葉之萋萋，結朱實之離離。」後代文人因而常以「側生」做荔枝的代稱，並誤以為荔枝側生。其後，唐代文人出現更翔實的荔枝記載，如人稱「嶺南第一人」的張九齡，其〈荔枝賦〉是第一篇出自南方文人的荔枝文學，打破北人的擬狀臆想，以親身經驗描摩荔枝「披龍鱗以駢比，膚玉英而含津」的形色滋味，以及「心憪可以蠲忿，口爽可以忘疾」的消暑功能。而把荔枝寫得最深入人心的是白居易，曾命人繪荔枝圖分贈親友，並親題〈荔枝圖序〉，僅一百三十字的小文，成為荔枝文學的重要原

---

❸❸　蔡珠兒〈南方絳雪〉，《南方絳雪》，頁 86-91。

典。其中「若離本枝,一日而色變,二日而香變,三日而味變,四五日外,色香味盡去矣。」等淺近字句,傳頌尤廣。此外,杜甫〈解悶〉及杜牧〈過華清宮〉所詠荔枝並非單純詠物詩,而是寄託寓意的詠史詩了。㉞

於是,蔡珠兒就這麼一路帶領讀者潛泳於歷史長廊中,點讀各類典籍史料中的荔枝身影。接下來的「水晶絳雪」、「唉,跟你們說了也不懂」、「他們赫然發現南方」以及「吸露嚥香化荔仙」等節,仍舊以極豐富的典籍史料,鋪陳小荔枝的大歷史。文末,歷史中食荔品荔的風雅之事,如今已杳不可尋,取而代之的是流行的「荔枝宴」:

> 古風已杳,幾百年後的現代,細緻優雅的荔俗蕩然無存,如今的荔事僅餘喧囂的「荔枝團」。盛夏時節,港人紛紛加入荔枝團,前往深圳、東莞、潮州等地的荔園摘果,就地狼吞虎嚥、狂吃暴食,已經情味索然了,再加以荔園附近蕪雜破落,甚而傳來陣陣肥料異味,愈發粗糙無趣。
>
> 更糟的是「荔枝宴」,近年來粵東鄉鎮為推展觀光農業,無不大搞荔枝節,讓遊客摘荔之後大饗荔枝做的菜餚,什麼荔枝炒鱔、荔香牛柳、蒸釀荔枝、酥炸荔捲、荔枝燉水鴨……,甜鹹混雜油腥交錯,不僅唐突佳人,糟蹋荔枝的本色,也斲傷共冶的食材,弄得似驢非馬不倫不類。
>
> 古來如此艱辛難得之物,現在的南方人卻渾然不識,蔥爆水

㉞ 同前註,頁 91-94。

晶，油炸絳雪，蔡襄和宋玨等人若地下有知，大概要搖頭跺
腳，慨歎萬分吧？❸❺

蔡珠兒為解荔枝的身世與記憶之謎，竟爾鋪敘多達 24 頁的篇幅，
全程引領讀者一窺荔枝的身世掌故。行至文末，反身面對當世已然
「由雅趨俗」的飲食文化，終究不免興歎。二十世紀九十年代末至
今，無論中外的飲食文化皆有「數大為美」的消費趨向，尤其是以
大量饕餮的方式消費食物，如「吃到飽」餐廳及「大胃王」之類的
美食競賽。此外，因應觀光旅遊文化的興盛，美食往往也以主題模
式被積極地徹底地消費殆盡，當今臺灣最風行的美食之旅，如「荷
花餐」、「草莓宴」或「米粉週」、「鮪魚節」等等就是鮮明的例
子。證諸蔡珠兒對現今嶺南一帶荔枝文化的浩歎，真有似曾相識之
感。可見，無論何處，食物之古雅風韻幾乎皆已淪為商業炒作的賣
點了。

　　綜合以上，蔡珠兒食物書寫中的知性面貌應作如是觀。亦即運
用其深涵的文化研究素養做為食物書寫的背景知識，並引用大量的
文獻史料展演知性內裡，溯源食物在時光長廊中的身分與記憶。誠
如蔡珠兒自個兒所言：「把食物放進嘴裡，會有各種氣味、質感和
層次；放進社會和歷史裡，所透顯的正負明暗和角度光影，就更加
折射變幻，搖曳迷離了。」❸❻讀者在她的文本中所見到的正是這樣
浮想連翩、光影搖動的豐富內涵，充滿食物歷史的想像空間。

---

❸❺　同前註，頁 107-108。

❸❻　蔡珠兒：〈怪獸，老饕和饞貓〉，《饕餮書》自序，頁 18。

其後之《雲吞城市》，嚴格說來書寫食物的文本並不多，應該歸為蔡珠兒身為「全職的自然及社會觀察員」所繳交的香港文化報告。其投入港島生活之認真，可由書中用語多貼近粵語可見一斑。

至於蔡珠兒的兩部近作《紅燜廚娘》（2005 年 9 月）及《饕餮書》（2006 年 3 月）則是她自《南方絳雪》以來食物書寫的另一高潮。兩書文本仍有以文化研究調味的知性痕跡，但更多的鮮活穠麗的文字，顯出極為亮麗奪目的書寫風格。這是她兩部近作再度眩人耳目的重要特質。

第四節　如果烹調像造字
──酏文字的美饌書寫

若論知性散文的文字是否能夠鮮美乃至穠豔或縟麗，卻又豔而不俗的，應該是蔡珠兒以食物書寫演繹散文之知性面貌外的另一項重要成就。

自《花叢腹語》、《南方絳雪》到《雲吞城市》，其新鮮有味的文字風格即已顯露端倪。而《紅燜廚娘》及《饕餮書》則更推陳出新，其文字活蹦亂跳的鮮美程度，直可與她筆下的新鮮食材相比擬。

蔡珠兒的兩部近作《紅燜廚娘》及《饕餮書》的語言文字呈現她自《南方絳雪》以來書寫風格的新高潮。文本仍有文化研究調味的知性痕跡，但篇幅驟減許多；卻有更多鮮活濃麗的文字，烹煮出極為亮麗奪目的書寫風格。

　　蔡珠兒濃麗眩目的書寫風格，可由其篇目命名學開始追索。如
《紅燜廚娘》「輯一：鮮啖」有〈酗芒果〉、〈舞絲瓜〉；「輯
二：煮炒」有〈麻婆在哪裡〉；「輯三：蒸熬」有〈鬱藍高湯〉、
〈欲望焦糖〉；「輯四：燜烤」有〈乾菜燜魯迅〉；「輯五：挑
嘴」有〈自討苦吃〉、〈你別麻我〉、〈河粉悠悠〉；「輯六：外
食」有〈燕窩迷城〉、〈叻沙迷情〉等耳目一新的題名。《饕餮
書》「輯一：食物之春秋代序」有〈粽子，傻子與魔鏡〉、〈憂鬱
的老火湯〉、〈切一片月亮嚐嚐〉；「輯二：食物之身世查考」有
〈鮑魚的糖心術〉；「輯三：食物之香港氛圍」有〈茶餐廳地痞
學〉、〈私房菜社會學〉；「輯四：食物之小道可觀」有〈我愛
你，就像鮮肉需要鹽〉、〈外賣年菜，解放內人〉、〈蒜烤古典與
油煎陽光〉等等題名，皆鮮活擺弄文字已至爐火純青之境。在蔡珠
兒筆下，所有食物皆有擬人之性情，皆有喜怒哀樂的生動表情。

　　由題名出發，繼續閱讀她如何酗文字以進行美饌書寫。如《紅
燜廚娘》首篇〈酗芒果〉：

　　　　各有各的活色生香，每顆芒果都是一部迷你的地方志，抄錄
　　　　當地的土質季風和雨水，收攝了天地菁華，除了香和甜，我
　　　　還吞進各種經緯的熱帶陽光。❸❼

　　蔡珠兒酗芒果的熱切中，既有文化研究的知性取向，又善於運

───────────────

❸❼　蔡珠兒：〈酗芒果〉，《紅燜廚娘》（臺北：聯合文學出版社，2005 年 9
　　月），頁 15-16。

用「以實寫虛」的誇飾法,舞動文字的仙姿妙態。又如〈地中海燉菜〉起首更是絕美的例子:

> 一夜秋風,吹落發黃的苦楝子,八哥和紅耳鵯搶著啄食,不時爭地盤撒潑扯打,我一邊煎筍瓜,一邊旁聽雀鳥罵架。只有這種舒爽涼淡的季候,才能讓人心平氣和,好整以暇在爐邊廝磨半日,做這道 Ratatouille。也只有這種仲秋時節,瓜果飽吸盛夏精華,又被秋風濃縮摧發,甜糯熟豔,才能燉出濃腴的精髓。❸❽

蔡珠兒書寫 Ratatouille(雜燴菜、尼斯燜菜、普羅旺斯燉菜、地中海燉菜),充滿鮮活的描繪,以致於「發調不凡」、且「光彩照人」❸❾。此外,如〈楊枝甘露〉起首:

> 晚春初夏,芒果已肥美黃熟,泰國蜜柚卻還繃著青臉,像在跟誰嘔氣。❹⓿

一樣也是鮮活的文字與食物共舞於一灶,充滿生動的表情。蔡珠兒筆下的食物在漢字的巧妙特性下,被描繪得生生要蹦出文字之外。

---

❸❽　蔡珠兒:〈地中海燉菜〉,《紅燜廚娘》,頁 94。

❸❾　何寄澎:〈試論林文月、蔡珠兒的「飲食散文」——兼述臺灣當代散文體式與格調的轉變〉,《臺灣文學研究集刊》創刊號(臺灣大學臺灣文學研究所,2006 年 2 月),頁 201。

❹⓿　蔡珠兒:〈楊枝甘露〉,《紅燜廚娘》,頁 40。

而〈欲望焦糖〉起首也是精彩的例子：

> 夢著焦糖，想著肉桂，渴望著你，皆是徒然；
>
> 激起深濃欲望，搧動暗藏之火，皆是徒然，火燄從未點燃。
>
> Suzanne Vega 低低哼著《Caramel》，清淡的森巴爵士，摻了海風和薑汁，但她說的是欲望。沒有火燄的焦糖，就像枯水之河，無肉之蚌，缺星的天體，風乾的欲望。❹

此篇文字依然眩人耳目，為蔡珠兒最擅勝場者，「但氣韻飽滿，乾淨俐落」❹，書寫食物之美文至此足矣。

　　除了眩人耳目之美文，蔡珠兒也能在酗文字的同時引人深思。如〈野菇遍地〉：

> 在卡爾維諾的《馬可瓦多》裡，馬路邊的磨菇，給小工馬可瓦多帶來熱烈希望，那是貧瘠城市的肥沃寶藏，單調生活的甜美夢想，但也是人性的毒菌，滋生出忌妒、佔有和貪婪的孢芽，所以大家都中了毒。❹

文中引用卡爾維諾的馬可瓦多寫磨菇的「毒性」，正好隱喻人性之毒又發人深省。而在〈蘆蒿春味〉的結尾中，她是這麼說的：

---

❹　蔡珠兒：〈欲望焦糖〉，《紅燜廚娘》，頁105。

❹　何寄澎：〈試論林文月、蔡珠兒的「飲食散文」——兼述臺灣當代散文體式與格調的轉變〉，頁201。

❹　蔡珠兒：〈野菇遍地〉，《紅燜廚娘》，頁46。

　　而汪曾祺的《金冬心》，寫揚州鹽商宴請新任鹽官，滿桌清
淡菜色，盡是名貴刁鑽的盛饌，甲魚僅用裙邊，鰣花魚只取
鰓下兩塊蒜瓣肉，河魨配上素炒蘆蒿，素炒紫芽薑，素炒蒿
苣尖……，而鹽官還淡然說，「咬得菜根，則百事可做。」
野意與清淡，竟是濃肥豪奢的注腳。🕔

蔡珠兒所書寫的蘆蒿，被汪曾祺形容為「食時如坐在河邊聞到新漲
的春水的氣味」般充滿野意🕔，卻因它讓城市人在口味中重拾野趣
而身價大漲，反而成為品味與身分的象徵。因此文章收束處以清淡
菜色見證豪奢食材，背後含義不言可喻。此外，〈龍井與蝦〉也是
如此發人深省的收束全文：

　　滋味當然還是好，然而幽微隱約，茶味和蝦味皆輕柔縹緲，
材質口感的對比若即若離，一派空靈，和雨中的西湖相互呼
應。上品茶菜的奧義原旨，莫過於此，聲氣相聞卻又兩忘煙
水。如果烹調像造字，茶菜就是會意假借，借點情味心領神
會，點到為止就好，像茶葉蛋那樣死滾爛煮，就不入流了。
蝦仁向龍井借來寓意，龍井向歷史借來名氣，我們則向西湖
借來傳奇，在層疊交錯的假借中，真偽變得朦朧虛軟，就像
湖上紛紛的霧雨。🕕

🕔　蔡珠兒：〈蘆蒿春味〉，《紅燜廚娘》，頁67。
🕔　同前註，頁65。
🕕　蔡珠兒：〈龍井與蝦〉，《紅燜廚娘》，頁73-74。

蔡珠兒在此將「烹調像造字」的傳奇發揮得淋灕盡至，「荼菜就是會意假借」、連「蝦仁向龍井借來寓意，龍井向歷史借來名氣，我們則向西湖借來傳奇」都是一則巨大的假借。含蓄宛轉中自有耐人咀嚼的深意。而在〈乾菜燜魯迅〉中，蔡珠兒寫出魯迅的故鄉紹興如何以食物消費或紀念魯迅：

> 他煮了自己的心肝，被吃掉的卻是皮毛。三味茶樓、阿Q飯店、孔乙己土產、楊二嫂麻辣鍋，咸亨酒店開起全國連鎖，他也差點被孫子釀成老酒，大家都搶著吃「魯迅飯」。他被笑嘻嘻地吞掉，沒人想起人肉和血饅頭。[47]

可見，蔡珠兒文化研究的知性思維依然鮮明，當代的旅遊消費文化的其中一環就是文人與美食。魯迅雖非美食家，筆下的食物也談不上美味，無非是《狂人日記》的人肉或《藥》的血饅頭。然而，紹興人可記不得這些可怖的食物，仍舊火紅熱鬧的販賣起魯迅來了。蔡珠兒以她一貫生動的文字寫著「大家都搶著吃『魯迅飯』」、「魯迅會氣瘋了」[48]，魯迅身影彷彿如在目前。在〈響螺蜜瓜湯〉裡，蔡珠兒如此書寫此一湯水：

> 湯喝玩了，噪鵑還在叫，我的舌上有嫋嫋甜意，耳中嗡嗡迴盪高音。響螺不會叫，卻要背上惡名，吹法螺成了空口大話的

---

[47]　蔡珠兒：〈乾菜燜魯迅〉，《紅燜廚娘》，頁120。
[48]　同前註，頁119。

代語，然而它原指佛法廣被，雄健勇猛，《法華經》的「吹
大法螺，擊大法鼓」，竟演變成誑誕的「大吹法螺」。
人世總是嘈雜的，充滿誤解與訛傳，可憐的響螺已被我吃
掉，永不能出聲抗議。❹

蔡珠兒的奇思妙想充分呈現在這篇〈響螺蜜瓜湯〉裡，響螺湯與
《法華經》的大法螺竟爾勾串得如斯巧妙，不只色香味，亦聲情歷
歷，引人無限遐思。

接著，續讀《饕餮書》。蔡珠兒自認本書「說的不是美食，也
不是貪吃，而是食物與人和社會的關係。」❺《饕餮書》其實是雜
誌專欄「食物與權力」的結集。在書寫食物與人和社會的關係的同
時，亦有鮮活別緻的文字跳動其中。如〈粽子，傻子與魔鏡〉：

立夏以後，酒樓餅鋪開始賣粽子，粵人猶存古風，慣於把
「粽」寫成「糉」，店頭和報章觸目皆是斗大的糉字，豆沙
糉、蓮蓉糉、瑤柱糉、鮑魚糉、火腿糉、燒鴨糉……猛一看
我總以為是傻字，常被這些突然冒出來的傻子嚇一跳，繼而
暗自偷笑。對啊，糉子和傻子果然相去不遠，因為每年包糉
子的時候，我就成了傻子，走神失魂癡癡呆呆，心心念念只
記掛著這件事。❺

---

❹　蔡珠兒：〈響螺蜜瓜湯〉，《紅燜廚娘》，頁 100-101。
❺　蔡珠兒：〈怪獸，老饕和饞貓〉，《饕餮書》自序，頁 18。
❺　蔡珠兒：〈粽子，傻子和魔鏡〉，《饕餮書》，頁 24。

由這段文字的描述，可見蔡珠兒對文字的敏感度於一斑。這或許正是中文系科班出身的緣故，乍見一字即浮想翩翩，繼而奇思妙想一一引出。接著她說：

> 表面看起來是製備食物，其實是進行一場神秘的自我陷溺儀式，在烹軒的正當掩護下，我為所欲為，恣意把狂野躁厲以及淒惶低迴的諸般心緒，收攝於餡料內摻攪入糯米中，緊緊包藏在粽葉圍砌的角錐空間內，蒸煮銷融狠狠發洩。**❷**

烹煮食物其實是「一場神秘的自我陷溺儀式」，蔡珠兒如斯尋得身心安頓之所，讓她充分揮灑中文科班的文字專長，並且療治流動身世（臺灣──英國──香港）所引發的食物鄉愁。無疑地她是成功的。因此，在〈切一片月亮嚐嚐〉中她說道：

> 很少有食物像月餅，既浪漫美麗又俗儈不堪，它不僅是應節食品，更是人際儀式的祭品，餡內包藏著複雜的社交權力關係。一般人買年糕、湯圓、粽子和紅龜粿等過節食品，總是帶回家吃，但月餅卻是買來送人或是被送，甚或多次轉送，形成一種流動的再分配，而不管最後失蹤或留下，月餅都因而衍生出複雜的交換價值。而且湯圓粽子一年到頭有得買，儀式意義逐漸流失，月餅卻是人情世故的特殊期貨，必需掌握契機及時交易，一俟農曆八月十六就全面崩盤，充滿時令

---

❷　同前註。

的儀式性。㊴

在蔡珠兒筆下「餡內包藏著複雜的社交權力關係」的月餅，是「人情世故的特殊期貨，必需掌握契機及時交易，一俟農曆八月十六就全面崩盤，充滿時令的儀式性」。然而，蔡珠兒是這樣享受它的：

> 砌壺上好龍井，放張心愛藍調，坐在午後微雨的陽臺，慢條斯理切開那隻白蓮蓉四黃月，一口口細吃。蓮蓉像春雪融化在舌面，蛋黃是酥軟的夕陽，穠稠的甜味像巨浪，捲來迷亂如雨的狂喜，由舌入心徹底放縱。㊴

書寫食物的滋味，蔡珠兒常有取之不盡的巧譬。且看她描繪蓮蓉的姿態，即已令人垂涎。又如〈大閘蟹的美味神話〉：

> 把「壞人」吃到肚子裡，大概是最大的懲罰，最徹底的征服。有些年紀的上海人還記得，打倒四人幫的八十年代初，他們吃蟹時要買三雄一雌，把大閘蟹當那四個壞胚子，剝皮拆骨吃光舔淨。如果魯迅還在世，不知將作何感想，這是幽默、狡獪或愚魯？在阿 Q 之後半個多世紀，精神自慰越發瀰漫風行，還衍生出「飲食勝利法」。
>
> 中國人吃大閘蟹，可以出神入化吃到最幽微的滋味，但所謂

㊴　蔡珠兒：〈切一片月亮嚐嚐〉，《饕餮書》，頁 46-47。
㊴　同前註，頁 52。

情趣傳統，何嘗不是一種麻醉耽溺？世局如麻治絲益棼，只好埋頭細啃大閘蟹，在蟹殼裡編故事。大閘蟹的那個「閘」字，我總疑心就是魯迅說的黑暗閘門，黝乎乎的夜水中，蠕蠕湧動著一群八肢怪蟲，蟹與人的命運暗自呼應對位，嘸嘸華土，淒如荒原。❺❺

蔡珠兒書寫食物也拿出了記者舊癖，傾力「貪熱好鮮，抓時效貼新聞」❺❻，對於食物與人和社會的拿捏，總有一番貼切的見解。大閘蟹即是近幾年來風行於華人社會的美味神話，無論基於何種理由或時令而大啖此蟹，「魚鮮蝦貝華人之所嗜，而大閘蟹又是公認的至味極品，不僅因其膏腴風味，更因為長期蘊釀的情趣傳統，文學與歷史的再現建構，為大閘蟹渲染出雅逸的美學氛圍，因而由魚鮮昇華為文化象徵，跨越江南成為華人的美食神話。」❺❼因此，蔡珠兒書寫大閘蟹的美味必得回到「長期蘊釀的情趣傳統」，並以「文學與歷史的再現建構」，書寫其文化象徵與美食神話的一面。於是我們看到蔡珠兒將文學與歷史的閘門打開一一細數，並在黑黝黝中望見蟹與人的命運——「淒如荒原」。

綜觀蔡珠兒如此酗文字的食物書寫，其鮮活程度直與食材相彷彿。對此，論者以為：

---

❺❺　蔡珠兒：〈大閘蟹的美味神話〉，《饕餮書》，頁 70-71。

❺❻　蔡珠兒：〈怪獸，老饕和饞貓〉，《饕餮書》自序，頁 19。

❺❼　蔡珠兒：〈大閘蟹的美味神話〉，《饕餮書》，頁 67。

　　而蔡珠兒，拿漢字下廚，在文學和料理間身段輕盈，拈花微笑，她，全心全意地過日子，廚房即書房，鍋鏟為筆墨，讓人分不清姑娘追求的是文學的手段，還是料理的境界，你不免疑她前世或是花精靈之屬。❸

循此，蔡珠兒食物書寫另一重要的知性展演的部分，就是「拿漢字下廚」。在她而言，「廚房即書房，鍋鏟為筆墨」，淋漓盡至的揮灑漢字的豐富特性。因此，南方朔也曾經這樣說道：

　　近年來，我自己治學讀書，愈來愈能體會近代中國最好的學問家陳寅恪先生所謂「讀書必先識字」，「每個字都可以寫一本文化史」的道理。這樣的原則，不僅適用於微言大義的義理與訓詁之學，同樣也適用於有關花鳥蟲魚以及器皿機具和物件等名物之學。❺

南方朔由陳寅恪所謂「讀書必先識字」立論，認同「每個字都可以寫一本文化史」的道理，並以此來驗證蔡珠兒的食物書寫的特質。總言之，蔡珠兒書寫食物的同時，不僅書寫食物的歷史身世與記憶，也同時擅用漢字的特性盡情地蒸煮炒炸各項食材。因此，烹食物即煮文字，其精神殊無二致。

　　對於蔡珠兒的書寫風格，何寄澎先生有相當精闢的解讀。以

---

❸　陳浩：〈信不過喬治‧歐威爾〉，《紅燜廚娘》，頁10。
❺　南方朔：〈從「仙女圈」一路走來！〉，《南方絳雪》，頁6。

《紅燜廚娘》為例，他認為蔡珠兒的語言格調有二大特質，一是「快板、濃彩，文字的魔術表演」，二是「感官的飲食美學・味覺的人世思索」。**⑥**

　　就前者而言，何氏認為蔡珠兒的語言風格「極為強烈而鮮明，以音樂言，若繁弦急管；以顏色言，若萬色繽紛；並且處處充斥著誇飾的，新奇的賣弄，宛然文字的魔術表演，這一點打開《紅書》光看各文標題，已不難感知。」**⑥**其次「值得注意的是其基本為四言的結構（亦時有集兩四言成八言，刻意不斷開者），並且講求押韻。」**⑥**簡言之，蔡珠兒的語言格調講求的是「新奇、濃麗、快節奏的形式美」**⑥**，因此何氏認為「〈地中海燉菜〉中有句『華麗濃郁，恣肆豪放』，正可用來形容蔡氏此種書寫格調；但換一角度觀之，則『套式』之形成因此而生，難免予人千篇一律之感。」**⑥**循此，何氏認為蔡珠兒語言格調上的不足之處是「因太措意於求張揚效果，遂不暇膩，造作、蹈空之病乃不時可見。」**⑥**證諸數例「凡此種種『蹈空』之病，殆皆緣於作者熱衷驅遣文字，求濃、求麗、求奇、求新，遂不遑顧及應有之實質與真切矣。」**⑥**誠哉斯言。

　　然而，何氏認為蔡珠兒「《紅》書行文最精彩者，恐怕不得不

---

⑥　何寄澎：〈試論林文月、蔡珠兒的「飲食散文」──兼述臺灣當代散文體式與格調的轉變〉，頁 198-204。

⑥　同前註，頁 198。

⑥　同前註，頁 199。

⑥　同前註。

⑥　同前註。

⑥　同前註，頁 200。

推首尾起結。」如〈地中海燉菜〉、〈欲望焦糖〉起首，或是〈蘆蒿春味〉、〈龍井與蝦〉的結尾。簡言之，「無炫目文字，卻自然光彩照人」、「氣韻飽滿，乾淨俐落」、「結筆高妙」、「意境深刻，發人省思」、「鞭辟有力」、「含藏宛轉」、「耐擊節咀嚼」。⑥⑦此外，何氏認為「蔡氏的語言兼有張愛玲、簡媜之精魂」、「臺灣當代散文，女性作者一系向有華麗一派，張愛玲為其祖師，簡媜則其中最重要之健者，二人影響深廣，蔡氏固耽樂此調而不疲也。」⑥⑧可見蔡珠兒采筆之穠麗，已然進入張愛玲、簡媜這一系譜中了。

循此，何寄澎先生對於蔡珠兒另有一番寄語，他認為散文向以「自然平易」、「淳厚真切」的本色當行為尚，玩文字魔術為一時之計，應以「豪華落盡見真淳」惕厲：

> 林氏雖不斷求新求變，但仍是散文的「正統」，也仍是近年來逐漸少見的「純散文」。相對而言，蔡氏雖有可觀，但若不能體會：散文縱使可以濃淡有別、朗密有異，但散文最本質的格調是自然平易，散文最可貴的意境是淳厚真切，文字魔術只能適可而止，不宜一以貫之。⑥⑨

何氏將林文月與蔡珠兒的食物書寫置於一文共同討論，因此他認為

---

⑥⑦　同前註，頁 201。

⑥⑧　同前註。

⑥⑨　何寄澎：〈試論林文月、蔡珠兒的「飲食散文」──兼述臺灣當代散文體式與格調的轉變〉，頁 204-205。

以林文月代表的「純散文」日漸稀少，相較之下蔡珠兒的較為濃麗，恐非正宗。其實，散文創作進程與人生之體會大有關聯，亦有時間脈絡可尋，行至老境或遭逢逆境自然領悟此理，自然能體味「似淡而實腴」的真義。何氏之語實有愛之深責之切的深厚期待。試觀蔡珠兒近作〈市場癲婆〉❼⓪和〈他們在吃白松露〉❼①，似有些許語言風格上的改變，似不再那麼「勾魂攝魄」的用力舞弄文字，不知是否與何氏寄語有關。

綜合言之，蔡珠兒將蒸煮炒炸與造字為文連成一氣、合而為一。不僅以文化研究背景呈顯其為文之知性面貌，也以純熟的技巧運漢字為美文，艷則艷矣但仍不難看出其中深蘊的知性肌理。循此，將漢字烹調為如斯美味之料理，以達成美饌書寫的成績，也可算是蔡珠兒食物書寫在知性散文脈絡中的一項重要成就。

第五節　結　語

綜觀蔡珠兒的食物書寫，可以發現她擅用文化研究的知性素養以及記者舊歷的搜聞功力，並佐以中文科班的造字特長，既能展演食物的歷史身分及記憶，也能揮發個人的生命力——下廚如造字，食物與文字共舞於一灶的鮮姿妙態，創造出既知性又感性的食物書寫特質。

此外，一般論及女性的食物書寫的意義，大多置焦於「食物烹

---

❼⓪　蔡珠兒：〈市場癲婆〉，《中國時報》人間副刊，2006 年 10 月 17 日。

❼①　蔡珠兒：〈他們在吃白松露〉，《中國時報》人間副刊，2006 年 12 月 30 日。

飪與女性自我實現」之間的意義脈絡上[72]，如黃寶蓮《芝痲米粒說》、Allende Isabel（伊莎貝拉・阿言德）《春膳》、Fisher，M.F.K.（費雪）《如何煮狼》與《牡蠣之書》等知名作家作品，皆有女性以廚藝進行自我實現的意義在內。然而，除了盡情在字裡行間揮灑廚藝之外，她們的食物書寫也隱約以文化研究做為潛背景，以演繹文本的知性內蘊。此外，奚密書寫芳香文化的《芳香詩學》亦有文化研究的脈絡在內，雖非食物書寫，取徑卻有異曲同工之妙。

　　循此，女性的食物書寫，除了以烹飪完成自我實現這個視角之外，是否也有其他可能性？是否亦能如蔡珠兒者以文化研究的目光或視角，進行知性散文創造的可能性？誠如廖炳惠所言「在後現代環境下的全球化跨國交流，已經讓許多地域性的飲食文化無法再保持純粹性」[73]，同樣地，散文發展至今，在多元、跨界與各種機制得以混合挪用的全球化時代，是否也難以再保有如林文月純散文般平易淳厚的風格？這是我們要深思的。

　　而蔡珠兒的食物書寫，以文化研究為餡料調理出生色各異的食物文本，應可以知性散文視之。若能自她眩麗的漢字面前暫且移開目光，著眼於她所展演的知性內蘊，那麼楊照〈知性散文的奧祕〉或可做為見證：

---

[72]　如李志良：〈春膳理論與飲食男女──以伊莎貝拉・阿言德之「春膳」為例〉，《輔仁大學外國語文學院研究生（畢業）論文選刊》18 期，2003 年10 月，頁 1-11。張淑英：〈烹飪藝術與女性自我實現──以「巧克力情人」和「春膳」為例〉，《中外文學》28:5=329 期，1999 年 10 月，頁 7-31。

[73]　廖炳惠：〈前現代、早期現代、現代到後現代的飲食文學觀之轉變〉（《通識人文十一講》，臺北：麥田出版社，2004 年 9 月），頁 74。

那是有個人，對知識如此熱愛如此好奇，忍不住要感染旁人、同旁人分享他對知識的喜好與掌握。而且他要傳達的，並非特定的學門，而是主觀的知識感受。……知性散文的興衰維繫於整個社會面對知識的態度，而非文學內部的議題。沒有寬闊、開放的知識態度則很難產生知性散文。……楊照寄望那些已經擁有某領域專業知識的人，能以自己的專業為基礎去聯繫其他專業，以「文藝復興人」自許，並回到西方隨筆的傳統，將知識日常語言化，融入文學的趣味，才得以進入知性散文的堂廡。……楊照重申面對知識的態度，他說，好多有趣得不得了的物事，就在日常生活裡隨處看得到，端賴有沒有這樣一個人，充滿著好奇心，追索東一個西一個這樣那樣的知識，他就有機會成就對這個社會將產生巨大影響的知性散文，讓知性散文逐步建立傳統，變成這個社會的一股力量，而不只是文學上的遊戲或少數人的專屬。**❼❹**

楊照對於知性散文的見解中，不只展演他對知性散文的期待，也是我們理解蔡珠兒食物書寫文本的重要依據。而她援引大量知識所要透顯的重要意義也正在此：「將知識日常語言化，融入文學的趣味，才得以進入知性散文的堂廡。」這正是蔡珠兒食物書寫進入知性散文脈絡的最可能路徑，恐怕也將會是此一系譜的重要開端。

---

❼❹　王盛弘報導：〈回到西方隨筆傳統──楊照談「知性散文的奧祕」〉，《聯合報》副刊，2006 年 8 月 12 日。原為臺積電文教基金會主辦、聯合副刊協辦的演講，2006 年 5 月 25 日於清華大學合勤廳舉辦。

第九章　結論──
女性的閱讀、寫作與生命安頓

第一節　安頓自我
──閱讀、寫作與生命空間的流轉

綜合以上研究，近現代知識女性的文學表現，既豐富多元，又鮮麗多姿，值得持續關注。尤其是晚近以來方興未艾的女性文學研究，帶動更多研究目光投向歷史上的諸位文學女性及其文學。此一風潮說明的正是女性文學史的不容忽視。

如前述章節所述，做為本書的論述對象──近現代的知識女性們，可概分為三個不同年代與階段，以便貫時性的觀察她們的文學表現。然而無論那個年代的知識女性，其內心最深處的渴望都是同樣的：安頓自我的生命價值。女性安頓自我的方式，長久以來受制於家居之內相夫教子的傳統規範，視閱讀與寫作為奢侈。但知識女性往往不能滿足於此，史上遂有許多不凡的女子誕生，她們可能是班昭或謝道蘊一類的詠絮才，但此一系譜顯然較男性為主的主流文學貧弱。直到明清以後，乃至近現代，時代的變局促使個人的覺醒

成為時髦風尚，尤其是女性的自覺。女性文學及其研究遂成為不能不面對的迫切問題。

是以，就以上各章節的論點而言，女性「空間」之轉換與女性文學發展之進程密切相關。所謂「空間」，包含家居之內的書房、家居之外的學堂與報刊等公共領域以及家國之外等。因此，以下擬就知識女性悠遊迴轉於各種「空間」的經歷，以窺其生命安頓的意義。

㈠從閨房、廚房到書房

近現代以來，女性面對自我的方式，因應時代進程而逐漸轉型。傳統閨閣裡的活動空間，顯然已無法再完全拘限女性的發展了。於是，婦女走出閨房與廚房，轉進書房與學堂，開始與男性平等起坐，追求一樣的新知識與新技能。

轉進書房，開始創作，並非近代以來的新鮮事。歷史上並不乏文采斐然的文學女性，雖然她們或隱或顯的身影，一直未在文學史上駐留相當的版面；但若認為傳統的女性文學一直處於被完全壓抑的狀態，卻又不盡然。無論如何，在大變動的近代之際，由於外來西學的衝擊，知識女性面對自己的文學創作，遠較她們的古代前輩們多了一層自覺與理想。她們的創作或許不全然於書房完成，重要的是，她們從事文學創作已然成為愈來愈普遍的社會現象。

做為第一代知識女性的秋瑾與單士釐，她們的書房創作大多「古今並治」，既有傳統詩詞等韻文創作，也有白話（或淺近文言）散文的發表。前者以詩詞著稱，有《秋瑾集》；也在報刊發表振奮人心的白話散文，如《中國女報》與《白話報》上宣講與呼告式文

字。後者也有詩稿傳世，即《受茲室詩稿》；其散文創作以旅行文學知名，即《癸卯旅行記》與《歸潛記》兩部作品，前者更被譽為近代第一部女子旅行文學之作。

值得注意的是，秋瑾尚有韻散混合體的彈詞小說《精衛石》一篇（未完），以及日文翻譯之作《看護學教程》。單士釐亦譯有日人之《家政學》與《家之宜育兒簡讀》等家政學作品。此外，單士釐尚有兩項重要編著，即《國朝閨秀正始再續集》與《清閨秀藝文略》兩種。其未刊行者，據聞應尚有《發難遭逢記》、《懿範聞見錄》與《嘐殺集》等。由此可見，兩位知識女性在文學創作與相關表現上的豐碩成果。然而，英年早逝的秋瑾與高壽八十餘的單士釐，雖為同一時代的知識女性，但因命運有別，著作多寡自然也大不相同。更重要的是，她們雖然都是新一代的知識女性，但秋瑾以成為一名真正的新女性為目標，而單士釐則是既新且舊、兼具傳統閨秀與新式知識女性形象者。

第二代知識女性，她們的創作時期已在五四、乃至 1949 年之後，且大多以散文與小說為主要創作文類，如琦君與孟瑤即是。琦君第一部作品《琴心》即為小說散文合集，宣告她往後的創作將同時發表小說與散文兩種文類。但琦君仍以散文的成就最高，其懷舊的散文風格，不只切合時代需求，也能撫慰人心，允為一代「琦君體」 ❶。但她也旁及兒童文學、翻譯與論述等數十種。孟瑤於 1950 年以散文〈弱者，你的名字是女人〉起家，其後也撰寫「給女孩子的信」專欄 20 篇（結集為《給女孩子的信》），似乎預示她未

---

❶　挪用「冰心體」之意。

來一生龐沛的小說創作能量（百餘萬言），非但不輸同時代的男性作家，並且超越甚多。她雖以散文起家，但她的大部分創作精力都花在小說上，尤其是五十年代一系列反共文藝下的小說創作《亂離人》、《黎明前》、《危巖》等力作，尤其受到矚目。其小說尚有史傳、愛情、梨園等主題作品，總字數相當龐大。此外，孟瑤還有劇本創作、兒童文學五種與「孟瑤三史」等各類型作品，成果驚人。總計到 1991 年完成最後一本《風雲傳》為止，她一生花費四十餘年的時間，寫下了包括小說、散文、文學論著、劇曲劇本、童話等，總計 78 部作品。由此可見，第二代知識女性的琦君與孟瑤皆有相當可觀的創作成果，各自成就一片天地。

第三代知識女性的文學創作，小說與散文仍是長項，前者如施叔青，後者如蔡珠兒。但她們在作品內容與風格取向上，又遠較她們的前行者開發出更多不同的面貌。施叔青極早便以短篇小說〈壁虎〉成名，其中紮根於西方精神分析理論的奇異風範，引人注目，被奉為臺灣六十年代現代主義小說的經典之作。其後，一邊從事傳統京劇與地方歌仔戲的研究，一邊進行小說創作，寫下許多探討女性生活的小說。赴香港旅居之後，致力於以文學探索香港，勾畫香港的百年歷史，一系列「香港傳奇」與「香港三部曲」，於焉誕生。近年來，更致力於以文學書寫臺灣史——即「臺灣三部曲」的誕生（至 2009 年為止，已完成前二部）。獨特的寫作取向——小女子寫大歷史，超越許多同時代女性作家的視野與格局，開啟當代女性撰寫歷史小說的無限可能，特別值得關注。此外，由於學術本行為戲劇研究，施叔青也有數部藝術評論集問世。

蔡珠兒的散文也是獨樹一幟的，自《花叢腹語》拈花惹草開

始，關注身邊的生活事物是她的創作重心。其後，以一系列飲食散文立足文壇，其《南方絳雪》、《紅燜廚娘》與《饕餮書》的書寫風格，乃基於其文化研究的背景，以大眾文化為寫作策略，為食物進行一次次細密的身世考察；並佐以極鮮活靈動的優美文字，使其飲食散文呈現既知性又感性的風格。其飲食書寫因此別開生面，與傳統「懷舊」式的創作路徑已大不相同，可謂獨樹一幟。此外，原出身記者的蔡珠兒，早年亦有為數不少的新聞寫作。

綜合言之，近現代知識女性的書房創作，文類既豐富，風格亦多元。

㈡走出家門，轉進學堂

轉進書房之後，更需要走入學堂。許多無法邁開大步的小腳需要被解放，無法自由走動的靈魂需要被釋放。「禁纏足」與「進學堂」，遂成為兩面一體之事；同時，也是當時最重要的女性解放宣言了。惟有先面對自己被禁錮的最貼身的身體——小腳，自由的靈魂才能飛進新式學堂裡駐足。就此而言，「身體」的議題似乎有其更優於「女學」之必要性。是以，興辦女學與進入女學堂成為當時知識女性熱衷的事務。

做為第一代的知識女性，秋瑾即極力高呼辦女學、進女學堂於女子的重要性，並身體力行。除親身赴日留學之外，也回國主持潯溪女校，並創辦競雄女學。人在東瀛的外交人員眷屬單士釐，由於其夫婿錢恂擔任湖北省留日學生監督，曾大力推動青年自費留日；單士釐認為留日之風是錢恂創議而錢玄同率先實踐的。赴日後，單士釐對於日本的女子教育也有極大興趣，經常藉機教育子女。這是

第一代知識女性參與女學的概況。

　　第二代知識女性中，五四運動前二年出生（1917 年）的琦君自幼浸淫於國學，但仍有幸進入現代化的新式學院接受高等教育。琦君自杭州之江大學中文系畢業後，也成為幾間中學與大學的國文教席。出生於五四當年（1919 年）的孟瑤亦然，畢業於重慶中央大學歷史系，之後也歷任數所中學與大學國文教職。她們都是接受過五四後新式教育的知識女性，也以她們的知識教育後代學子。因此，她們不只在文學創作上影響別人，也親身教學栽培下一代。

　　第三代知識女性中，施叔青獲有淡江大學外文系學士及紐約市立大學戲劇碩士學位，曾任教各大學。蔡珠兒則有臺灣大學中文系學士與英國伯明罕大學文化研究系碩士學位。顯然，她們的學歷又遠較她們的前行者更高了些，大多取得碩士（以上）學位，且多有留洋學歷或經歷。這一代的知識女性對於創作的自覺與理想，更甚於她們的前行者。施叔青以小說治史的寫作氣魄，蔡珠兒以文化研究為視域書寫食物的身世，皆具有以小見大的文學企圖。

　　綜合言之，走入新式學堂的近現代知識女性，擁有更多機會直接探觸高深的學識，並反映在她們的創作上。

㈢進入報刊，參與公共領域

　　除了接受新式學堂的教育，或辦學或教學，另一項近現代知識女性新興的活動空間，便是報刊一類的公共領域。近代的知識女性為了面向時代的變局，開始出現於報章媒體間，撰寫許多呼籲釋放小腳提倡天足的散文／論文，以文字發聲，啟蒙自己的姐姐妹妹們，一同邁開天足，大步向前。許多知識女性遂逐漸開始於此類公

共空間——新式報刊揮灑自我。她們先是做為自己父兄的助手，然後開始自辦報刊，同男性一般獨當一面，形成近現代一股重要的女性辦報風潮。

秋瑾就是第一代知識女性中熱衷於運用新式報刊做為發聲工具的一員。她曾於《白話報》、《中國女報》、《神州女報》等白話報刊發表散文。其中前二份報刊更是秋瑾自己創辦的，親自操持報務。既編又寫，同時也兼發行、廣告等事務，一手包辦整份報刊誕生與出刊。其知名的姐妹宣言〈敬告姐妹們〉，即刊行於《中國女報》上；著名的〈敬告中國二萬萬女同胞〉發表於《白話報》上。遺憾的是，《中國女報》的壽命與秋瑾一樣短促，僅出刊四期便宣告夭折。但此報的歷史意義仍值得重視。

第二代知識女性多誕生於民國之後，大多無需再藉由創辦報刊以宣揚自己的理念，投稿至報刊常是許多作家作品的第一次問世機會，報刊往往成為作品出版單行本之前面向讀者的最佳媒體。琦君於 1935 年發表的第一篇散文〈我的朋友阿黃〉即刊於《浙江青年》雜誌上。1949 年來臺後，琦君發表的首篇散文〈金盒子〉刊於《中央日報》上，由此逐漸嶄露頭角。孟瑤來臺後的第一篇作品〈弱者，你的名字是女人？〉，於 1950 年 5 月 7 日發表在《中央日報・家庭與婦女》版，其後更在《中央日報》副刊撰寫「給女孩子的信」專欄 20 篇（後結集為《給女孩子的信》）。總計孟瑤一生的創作，大多先於報刊連載，其後再出版單行本，她的作品先後在《文藝創作》、《自由中國》、《文藝月報》、《暢流》半月刊、《今日婦女》、《海風月刊》、《婦友雜誌》、《中華婦女》、《自由談》、《文壇》、《蕉風》、《中華日報》、《臺灣新生報》、

《徵信新聞報》（《中國時報》前身）、《大華晚報》、《聯合報》、《星島晚報》等報刊發表過，幾乎涵概五、六〇年代臺灣地區主要的報刊雜誌。其中《蕉風》與《星島晚報》皆為新加坡當地（甚至南洋）知名的報刊。

施叔青的處女作於 1961 年發表於《現代文學》雜誌上，一鳴驚人。蔡珠兒與報刊的關係更加密切，曾經長期服務於《中國時報》社，擔任記者一職。由於長期的記者訓練，使她觀察事物的眼光更加深刻而細膩。

除了與報刊或近或遠的關聯之外，近現代知識女性還能將她的文學表現拓展至其他的公共領域當中。

單士釐隨夫出使日本，使她體認到語言是瞭解一國文化的敲門磚。為了順利融入當地社會，單士釐下苦功學會日語，無須倚賴翻譯，便能直接與日本知識女性聯絡感情。其中一位日本女友人為知名教育家下田歌子，單士釐曾翻譯她的《家政學》。擅日語的她，更是夫婿錢恂與日人外交時的最佳翻譯與溝通者，由此可見她並非只是外交官眷屬的身分而已，一樣也在貢獻自己的才華。

琦君大學畢業後任教於母校之江大學，曾兼任浙江高院圖書管理員，而後轉入蘇州法院擔任機要秘書。1949 年來臺後，更擔任高檢處書記官，之後轉任司法行政部編審科長。同時，她也兼授多校的國文課程。往後數十年，琦君一直兼顧著她在司法界與教育界並行的工作型態。

施叔青在公共領域的表現更值得關注。1970 年代，施叔青與呂秀蓮合辦以宣揚新女性主義為主的「拓荒者出版社」，主要目的乃為引介西方女權運動理論，並曾經編輯《由女人到女人》一書。

她也探訪酒吧、妓寨寫成〈她們的眼淚〉等文化認同的作品。

　　1970 年初，施叔青在美國研究戲劇，因觀看崑曲〈秋江〉，有感於中國戲曲的劇場表現，使她深受震撼，返臺投入俞大綱門下，跟隨梁秀娟學花旦做工。1974 年，她更在榮獲中山文化基金會獎助研究撰寫〈拾玉鐲〉研究。1975 年獲中山文化基金獎助，跟一團野臺歌仔戲班穿街走巷進行田野調查，完成了《臺灣歌仔戲報告》一書。愈來愈深刻的鄉土認同感，促使她申請了一筆基金，請漢寶德主持鹿港古風物的調查工作。然而，一直在寫小說的施叔青，與藝術的緣份顯然未盡，1977 年後，她轉進香港從事藝術發展工作，擔任了香港藝術中心亞洲節目部策畫主任之職務。

　　綜合以上，近現代知識女性既走入報刊，與報刊建立或深或淺的緣份；她們也還能在報刊以外的公共領域，揮灑自我。諸如擔任翻譯與外交工作、圖書館員、司法工作、開辦出版社、做田野調查、鄉土調查、藝術管理等不同於單純書房寫作的公共事務。可見，知識女性豐沛的創作與展演能量。

㈣走出國門，遊歷世界

　　走出家門之外的近現代知識女性，除了諸多豐富的文學及相關公共領域的表現之外，她們往往也擁有許多不同的異國經驗。尤其是旅行、旅居、遷移等相關經驗，特別豐富了她們的生命。

　　第一代知識女性中，秋瑾在家國之內的遷移經驗不少，所居之地，除家鄉浙江紹興之外，尚有夫家湖南湘潭，以及其後遷居的北京與上海等地，異國經驗僅日本一國。但日本留學的異國經驗，不僅豐富了她的學識，也開啟她對革命與女學更濃厚的興趣。雖未因

此留下專門的記遊文集,但散見於《秋瑾集》中的部分詩文,仍可
一窺她異國經驗對她的影響。

　　單士釐與秋瑾之母同出浙江蕭山,其異國旅行經驗來自於身為
外交官眷屬這一身分的便利上。隨夫出使異國的單士釐,旅居之地
包括日本、俄羅斯、法國、義大利、荷蘭等國。較諸秋瑾,單士釐
走得更遠一些。這些世界遊歷,其後結集為《癸卯旅行記》與《歸
潛記》兩書。單士釐的記遊文字並非單純寫景描物的純印象式批
評,她的旅行散文無寧更像是一篇篇知性的旅行報告,內容多針對
各國的歷史文化做深入的瞭解,並不時進行比較文化式的感懷。同
時,她也進行了西方文學作品的引介,如俄羅斯的托爾斯泰小說、
義大利但丁《神曲》等,這也是她做為知識女性的一種文化涵養的
反映。

　　琦君與孟瑤的遷移經驗,大多基於她們身處現代早期的大亂離
時代,乃不得不隨時代洪流轉徙於各地。琦君生命的空間版圖,包
括浙江溫州、杭州、上海等地。來臺後,定居於臺北,也應好友孟
瑤之邀兼程至臺中中興大學授課。中年之後,曾短暫專任中央大學
教職,辭去教職後,隨夫留居美國,直到晚年方回臺定居,但不久
病逝。琦君雖無特定的旅行文學之作,但《水是故鄉甜》系列旅美
散文集依稀可見她的遊蹤。

　　孟瑤的生命空間,由湖北武漢開始,尚包括南京、重慶等地;
來臺後,先是嘉義民雄,然後是臺中、臺北等地,尤以定居臺中時
間最久;晚年退休後至高雄佛光山講授《史記》。其異國經驗,主
要是中年時期曾應邀至新加坡南洋大學(今新加坡國立大學)講學四
年,退休後與家人赴美國定居。

　　相較於第二代知識女性較少的異國經驗,第三代的知識女性大多由於留洋之故,有了更多體驗異國的機會。施叔青除出生鹿港,求學於臺北之外,其後更負笈紐約攻讀學位,旅居美國。回臺後,再赴港工作,並旅居香港許久;後又遷回美國。綜合言之,施叔青的遷移與旅行經驗,對於她的創作實有直接而密切的關聯。由於久居香港,乃發想「香港三部曲」;因為遷移而更加認同臺灣,乃寫作「臺灣三部曲」。其旅行經驗的直接描寫,往往不以單純的遊記散文形式呈現,而是將遊記雜揉小說的虛構特質,呈現如真似假的閱讀效果,如《兩個芙烈達‧卡蘿》與《驅魔》即是此類遊走於小說與遊記散文之間的跨界之作。此類富於實驗精神的創作,突破了一般遊記的寫法,另開一條全新的可能路徑。

　　蔡珠兒為成長於臺北的南投埔里人,求學於臺北,早期的記者工作也是在臺北活動。其後,遠赴英國攻讀學位,旅居當地多年;再隨夫遷移至香港定居至今。就她的人生路途而言,已然橫越了大半地球,擁有東西兩方完全不同的生活空間與經驗。她的旅行經驗,並無特定的旅行文集,大多分散呈現於她的散文作品裡。少數可直接被定義為「旅行文學」之作的散文,如《南方絳雪》中的〈海角芬芳地——香奇葩小史〉與〈丁香的故事〉兩文皆可視為旅行文學。前者書寫旅遊香東非坦尚尼亞的香奇葩島;此一香料島不僅有迷人的歷史文化,更是極早即出現於中國典籍中。後者則是書寫印尼盛產香料的摩鹿加群島的香料文化與歷史。此外,其遊歷世界的足跡,幾乎皆能展現於她的飲食書寫當中。許多品味或考察食物的現場往往在異國他鄉的旅途上。因此,見聞之廣,使她產生更加豐沛的創作能量,如《南方絳雪》、《紅燜廚娘》與《饕餮

書》。是以，她所書寫的食物往往兼具中西，和她的旅行經驗直接相關。

因此，近現代知識女性大多擁有相當豐富的遷徙或旅行經驗。走出家國，遊歷異國他鄉，除了追求知識的留學之旅外，主動的大量的異國旅行，成為她們豐富生命與創作能量的良方。

本書所論述的諸位知識女性的文學表現，已如前述。自晚清以降，女性逐漸自覺求知以來，知識女性被時代所喚醒的能量遂能一一展演。由她們所呈露的文學表現及驚人的成果中，可看到近現代以來知識女性的文學系譜建立的可能性。特別的是，本書將她們分列為三個不同世代的知識女性，以貫時性的視角，考察不同時代與背景之下的她們所揮灑的文學表現，又各自呈現何種並時性上的意義。據此，乃呈露以上如是豐沛的文學表現。

因此，本書的結論便是，近現代知識女性藉由閱讀與寫作，安頓生命，以便確立自己的主體價值，捨此無他。

第二節　補遺──最新的相關研究與展望

近現代知識女性的文學表現，在本書各章節完成之後，又陸續出現若干相關的，但未及參考的論著。為免破壞原章節論述的完整性，權將若干本書初稿完成之後出現的相關論著補遺於此。一方面做為本書之增補，一方面也可完整觀察此一領域（至 2009 年為止）的研究概況。

首先，秋瑾研究部分，自 2005 年以來較少新增的相關論述。學位論文僅一部，即龍美雯《秋瑾詩詞研究》（中央大學中文所碩士論

文，94 學年度，李瑞騰指導），全面論述秋瑾的古典詩詞創作，「還原」她做為一位女詩人的本色，有別於以往將之往「政治」方面定位的陳見。

其次，單士釐研究部分，計有三篇期刊論文，陳室如〈閨閣與世界的碰撞——單士釐旅行書寫的性別意識與帝國凝視〉（《國文學誌》第 13 期，2006 年 12 月，頁 257-282）；馬昌儀〈我國第一個評述拉奧孔的女性——論單士厘的美學見解〉（《民間文學年刊》第 1 期，2007 年 7 月，頁 1-19）；鹿憶鹿〈單士釐與拉奧孔——兼論晚清學者的神話觀〉（《興大中文學報》第 23 期（增刊），2008 年 11 月，頁 679-703）等三篇。

其中第一篇陳室如〈閨閣與世界的碰撞——單士釐旅行書寫的性別意識與帝國凝視〉與本書第五章「流動的風景・凝視的文本——單士釐（1856-1943）的旅行散文與她對女性文學的傳播與接受」的論述視角較為相近，皆以「旅行文學」做為論述視域，但該文著重於單士釐旅行書寫中所呈露的性別意識與帝國凝視部分，則是與本書最大不同之處，可做為往後持續努力研究之參考。第二、三篇皆以單士釐引介「拉奧孔」為論述中心，特別是鹿憶鹿〈單士釐與拉奧孔——兼論晚清學者的神話觀〉，更由此兼論晚清學者的神話觀，此論述開發了單士釐研究的新視野。

第三，琦君研究部分，仍持續出現若干相關論述，除傳記之外，多集中於小說《橘子紅了》的研究，以及散文方面的研究。

宇文正《永遠的童話：琦君傳》（臺北：三民書局，2006 年 1 月）做為唯一由琦君所授權的傳記，可做為琦君研究的入門參考。

小說《橘子紅了》的研究，期刊論文部分有莊宜文〈從個人傷

痕到集體記憶──《橘子紅了》小說改寫與影劇改編的衍義歷程〉
(《臺灣文學學報》第 7 期，2005 年 12 月，頁 67-98)；葉依儂〈棄婦的輓
歌──論琦君〈橘子紅了〉之象徵技巧〉(《國文天地》23:7=271 期，
2007 年 12 月，頁 54-58)；葉依儂〈封建婚姻的斑駁痕跡──析論琦
君〈橘子紅了〉中之婦女處境〉(《國文天地》23:11=275 期，2008 年 4
月，頁 70-74) 等。以上皆以琦君《橘子紅了》做為研究對象，論述
焦點集中於其影視改編的衍義歷程，以及寫作技巧與婦女處境等。

　　學位論文部分，成果亦頗豐。計有廖雅玲《《橘子紅了》女性
意識研究──以小說與電視劇為文本的考察》(彰化師範大學國文所碩
士論文，96 學年度，陳金木指導)；林致妤《現代小說與戲劇跨媒體互
文性研究：以《橘子紅了》及其改編連續劇為例》(東華大學中文所
碩士論文，94 學年度，須文蔚指導)；王琢藝《舊時代的棄婦輓歌──
琦君小說《橘子紅了》研究》(彰化師範大學國文所碩士論文，95 學年
度，蔣美華指導)。除第三部以婦女處境研究《橘子紅了》之外，前
二部論文皆以《橘子紅了》的小說與影視改編之互文性為考察重
點，可見影視改編小說所造成的魅力。

　　散文方面的研究，期刊論文部分有黃雅莉〈從「回憶做為審美
體驗」的角度談現代散文教學的「入」與「出」：以琦君〈髻〉為
例〉，《臺灣圖書館管理季刊》3:2 期，2007 年 4 月，頁 98-
119)；莊斐喬〈花木溫存──論琦君的花卉散文〉(《中國語文》
100:3=597 期，2007 年 3 月，2007 年 3 月，頁 81-95)。前者由散文教學的
視角出發，論述琦君的名篇〈髻〉；後者論及琦君散文中的花卉主
題。

　　學位論文部分較特別的是以琦君書信做為研究對象的，即王育

美《琦君書信研究》（中央大學中文所碩專班碩士論文，96 學年度，李瑞騰指導）。該論文首開琦君書信研究的先河，值得參酌。但大部分學位論文仍以懷舊散文的研究為最多，包括吳淑靜《永遠的溫柔——論琦君的懷舊散文》（高雄師範大學國文教學碩士班碩士論文，97 學年度，林文欽指導）；陳怡村《琦君懷鄉散文研究》（東吳大學中文所碩士論文，96 學年度，朱孟庭指導）；李姝嫻《五〇年代女性懷舊散文研究》（玄奘大學中文所碩士論文，95 學年度，何淑貞指導）等。以上三部都是以「懷舊」、「懷鄉」為主題以研究琦君的散文。這也是許多論者最津津樂道的論述主題。此外，還有從教學角度研究琦君散文的，蘇曉玲《琦君散文在國中國文教學應用之研究》（臺南大學國語文系碩專班碩士論文，97 學年度，張惠貞指導）。也有研究琦君小說中的女性意識的，張西燕《琦君小說中女性意識書寫研究》（屏東教育大學中文所碩士論文，95 學年度，簡貴雀指導）。由此可見，琦君研究仍持續成長中。

　　第四，孟瑤研究部分成果相對較少。近幾年來，僅出現一篇期刊論文，江江明〈論孟瑤小說《風雲傳》之歷史想像〉（《彰化師大國文學誌》18 期，2009 年 6 月，2009 年 6 月，頁 147-164），該文針對孟瑤的歷史小說《風雲傳》進行論述，可參酌。

　　學位論文部分，則有黃瑞真《五十年代孟瑤研究》（暨南國際大學中文所碩士論文，95 學年度，陳芳明指導）一篇。該論文是近幾年來少見的孟瑤研究，亦為僅次於吉廣輿《孟瑤評傳》之後的第二部以孟瑤研究為主的學位論文。該文集中研究孟瑤開始創作的前十年的成就，以她在五〇年代龐大的創作成果，觀察她旺盛的創作力及其意義。其龐大的作品量，透露的是女作家在亂離時代中對自我主體價

值的定位。尤其是她在言情敘事中隱微呈露的女性主體意識;在感
時憂國的小說敘事中,開出女性的歷史／大河小說的寫作規模。該
論文值得參酌。

第五,施叔青研究部分,無論單篇的期刊論文或學位論文都有
不錯的質量。

期刊論文部分,近幾年的數篇分別集中於三個主題,一仍是
「香港三部曲」,如陳凱筑〈繭裡的流動——論施叔青「香港的故
事」〉(《中臺學報》18:4 期,2007 年 6 月,頁 157-175)。二是「臺灣三
部曲」,如羊子喬〈從性別認同到土地認同——試析施叔青《行過
洛津》的文化拼貼〉(《文學臺灣》第 62 期,2007 年 4 月,頁 214-220);
李紫琳〈地理環境的歷史書寫:從地貌及聚落空間解讀《行過洛
津》〉(《東華中國文學研究》第 4 期,2006 年 9 月,頁 171-198)。三是感
官敘事與瘋狂論述,如劉思坊〈魅／媚相生——論施叔青與陳雪的
瘋狂敘事〉(《臺北教育大學語文集刊》第 15 期,2009 年 1 月,頁 207-
239);黃文成〈感官的魅惑與權力的重塑——臺灣九〇年代女性
嗅覺小說書寫探析〉(《文學新鑰》第 6 期,2007 年 12 月,頁 75-87)。

其中與《行過洛津》相關的兩篇皆聚焦於土地與空間為論述視
角,為晚近方興未艾的論述方向。後二篇論述,一是集中於其小說
中的瘋狂敘事,如《驅魔》;二是集中於其小說中的感官與權力的
關係,如《微醺彩妝》。此二篇論述具有一定的新意,值得期待。

學位論文部分所論述的焦點與上述期刊論文類似,在此僅舉出
其中與旅行、遷移較相關的論文,一窺究竟。如楊慧鈴《施叔青小
說中的女性跨國遷移書寫之研究》(臺北教育大學臺灣文化研究所碩士論
文,97 學年度,鄭文惠指導),聚焦於施叔青長期旅居異地的特質,以

觀察其小說中的女性跨國遷移書寫的意義。從日常生活切入，探究其書寫中與食衣住行、工作、婚姻、醫療及信仰等生活實踐，做為考察的重點。此外，黃恩慈《女子有行──論施叔青、鍾文音女遊書寫中的旅行結構》（成功大學臺灣文學研究所碩士論文，95 學年度，應鳳凰指導），施叔青的旅行書寫僅佔該論文的一半篇幅，但仍可藉此論文瞭解施叔青旅行作品中，因跨國經驗之積累所產生的比較國際觀，顯現其旅行書寫，並非停留在浮光掠影之導覽的旅行書寫上。而是將旅行與探尋自我經驗的結合，同時也關注女性身份在旅遊時的問題。由此可見，施叔青作品的豐富面向，仍值得持續研究。

第六，蔡珠兒研究部分，新的期刊論述相對較少出現，僅零星出現於研究生所撰寫的研討會論文、論文競賽或研究計劃中。

學位論文部分，則已有一部專著，即謝佳琳《蔡珠兒的飲食散文》（臺北教育大學語文與創作系碩士論文，97 學年度，陳俊榮指導），該論文以蔡珠兒飲食散文的主題內涵、藝術表現與書寫風格為主要研究對象，全面論述她至今為止的飲食書寫面貌。結論是蔡珠兒的飲食書寫改變了已有的懷舊式書寫或附著於旅行書寫中的模式，另開一全新格局，使飲食書寫走入成熟的境地。

綜合以上研究資料的補遺結果，可以發現，近現代以來知識女性的文學表現，值得持續關注。龐沛的創作能量，以及不斷拔升的質地，使得一代又一代的知識女性，在文學表現上持續展演令人驚豔的表現與成果。換言之，時至當代，知識女性藉閱讀與寫作以安頓自我的生命模式，早已成為平常，並且綻放更加熾熱的光熱，使女性作家逐漸成為當代文壇的要角，甚至超越半邊天。期諸來者，持續投入更多關注。

參考文獻

壹、文本

㈠女性報刊

《中國女報》、《中國新女界雜誌》、《天義報》，張枏、王忍之編：《辛
　　亥革命前十年間時論選集》第二卷，北京：三聯書店，1978 年 4 月

《中國新女界雜誌》（1907 年，1-5 期），臺北：幼獅文化公司，1977 年 12 月

《天義》、《中國新女界雜誌》、《女學報》、《女子世界》，李又寧、張
　　玉法編：《近代中國女權運動史料》，臺北：傳記文學出版社，1975
　　年 10 月

《神州女報》（1912-1913 年，第 1 至 4 號），《近代中國史料叢刊·三編·
　　第 38 輯》，臺北：文海出版社，1988 年 3 月

㈡秋瑾

秋瑾：《秋瑾集》，上海：上海古籍出版社，1979 年 9 月

㈢單士釐

單士釐：《癸卯旅行記》、《歸潛記》合刊，收入鍾叔河編《走向世界叢書》，
　　長沙：岳麓書社，1985 年 9 月

單士釐、陳鴻祥校點：《受茲室詩稿》，長沙：湖南文藝出版社，1986 年 7 月

單士釐：《清閨秀藝文略》，《浙江圖書館報》第一卷，省立浙江圖書館，
　　1927 年 12 月編印，1928 年 2 月重印

單士釐：《清閨秀正始再續集》，歸安錢氏聚珍倣宋印書局排印本

㈣琦君

琦君：《琦君小品》，臺北：三民書局，2005 年 3 月

琦君：《琦君讀書》，臺北：九歌出版社，1999 年 9 月

琦君：《菁姐：琦君小說選》，臺北：爾雅出版社，2004 年 5 月

琦君：《詞人之舟》，臺北：爾雅出版社，2005 年 2 月

琦君：〈我對散文的看法〉，《燈景舊情懷》，臺北：洪範書店，1984 年 2 月

琦君：〈留予他年說夢痕──後記〉，《煙愁》，臺北：爾雅出版社，1984
　　年 2 月

琦君著、田原主編：《琦君自選集》，臺北：黎明文化公司，1975 年 12 月

㈤孟瑤

孟瑤：《三弦琴》，臺北：皇冠出版社，1970 年 1 月

孟瑤：《中國小說史》，臺北：傳記文學出版社，1969 年 3 月

孟瑤：《中國文學史》，臺北：大中國出版社，1974 年 8 月

孟瑤：《中國戲曲史》，臺北：傳記文學出版社，1972 年 4 月

孟瑤：《孟瑤短篇小說集》，皇冠出版社，1972 年 3 月

孟瑤：《滿城風絮》，臺北：純文學出版社，1980 年 10 月

孟瑤著、田原主編：《孟瑤自撰集》，臺北：黎明文化公司，1979 年 4 月

㈥施叔青

施叔青：《兩個芙烈達·卡蘿》，臺北：時報文化公司，2001 年 7 月

施叔青：《驅魔》，臺北：聯合文學出版社，2005 年 8 月

㈦蔡珠兒

蔡珠兒：《花叢腹語》，臺北：聯合文學出版社，1995 年 4 月

蔡珠兒：《南方絳雪》，臺北：聯合文學出版社，2002 年 9 月

蔡珠兒：《雲吞城市》，臺北：聯合文學出版社，2003 年 12 月

蔡珠兒：《紅燜廚娘》，臺北：聯合文學出版社，2005 年 9 月

蔡珠兒：《饕餮書》，臺北：聯合文學出版社，2006 年 3 月

蔡珠兒：〈市場癲婆〉，《中國時報》人間副刊，2006 年 10 月 17 日

蔡珠兒：〈他們在吃白松露〉，《中國時報》人間副刊，2006 年 12 月 30 日

㈧其他古籍

心青：《二十世紀女界文明燈彈詞》，錢杏邨（阿英）輯《晚清文學叢鈔·
　　說唱文學卷三卷·彈詞卷》，北京：中華書局，1960 年 10 月

王妙如：《女獄花》，南昌：百花洲文藝出版社，1993 年 9 月（思綺齋《女
　　子權》、紹振華《俠義佳人》合刊）

挽瀾詞人：《法國女英雄彈詞》，錢杏邨（阿英）輯《晚清文學叢鈔·說唱
　　文學卷三卷·彈詞卷》，北京：中華書局，1960 年 10 月

海天獨嘯子：《女媧石》，南昌：百花洲文藝出版社，1991 年 10 月

袁珂校注：《山海經校注》，臺北：里仁書局，1995 年 4 月

嬴宗季女：《六月霜傳奇》（據光緒三十三年改良小說會社本排印），錢杏
　　邨（阿英）輯《晚清文學叢鈔·傳奇雜劇卷二卷·卷上上冊》，北
　　京：中華書局，1962 年 9 月

嶺南羽衣女士：《東歐女豪傑》，南昌：百花洲文藝出版社，1991 年 10 月

㈨其他現代文集

向陽、林黛嫚、蕭蕭編：《臺灣現代文選》，臺北：三民書局，2004 年 5 月

周芬伶、鍾怡雯編：《臺灣現代文學教程：散文讀本》，臺北：二魚文化公
　　司，2002 年 8 月

柯慶明編：《爾雅散文選》，臺北：爾雅出版社，2000 年 7 月

凌拂編：《臺灣花卉文選》，臺北：二魚文化公司，2003 年 5 月

夏宇：《腹語術》，臺北：現代詩季刊社，2001 年 1 月

奚密：《芳香詩學》，臺北：聯合文學出版社，2005 年 11 月

徐志摩：〈關於女人〉，《徐志摩散文選》，臺北：洪範書店，1997 年 1 月

張曉風編：《中華現代文學大系〔散文卷〕》，臺北：九歌出版社，2003 年
　　10 月

梁啟超：《飲冰室合集》，北京：中華書局，1989 年 3 月

郭沫若：〈娜拉的答案〉，《沫若文集》，北京：人民文學出版社，1959 年
　　6 月

焦桐編：《八十八年散文選》，臺北：九歌出版社，2000 年 4 月

焦桐編：《臺灣飲食文選》，臺北：二魚文化公司，2003 年 2 月

黃寶蓮：《芝麻米粒說》，臺北：二魚文化公司，2005年10月

楊牧編：《現代中國散文選》，臺北：洪範書店，1981年8月

齊邦媛編：《中國現代文學選集——散文卷》，臺北：爾雅出版社，1984年
　　1月

蕭蕭等編：《八十五年散文選》，臺北：九歌出版社，1997年4月

蕭蕭編：《臺灣現代文選—散文卷》，臺北：三民書局，2005年6月

錢仲聯：〈治學篇〉，《夢苕庵論集》，北京：中華書局，1993年11月

鍾怡雯、陳大為：《天下散文選》，臺北：天下遠見公司，2001年10月

簡媜編：《八十七散文選》，臺北：九歌出版社，1999年4月

簡媜編：《八十四年散文選》，臺北：九歌出版社，1996年4月

貳、專書及專書論文

丁守和主編：《辛亥革命時期期刊介紹》，北京：人民出版社，1982年7月

上海古籍出版社編：《秋瑾史跡》，上海：上海古籍出版社，1991年　月

上海圖書館編：《中國近代期刊篇目彙錄》，上海：上海人民出版社，1979年

女子世界：〈女報界新調查〉（上海《女子世界》2年6期，1907年），李
　　又寧、張玉法編：《近代中國女權運動史料》，臺北：傳記文學出版
　　社，1975年10月

戈公振：《中國報學史》，臺北：臺灣學生書局，1982年3月

方漢奇等著：《大公報百年史》，北京：中國人民大學出版社，2004年7月

王力堅：《清外才媛文學之文化考察》，臺北：文津出版社，2006年6月

王緋：《空前之迹——1851-1930：中國婦女思想與文學發展史論》，北京：
　　商務印書館，2004年7月

北京市婦女聯合會編：《北京婦女報刊考（1905-1949）》，北京：光明日報
　　出版社，1990年9月

古繼堂：《臺灣小說發展史》，臺北：文史哲出版社，1996年10月

田景昆、鄭曉燕編：《中國近現代婦女報刊通覽》，北京：海洋出版社，
　　1992年12月

吉廣輿：〈味吾味處尋吾樂——淺析孟瑤的心象世界〉，吉廣輿編選《孟瑤讀本》，臺北：幼獅文化公司，1994 年 7 月

余光中：〈亦秀亦豪的健筆——我看張曉風的散文〉，張曉風《你還沒有愛過》，臺北：大地出版社，1996 年 8 月

呂紹理：《展示臺灣：權力、空間與殖民統治的形象表述》，臺北：麥田出版社，2005 年 10 月

李又寧、張玉法編：《中國婦女史論文集》，臺北：臺灣商務印書館，1992 年 10 月

李又寧、張玉法編：《近代中國女權運動史料》，臺北：傳記文學出版社，1981 年 1975 年 10 月

李又寧編：《近代中華婦女自敘詩文選》，臺北：聯經出版公司，1980 年 6 月

李楠：《晚清民國時期上海小報》，北京：人民文學出版社，2006 年 9 月

李歐梵：〈文化的香港導遊〉，《雲吞城市》，臺北：聯合文學出版社，2003 年 12 月

貝淡寧（Daniel A. Bell）：〈香格里拉廚房〉，《饕餮書》，臺北：聯合文學出版社，2006 年 3 月

周敘琪：《一九一○～一九二○年代都會婦女生活面貌——以《婦女雜誌》為分析實例》，臺北：臺灣大學出版中心，1996 年 6 月

東海大學中文系編：《旅遊文學論文集》，臺北：文津出版社，2001 年 1 月

林維紅：〈清季的婦女不纏足運動（1894-1911）〉，李貞德、梁其姿主編：《婦女與社會》，北京：中國大百科全書出版社，2005 年 4 月

初國卿：〈中國近現代女性期刊述略〉，《中國近現代女性期刊匯編》，北京：線裝書局，2008 年 9 月

邱苾玲：〈衣帶漸寬終不悔——訪孟瑤談小說寫作〉，吉廣輿編選：《孟瑤讀本》，臺北：幼獅文化公司，1994 年 7 月

金元浦：《接受反應理論》，濟南：山東教育出版社，1998 年 10 月

阿英：《晚清小說史》，北京：東方出版社，1996 年 3 月

阿英編：《晚清文學叢鈔：小說戲曲研究卷》，北京：中華書局，1960 年 1 月

南方朔：〈序：一個永恆的對話〉，《兩個芙烈達·卡蘿》，臺北：時報文
　　化公司，2001 年 7 月

南方朔：〈從「仙女圈」一路走來！〉，《南方絳雪》，臺北：聯合文學出
　　版社，2002 年 9 月

姚振黎：〈單士釐走向世界之經歷──兼論女性創作考察〉，范銘如主編：
　　《挑撥新趨勢──第二屆中國女性書寫國際學術研討會論文集》，臺
　　北：臺灣學生書局，2003 年 2 月

胡文楷編：《歷代婦女著作考》，臺北：鼎文書局，1973 年 5 月

胡文楷編；張宏生等增訂：《歷代婦女著作考》（增訂本），上海：世紀出
　　版公司，2008 年 8 月

胡適：〈三百年中的女作家──《清閨秀藝文略》序〉，《三百年中的女作
　　家》，《胡適作品集 14》，臺北：遠流出版公司，1994 年 1 月

胡曉真：〈知識消費、教化娛樂與微物崇拜──論《小說月報》與王蘊章的
　　雜誌編輯事業〉，梅家玲主編：《文化啟蒙與知識生產：跨領域的視
　　野》，臺北：麥田出版社，2006 年 8 月

胡曉真：《才女徹夜未眠──近代中國女性敘事文學的興起》，臺北：麥田
　　出版社，2003 年 10 月

范銘如：〈臺灣新故鄉──五十年代女性小說〉，《眾裡尋她──臺灣女性
　　小說縱論》，臺北：麥田出版社，2002 年 3 月

夏曉虹：《晚清女性與近代中國》，北京：北京大學出版社，2004 年 8 月

馬以鑫：《中國現代文學接受史》，上海：華東師範大學出版社，1998 年 9 月

馬以鑫：《接受美學新論》，上海：學林出版社，1995 年 10 月

曼素恩（Susan Mann）著、楊雅婷譯：《蘭閨寶錄：晚明至盛清時的中國婦
　　女》（*Precious Records: Women in China's Long Eighteenth Century*），
　　臺北：左岸文化公司，2005 年 11 月

張小虹：〈導讀：魔在心中坐〉，《驅魔》，臺北：聯合文學出版社，2005
　　年 8 月

張玉法：〈二十世紀前半期中國婦女參政權的演變〉，呂芳上主編：《無聲

之聲（I）：近代中國的婦女與國家（1600-1950）》，臺北：中央研究院近代史研究所，2003年7月

張瑞芬：〈食神，花語——論蔡珠兒散文〉，《五十年來臺灣女性散文——評論篇》，臺北：麥田出版社，2006年2月

張瑞芬：〈琦君散文及五〇、六〇年代女性創作位置〉，《臺灣當代女性散文史論》，臺北：麥田出版社，2007年4月（原題〈琴心夢痕——琦君散文及其文學史意義〉，發表於「琦君作品研討會」，中央大學中文系、圖書館主辦，2004年12月1日。修改後，以〈琦君散文及五〇、六〇年代女性創作位置〉為題刊於《臺灣文學學報》第6期，2005年2月，頁121-157。）

梅家玲：〈五十年代臺灣小說中的性別與家國——以《文藝創作》與文獎會得獎小說為例〉，《性別，還是家國？——五〇與八、九〇年代臺灣小說論》，臺北：麥田出版社，2004年9月

郭延禮：《秋瑾文學論稿》，西安：陝西人民出版社，1987年8月

郭延禮：《秋瑾年譜》，濟南：齊魯書社，1983年9月

郭延禮：《秋瑾選集‧秋瑾年譜簡編》，北京：人民文學出版社，2004年1月

郭延禮：《秋瑾研究資料》，濟南：山東教育出版社，1987年2月

陳平原、夏曉虹編：《二十世紀中國小說理論資料》第一卷，北京：北京大學出版社，1997年2月

陳平原：《文學的周邊》，北京：新世界出版社，2004年7月

陳平原主編，夏曉虹、王風等著：《文學語言與文章體式——從晚清到「五四」》，合肥：安徽教育出版社，2006年1月

陳平原主講、江欣潔記錄：〈旅行者的敘事功能〉，陳平原主講、梅家玲編訂：《晚清文學教室：從北大到臺大》，臺北：麥田出版社，2005年5月

陳浩：〈信不過喬治‧歐威爾〉，《紅燜廚娘》，臺北：聯合文學出版社，2005年9月

陳瀅巧：《圖解文化研究》，臺北：易博士文化公司，2006年11月

章方松：《琦君的文學世界》，臺北：三民書局，2004 年 9 月

黃金麟：《歷史、身體、國家──近代中國的身體形成 1895-1937》，臺北：
　　　聯經出版公司，2005 年 4 月

黃嫣梨：《妝臺與妝臺以外──中國婦女史研究論集》，香港：牛津大學出
　　　版社，1999 年 5 月

黃錦珠：《晚清小說中的新女性研究》，臺北：文津出版社，2005 年 1 月

楊牧：〈留予他年說夢痕・序〉，琦君《留予他年說夢痕》，臺北：洪範書
　　　店，1983 年 8 月

楊聯芬：《晚清至五四：中國文學現代性的發生》，北京：北京大學出版
　　　社，2003 年 11 月

董麗敏：《想像現代性──革新時期的《小說月報》研究》，桂林：廣西師
　　　範大學出版社，2006 年 8 月

廖炳惠：《關鍵詞 200──文學與批評研究的通用辭彙編》，臺北：麥田出版
　　　社，2003 年 9 月

廖炳惠：〈前現代、早期現代、現代到後現代的飲食文學觀之轉變〉，馮品
　　　佳主編：《通識人文十一講》，臺北：麥田出版社，2004 年 9 月

劉人鵬：《近代中國女權論述──國族、翻譯與性別政治》，臺北：臺灣學
　　　生書局，2000 年 2 月

鮑震培：《清代女作家彈詞小說論稿》，天津：天津社會科學院出版社，
　　　2004 年 10 月

應平書：〈附錄：矢志獻身寫作的孟瑤〉，《一心大廈》，臺北：九歌出版
　　　社，1986 年 9 月

薛海燕：《近代女性文學研究》，北京：中國社會科學出版社，2004 年 9 月

隱地編：《琦君的世界》，臺北：爾雅出版社，1985 年 6 月

羅秀美：《近代白話書寫現象研究》，臺北：萬卷樓圖書公司，2005 年 3 月

羅秀美：〈見證帝國的醫者──重讀劉鶚與老殘的走方生涯〉，元培科學技
　　　術學院國文組主編《生命的書寫──主題文學學術研討會論文集》，
　　　臺北：萬卷樓圖書公司，2003 年 8 月

譚正璧：《中國女性文學史》，天津：百花文藝出版社，1991 年 7 月（原名
　　《中國女性的文學生活》，易名為《中國女性文學史話》）

譚正璧：《彈詞敘錄》，上海：上海古籍出版社，1981 年 7 月

（外文）

Allende, Isabel（伊莎貝拉·阿言德）著、張定綺譯：《春膳》，臺北：時報
　　文化公司，1999 年 5 月

Ellen Widmer（魏愛蓮）：〈Shan Shili's Guimao luxing ji of 1903 in Local and
　　Global Perspective〉（女子眼中的異國之旅——單士釐之癸卯旅行
　　記），胡曉真編《世變與維新——晚明與晚清的文學藝術》，臺北：
　　中研院文哲所籌備處，2001 年 6 月

Fisher, M.F.K.（費雪）著、韓良憶譯：《如何煮狼》，臺北：麥田出版社，
　　2004 年 1 月

Fisher, M.F.K.（費雪）著、韓良憶譯：《牡蠣之書》，臺北：麥田出版社，
　　2004 年 1 月

George Ritzer 著；林佑聖、葉欣怡譯：《社會的麥當勞化》，臺北：弘智文
　　化公司，2002 年 1 月

Hayden Herrera 海登·賀蕾拉、蔡佩君譯：《揮灑烈愛》（*Frida: A Biography
　　of Frida Kahlo*），臺北：時報文化，2003 年 1 月

Malka Drugker 著、黃秀慧譯：《女畫家卡蘿傳奇》，臺北：方智出版社，
　　1998 年 11 月

Ziauddin Sardar 著、陳貽寶譯：《文化研究》，臺北：立緒文化公司，2003 年
　　11 月

比爾·阿希克洛夫特等著、劉自荃譯：《逆寫帝國——後殖民文學的理論與
　　實踐》，臺北：駱駝出版社，1998 年 6 月

皮埃爾·布迪厄著、劉暉譯：《藝術的法則：文學場的生成和結構》，北
　　京：中央編譯出版社，2001 年 3 月

伊麗莎白·弗洛恩德著、陳燕谷：《讀者反應理論批評》，臺北：駱駝出版
　　社，1994 年 6 月

沙海昂 A.J.H. Charignon 註、馮承鈞譯：《馬可波羅行紀》，臺北：臺灣商務
　　印書館，2000 年 6 月

周寧、金元浦譯：《接受美學與接受理論》，瀋陽：遼寧人民出版社，1987
　　年 9 月

朋尼維茲著、孫智綺譯：《布赫迪厄社會學的第一課》，臺北：麥田出版
　　社，2002 年 2 月

哈伯瑪斯著、曹衛東等譯：《公共領域的結構轉型》，臺北：聯經出版公
　　司，2002 年 4 月

哈羅德・布魯姆著；朱立元、陳克明譯：《比較文學影響論──誤讀圖
　　示》，臺北：駱駝出版社，1992 年 11 月

娜歐蜜・克萊恩著；徐詩思譯：《NO LOGO》，臺北：時報文化公司，2003
　　年 4 月

張廷琛編：《接受理論》，成都：四川文藝出版社，1989 年 5 月

傅柯著、劉北成譯：《規訓與懲戒：監獄的誕生》，臺北：桂冠圖書公司，
　　1992 年 12 月

斯提凡・博爾曼（Stefan Bollman）；周全譯：《閱讀的女人危險》（Frauen,
　　die lesen, sind gefahrlich），臺北：左岸文化公司，2006 年 1 月

斯提凡・博爾曼（Stefan Bollmann）；張蓓瑜譯：《寫作的女人生活危險》
　　（Frauen, die schreiben, leben gefahrlich），臺北：博雅書屋，2009 年
　　10 月

舒茲（Alfred Schutz）著、盧嵐蘭譯：《舒茲論文集（第一冊）──社會現實
　　的問題》，臺北：桂冠圖書公司，1992 年 5 月

費修珊（Shoshana Felman）、勞德瑞（Dori Laub）著；劉裘蒂譯：《見證的
　　危機：文學、歷史與心理分析》，臺北：麥田出版社，1997 年 8 月

雅克・拉康（Jacques Lacan）：〈鏡像階段：精神分析經驗中揭示的「我」的
　　功能構型〉，吳瓊編《視覺文化的奇觀──視覺文化總論》，北京：
　　中國人民大學出版社，2005 年 12 月

漢斯・羅伯特・耀斯著；顧建光、顧靜宇、張樂天譯：《審美經驗與文學解

釋學》，上海：上海譯文出版社，1997 年 11 月

維金妮亞·吳爾芙；張秀亞譯：《自己的房間》，臺北：天培出版社，2008
　　年 4 月

劉小楓選編：《接受美學譯文集》，北京：三聯書店，1989 年 1 月

羅勃 C·赫魯伯著、董之林譯：《接受美學理論》，臺北：駱駝出版社，
　　1994 年 6 月

參、期刊論文

方平：〈清末上海民間報刊與公眾輿論的表達模式〉，《二十一世紀》雙月
　　刊第 63 期，2001 年 2 月，頁 67-75

左德成：〈孟瑤小說中人物的情欲意識〉，《建中學報》第 1 期，1995 年 12
　　月，頁 149-160

吉廣興：〈孟瑤研究資料目錄〉，《全國新書資訊月刊》第 27 期，2001 年 3
　　月號，頁 34-42

何寄澎：〈試論林文月、蔡珠兒的「飲食散文」──兼述臺灣當代散文體式
　　與格調的轉變〉，《臺灣文學研究集刊》第 1 期，2006 年 2 月，頁
　　191-206

李志良：〈春膳理論與飲食男女──以伊莎貝拉·阿言德之「春膳」為
　　例〉，《輔仁大學外國語文學院研究生（畢業）論文選刊》18 期，
　　2003 年 10 月，頁 1-11

周敘琪：〈閱讀與生活──惲代英的家庭生活與《婦女雜誌》之關係〉，
　　《思與言》第 43 卷第 3 期，2005 年 9 月，頁 107-190

房琴：〈實「新」還「舊」話女權〉，《書屋》（長沙：湖南教育出版社），
　　2006 年第 6 期

胡曉真：〈文苑、多羅與華鬘──王蘊章主編時期（1915-1920）《婦女雜
　　誌》中「女性文學」的觀念與實踐〉，《近代中國婦女史研究》第 12
　　期，2004 年 12 月，頁 169-193

胡曉真：〈藝文生命與身體政治──清代婦女文學史研究趨勢與展望〉，

《近代中國婦女史研究》第 13 期，2005 年 12 月，頁 27-63

胡曉真：〈秩序追求與末世恐懼——由彈詞小說《四雲亭》看晚清上海婦女
　　的時代意識〉，《近代中國婦女史研究》第 8 期，2000 年 6 月，頁 89-128

胡錦媛主講、李文冰記錄：〈回歸點與出發點在旅行文學中的重要性〉，
　　《幼獅文藝》84：5=521 期，1997 年 5 月，頁 43-46

高嘉謙：〈武俠：近代中國的精神史側面〉，《中極學刊》第一輯（暨南國
　　際大學中國語文學系），2001 年 12 月，頁 189-205

張淑英：〈烹飪藝術與女性自我實現——以「巧克力情人」和「春膳」為
　　例〉，《中外文學》28:5=329 期，1999 年 10 月，頁 7-31

張瑞芬：〈南方城市的腹語——讀蔡珠兒《雲吞城市》〉，《文訊》221 期，
　　2004 年 3 月，頁 30-31

張瑞芬：〈慾望味蕾——讀蔡珠兒《紅燜廚娘》〉，《文訊》242 期，2005
　　年 12 月，頁 98-99

張瑞芬：〈遷徙到他方——施叔青《兩個芙烈達・卡蘿》、張輝言《窄門之
　　外》、林玉玲《月白的臉》三書評論〉，《明道文藝》308 期，2001
　　年 11 月，頁 10-21

張瑞芬：〈鞦韆外的天空——學院閨秀散文的特質與演變〉，《逢甲大學人
　　文社會學報》第 2 期，2001 年 5 月，頁 73-96

郭延禮：〈中國近代俄羅斯文學的翻譯〉，《清末小說》第 20 號，1997 年
　　12 月 1 日

陳素貞：〈性別、變裝與英雄夢——從明清女詩人的寫作傳統看秋瑾詩詞中
　　的自我表述〉，《東海中文學報》14，2002 年 7 月，頁 129-163

陳瓊婷：〈論孟瑤五十年代（1950-1959）的愛情小說〉，《弘光學報》36
　　期，2000 年 10 月，頁 247-298

黃基銓採訪、蔡珠兒講述：〈樂當味覺飲食的吃主兒——蔡珠兒〉，《野葡
　　萄文學誌》，2006 年 6 月號

楊明：〈孟瑤的生平〉，《文訊》第 182 期，2000 年 12 月，頁 119-120

楊瑞松：〈身體、國家與俠——淺論近代中國民族主義的身體觀和英雄崇

拜〉，《中國文哲研究通訊》第十卷第三期（39），2000 年 9 月，頁
87-106

葉雅玲：〈文學史料的研究運用——以「從清末至五四前期（1898-1919）女
性報刊探討女性新角色的開展」為例〉，《漢學論壇》（雲林科技大
學漢學所）第 3 輯，2003 年 12 月，頁 53-82

鄒桂苑：〈琦君研究資料彙編〉，《文訊》第 115 期，1995 年 5 月，頁 98-108

臺大外文系：「飲食文學專輯」，《中外文學》31：3=363 期，2002 年 8 月

潘秀宜：〈迷路的導遊——論施叔青《兩個芙烈達·卡蘿》〉，《中國女性
文學研究室學刊》6 期，2003 年 5 月，頁 68-85

鮑震培：〈中國女性文學敘事傳統的建立——清代女作家彈詞小說創作回
眸〉，《天津大學學報》第四卷第四期，2002 年 12 月，頁 304-308

鮑震培：〈清代「女中丈夫」風尚與彈詞小說女豪傑形象〉，《山西師大學
報》第 1 期，2003 年 1 月，頁 93-96

謝蕙風：〈清末上海的婦女報刊（1898-1911）〉，《興大人文學報》第 37
期，2006 年 9 月，頁 295-326

簡瑛瑛主持：〈女性心靈的圖像：與施叔青對談文學／藝術與宗教〉，《中
外文學》27：11=323 期，1999 年 4 月，頁 119-137。

關國烜：〈揚宗珍（1919-2000）〉，《傳記文學》第 38 卷第 5 期，2003 年
11 月

肆、學位論文

吉廣興：《孟瑤評傳》，香港新亞研究所碩士論文，1997 年 5 月（高雄市立
文化中心，1998 年 8 月）

朱嘉雯：《亂離中的自由——五四自由傳統與臺灣女性渡海書寫》，中央大
學中文所博士論文，2002 年

楊錦郁：《《中國新女界雜誌》研究》，銘傳大學應用中國文學系碩士在職
專班碩士論文，2005 年

顏麗珠：《單士釐及其旅遊文學——兼論女性遊歷書寫》，中央大學中文所

碩士論文，2004 年 6 月

伍、報紙及網頁資料

王德威：「五四想像、女性論述、欲望空間」系列講座之一摘錄。（按：未標明年份）10 月 2 日。淡江大學「中國女性文學研究室」：「學術講座」http://studentclub.tku.edu.tw/~tkuwl/news-1.htm（2009 年 7 月 21 日確認）

王盛弘報導：〈回到西方隨筆傳統──楊照談「知性散文的奧祕」〉，《聯合報》副刊，2006 年 8 月 12 日。原為臺積電文教基金會主辦、聯合副刊協辦的演講，2006 年 5 月 25 日於清華大學合勤廳舉辦

李建崑：〈大音稀聲〉，《臺灣日報・副刊》，2000 年 10 月 27 日

吳曉樵：〈《神曲》在中國百年的歷程〉，《文匯報・副刊》，2003 年 9 月 29 日

邱巍：〈也說學術文化世家的消逝〉，《博覽群書》（《光明日報》社主辦）2004 年第 8 期，http://qkzz.net/magazine/1000-4173/2004/08/57487.htm，2004 年 9 月 28 日（2009 年 10 月 12 日第二次確認）

凌拂：〈饕餮一族的饗宴──《南方絳雪》〉，《中國時報・開卷周報》，2002 年 11 月 24 日

唐維敏：〈文化研究：「中心」的消失、「學會」的跨界、出版的「熱火」〉，《文化研究月報》（中華民國文化研究學會）第二十一期，2002 年 11 月 15 日，http://140.112.191.178/csa/journal/21/journal_book_16.htm（2009 年 10 月 12 日第二次確認）

涂曉馬：〈世紀學者錢仲聯〉，《東吳導報》（蘇州大學校報）特刊 1，http://youth.suda.edu.cn/dongwu，2004 年 5 月 9 日（2009 年 10 月 12 日第二次確認）。

莊裕安：〈芭比的女兒──《紅燜廚娘》〉，《聯合報・讀書人》，2005 年 10 月 23 日

黃寶蓮：〈微物觀大千──《南方絳雪》〉，《聯合報・讀書人》，2002 年

10 月 13 日

熊秉貞評論、李麗涼記錄：〈Foreign Travel through a Woman's Eyes: Shan Shili's Guimo luxing ji of 1903 講評意見〉，「世變中文學世界專輯 III：『世變與維新：晚明與晚清的文學藝術研討會』紀要」，中央研究院文哲所 www.sinica.edu.tw/~mingching/discussion。（「世變與維新：晚明與晚清的文學藝術」研討會，中央研究院中國文哲研究所暨美國哥倫比亞大學東亞系主辦，文化建設基金管理委員會暨行政院國家科學委員會贊助，1999 年 7 月 16 日、17 日，南港中央研究院。）

盧非易：〈城市與作家——《雲吞城市》〉，《聯合報·讀書人》，2004 年 3 月 7 日

簡媜：〈飲食書寫裡的一斛珠——評《饕餮書》〉，《聯合報》E5 版，2006 年 4 月 16 日

國家圖書館出版品預行編目資料

從秋瑾到蔡珠兒——近現代知識女性的文學表現

羅秀美著. - 初版. - 臺北市：臺灣學生，2010.01
面；公分
參考書目：面

ISBN 978-957-15-1487-1 (平裝)

1. 女性文學 2. 中國當代文學 3. 文學評論

820.908   99000367

從秋瑾到蔡珠兒——近現代知識女性的文學表現（全一冊）

著　作　者：羅　　　秀　　　美
出　版　者：臺 灣 學 生 書 局 有 限 公 司
發　行　人：孫　　　善　　　治
發　行　所：臺 灣 學 生 書 局 有 限 公 司
　　　　　　臺北市和平東路一段七十五巷十一號
　　　　　　郵 政 劃 撥 帳 號：00024668
　　　　　　電　話：(02)23928185
　　　　　　傳　眞：(02)23928105
　　　　　　E-mail：student.book@msa.hinet.net
　　　　　　http://www.studentbooks.com.tw

本書局登
記證字號　：行政院新聞局局版北市業字第玖捌壹號

印　刷　所：長 欣 印 刷 企 業 社
　　　　　　中 和 市 永 和 路 三 六 三 巷 四 二 號
　　　　　　電　話：(02)22268853

定價：平裝新臺幣五二〇元

西 元 二 〇 一 〇 年 一 月 初 版